W0317130

DER LETZTE ENGEL SPRINGT

Impressum:
ISBN: 978-3-901761-68-3
2007 echomedia verlag ges.m.b.h.
A-1070 Wien, Schottenfeldgasse 24

Produktion: Ilse Helmreich, Helmut Schneider
Covergestaltung: Anja Merlicek
Gestaltung: Rosi Blecha
Layout: Elisabeth Waidhofer
Lektorat: Lisa Kuppler
Repro: mPg medienProduktionsgesmbH
Druck: Ueberreuter

DER LETZTE ENGEL SPRINGT

MARIA KOUBAS 4. FALL

von Sabina Naber

echomedia

DANK

Neben meiner Familie, meinen Freunden und dem Verlag für die Unterstützung sowie für die vielen anregenden Diskussionen möchte ich mich speziell bei Michaela Bokon, Susanne Gebhart-Siebert, Michaela Glanzer, Regina Harringer, Harald Naber und Asta Sebesta bedanken, die mir als kritische Testleser eine große Hilfe waren, sowie bei Bärbel Dahms (Speicherstadtmuseum Hamburg) und Dr. Mag. Daniel Abed (Haus des Meeres) für die fachliche Unterstützung.
Mein besonderer Dank gilt meiner Lektorin Lisa Kuppler und meiner Korrektorin Susanne Schubarsky.

Für meinen Vater (1941–2006)

1.

Die Rechtecke tänzelten im Gegenlicht der ersten Sonnenstrahlen und hatten eine frappierende Ähnlichkeit mit Euroscheinen. Alle Varianten, von Fünfern bis Zweihundertern, schwebten am Fenster vorbei. Eigenartig, welche Visionen ein Hirn produzieren konnte.

Unwillkürlich reckte Kommissarin Maria Kouba den Kopf, drehte den Körper in den Papierregen, der von Blau über Grün und Rot bis Orange changierte. Im nächsten Moment war der Zauber vorbei und Maria merkte, dass sie, wenn sie nicht sofort etwas unternahm, von der Fensterbank rutschen würde, auf der sie saß. Sie ließ sich in die Wohnung gleiten.

Schwebende Euroscheine?

Maria packte den Fensterrahmen, beugte sich hinaus und schaute in den Himmel. Da war nichts zu sehen. Sie hatte einen Sekundenschlaf gehabt, eindeutig. Wobei das bei ihrem derzeitigen Lebenswandel nicht verwunderlich, sondern viel mehr der Umstand bedenklich war, dass sie anscheinend von Geld träumte. So stark war also ihr Wunsch nach einer neuen Wohnung.

Maria beugte sich noch weiter aus dem Fenster, um den Gehsteig nach Spuren abzusuchen, doch der Sims unterhalb versperrte ihr den Blick. Was auch nicht weiter wichtig war, denn das Theater spielte sich ohnehin auf der Straße ab. Und mit dem Anblick stach auch die Mischung von Gehupe und Geschrei in Marias Ohren. Alle Autos standen. Und zwar die ganze Gasse entlang in beide Richtungen. Mit weit geöffneten Fahrertüren standen sie da. Bei manchen waren auch beide Vordertüren geöffnet. Und zwischen den Blechkisten bückten sich Menschen. Einige gestikulierten mit ausholenden Bewegungen. Manche stritten sich, manche lachten und johlten. Direkt unter Marias Fenster presste eine Frau ihren Rock an sich und stieg in ihr Auto. Es war aus dem vorigen Jahrhundert, denn die Frau musste sich zur Beifahrertür beugen, um den Schließknopf zu drücken. Dabei ergoss sich buntes Papier auf den Beifahrersitz. Sie hatte sich gerade noch rechtzeitig verbarrikadiert. Zwei Männer stürmten zu der Rostschüssel und trommelten auf die Scheiben und Kotflügel. Der größere der beiden ließ schließlich die Arme sinken und zog den kleineren weg. Doch der riss sich los und trat noch einmal mit dem Fuß gegen einen Reifen.

Maria Kouba stellte sich aufrecht hin, wandte sich zu ihrem Wohnzimmer. Ihr Kater Jack schlief wie immer auf der Couch. Der Pullover lag noch dort, wo sie ihn vorhin hatte fallen lassen. Alles war wie immer. Sie schaute wieder zum Fenster, gerade rechtzeitig, um eine neue Wolke in Pastell vorbeischweben zu sehen.

Es regnete Geld vom Himmel. Und die Menschen prügelten sich darum. Das konnte nicht sein. Sie musste mit ihrem letzten Orgasmus einen Zeitsprung in eine andere Welt gemacht haben. Doch der Weg nach Hause war ihr doch ganz normal erschienen! Nein, jetzt wusste sie es: In der Zigarette, die sie auf der Fensterbank geraucht hatte, waren irgendwelche Drogen gewesen. Sie hätte sie doch nicht beim Schwarzhändler kaufen sollen.

Maria sah nochmals auf die Straße hinunter. Ein Buschauffeur drohte, die Polizei zu holen. Anscheinend brauchte er kein Geld. Nein, er war einfach zu spät gekommen, und das hatte er auch erkannt, denn die Straße war mittlerweile in nahezu jungfräulichem Zustand, nicht einmal die leere Zigarettenschachtel, die es Maria vorhin von der Fensterbank geweht hatte, lag noch in der Gosse. Und nun ließ der Mann seine Enttäuschung an den Glücklicheren aus. Maria studierte nochmals den Himmel, doch da waren nur Schäfchenwolken.

Das Präsidium summte und pochte. Bei einem Büro der Kollegen von der Wirtschaftskriminalität stand die Tür offen. Der große Bär mit dem schwarzen Vollbart und der Dünne mit den basedowschen Augen – wie hießen sie noch einmal? Maria musste endlich einmal ihr Namensgedächtnis trainieren – also Bär und Glotzauge starrten auf einen Miniaturfernseher, den sie auf einem Aktenstoß platziert hatten. Wahrscheinlich hatten sie das kleine Ding privat für Billardübertragungen angeschafft. Glotzauge war in irgendeiner österreichischen Liga Meister.

Die Signation der Neun-Uhr-Nachrichten erklang. Maria schenkte Bär und Glotzauge ein Lächeln zur Begrüßung, die beiden sahen sie mit großen Augen an und sofort wieder auf den Bildschirm. Wahrscheinlich könnte sie jetzt einen Striptease hinlegen und die beiden hätten keinerlei Erinnerung daran. Maria stellte sich hinter sie und schielte zwischen ihren Schultern auf den Fernseher. Die Nachrichtensprecherin verkündete, dass das „Goldmarie-Wunder" gleichzeitig an dreiundzwanzig Stellen, also in allen Bezirken von Wien aufgetreten war. Und wie immer in solchen Fällen hatte ein Amateur zufällig seine Handy-Kamera schussbereit gehabt. Die verwackelten Bilder zeigten herabregnende Euroscheine in der Leopoldgasse im zweiten Bezirk.

Ein Arm legte sich um Marias Schultern. Sie erschrak, wollte den Arm schon wegschleudern, als sie ihren Kollegen Gerhard Navratil vom Einbruch erkannte. Diese Berührung ließ sie zu, denn wenn Navratil seinen Arm um ihre Schulter legte, war das harmlos. Das durfte nur ein gewisser Mensch nicht, dessen Namen bloß zu denken Maria sich verbot, sonst verzerrte wieder jenes Grinsen, das nur Menschen im Hormonrausch hervorbringen können, ihr Gesicht.

„Na, meine liebste Mörderjägerin, hast was ergattert?"

„So nah sind's nicht vorbeigeflogen an meinem Fenster."

Schlagartig hatte Maria die Aufmerksamkeit aller drei Männer. Navratil nahm sogar seinen Arm von ihrer Schulter, um ihr in die Augen schauen zu können.

„Du hast das echt gsehn? Ich wollt dich nur a bissel auf die Schaufel – und? Hast was gsehn? Ich mein, hast erkennen können, woher das Geld kommen ist? Hast du die Typen gesehen?"

Den letzten Satz hatte Navratil überdeutlich gesprochen. Maria studierte sein rotes Gesicht und die harten Mienen seiner Kollegen. Sie fühlte sich wie eine Zeugin bei der Einvernahme. So erging es also im Normalfall ihrem Gegenüber. Wie gut, dass sie auf der anderen Seite stand. Jetzt streckte ihr Bär auch noch eine Packung Zigaretten entgegen. Das hätte sie bei einem Verhör jetzt auch gemacht.

Maria lachte auf und bediente sich. „Burschen, ich muss euch enttäuschen, ich hab erst den Schluss des Zaubers mitbekommen."

Glotzauge gab ihr Feuer. Maria inhalierte den ersten Zug ganz tief, das machte den Kopf klar. „Nein, wirklich nicht. Ich hab mich zwar aus dem Fenster gebeugt, aber ich hab nichts gesehen. Wirklich nicht, nur Leute, die sich ..."

Die drei wandten sich synchron von ihr ab und dem Fernseher zu. Das Stichwort war wohl Wir-AG gewesen, denn der Bildschirm zeigte die Großaufnahme von einem kopierten A5-Zettel mit einer Botschaft – einer Botschaft von jenem Phantom, dessen Existenz die lieben Kollegen von Einbruch und Wirtschaft die letzte Woche mehr lächelnd als ernsthaft diskutiert hatten.

Navratil beugte sich zu dem Minifernseher und las den Text über der Unterschrift laut vor. „‚Völker, hört die Signale! Auf, zum letzten Gefecht! Die Internationale erkämpft das Menschenrecht!'" Navratil wandte sich mit großen Augen um. „Die Internationale."

„Die was?“ Glotzauge sah zu Navratil, der sah zu Bär. Synchron fixierten sie dann alle drei den Fernseher.

Maria räusperte sich und sang mit fester Stimme. „Wacht auf, Verdammte dieser Erde, die stets man noch zum Hungern zwingt! Das Recht wie Glut im Kraterherde nun mit Macht zum Durchbruch dringt.“

Die Männer starrten sie an. Glotzauges Glotzaugen waren so kugelig, dass sie herauszuspringen schienen.

Maria musste grinsen, was das Weitersingen unmöglich machte. Sie zuckte mit den Schultern. „Gemeindebau. Der 1. Mai war der höchste Feiertag für meinen Vater.“

Der Bär – hieß er nicht Knut – ja, sie hatte bei ihm immer an irgendeine deutsche Sage oder so etwas Ähnliches denken müssen – also Knut nickte ihr zu und hob die rechte Faust. Dann rückte er seine Brille zurecht und beugte sich zum kleinen Bildschirm, der aber bereits ein Interview mit einem Geldfänger zeigte. Nie würde er das Geld zurückgeben, erklärte der feiste Mann mit roten Wangen, und egal von wem das Geld sei, derjenige habe genug gehabt, denn sonst hätte die Wir-AG es ihm nicht wegnehmen können. Und es geschehe diesen Blutsaugern schon recht.

Navratils Handy klingelte. Er knurrte in den Hörer. „Ja, ich bin eh glei bei euch, i hab mir nur gschwind die Nachrichten – was? – was? – Und der Otzlberger? – Verstehe.“

Er trennte die Verbindung. „Fünf Leut – fünf reiche Leut haben heute Nacht so eine komische Figur geschenkt bekommen, so ein dickes, kleines Manderl, mit einem Zettel drauf. Alles bussifeine Einbrüche.“

Navratils von der Maisonne bereits gebräunte Wangen wirkten fahl. Glotzauge zündete ihm eine Zigarette an, Navratil inhalierte den Rauch tief. „Auf dem Zettel steht drauf: ‚Danke für die Spende. Die – die Wir-AG‘. Ja. Das steht drauf.“

Navratil lehnte sich gegen den Aktenberg, der ihn um glatte fünf Zentimeter überragte. „Und der Otzlberger war im Imperial. Da residiert er schon seit zwei Tagen. Scheiße. Er ist wirklich nur ein Wichtigtuer."

Maria verkniff sich ein *Ich hab's ja gesagt*, sie wollte nicht unbedingt zum Blitzableiter der Herren werden. Jeder taube Blinde mit Krückstock hatte erkennen können, dass sich dieser Otzlberger damals in der Talkshow nur hatte wichtig machen wollen. Die Geschichte war ja auch prädestiniert dafür gewesen. Jemand, der sich Wir-AG nannte, hatte Otzlberger ein Paket mit Geld geschenkt, als Ausgleich dafür, dass er von einer Firma freigesetzt worden war, wie es so schön hieß, von einer Firma, die zugleich einen enormen Gewinn gemacht und Aktien in zweistelliger Höhe ausgeschüttet hatte. Die lieben Kollegen hatten das Märchen von der wohltätigen Wir-AG nicht glauben wollen und Otzlberger durchleuchtet. Es war ihnen logischer erschienen, dass dieser Mann in seiner ehemaligen Firma Geld abgestaubt hatte und mit der Robin-Hood-Geschichte seinen plötzlichen Reichtum erklären wollte. Sicherlich eine Denkvariante, doch Maria hatte Otzlberger eher für den Typ gehalten, der mit seiner Beute in eine entlegene Ecke von Südamerika auswandert. Nein, wenn sie ehrlich war, hatte sie Otzlberger des Betruges gar nicht für fähig gehalten.

Glotzauge maß den Raum mit forschem Schritt. „Ich habe es ja gleich gesagt, ich habe es ja gleich gesagt. Zu einfältig ...", hört, hört, bis vor kurzem hatte Glotzauge noch anders getönt, „... Otzlberger ist zu einfältig. Größere Dimension. Gescheiterer Mensch. So ein Talkshowgast wie Otzlberger ist zu dumm dafür, schon alleine wegen der Tatsache, dass er in eine Talkshow geht."

Knut stellte sich ihm in den Weg.

„Ja, wiss ma eh, Sinny, wiss ma eh, dass du immer den Durchblick hast."

Die beiden Männer schnauften. Sinclair, das war Glotzauges Name! Richtig, seine Eltern, alte Achtundsechziger, hatten ihn nach John Sinclair benannt, dem Schriftsteller und Anarchisten. Dass ihr Sohn jetzt bei der Polizei war, war die größte Niederlage ihres Lebens. Knut und Sinclair, zwei so außergewöhnliche Namen, warum schaffte es Maria nicht, sie sich zu merken? Ihr Blick fiel auf die teure Espressomaschine im Eck. Waren jetzt schon alle Abteilungen außer der ihren auf Selbstversorger umgestiegen? Sie konnte sich einfach nicht beherrschen, wenn sie an die Automatenkaffees, die Phillip – nein, Roth – jetzt war er ihr Partner Phillip Roth, ihr Partner und nichts weiter – wenn sie also daran dachte, dass dieser Mann diese Kaffeebecher auf ihren Schreibtischen ablud. Sie fragte Knut mit einer Geste um Erlaubnis, der wedelte nur mit der Hand und starrte weiter in Sinclairs Glotzaugen. Der zuckte seinerseits mit keiner Wimper. Die beiden schienen *High Noon* nachspielen zu wollen.

Maria aktivierte die Espressomaschine und warf Navratil über die Schulter einen Blick zu. „Jetzt könnt ihr den Otzlberger wenigstens von der Liste streichen."

Navratil verdrehte die Augen. „Und einem Phantom nachjagen. Hoffentlich haben wir nach dieser Aktion heute mehr Spuren. Was heißt, mehr? Überhaupt welche, das wär schon was. Ich mein, wir haben uns doch auf den Otzlberger konzentrieren müssen."

Er machte mit den Händen eine unbestimmte Geste. „Die Firma hat keinen Verlust gemeldet, sonst war keine Meldung von einem Diebstahl in der Größe – ich mein, wir reden da ja nicht von ein paar zerquetschten Cents – nirgends sonst ist die Wir-AG aufgetaucht, außer auf dem blöden Zettel von diesem depperten Otzlberger ..."

Knut legte seine Tatzen auf den Schreibtisch. „Verdammte Scheiße! Das klingt doch alles hirnrissig. Dass irgendwer irgendwem Geld wegnimmt und wem andern schenkt. Das ist doch net normal, net normal is des. Und außerdem, wenn des also stimmt, was der Otzlberger erzählt hat, warum hat der, dem diese Komikertruppe das Geld für den schwindligen Wichtigtuer gestohlen hat, bis jetzt gschwiegn? Und warum redn jetzt die neuen Opfer?"

Navratil stieß sich vom Aktenberg ab und schnappte seine Jacke. „Warum das erste Opfer bis jetzt geschwiegen hat, kann ich dir nicht genau sagen, ich hab da nur so eine kleine Vermutung ..."

„Schwarzgeld?"

Navratil nickte Maria zu. „Irgendsowas. Aber warum die Bestohlenen jetzt haben reden müssen, das kann ich dir sagen – die Wir-AG hat große Plakate auf die Gartenzäune gehängt. ‚Ein Spender für die Wir-AG. Wir danken ihm.' Damit sinds am Pranger, quasi."

Maria kicherte, die drei Männer schauten sie an, als wäre sie selbst die Wir-AG. Geschwind schlüpfte sie mit dem fertigen Espresso zur Tür hinaus. Ein zweiter Kaffee war es nicht wert, zum Punchingball für frustrierte Ermittler zu werden.

Angesichts der beiden Plastikbecher voll mit mattbraunem Automatengebräu, die Phillip schon besorgt hatte und die Maria nun auf den Knien ihrer hochgelagerten Beine balancierte, bereute sie ihre Flucht. Sie linste zu Phillip, der mit geschlossenen Augen den Duft des Espressos in seine Nase steigen ließ. „Weißt, das Ganze erinnert mich irgendwie an diesen Film, wo die Jugendlichen in den Villen die Möbel ..."

„Die fetten Jahre sind vorbei."

„Genau. Wobei, die ersten, die das weiterdenken, sind unsere Robin Hoods ja nicht, da war doch auch einmal so eine Bande in Hamburg, die die Leute in den Restaurants ausgeraubt und dann das Geld verteilt hat."

„Richtig. Nur die unseren sind ...“, Phillip wiegte den Kopf und grinste, „... ein Stück professioneller. Schade, dass wir uns nicht in den Fall einmischen können. Jetzt wird's nämlich echt interessant.“

„Na, ich weiß nicht, die Aktion heute, die war so – umfassend. Ich kann mir nicht vorstellen, dass der Otzlberger bislang der einzige Beschenkte war. Das ist – das wär, wie wenn ein Greenhorn in einem Beisl die erste Dartspartie seines Lebens spielt und am nächsten Tag bei einer Meisterschaft antritt. Verstehst? Ich hab eher das Gefühl, dass es da noch ein paar andere Fälle gibt. Die haben einfach ein bissel üben müssen. Ich mein, fünf Opfer in einer Nacht! Nur stellt sich die Frage, warum niemand Anzeige erstattet hat. Schwarzgeld als Grund könnte ich mir vorstellen, bei dem einen oder anderen, aber haben wirklich alle selber Dreck am Stecken? Ich mein, bei den Beschenkten ist mir klar – oder wäre mir klar, warum da niemand geredet hat. Niemand gibt gern wieder was her. – Aber das ist alles Hirnwichserei. – Und es wird verdammt schwierig, also sind wir froh, dass das nicht unsere Baustelle ist.“

Phillip spitzte den Mund. „Na, wenn ich mich da so an vorletzte Nacht erinnere, würde ich sagen, dass schwierige Fälle so ganz dein Metier sind.“ Er neigte den Kopf und deutete mit der wedelnden Hand einen höfischen Kratzfuß an. „Abgesehen davon natürlich, dass du unsere prämierte Mörderfängerin bist.“

„Natürlich.“

Phillip grinste, und Maria schien, als hätte da am zweiten Kompliment ein kleiner Dorn gehaftet. Nein, Phillip war ihr den Erfolg nicht neidig. Nicht Phillip.

Er stöhnte auf. „Ja, nur leider sind das bloß Diebe, nicht unsere Abteilung.“

Damit lehnte er sich in seine bequeme Haltung zurück und nahm wieder einen Schluck vom Espresso. Eigentlich hatte Maria gehofft, er würde, ganz Gentleman, ihr die Beute überlassen. Ein Tagtraum fiel ihr ein, den sie am dritten Tag ihrer Bekanntschaft mit Phillip gehabt hatte. Damals waren sie wie Hund und Katz gewesen, sie hatte ihn in eine andere Abteilung versetzen lassen wollen, hatte davon geträumt, dass er sie wie ein Lakai bediente, mit Kaffee und Mehlspeisen verwöhnte. Dass sie wilden Sex miteinander haben würden. Nun ja, zumindest dieser Traum war in Erfüllung gegangen. Nur jetzt bediente sie ihn, ganz das wegen wilden Sexes gurrende Weibchen. Das musste sich ändern.

Maria hob leicht die Augenbrauen, spannte die Wangemuskeln und hoffte, dass sie nun ganz wie eine absolut überlegene Marlene Dietrich wirkte.

„Ich würde sagen, Kollege, ich hab Ihnen jetzt gezeigt, wie's geht Espressos abzustauben. Ab morgen sind wieder Sie dafür zuständig, dass da bei uns ein bissel ein Luxus einzieht."

Ein verschmitztes Lächeln machte Phillips Mund unendlich sexy. Dann öffnete er die Augen, die nun genau jenen Ausdruck hatten, der sie auf der Stelle flach legte.

„Ja, Chefin. Natürlich. Es wird mir ein Vergnügen sein."

Was? Was würde ihm ein Vergnügen sein? Marias Körpergefühl reduzierte sich auf Brüste und Unterleib. Nicht schon wieder! Viel zu lange, seit Wochen schon, war sie Sklavin ihres Körpers. Und es öffnete sich, obwohl so eine Amazone in ihrem Hinterkopf ‚Nein' brüllte, leicht ihr Mund. Synchron nahmen sie und Phillip die Beine vom Fensterbrett, synchron wandten sie sich einander zu. Phillip schob ihr, ohne den Blick zu lösen, die halbvolle Espressotasse zu. Sie trank den letzten Schluck. Er sah auf ihren Mund. Sie spürte einen Tropfen auf ihrer Unterlippe und leckte ihn ab. Die Amazone in ihr meldete sich und schimpfte, dass sie beide sich gerade wie eine Tusse aus einem Werbespot benehmen würden. Maria brachte sie zum Schweigen, indem sie noch eins draufsetzte. Sie strich sehr, sehr langsam mit dem Finger über ihre Lippe.

Phillip schluckte. „Und du hast ihnen echt die Internationale vorgesungen?"

Maria deutete ein kleines Stück an.

Phillip flüsterte: „Meine süße Gemeindebaupflanze, du."

Maria hob die Schultern und lächelte. Das ewige Grinsen tat langsam weh, doch sie konnte nicht anders. Ihr gieriger Körper machte, was er wollte.

Phillip hob die Augenbrauen. „Weißt du ...", er räusperte sich, doch seine Stimme behielt das gebrochene Timbre, „... dass wir's noch nie im Büro gemacht haben?"

Maria hatte das Gefühl, dass sie nur mehr aus Augen bestand, die Phillips Zungenspitze zwischen den Lippen fixierten. Sie brachte kein Kopfschütteln zustande, nur ein Raunen.

„Zu viele Zuschauer."

Phillip nickte bedächtig. Dann musterte er ihre Schreibtische, die einander gegenüber und Kante an Kante standen. Er lugte auf die Seitenteile hinunter. Maria wusste, was er sah. Es waren durchgehende Holzplatten.

Phillip grinste. „Aber mir fällt da ein Dankeschön für dich ein, weil du den Kaffee ..."

Jetzt rannten die Denkhelferleins in Marias Hirn wild durch die Ganglien. Er konnte doch nicht tatsächlich das vorhaben, was sie dachte, dass er vorhatte? Da beugte sich Phillip schon unter die Tischplatte. Marias Blick schnellte zu den beiden Türen, zur Eingangstür und zu jener von Sekretärin Gabi, er landete auf den beiden Plastikbechern, die sie anscheinend erneut umklammert hatte und beinahe zerdrückte, und er schnellte zu Phillips dunklem Harrschopf, der glücklicherweise wieder auftauchte.

Phillip schien etwas zu überlegen. Unter seinem Blick, der ihren Oberkörper abtastete, stellten sich ihre Brustwarzen auf. Dann wanderte sein Blick nach unten. Die Tischplatte war kein Hindernis, Maria spürte den Blick zwischen ihren Beinen. Sie öffnete und schloss sie, öffnete und schloss sie. Ein wellenartiger Krampf schüttelte sie. Maria stieß die Kaffeebecher um. Das löste den Bann.

Eilig riss sie Kleenex aus der Packung zwischen ihnen, tupfte und schmierte. „Phillip, lass das, bitte. Halt dich an unsere Abmachung. Verstanden?"

Sie mied seinen Blick, was ihn dazu veranlasste, an ihre Seite zu treten. Geschäftsmäßig stützte er sich auf, dabei blies er ihr ins Ohr. Gänsehaut und noch härtere Brustwarzen waren die Folge. Schließlich nahm er die Ohrspitze sanft zwischen seine Zähne. „Hab ich heut Nacht irgendwas falsch gemacht? Willst du mich jetzt bestrafen? Dann muss ich mich ja erst recht entschuldigen."

Marias Antwort interessierte ihn anscheinend nicht, denn nun leckte er sich bereits ihren Hals entlang. Zugleich ließ er sich in die Knie sinken. In Maria stieg das Bild von dem auf, was Phillip in der Nacht nach dem Zungenspitzenopener hatte folgen lassen. Da krampfte sich ihre Muschi zusammen, und zwar nur ihre Muschi, das machte den Rest von ihr willenlos. – Nein! Sie durfte nicht schon wieder willenlos werden.

„Phillip ..."

Maria hörte ihre Stimme und wunderte sich mit einem kleinen Teil ihres Ichs über deren Fremdheit. Das war eine andere Frau, die da krächzte, der heiß war, die sich die Kleider vom Leib reißen wollte, der es egal war, ob sie gleich von jemandem beim Stöhnen gehört wurde, die sich einfach nur in eine riesige Wolke aus Lust fallen lassen wollte. Es musste eine andere Frau sein, die eben ihre Contenance verlor, es konnte nicht Maria, die Kommissarin, sein. Denn die war tough, beherrscht, cool, über pubertäre Ausflipper mit ihren siebenunddreißig Jahren längst erhaben. Und diese Maria musste wieder die Oberhand gewinnen. Doch das war schwer, denn Phillip war bereits in der Phase, in der er mit sanften Bissen ihren Oberschenkel zum Zittern brachte.

Maria konzentrierte sich, zwang ihren Blick auf das Hier und Jetzt. Nur langsam verlor der Kasten neben der Eingangstür seine gebogene Gestalt. „Phillip, bitte, wir haben gleich ..."

Er umfasste ihre Beine und drückte sein Gesicht an ihre Muschi.

„Phillip! Da kann jederzeit – du bist so ein Idiot – wir müssen ..."

Maria stieß ihn weg, und Phillip landete unter dem Tisch auf seinem Hintern. Sein Kopf krachte gegen die Rückwand des Schreibtisches. Gleichzeitig mit seinem Schmerzensschrei klopfte es an der Tür.

Natürlich klopfte es an der Tür. Es wäre erstaunlich, hätte es nicht an der Tür geklopft. Diese Stunden waren die umtriebigsten im Präsidium, noch dazu nach diesem Geldregen heute Morgen. Es war nur eine Frage der Zeit gewesen, bis es an der Tür klopfen würde. Die Eingangstür schwang auf. Gottl alias Trautgott Mühle, Chef aller Ermittler, strahlte Maria an.

Sie spürte, wie Phillip reflexartig aufstehen wollte, erstaunlicherweise zugleich den Kopf einzog und deshalb nur mit dem Rücken gegen die Unterseite der Schreibtischplatte knallte, wie ihr deren Erschütterung verriet.

Nein, das war jetzt nicht die Realität, das konnte nicht die Realität sein. Ihr Partner kauerte jetzt nicht unter ihrem Schreibtisch, weil er bei einem oralen Übergriff gestört worden war. Sie befand sich gerade in einem Albtraum, der wie ein schlechter Teenie-Film gestrickt war. Ja, das musste es sein, es war alles nur ein Traum, inklusive Geldregen. Sie lag auf der Couch in ihrer Wohnung und musste jetzt aufwachen, weil sie sonst zu spät in den Dienst kam.

Gottls Aftershave stach Maria in die Nase. Alles Realität, sie befand sich in einer der peinlichsten Situationen ihres Lebens. Nach dem nächsten multiplen Orgasmus, den Phillip ihr jetzt schuldig war, würde sie ihm die Glock in den Nacken rammen und abdrücken.

Maria strahlte Gottl an, der sah zu Phillips leeren Platz. „Wo ist denn Ihr Kollege, verehrte Kollegin? Haben Sie jetzt nicht einen Termin?"

„Äh – Untersuchung. Er – er ist auf Durchsuchung. Für sich. An sich, meine ich. Er muss aber jeden Augenblick kommen – auftauchen. Hier sein, meine ich."

Gottl trat schwungvoll zu Marias Schreibtisch, der zu zittern schien. Anscheinend drückte sich Phillip mit jedem seiner Schritte weiter in die Tiefe des Ungetüms.

Gottl neigte sein Haupt. „Löblich, löblich, schon in seinen jungen Jahren. Er ist wirklich sehr umsichtig, unser Kollege Roth. Sehr gewissenhaft."

„Ja, sehr gewissenhaft, geradezu akribisch – könnte man sagen."

Dabei stieg Maria Phillip auf die Finger. Bewusst. Der finale Racheakt lag in zu weiter Ferne, sie brauchte jetzt Erleichterung.

Nun setzte sich Gottl auch noch auf Marias Schreibtisch. Er hatte heute wohl seinen legeren Tag. Maria spürte Schweiß unter ihren Achseln.

Gottl beugte sich zu ihr. Seine Stirn war gerunzelt, doch sein Blick war freundlich. „Liebe Maria, ich möchte da etwas mit Ihnen besprechen, nachdem Sie ja heute nicht an unserem Roundtable teilnehmen können."

Wie gut, dass Maria vor Kurzem bei einem beschwipsten Weibergespräch von der Eisenstein, Gottls Sekretärin, erfahren hatte, dass Gottl Führungsseminare besuchte, sonst hätte sie bei *Roundtable*, einem Wort, das so gar nicht zu Gottls altertümlicher Aura passte, laut herausgelacht. Sie war wirklich froh darüber, auch wenn die Eisenstein sich wohl bis jetzt für diese Minuten der Schwäche verdammte. Denn diese Seminare, die zwar etwas – für einen Polizisten – Lächerliches hatten, zeigten doch, dass Gottl wirklich bemüht war, den Umgang unter den Kollegen und sein eigenes Verhältnis zu ihnen zu verbessern. Das war schön. Dass er als Jurist und nicht als gelernter Polizist an der Spitze stand, brachte ihm ohnehin genug Anfeindungen. Jetzt fehlte ihm nur noch das überzeugende Auftreten. Denn seine irgendwie weltfremde, distinguierte Art galt im besten Fall als schrullig.

Maria beugte sich zu ihrem Chef und trat dabei Phillip noch einmal auf die Finger. Ein Hauch von einem Laut war hörbar. Maria markierte einen Hustenreiz, lächelte Gottl entschuldigend an. Der studierte ihr Gesicht, zugleich schien er in den Raum zu lauschen. Dann schüttelte er sich, als wäre ihm die Überlegung doch nicht so wichtig. Maria fühlte Schweißperlen von ihrer Achsel die Seite hinunterrinnen.

„Also, liebe Maria, ich nehme an, Sie haben das Großereignis des heutigen Tages mitverfolgt?“

Maria nickte, Gottl nickte. „Ja, wir stehen also seit einer Stunde …“, er sah auf die Uhr, „… und achtundvierzig Minuten im Scheinwerferlicht. Wir, die Polizei. Die gesamte Polizei.“

Maria nickte pflichtschuldig.

„Ich sehe, Sie verstehen. Ich muss also wissen, bevor ich jetzt zur …“, Gottl würgte am Wort Pressekonferenz, doch es kam nicht heraus, „… ob bei Ihren beiden Mordfällen schon ein Licht am Horizont aufgetaucht ist?“

„Seit meinem Bericht gestern Abend nicht.“

Gottl zuckte mit der Nase, wie immer, wenn er mit einer – mehr oder weniger verhüllten – Verarschung seitens der Untergebenen konfrontiert war. Doch es folgte kein spitzer Mund mit angeschlossener Zurechtweisung. Vielmehr beugte er sich noch näher zu Maria. Mit seinen großen Augen wirkte er nun wie eine Statue in einer Kirche, die Gott anflehte.

Maria bekam Mitleid und ließ die kampfbereiten Schultern fallen. „Herr Mühle, ich kann Ihnen beim besten Willen nichts Neues sagen. Wir können Angela Pöttelsdorfer – nur, weil sie Grund zur Eifersucht hatte, und nur, weil sie kein Alibi hat – wir können ihr nicht den Mord an ihrem Mann anhängen." Maria atmete durch. „Wir haben keinerlei Schmauchspuren an oder bei ihr gefunden. Und sie kann, von Zeugen bestätigt, nicht schießen. Natürlich kann sie es gelernt haben, aber das müsste sie geheim gemacht haben, denn wir haben alle Schießkeller in Wien und der näheren Umgebung in Niederösterreich befragt. Andererseits muss sie es auch nicht können ..."

„Bei einem angesetzten Schuss."

„Richtig. Nur die Erfahrung zeigt ..."

„Dass Mörder einen ihnen vertrauten Gegenstand als Waffe benutzen. Und wenn es eine Eifersuchtsattacke gewesen wäre, hätte sie zugestochen."

„Wahrscheinlich. Natürlich kann sie einen Auftragskiller engagiert haben. Nur hat sie keine verdächtigen Telefonate geführt. Nicht ausschließen können wir natürlich, dass sie sich ein Wertkartenhandy besorgt und dann weggeworfen hat. Aber wir haben auch niemanden, der sie in einschlägigen Lokalen gesehen hat."

„Verstehe."

Das hatte er bei der gestrigen Sitzung, bei ihrer beinahe identischen Zusammenfassung des Falles, auch gesagt. Diese unnötige Wiederholung würde Maria zu einer frechen Äußerung reizen, wenn sie nicht in Gottls Gesicht das Wort *Panik* lesen würde. Also sprach sie weiter. „Ja, und die andere Überlegung, dass einer seiner Klienten Rache geübt hat, findet bislang auch keine Bestätigung. Viele von ihnen sind zwar im Visier von unseren Kollegen bei der Wirtschaft, manche sogar offensichtlich an der Grenze zur Illegalität, aber wenn man so die Statistik von Pöttelsdorfers Prozessen durchgeht, können alle sehr zufrieden mit ihm sein. Es ist ihm einfach nichts nachzuweisen. Und somit seinen Klienten auch nichts. Also warum hätte irgendwer von seinen Klienten was gegen ihn haben sollen?"

„Er ist nicht umsonst Staranwalt. Gewesen."

Gottl lachte, Maria mit. Stille dröhnte im Raum. Maria spürte Phillip nicht mehr. Sie hörte auch kein Atmen. Egal. Wenigstens gab der Mistkerl jetzt Ruhe.

„Und beim Fall Neumann?"

Gottls sanfte Frage riss sie aus ihren Gedanken.

„Auch nichts Neues."

Maria spürte eine Hand unter ihrem linken Hosenbein. *Entwarnung* durfte man nicht einmal denken und schon schlug das Schicksal zu. Phillips andere Hand streichelte unterdessen die Kniekehle und schien diese auch nicht als endgültiges Ziel auserkoren zu haben. Er war der widerlichste Vollidiot auf Erden, ein Prachtexemplar von der Gattung *Mit-dem-Schwanz-Denker*. Maria schlug aus und sprang auf. Gedämpftes, kurzes Gepolter. *Oh Gott, Gottl!* Vertuschen! Maria schlug mit der flachen Hand auf die Schreibtischplatte, ganz die enervierte Ermittlerin. Dann ging sie an ihrem Chef vorbei in den Raum, er wandte sich zu ihr. Gerettet. Nun noch die Masche mit dem entschuldigenden Blick der leidenden Untergebenen.

Gottl lächelte. „Wenn ich es nicht besser wüsste, Frau Kollegin, würde ich Sie bitten, Ihr nicht vorhandenes Haustier aus dem Präsidium zu entfernen. Wenn es denn ein Haustier ist."

Maria befand für Phillip einen Tod durch Erschießen als zu nett, die Glock würde sie durch ein Messer ersetzen und jeden einzelnen Wirbel ihres gottverdammten Bespringers aushebeln. Außerdem entschied sie sich dafür, die offensichtliche Attacke Gottls zu ignorieren, denn es fiel ihr beim besten Willen keine geeignete Entgegnung ein. Sie neigte ihr Haupt,

Gottl seines ebenfalls. Das konnte jetzt bedeuten, dass er als wahrer Gentleman die Peinlichkeit zu übergehen bereit war oder dass er die wahre Peinlichkeit tatsächlich noch nicht bemerkt hatte.

Nur nicht nachforschen. Geschäftig schlug Maria die Handflächen aufeinander. „Wir haben schon die Hälfte seiner Angestellten durch, wir haben seine Bekannten beim Lionsclub komplett durch, wir haben auch die Pedikürtante, die Zusammenräumerin, den Taxifahrer, den er sich regelmäßig engagiert hat, ja, sogar Anlagenverwalter, Rechtsanwalt und Steuerberater – alle haben wir befragt. Er war einfach nur beliebt und dabei der größte Eigenbrötler, den man sich vorstellen kann. In seinem Timer gibt es nicht eine Nummer einer Frau, die als Freundin in Frage käme. Keine Anrufe, die nicht zugeordnet werden könnten. Und in der Schwulenszene kennt man ihn auch nicht. Also, wenn er irgendein aufregendes Privatleben oder gar ein Sexualleben gehabt hat, dann hat er es gut versteckt."

Da war unter dem Schreibtisch gerade ein Grunzen gewesen. Maria schwor sich in dieser Millisekunde, diesen Mann unter dem Tisch nie mehr auch nur einen halben Meter an sich heran zu lassen. Er war ein dauergeiler, rücksichtsloser Macho. Jede Folter war für ihn zu harmlos und ein für sie durch nichts zu rechtfertigender Aufwand. Mit großer Geste griff sie sich an den Kopf und stöhnte.

Tatsächlich zog sie Gottls Aufmerksamkeit auf sich. „Ist Ihnen nicht gut, liebe Maria?"

Sie winkte ab. Ganz toll, jetzt musste sie wieder aus dieser für sie ungewohnt wehleidigen Nummer herauskommen. Es war Frühling. Was hatte man oder frau da so für Beschwerden?

„Kopfweh. Nur ein bisschen Kopfweh. Das ist wahrscheinlich der Fön."

„Ich wusste gar nicht, dass wir Fön haben."

„Nicht? Ich meine, wahrscheinlich diese Fälle. Ja. Und die Kollegen von der Wirtschaft sitzen über Neumanns Büchern. Aber bislang gibt es keine Spuren von Unregelmäßigkeiten. Ich meine jetzt nicht, dass er ein Engel war, so ein knallharter Wirtschaftstyp halt. Aber nichts Unregelmäßiges. Die Steuerfahndung hat ihn noch nie im Visier gehabt. Wobei sich ja sein Geschäft nicht wirklich für krumme Dinger eignet. Ich meine, Lebkuchenherzen sind zwar kriminell kitschig ...", Maria lachte auf und genierte sich im selben Moment für dieses Theater, „... aber nicht prinzipiell kriminell. Und sicher nicht im Visier der Mafia."

Gottl nickte, dabei sah er Maria direkt an. Sie kam sich wie eine Gymnasiastin bei einer schlecht vorbereiteten Prüfung vor. Maria senkte ihre angespannten Schultern. Dadurch fühlte sie sich aufrechter und Gottl ebenbürtig.

Sie hob die Hände. „Herr Mühle, ich weiß nicht, warum Neumann erschossen wurde. Ich weiß es einfach nicht."

In die nachfolgende Stille drang vom Zimmer nebenan ein lauter Lacher von Sekretärin Gabi herein. Offensichtlich erzählte sie jemandem etwas. Die Lautstärke konnte nur bedeuten, dass sie einen neuen Lover hatte – oder dass sie etwas von dem Geldregen am Morgen ergattert hatte. Sie war ja auch zu spät zum Dienst erschienen.

Auch Gottl wandte den Blick zur Verbindungstür. Dann ging er zur Pinwand, wo die Fotos der Mordfälle Neumann und Pöttelsdorfer hingen. Zur Pinwand hinter Marias Schreibtisch, der eben zu dieser Wand offen war und ihrem Chef gleich die ganze Peinlichkeit präsentieren würde. Maria war mit zwei Schritten hinter Gottl, suchte verzweifelt nach einer Ablenkung, die ihren Chef davon abhalten würde, sich umzuwenden und unter den Schreibtisch ... Marias Blick fiel auf die gefährliche Stelle. Ein dunkles Nichts. Unwillkürlich beugte sie sich etwas vor. Da war wirklich nichts. Wo war ...? Sie richtete sich steif auf, ließ dabei ihren Blick schweifen. Nichts. Sie fuhr zusammen, als Gottl wieder sprach.

„Beide erschossen und beide ...“, Gottl wandte sich um, „... mit angesetztem Schuss. Beide selbe Type, selbes Kaliber, nur unterschiedliche Waffen. Beide ehrenwerte Männer der Gesellschaft. Irgendeinen Berührungspunkt, liebe Kollegin, irgendeine Verbindung muss es zwischen den beiden geben. Es waren keine Raubüberfälle. Also was ist, wenn das weder Zufall noch ein doppelter Racheakt war? Wenn wir es mit einem Serientäter zu tun haben? Sollten wir nicht eventuell Buchmann ...“

„Ich finde, ...“, Maria legte all ihre Stärke in diese beiden Worte, „... wir sollten erst alle grundlegenden Ermittlungen durchführen, bevor wir einen Fallanalysten hinzuziehen.“

In Gottls Gesicht war keinerlei Regung zu erkennen. *Das reicht nicht, Mädel, das reicht nicht!* Da kam Maria der rettende Gedanke. Unwillkürlich stahl sich ein Lächeln auf ihr Gesicht. „Sie wissen doch, Herr Mühle, wenn wir Buchmann hinzuziehen, dann haben wir vor der Presse überhaupt keine Ruhe mehr, denn dann wissen sie, dass wir nichts wissen. Und so können Sie sich – und das können Sie doch so wunderbar – aus der Affäre ziehen. Wir sind einfach mit unseren Ermittlungen noch nicht fertig.“

Maria hörte ein Lachen. Nein, sie halluzinierte, denn Gottl zeigte keinerlei Reaktion. Er schien in Gedanken versunken. Genauso abwesend marschierte er zur Tür.

Dort wandte er sich um. „Es tut mir leid, dass ich Sie mit meinen unnötigen Fragen aufgehalten habe, ich dachte nur – ich habe gehofft ...“, er zuckte mit den Schultern, wandte sich zur Tür und wieder zu Maria, stakste ein paar Schritte in ihre Richtung, „ ... wir haben diese verdammten Robin Hoods am Hals und zwei knallharte Morde, die wir nach mehr als zwei Wochen noch immer nicht gelöst haben. Wie, glauben Sie, denkt die Öffentlichkeit über uns? Wie?“

Gottls Ton war verzweifelt, nicht im Ansatz besserwisserisch oder bellend. Er hatte wirklich Angst, sich der Pressemeute zu stellen. Und Maria musste ihm recht geben. Die Arbeit der Polizei stand momentan in gar keinem guten Licht da.

„Ich werde mein Bestes geben, Herr – Hofrat." Maria hoffte, dass Gottl diese offizielle Anrede diesmal ausnahmsweise nicht als Spitze empfinden würde. „Ich meine, wir werden unser Bestes geben, meine ganze Gruppe."

Gottl nickte, sah sie eine Unendlichkeit lang an, öffnete sacht die Tür, wandte sich um. „Ich wünsche Ihnen viel Glück bei der Einvernahme jetzt. Vielleicht ..."

Er wandte sich wieder ab. Maria machte einen Schritt auf ihn zu – und hoffte, dass niemand Spezieller, der jetzt irgendwo in diesem Raum in irgendeiner dunklen Ecke kauerte, diesen Sympathieausbruch für Gottl mitbekam. „Ja! Vielleicht."

Gottl schenkte ihr ein väterliches und Marias Schreibtisch ein verschmitztes Lächeln.

Maria durchmaß die Gänge des Präsidiums im Stechschritt. *Die Pöttelsdorferin wartet im Vernehmungszimmer.* Sie murmelte diesen Satz gebetsmühlenartig, um den Grant – was hieß Grant! – den Hass auf ihren Partner irgendwie in den Griff zu bekommen. Doch die Eigenhypnose war zu schwach, sie schnellte zu Phillip herum und zischte: „Es ist mir egal, wie du es geschafft hast, unter deinen eigenen Schreibtisch zu kommen. Nie wieder, hörst du? Nie wieder!"

Doch an Phillip schien die Peinlichkeit der letzten Minuten spurlos vorübergegangen zu sein. Männer! Sie dachten tatsächlich nur mit ihrem Schwanz. Sie könnte schon entlassen sein! Und jetzt grinste er sie auch noch an. Mistkerl.

Maria blieb abrupt stehen. „Und dazu sagst du nichts. Ja nichts." Sie suchte all ihre Überlegenheit zusammen. „Du stehst auch auf den Gottl, wenn ich dich erinnern darf. Ich sag nur Faschingsfeier."

Phillip zuckte zusammen und Maria paradierte die Gänge des Präsidiums weiter. Wie gut, dass ihr jetzt die letzte Faschingsfeier eingefallen war, auch wenn sie Phillips Ehrerbietung gegenüber Gottl nur aus Erzählungen kannte. Er hatte auf den Chef angeblich ein Loblied gesungen, nachdem dieser nach einer Schlägerei rassistische Kollegen von der Feier verbannt hatte.

Hinter ihr schnaufte es. „Du solltest mich vorgehen lassen."

Sie wandte sich nicht um. „Warum?"

„Damit du mich in den Hintern kneifen kannst. Ich hab heut Lust auf Chinesisch."

Maria zeigte ihm über die Schulter den gestreckten Mittelfinger. So eine Frechheit von diesem Typen, auf ihr Kennenlernen anzuspielen. Gut, sie hatte ihm damals ein oder zwei Mal auf den Hintern geklopft, sie hatte ja klarstellen müssen, dass Mister Macho in ihr eine würdige Gegnerin gefunden hatte. Doch im Vergleich zu seinen ständigen Fummeleien jetzt waren die Tätscheleien damals Peanuts. Und im Grunde war es ja auch nicht die Anzüglichkeit an sich, die sie störte, es war Phillips Sorglosigkeit, die daraus sprach und die schon an Dummheit grenzte.

„Maria! Bleib stehen. Bitte."

Sie blieb stehen. Sah sich um. Zu viele Menschen. Zu viele, die sie beide kannten und beobachteten. Von Anfang an war das Gerücht reihum gegangen, dass sie beide eine Affäre hätten. Was nicht stimmte. Anscheinend konnte sich niemand vorstellen, dass ein Macho, der gut aussah und neu in die Gruppe einer – halbwegs attraktiven – Frau eintrat, nicht sofort mit ihr ein Verhältnis begann. Das ließ interessante Rückschlüsse zu. Entweder dachten alle, sie wäre ein willenloses Püppchen. Oder die meisten Menschen hatten selbst nichts anderes als

Affären im Kopf und projizierten ihre Wünsche auf die Umgebung. Einmal müssten, wie in einem Film, einen Tag lang alle Phantasien Realität werden, die Wahrheit würde die Welt einfacher machen. Oder auch nicht.

Maria nickte Glotzauge, Sinclair, der beim Automaten irgendeinen Gesundheitsriegel verdrückte, siebensüß zu. Und sie wandte sich Phillip zu. Ihre Blicke sagten einander alles. Phillip ließ vor seinen Augen die ihr wohlbekannten Rollbalken herunter. Gut so. Jetzt war hoffentlich endlich Arbeit angesagt.

Phillip ging weiter, und Maria zwang sich, seine Gestalt auszublenden, jeden Gedanken, der nichts mit Arbeit zu tun hatte, zu verdrängen. Die coole Kommissarin in ihr übernahm auch tatsächlich nach ein paar Augenblicken wieder den Kommandosessel, alles entspannte sich. Vor der Tür zum Vernehmungszimmer bremste Maria. Phillip war daran vorbeigerannt. Gut so, ihn ließ ihrer beider Geschichte wohl auch nicht kalt. Sie drückte den Türknauf, doch die Tür nicht auf. Sie sah zu ihrem Partner. Er nickte. Alles in Ordnung. Wenigstens für den Augenblick. Maria sah, wie sich Phillip mit den Händen über das Gesicht fuhr.

Sie betrat den Raum. Phillip folgte ihr auf dem Fuß. Sie platzierten sich, ihren Rollen gerecht. Bad Boy, good Girl. Und dementsprechend nahmen sie die Pöttelsdorferin nochmals in die Mangel.

Maria verfolgte ihr eigenes Verhör mit Langeweile. Die siebente Session würde auch nichts Neues bringen. Auf der Wand neben Maria waren zwei Blutflecken von zerschlagenen Gelsen. Der Raum hatte keine Fenster. Die verdammten Blutsauger schafften es überall hinein. Sie gab es wirklich nur, damit die Menschen ihre Treffsicherheit üben konnten. Überhaupt sollten alle Blutsauger zur Jagd freigegeben werden. Diese Wir-AG hatte irgendwas Sympathisches, auch wenn sie natürlich kriminell war. Die Wir-AG. Das Wort hing noch quasi vor den Lippen der Pöttelsdorferin.

Maria hob die Hand. „Liebe Frau Pöttelsdorfer, was haben Sie gerade gesagt? Gefragt, meine ich?"

Die Frau zupfte ein imaginäres Staubflankerl von der Jacke ihres Kaschmirkostüms. Mit den aufgesteckten Haaren und den mittelhohen Pumps war sie gestylt wie immer. Und doch hatte Maria, wie immer, das Gefühl, dass das ganze Outfit der Pöttelsdorferin eine Art Verkleidung war. Sie war nicht aus dem Stall, dem sie anzugehören vorgab. Noch immer nicht. Sie schaffte es einfach nicht, ihre trostlose Kindheit in der Großfeldsiedlung am Stadtrand abzuschütteln. Die Heirat mit Pöttelsdorfer, der aus gutem Haus stammte, musste für sie eine Art Lottogewinn gewesen sein. Es wäre interessant herauszufinden, was die beiden verbunden hatte. All die Vernehmungen hatten noch keine schlüssige Erklärung gebracht.

Die Pöttelsdorferin verzog die Lippen und schaute Maria an. „Sie haben mir nicht zugehört."

Maria antwortete sicherheitshalber nichts, sie konnte ja kaum zugeben, dass diese Frau sie ertappt hatte. Und das Schweigen konnte man auch als Überlegenheit, so einen lächerlichen Vorwurf einfach zu ignorieren, auslegen.

Phillip tippte auf seinen Notizblock, den er, der eingeschworene Technikfreak mit Minilaptop, seltsamerweise seit Neuestem wieder benutzte. „Sie haben gefragt, ob der Mord an Ihrem Mann was mit der Wir-AG zu tun haben könnte. Wie kommen Sie darauf?"

Die Pöttelsdorferin lehnte sich zurück. „Es war nur so eine Idee." Sie lächelte Maria an, bereit, den Tagesordnungspunkt zu wechseln.

„Nicht lächeln, Frau Pöttelsdorfer, reden. Das kann Ihnen nur helfen. Wenn es plausibel klingt."

Die Pöttelsdorferin sackte in sich zusammen. Anscheinend hatten die vielen Verhöre ihre Wirkung getan. Sie wollte offensichtlich ihr altes Leben zurück, denn die folgenden Sätze perlten nur so aus ihrem Mund, dabei war ihre Tonlage, wie schon so oft, viel zu hoch. Diese Stimme, die pausenlos zwischen nicht harmonisierenden Tonlagen und Timbres wechselte, war auch etwas, was das um Eleganz bemühte Erscheinungsbild störte.

„Mein Mann – mein Mann war, wie Sie wissen, ein viel beschäftigter Verteidiger. Und – na ja, ein bissel ein Honorar hat sich im – dunklen Bereich verdoppelt, wenn Sie verstehen, was ich meine. Das war jedenfalls der Grund, warum wir nicht die Polizei gerufen haben, wie einmal in der Früh sein Laptop ausgepackt und online war. Daneben war so eine komische Figur, aus Ton oder was weiß ich, so ein kleines Männchen – ist mir irgendwie bekannt vorgekommen ..."

„Ja, Frau Pöttelsdorfer?"

„Ja, also diese Figur hat einen Zettel um den Hals gehabt, darauf ist gestanden ‚Danke für die Spende, die Wir-AG'. Wir haben uns zuerst nicht ausgekannt, weil im Haus nichts gefehlt hat. Es hat nicht nach Einbruch ausgeschaut. Aber der Laptop, der ist ja gelaufen. Und weil da Spende gestanden ist, hat mein Mann sein Konto angeschaut. Nur so aus einem Bauchgefühl heraus, weil die ganze Bankgeschichte ist ja irrsinnig abgesichert, mit Codes und so. Und ich weiß bis jetzt nicht, wie die das – na ja, jedenfalls war da nichts Auffälliges. Aber da ist auch nicht viel drauf gewesen. Und dann hat er sein – anderes Konto angeschaut, und da war auch nichts mehr. Alles weg! Verstehen Sie? Fünfkommafünf Millionen Euro einfach weg! Verstehen Sie?"

Maria holte tief Luft. „Ihr Mann hatte auf einem Schwarzkonto fünfkommafünf Millionen Euro?"

Die Pöttelsdorferin zupfte wieder an ihrer Jacke herum. Jemand sollte ihr einmal sagen, dass diese Geste nicht elegant, nicht einmal kapriziös, sondern nur zickig wirkte.

„Ungefähr. Ich weiß, dass Sie das jetzt Ihren Kollegen von der Wirtschaft oder wie das heißt melden. Aber ich – ich will, dass Sie den Mörder von meinem Mann finden. Es war mir wirklich wurscht, was er so durchgefickt hat, ...", da war sie in voller Pracht, die Tochter der Großfeldsiedlung, „... wann glauben Sie mir das denn endlich? Seine Orgien haben mich wirklich einen Scheiß interessiert. Ich meine – nicht so interessiert. Wurscht. Was ich sagen will – ich hab ihn mögen. Und ich hab ein sehr schönes Leben gehabt ...", jetzt wurde sie lauter, „... gehabt! Verstehen Sie? Das ganze Geld, was unsere Zukunft war, dieses ganze verdammte Geld haben uns diese Arschlöcher genommen! Von was soll ich jetzt leben, bitte sehr? Was glauben Sie? Von was? Seine Pension, also meine Witwenpension oder was weiß ich – jedenfalls das, was ich jetzt krieg, ist ein Lercherlschaß, verstehen Sie?! Ich will mein Geld wieder!"

Die Pöttelsdorferin saß kerzengerade da und kam Maria doppelt so massig vor wie zu Beginn des Verhörs.

Phillip beugte sich zu ihr. „Aber Sie werden es nicht bekommen."

Die Frau in dem schicken Kostüm, das bald abgetragen sein würde, schluchzte. Zum ersten Mal nach doch immerhin sechs ausführlichen Verhören und noch einmal so vielen Vernehmungen zu Beginn der Ermittlungen. „Ich weiß."

Maria nestelte ein Kleenex aus der Box am Schreibtisch und reichte es der Pöttelsdorferin. „Kann es sein, dass Sie uns da gerade einen riesigen Bären aufbinden?"

Die Pöttelsdorferin schaute sie mit großen Augen an.

Maria lehnte sich zurück und verschränkte die Arme. „Ich meine, warum erzählen Sie uns das Ganze erst jetzt? Haben Sie gedacht, wie Sie heute das mit der Wir-AG mitbekommen haben, das passt, so können Sie von sich ablenken?"

Die Pöttelsdorferin schüttelte den Kopf mit langsamen Bewegungen. „Ich weiß nicht, was Sie meinen. Es stimmt, was ich Ihnen gesagt habe."

Phillip beugte sich zu ihr. „He, Lady, Sie haben damit angefangen, es ist Ihr Problem, wenn wir Ihnen nicht sofort glauben. Also noch einmal: Warum erzählen Sie es uns erst jetzt? So ein Diebstahl ist doch nicht unwesentlich bei einem Mord."

Die Pöttelsdorferin spannte das Kleenex zwischen ihren Fingern und studierte es, als wäre darauf die Antwort geschrieben. „Ich weiß nicht. Es war – Sie hätten es mir nicht geglaubt. Die Figur gibt's nämlich nicht mehr, Christian – also mein Mann hat sie in der ersten Wut gegen die Wand geschleudert. Aber wir hätten sie auch sonst ...", sie hob den Kopf und sah Phillip gerade an, „...entsorgt halt. Ich meine ..."

Sie zuckte mit den Schultern, Phillip äffte sie nach. „Es ist halt ein bisschen peinlich, das Ganze mit dem Schwarzgeld. Oder gibt es vielleicht sogar noch mehr davon?"

„Dann hätte ich Ihnen wohl nicht davon erzählt."

Phillip sah sie lange an, die Pöttelsdorferin schaute weg, entdeckte nun ihrerseits die zerquetschten Gelsen an der Wand, betrachtete das Mikrophon am Tisch und sah wieder zu Phillip zurück. „Was?"

Phillip stützte die Hände auf und schlug die Fingerspitzen zusammen. „Wie Kommissarin Kouba schon gesagt hat, das Gschichtl ist sehr praktisch, um von Ihnen abzulenken."

Die Pöttelsdorferin stöhnte auf. „Jetzt geht mir das Ganze echt langsam auf die Nerven. Ich hab meinen Mann verloren! Und den ganzen Rest. Ich kenn mich hinten und vorn nicht mehr aus. Und was macht die liebe Polizei? Sie malträtiert mich mit stundenlangen Verhören."

„Nicht umsonst, wie man sieht."

Die Pöttelsdorferin presste die Lippen zusammen und schaute zu den Gelsenflecken auf der Wand.

Maria signalisierte Phillip mit einem Blick, dass jetzt sie wieder an der Reihe war. Er nickte.

Maria stützte sich auf dem Tisch auf. „Sie haben gesagt, Sie haben den Diebstahl am Morgen entdeckt. Das heißt, der Einbruch war in der Nacht und Sie haben nichts gehört?"

Jetzt würgte die Pöttelsdorferin, ganz die feine Dame, die etwas Peinliches zu gestehen hatte. Die Rückkehr in diese Rolle war doch absolut verlorene Liebesmüh! Als Abschluss des Theaters wählte die Pöttelsdorferin einen großen Augenaufschlag. „Wir haben uns ein Video angeschaut."

Stille. Phillip bot ihr Zigaretten an, sie schüttelte den Kopf. „Ich rauche nur Shit. Danke."

Ihr Mann hatte wohl verabsäumt, ihr beizubringen, dass das in diesen Kreisen Marihuana hieß – wenn man es überhaupt zugab.

Maria machte mit den Händen eine auffordernde Geste. „Ein sehr lautes Video? Oder ein sehr spannendes?"

Die Pöttelsdorferin kringelte die Locke, die bewusst aus der Hochsteckfrisur herausgezupft worden war, um den Finger. „Ein Video von seiner letzten Session. Christian hat da so ein paar Freunde – und Freundinnen natürlich, mit denen er sich so ab und zu ein bissel eine Entspannung gönnt. Und das finde ich dann auch immer ganz – anregend. Ist mir lieber, als dabei zu sein. Ich bin extrem geruchsempfindlich."

Interessante Erklärung, warum man Pornos statt Orgien konsumierte. Maria fiel ihr Erlebnis damals im Swinger-Club ein. Als sie, aufgeheizt durch die Ermittlungen in diesem Milieu, sich einen Fick mit gleich zwei Männern gegönnt hatte. Es war eine gewisse Überwindung gewesen, ohne Alkohol hätte sie sich auf diese geile Sache sicher nicht eingelassen, immerhin hatte sie die Männer nicht gekannt. Aber auf den Geruch hatte sie dabei nicht sonderlich geachtet. Wahrscheinlich hatte er einfach gepasst. Eigentlich hatte sie in diesem Punkt bislang mit niemandem ein Problem gehabt – und überhaupt Phillip, das Fruchtbusserl. Egal, an welcher Stelle sie schnüffelte, sie wollte seinen Duft bis in die Lungenspitzen inhalieren. Dabei konnte sie ihn gar nicht beschreiben. Als sie ihre Freundin Elsa einmal danach gefragt hatte, hatte Maria nur gestammelt – Hilfe, sie war schon wieder bei Thema Nummer eins. Zu viel Sex produzierte eindeutig einen Tunnelblick. Nein, an ihrer Fixiertheit war ihre Arbeit schuld. Die Zeugen, die Fälle – in siebzig Prozent der Untersuchungen hatten sie es mit Liebe und Sex zu tun, und wenn es nur ein Eifersuchtsmord war. Das musste ja abfärben.

Die Nasenflügel der Pöttelsdorferin zitterten. Das war interessant, denn bislang hatte sie kaum Trauer gezeigt. Sogar als Phillip die vielen Affären, die man ihrem Mann nachsagte, aufgezählt hatte, hatte die Pöttelsdorferin nur bestätigend genickt, kein Schreien, kein Weinen. Doch nun, im Gedanken an die Videonachmittage, trauerte sie. Die beiden hatten wirklich eine ungewöhnliche Beziehung gehabt.

Die Pöttelsdorferin holte Luft. „Wir machen das regelmäßig, jeden Sonntag. – Haben es gemacht. Das war unser Tag, der Sonntag. Kombiniert mit Sauna und so.“ Sie sah Maria an. „Und der Wellnessbereich ist ja am anderen Ende vom Haus, wie Sie wissen.“

Phillip nickte und nickte nochmals. Wahrscheinlich stellte er sich gerade vor, was man alles in diesem privaten Wellnessbereich machen konnte. Maria jedenfalls stellte sich sofort vor, wie Wasser auf Kohlen zischte und ihr Schauer über den Rücken jagte.

Phillip räusperte sich. „Gut, Lady, ich fasse zusammen, Ihr Mann hatte Schwarzgeld, von dem irgendjemand – Moment. Wer kann davon gewusst haben?“

Die Pöttelsdorferin lachte auf. „Nur seine Klienten, sein Steuerberater, sein Bankmanager und ich.“

„Seine Klienten?“

„Na, ein paar von denen haben sich auch einen kleinen Polster geschaffen. Da ist es dann quasi von einem Konto in Liechtenstein gleich auf ein anderes Konto in Liechtenstein überwiesen worden. Sie haben immer ordentlich und korrekt bezahlt."

Nur nicht dem Finanzminister. Die ganze Sache war eigentlich eine Angelegenheit für die Kollegen von der Wirtschaft. Sollten die sich doch mit der Unmenge an Befragungen, die jetzt anstanden, herumschlagen. Inzwischen war Maria auch bereit, der Pöttelsdorferin zu glauben, dass tatsächlich die Wir-AG den Einbruch begangen hatte. Diese Typen mussten unglaublich gewieft sein, Insiderwissen besitzen. Denn Pöttelsdorfer war es immerhin jahrelang gelungen, nicht der Steuerfahndung aufzufallen. Doch wenn die Wir-AG so gut war, würde sie doch nicht mit einem Mord alles gefährden.

Maria seufzte. „Wann, Frau Pöttelsdorfer, war denn diese Geschichte eigentlich?"

„Na ja, ungefähr zwei Wochen vor der – vor dem – wie mein Mann gestorben ist."

Das war verdammt knapp beieinander. Maria wechselte mit Phillip einen Blick, er schien dasselbe zu denken, dann schüttelte er leicht den Kopf. Nein, es war eine blöde Parallelität. Nichts weiter.

Dieser Ansicht waren Navratil und seine Mannen auch. Denn warum sollte jemand erfolgreich einen Diebstahl begehen und zwei Wochen später einen Mord dranhängen? Trotzdem mussten sie die Möglichkeit mitdenken, vielleicht waren die Täter ja von Rache getrieben, vielleicht wollten sie ihre Opfer leiden sehen, bevor sie sie umbrachten. Und so sinnierten Maria und Phillip gemeinsam mit Navratil, während seine Kollegen zur Pöttelsdorferin stürmten.

Unterdessen bemühte sich Clemens, der Benjamin unter den Spurensicherern und zugleich aufstrebender Star der Kriminaldirektion Drei, zum wiederholten Male, vielleicht doch noch eine Unregelmäßigkeit bei Neumanns Finanzen zu finden. Der Lebkuchenproduzent war bei der Wirtschaftspolizei ein unbeschriebenes Blatt, aber er konnte doch wie Pöttelsdorfer etwas verheimlicht und den Diebstahl noch gar nicht bemerkt haben. Wer kontrollierte schon täglich seine Schwarzgeldkonten? Und vielleicht hatten die Diebe ihre Nachricht nicht immer hinterlassen. Bei der Durchsuchung seines Hauses hatten sie jedenfalls nichts gefunden.

Clemens hatte mittlerweile ein hochrotes Gesicht, immer wieder ließ er den Lollipop, den er im Mund stecken hatte, gegen die Zähne klackern. Seine Finger flogen die Tastatur hinauf und hinunter, kreuz und quer. Die Aufgabe schien sogar für ihn, den Hacker-Meister, eine Herausforderung. Wie geschickt mussten also die Täter erst sein, wenn sie es schafften, Millionen von gut versteckten Schwarzgeldkonten abzuziehen.

Maria wandte sich zu Navratil. „Sag, wie könnten die das gemacht haben? Ich mein, diese steinreichen Leutchen werden ja ihre Kennwörter nicht auf den Computer geklebt haben."

Phillip lehnte sich neben sie und beugte sich zu ihr, als wolle er ihr das größte Geheimnis der Welt verraten. „Es gibt mehr Dilos, als du glaubst."

Er grinste. Maria versetzte Phillip einen Knuff.

Navratil fuhr sich mit beiden Händen mehrmals durch die Haare. „Das nicht gerade, aber mit Geburtsurkunden und anderen Dokumenten kommt man im Normalfall ganz gut durch. Frag den Clemens, wie oft wir schon so unsere Pappenheimer drangekriegt haben. Ganz schnell und easy."

Der Angesprochene fand die Zeit, den Daumen zu heben. Dann murmelte er etwas, was Maria nicht verstand, weil er dabei den Lollipop nicht aus dem Mund nahm.

Navratil nickte ihm zu. „Richtig, in dieser Größenordnung ist das natürlich was anderes." Er wandte sich zu Maria und Phillip. „Also, wenn wir einmal annehmen, dass sie es immer so wie beim Pöttelsdorfer gemacht haben, mit Einbruch und nicht nur übers Netz, dann gibt's da zum Beispiel den Brute Force Password Cracker. Das ist ein Programm, das du ganz leicht organisieren kannst. Du installierst es direkt am PC vom Opfer und es schickt ein Passwort nach dem anderen los. Dabei greift es auf unglaubliche Datenmengen zurück, Wörterbücher, Zahlenkombinationen, etc. Im Normalfall braucht so ein Passwort Cracker ein paar Minuten. Bei einem normal abgesicherten PC."

„Und warum machen sie es nicht ganz einfach übers Internet, das geht doch auch, oder?"

„Klar, nur da ist es ein bissel aufwändiger, auch wenn das jetzt komisch klingt. Und weil sie sich mit diversen Programmen einschleichen müssen, hinterlassen sie mehr Spuren. Wir können dann den Weg zu ihnen viel leichter zurückverfolgen. Deswegen sind sie ja wahrscheinlich eingebrochen."

Phillip stieß sich vom Schreibtisch ab und schüttelte den Kopf. „Ich checks noch immer nicht ganz. Bei einem Einbruch hinterlassen sie ja auch Spuren, doppeltes Risiko sozusagen."

Da verstummte das Geklacker auf Clemens' Computer. Langsam drehte er den Kopf zu Phillip. Er nahm den Lollipop aus dem Mund und schaute stumm. Maria bemerkte, wie Phillip sich bemühte, den Blick cool zu erwidern. Clemens steckte den Lutscher wieder in den Mund und hämmerte weiter.

Navratil lachte. „Mach dir nix draus, Roth, mich schaut unser kleines Genie mindestens drei Mal in der Woche so an."

Phillip warf einen gespielt ängstlichen Blick auf den Youngster und lehnte sich wieder neben Maria.

Navratil ließ sich in seinen Sessel fallen. „Natürlich klingt das komisch. Und warum die den Aufwand mit den Einbrüchen treiben, ich weiß nicht, wahrscheinlich kommen sie nicht anders an die Laptops von ihren Opfern heran. Tatsache ist aber, dass dir die Welt offen steht, wenn du direkt dran sitzt. Du kannst das ganze Leben von deinem Opfer auf den Kopf stellen, und niemand findet eine Spur. So gut kann man die Maschinen gar nicht absichern. Für Extremfälle gibt's zum Beispiel Key Logger in allen Varianten. Die gibt's als Programm oder als Hardware. Im Prinzip machen die nichts anderes, als die Tastatureingaben zu protokollieren. – Geh, Clemens, erschreck sie ein bissel. Erklär's ihnen."

Noch mehr? Clemens ließ den Kopf hängen. Anscheinend war es für ein Genie wie ihn zu viel verlangt, Unwissenden wie ihnen so etwas Einfaches zu erklären.

Doch Navratil war sein Chef, also nahm er den Lollipop aus dem Mund. „Das Programm protokolliert, speichert dann versteckt die Daten oder schickt sie überhaupt gleich per Mail an den eigenen Computer weiter. Cooler sind die Hardware-Varianten ...", jetzt sah er sie wie kleine Kinder an und sprach extrem deutlich, „... Mini-USB-Stecker. Fünf Millimeter groß. Rein in den Steckplatz. No problem, weil du nichts checkst. Maschine an, und die Sniffer-Software flattert vom Stick auf den Rechner. Und die schreibt mit, speichert oder verschickt per Mail oder überträgt an einen Server. Danach pinselt sie brav mit dem Besen – also löscht alles, Stick raus, that's it. Eine Woche und du kennst die komplette Story von dem Alten. Oder der Alten."

Phillip schnalzte mit der Zunge. „Und wo kriegt man so ein Ding?"

Clemens deutete mit dem Kopf zu seinem Computer. „Jederzeit."

Navratil hob abwehrend die Hände. „Nicht über den Polizeicomputer!"

„He, das ist keine heiße Ware."

Clemens lehnte sich zurück, der Hauch eines Lächelns umspielte seinen Mund. Offenbar begann ihm die Rolle des Genies zu gefallen. „Ist natürlich net ganz billig, so ein Teil." Er klopfte mit dem Lollipop auf die Schneidezähne. „Aber mit fünfzehn Euro bist auch schon dabei. Ein Adapter. Total easy zum Kriegen. Den steckst einfach zwischen die Tastatur und die Maschin'. Same procedure. Irgendwann holst ihn wieder ab und keiner hat's gecheckt."

Maria entschlüpfte widerwillig ein „Wow". Clemens deutete mit dem Finger auf sie, was sie gar nicht leiden konnte. Vielleicht war da der Spruch ihrer Großmutter dran schuld, die immer gemeint hatte, man zeigt nicht mit dem nackten Finger auf angezogenen Leut'. Wahrscheinlich war es aber eher die Tatsache, dass ihr Clemens bei all seiner Genialität nicht gerade sympathisch war. Immer wieder nervte er sie mit Sprüchen, die schon fast ins rechtsextreme Lager passten.

Und prompt tippte Clemens noch einmal in ihre Richtung. „Yes. Wenn wir nicht solche Weicheier da oben sitzen hätten, die immer nur vom Datenschutz sülzen, könnten wir schon längst mit den ganzen Knoblauchfressern aufgeräumt haben."

Navratil setzte bereits an, Clemens zurechtzuweisen, doch Maria kam ihm zuvor, mit einem nackten Finger, der auf Clemens zeigte. „Ich bin sehr angetan von dir. Schön, dass du dein Wissen nicht an deine Kampfgenossen aus der rechten Szene weitergibst und sie so zu strafbaren Handlungen verleitest."

Clemens sah sie an und setzte sich wieder zurecht. „Ich bin kein rechtes Arschloch, und ich bin auch in keiner Szene, ...", damit drehte er sich zum Monitor, „... ich hab einfach nur eine andere Meinung."

Er hackte mit finaler Geste auf die Tastatur. „That's it. Der Lebkuchenmann hat nichts Verstecktes. Oder einen Meister gehabt. Ich muss amal pinkeln."

Damit verschwand er. Navratil zuckte mit den Schultern. „Also, doch nicht euer Fall, sondern unserer. Nur Zufall beim Pöttelsdorfer. Ich schau einmal ins Vernehmungszimmer."

Damit verschwand auch er.

Maria sah Phillip an, Phillip sah Maria an. Sie zündeten einander Zigaretten an, lehnten sich an den Tisch und wussten, dass sie dasselbe dachten.

Zwei Männer derselben Gesellschaftsschicht, idente Tötungsart, keine offensichtliche Verbindung im wirtschaftlichen Bereich, keine bei den Bekannten und Freunden. Der eine ein schillernder Bonvivant, mit seinen Aktivitäten jenseits der Legalitätsgrenze, immens reich. Der andere halbwegs reich, beliebt, ein unbeschriebenes Blatt. Der eine hatte ein ausuferndes Sexualleben gehabt. Der Ansatz war vielversprechend. Eifersucht, Kränkung, Demütigung, Betriebsunfall – nein, das nicht, aber alles andere waren gute Gründe für den Tod. Von Pöttelsdorfer, aber nicht von Neumann. Glaubte man seinen Aufzeichnungen und den Zeugenaussagen, war er abstinent gewesen. Die Puffs hatten sie alle abgeklappert, ebenso die Edelnutten und die Begleitservices. Straßennutten waren eine Möglichkeit, jedoch nicht Pöttelsdorfers Stil. Die Gemeinsamkeit mussten sie herausfinden. Außerdem war es nahezu ein Ding der Unmöglichkeit, alle Nutten Wiens zu befragen. Nicht nur, dass die meisten von den paar Tausend nicht gern redeten, Neumann war auch ein Typ gewesen, den frau sich nur merkte, wenn er ihr ein Diamantarmband schenkte.

Maria zeichnete mit der Zigarette einen Achter in die Luft. „Und wenn wir doch die Nutten befragen? Vielleicht hat Neumann sie ja reich beschenkt, dann haben sie sich ihn gemerkt. Und auch wenn es scheinbar nicht wirklich zu Pöttelsdorfer passt – man weiß ja nie."

Ein Stöhnen war die Antwort.

„Und wenn er – wenn er in Swinger-Clubs gegangen ist?"

Jetzt sah Phillip sie beinahe mitleidig an. Okay, Swinger-Clubs und Sexparties zusammen waren sogar für einen Mann wie Pöttelsdorfer ein zu dichtes Programm.

Die Gemeinsamkeit. Es musste sie irgendwo geben.

Natürlich! Auch Neumann konnte bei diesen Partys gewesen sein. Davon musste niemand aus seinem Dunstkreis wissen, diese Vergnügungen waren sicherlich sehr diskret organisiert worden.

Maria sprintete zum Telefon und ließ sich zum Vernehmungszimmer verbinden. „Frau Pöttelsdorfer, Kouba hier. Sagen Sie, diese Partys, von denen Sie immer die Videos gesehen haben, kennen Sie die Leute, die da dabei sind? – Aha. Und da ist nie eine verrutscht? Aha. Und Ihr Mann hat Ihnen nie erzählt, wen er da so – aha. Danke."

Maria lehnte sich wieder neben Phillip. „Die haben Masken bei ihren Feten aufgehabt."

„Sehr lustig."

Die trockene Antwort brachte Maria zum Lachen. Dann sahen sie einander an. Der reflexartige Sog setzte prompt ein. Maria konnte ihre Hände, die Phillips Nacken packen wollten, kaum unter Kontrolle zu halten. Glücklicherweise wurde Clemens hörbar, der draußen am Gang *Oh, when the saints go marching in* pfiff. Das entspannte sie, sodass sie wieder ruhig ihre Zigarette rauchte, als der Youngster das Büro betrat.

Clemens runzelte die Stirn, denn sie hatten in seiner Abteilung eigentlich nichts mehr zu suchen. Sie dämpften ihre Zigaretten aus und gingen zur Tür.

Da stoppte Phillip. „Wegen der ganzen Gschichtln über ihn gehen wir immer davon aus, dass Pöttelsdorfer nur Sex mit Erwachsenen praktiziert hat. Vielleicht hat er selber für seinen Ruf gesorgt, weil er auch noch eine andere Leidenschaft gehabt hat. Der Clemens könnte uns das doch noch kurz checken, oder?"

Nun gut, wenn man wie sie völlig blank dastand, war auch ein so abstruser Schlenkerer bei den Ermittlungen okay, obwohl sich Maria die beiden Toten nicht in Absteigen mit verängstigten Kindern vorstellen konnte. Allerdings brachte der Sitte jede Kinderpornorazzia ungeahnte Überraschungen. Also nickte Maria.

Clemens hämmerte.

Zehn Minuten vergingen. Fünfzehn. Im Grunde war es verlorene Zeit. Wenn Pöttelsdorfer und Neumann wirklich schräge bis perverse Typen gewesen waren, dann hatten sie sich wohl gehütet, irgendwelche Spuren zu hinterlassen. Pöttelsdorfer allein aufgrund seiner Profession, denn er wusste von all den Fehlern, die einfältigen Kriminellen unterliefen. Also auch Sexbesessenen. Ja, Spurenanalyse war sogar eine Leidenschaft von ihm gewesen, hatte er doch, laut Aussage seiner Frau, mit ihr auf sein Betreiben hin die Abende mit *CSI* und *Without a Trace* und *Cold Case*, diesen Kotzbrockenserien für jeden Ermittler auf dem gesamten Erdball, auf der Couch verbracht und so, wie auch alle Kriminellen, einiges gelernt. Er war für übliches Tastaturwichsen, das man hätte verfolgen können, eindeutig zu intelligent gewesen. Wahrscheinlich hätte er sogar einen separaten Computer und anderen Provider dafür verwendet.

Nach weiteren unendlichen Minuten schüttelte Clemens den Kopf. Keine Kinderpornoseiten. Maria klopfte ihm beschwichtigend auf die Schulter, eine wohl veraltete Geste der Anerkennung, denn der Zwanzigjährige hob unwillkürlich seine Faust, wahrscheinlich zum Gegenstoß, während er indigniert sein Gesicht verzog. Mein Gott, sie war mit ihren siebenunddreißig Jahren wirklich total weg vom Hier und Jetzt. Ein verunsicherter Blick in die Augen ihres Partners erinnerte sie an die letzte Nacht. Fleisch in Fleisch verkrallt. Nein, sie war intensiver im Hier und Jetzt als jemals in ihrem Leben zuvor. So sehr im Jetzt, dass sich alles andere in eine Parallelwelt verzog.

Und Maria war in der anderen Welt. Sie hörte hinter ihr die Bürotür zuklappen, spürte Phillips Blick auf ihrem Hinterteil, als sie den Gang entlanggingen, spürte gleich darauf seine Hände. Waren sie reell auf ihrem Körper? Sie bog kurz vor dem Lift ab ins Stiegenhaus. Dort blieb sie stehen. Phillip schloss die Tür. Sie riss ihn herum, stemmte den Fuß gegen die Tür, zog ihn am Arsch nahe zu sich und fuhr ihm mit beiden Händen unter das T-Shirt auf seine behaarte Brust, krallte sich ein. Seine Hände waren einen Hauch später unter ihrem T-Shirt, im beinah selben Augenblick hatten sie den BH über die Brüste geschoben. Massieren, Melken, Elektrizität. Marias Hand fingerte völlig selbständig am Hosenbund von Phillip herum.

Phillip nahm ihr linkes Ohr in den Mund und keuchte. „Okay, wir haben zwei Morde, von denen einer zufällig in der Nähe der Wir-AG ist."

Er ließ sich auf die Knie fallen und öffnete Marias Gürtel mit einem Handgriff. Er sog ihren Geruch ein, grub seine Nase in ihren Bauch.

Maria stöhnte auf. „Nicht unser – Revier. – Es muss – eine Verbindung ..."

Phillip knöpfte ihre Jeans auf und schob den Slip langsam, viel zu langsam hinunter. Sie drückte ihn von sich weg, er ließ sie nicht los. Sie keuchte, versuchte den Raum um sich herum aufzunehmen, die andere Maria, die Polizistin zum Reden zu bringen. Das Weiß der Decke schuf eine fragile Brücke.

„Die Pöttelsdorferin ...", Phillip drückte sich wieder an ihren Körper, „... wir haben sie nicht ...", Phillips Zunge spielte an ihrer Klitoris, „... genau nach der Art der Figur gefragt, die sie gefunden hat. Sie kann es ...", Phillip spreizte die Schamlippen, um noch tiefer vordringen zu können, „... aus den Medien haben. Wir müssen sicher sein können."

Maria riss Phillip hoch und knöpfte seine Jeans energisch auf. Unter der Unterhose war sein Schwanz spürbar. Sie befreite ihn aus seinem Gefängnis und massierte ihn. Dabei sah sie ihrem Sargnagel tief in die Augen. „Die beiden Typen – die Verbindung ...“

Phillip verschlang ihren Mund. Sein Keuchen, seine Hände, die überall zugleich zu sein schienen – die Brücke in die reale Welt bröckelte in sich zusammen. Maria schob ihre Hose zu den Knöcheln, stieg mit einem Bein heraus, Phillip packte es. Kurze Rückkehr in die Realität – sie waren hier in einem Stiegenhaus. Phillip drang in sie ein. Jetzt konnte sie niemand mehr stören, denn Maria presste sich mit dem Gewicht zweier Personen an die Stiegenhaustür. Und dann dachte sie nichts mehr, bis sie aufschrie. Phillip hielt ihr den Mund zu und sah sie an – sah sie an, als ob er sie aufsaugen wollte. Er stieß noch ein paar Mal in sie, genau so, dass sie nicht wusste, ob nicht schon wieder ein neuer Orgasmus in ihr aufstieg, und kam dann selbst.

Er blieb in ihr, auch wenn das die Kraft von ihnen beiden kostete. Phillip vergrub sein Gesicht in ihren Hals, sie roch seinen Haarschopf. „Phillip, wie wird das Ganze mit uns ausgehen?“

Er seufzte in ihren Nacken. „Irgendwie. Lassen wir uns überraschen.“ Er lachte kurz. „Wie sagt unsere Freundin Elsa immer? Jede Geschichte hat ihr Ende.“

Maria löste sich von Phillip, nahm sein Gesicht in ihre Hände. „Was meinst du damit?“

Es ruckelte in ihrem Rücken an der Stiegentür.

So geschwind hatte sich Maria seit ihrer Zeit als einziges Mädchen beim Fußballverein nicht mehr angezogen. Phillip hatte es eindeutig leichter. Ein Griff in die Unterhose, ein Ratsch. Alles an seinem Platz. Doch die Augen, die würden sie beide verraten. Und auch Phillips verwuschelter Schopf hatte eine Geschichte zu erzählen. Sie fuhr ihm ordnend durch die Haare. Er stopfte ihr eine Strähne in den Knoten.

Maria überlegte sich fieberhaft eine Ausrede dafür, warum sie die Stiegenhaustür blockiert hatte. Sie öffnete sie, ohne eine Ahnung zu haben. Da war niemand. Und jetzt stieg in Maria auch noch das Bedürfnis hoch, sich in irgendeine Spalte zu verkriechen. Ihr Körper reagierte rationaler und sah sich im Gang um. Weit entfernt standen zwei Kollegen, zu weit, als dass sie gerüttelt haben konnten. Orgasmen bescherten eindeutig Halluzinationen. Maria schloss die Tür. Kurz stellte sie sich vor, dass sie jemand hatte schreien hören. Oder, dass ja auch jemand über das Stiegenhaus und nicht durch die Tür hätte kommen können. Das war sogar ziemlich wahrscheinlich, weil viele den zu langsamen Lift mieden. Ihr wurde schwindelig.

Maria sah Phillip an. Sein Gesicht glühte. Er bot ihr eine Zigarette an. Seine Hand zitterte. Wie auch die ihre. Sie setzten sich auf die Stiege und rauchten ohne ein weiteres Wort. Als wäre es ein Dogma, ihre verkorkste Beziehung erst am Abend in seiner Wohnung zu diskutieren.

Auf den Stiegen unterhalb wurde eine Tür geöffnet. Allen Gewalten der Welt gedankt, erst jetzt! Schritte kamen näher, begleitet von sehr lautem Keuchen. Unwillkürlich fingerten Phillip und Maria an sich selbst herum, sahen einander an, bestätigten einander, dass sie ganz normal wirkten, erhoben sich, um durch die Tür in andere Gefilde zu verschwinden.

Ihre Sekretärin Gabi wogte um die Ecke. Damit hatte Maria am wenigsten gerechnet, denn Gabi setzte ihren barocken Körper so wenig Bewegung wie möglich aus.

Gabi wedelte, nach Luft ringend, mit der Hand. „Is irgendwie im Büro ein Rauchverbot ausgebrochen, dass ihr da im Gang herumsitzt? Weiß ich da irgendwas nicht?"

Nach einer weiteren Schrecksekunde lachten und brabbelten Maria und Phillip, bis Maria sich bewusst zurücklehnte. „Nein, wirklich nicht. Es ist heute nur so ein Narrenhaufen im Präsidium, da kann man einfach nirgends in Ruhe nachdenken."

Gabis Gesicht strahlte auf. Sie presste die Lippen zusammen und ließ sie mit einem Plop auseinanderschnalzen. Sie horchte ins Stiegenhaus und setzte sich zwischen die beiden Ermittler auf die Stiege, was absolute Platznot nach sich zog.

Abwechselnd sah sie Maria und Phillip an. „Ihr dürft nichts verraten, okay?"

Der große Aufbau der Geschichte, Gabis Geheimniskrämerei – plötzlich sah Maria das Bild von schwebenden Euroscheinen. Gabi hatte Geld ergattern können, so musste es sein.

Sie beugte sich zu ihrer Kollegin, um ihr direkt in die Augen sehen zu können. „Du musst sie dem Navratil geben."

Gabi wich zurück. „Was meinst du?"

„Gabi!"

„Ich hab sie ehrlich gefangen!"

„Du weißt, dass da Fingerabdrücke oder sonst was drauf sein können."

„Jetzt sind meine drauf."

„Gabi!"

Gabi wandte sich zu Phillip. Der zuckte mit den Schultern. „Shit happens. Bist du eine vom Club oder net?"

Gabi vergrub ihren Kopf in den aufgestützten Händen. „Nein. Ich will nicht. Verdammt noch amal! Das, was ich da heute gfangn hab, das ist zwei Mal mein Monatslohn! Damit kann ich endlich nach Amerika fliegn!"

„Zum ...", Maria wollte schon ‚Hengst' sagen, dann fiel ihr der Name von Gabis Lover ein, „... Denzel?"

Gabi nickte ergeben. Und Maria hatte Mitleid. Gabi hatte ihn am Beginn des Jahres noch als Teil der Wiener schwarzen Community kennen und schätzen, vielleicht auch lieben gelernt. Nach drei Monaten hatte Denzel wegen irgendeines Einwanderungsparagraphen das Land verlassen müssen. Nun wollte Gabi ihn unbedingt wiedersehen, um festzustellen, ob es ein Strohfeuer oder ob es was Ernstes gewesen war.

Maria streichelte Gabis Oberarm. „Was würde der Gottl jetzt sagen? Unrecht Gut ...“

Gabi nickte und wischte sich eine Träne ab. „ ... gedeiht nicht gut.“

Sie wedelte mit der Hand, als ob sie das Thema vom Tisch wischen wollte, und wuchtete sich in die Höhe. „Und ihr wundert's euch nicht, warum ich die Stiegen gehe?“

Ja, natürlich, das war zum Wundern. Es war jedenfalls verwunderlicher als zwei Ermittler, die auf dem Stiegenabsatz saßen und eine Zigarette rauchten. Das Bild war sogar aufdringlich normal in Zeiten von Kämpfen um rauchfreie Büros.

Maria nahm sich eine neue aus der Packung. Wenn sich ihre Situation mit Phillip nicht bald entspannte, würde sie eine Abhängige werden. Von allem. Zigaretten. Alkohol. Sex. Sie sog den Rauch ein und sah Gabi aufmunternd an.

Die strahlte sie an. „Na, ich werd jetzt abnehmen.“

Gabi Lächeln verschwand, als sich nicht das erwartete Juchzen einstellte. „Was is? Ihr macht doch immer Witze, dass ich viel zu blad bin!“

Phillip stand ebenfalls auf und nahm Gabis Hand wie der größte Charmeur, den die Welt je gesehen hatte. „Natürlich machen wir Witze. Denn wann macht man Witze? Wenn man etwas nicht mehr erträgt oder wenn man es in seiner außergewöhnlichen Art insgeheim doch liebt und es sich partout nicht eingestehen will.“

„Und wenn man auf was runterschaut. Wie auf die Burgenländer oder die Friesen oder die Blondinen – oder jetzt a auf die Machos. Hör zu, Roth, ich weiß da an Witz ...“

Phillip konterte die versteckte Drohung mit einem noch größeren Grinsen. „Meine Beste, du unterstellst mir was. Du bist ein Prachtweib, dessen geballte Weiblichkeit ich einfach noch nicht richtig in den Griff bekomme.“

„Net verarsch mi, Roth.“

Phillip sah sie geradeheraus an, und plötzlich dampfte Ehrlichkeit auf diesen paar ungemütlichen Quadratmetern.

„Liebe Gabi, du stimmst genau so, wie du bist. Es würde dir etwa fehlen, wenn du weniger hättest. Du bist einfach so. Und Models haben Männer in der Realität noch nie aufgegeilt. Wir wollen beim Sex was zum Angreifen. Die meisten zumindest."

Marias Hintern wurde heiß. Phillip liebte es, ihn zu kneten.

Gabi drückte mit dem Zeigefinger auf die Brust ihres Kollegen. „Und warum finden dann alle dünne Models so toll?"

„Weil sie erstens im Film oder auf Fotos dicker ausschauen, als sie sind. Also erträglicher. Und weil das Ganze zweitens eine kapitalistische Angelegenheit ist. Was glaubst du, was Schönheitschirurgen und Fitnesscenter damit verdienen? Wahrscheinlich sind alle Gazetten von solchen kapitalistischen Lemuren bestochen!"

Jetzt grinste er sein unwiderstehliches Grinsen. Und Gabi schmolz auch prompt dahin. Doch sie gab sich einen Ruck – wie bekannt Maria das vorkam!

„Okay, Roth, lass ma das." Sie wandte sich kurz um und wieder zurück. „Wennst mir einmal auf die Titten greifst, weilst geiferst, dann glaub ich dir." Sie schickte ein Grinsen hintennach.

Gabi schwang sich Richtung Gangtür und bremste sich sofort wieder ein. „Übrigens – ich hab jetzt alles durch von die Zwei. Dem Pöttelsdorfer und dem Neumann. Hat a bissel dauert, ich weiß. Hab net alle gleich erreicht. Aber ich hab was gfunden. Die einzige gesicherte Verbindung, die's zwischen die zwei gibt, war die Teilnahme bei einem Wirtschaftsessen im Rathaus. Kurz nach Ostern. Da waren sie, des is sicher, beide dort. Ich hab euch ihre Tischnachbarn rausgeschrieben."

„Meisterin der Recherche, wieso weißt du das? Der Clemens wird dir seine Computer auf dem Altar darbringen. Hebst du dir alle Tratschblätter auf?"

Gabi bedachte Phillip mit einem lässigen Lächeln. Die Strassringe, heute passend zum Gewand in Gelb, glitzerten im Sonnenstrahl, der durch das Fenster fiel, als ihre Hand eine grazile, unbestimmte Bewegung durchführte, die jede weitere Nachfrage unterband.

„Ob sie sich dort näher kennengelernt haben, das weiß i natürlich net. An einem Tisch sind's nicht gsessn. Aber was heißt des schon?"

Richtig, was hieß das schon? Maria sah ein Licht am Ende des Tunnels, das sie bislang aber nur blendete.

Die Frau war absoluter Durchschnitt. Es war anscheinend Grundbedingung, beinahe unscheinbar zu sein, um im Finanzwesen zu arbeiten. Sie hatte mausgraue Haare, die durch einen schnörkellosen Pagenkopf wie ein Helm wirkten. Sie war klein, hatte eine durchschnittliche Figur, wobei Maria die satten Brüste und das breite Becken auffielen. In ein paar Jahren, wenn sie den Fünfziger anvisierte, würde sie die klassische Matronenstatur haben. Doch selbst diese eindeutigen Formen schienen sich im Grau der Gesamterscheinung zu verstecken. Die Frau war ungeschminkt. Das anthrazitfarbene Kostüm hatte keinerlei Besonderheiten, es wirkte, als würde es von einem durchschnittlichen Kaufhaus stammen. Was mit ziemlicher Sicherheit eine Fehleinschätzung war, das war Maria klar, denn die CEO einer Privatbank kaufte nicht dort, wo Normalfrau kaufte.

Die Frau schien alles daran zu setzen, nicht bemerkt zu werden. Nur die Augen passten nicht zum langweiligen Gesamten, denn die waren ungewöhnlich aufmerksam.

Doch nicht nur das offensichtlich inszenierte Nichts war eigenartig. Auch, dass diese Frau sie bloß aufgrund der Frage empfangen hatte, ob die beiden Männer einander an ihrem Tisch, den sie mit Pöttelsdorfer und vier anderen geteilt hatte, kennengelernt hatten, war eigenartig. Das hätte sie doch am Telefon beantworten können. Maria bedauerte, dass die Krause erst am unteren Ende der Liste von Pöttelsdorfers Bekannten stand und sie sie noch nicht neutral, ohne den Konnex zu Neumann, befragt hatten. Irgendwie hatte sie das Gefühl, das wäre besser gewesen.

Die Krause bot ihnen mit einer sanften Handbewegung die perfekt aufgebrühten Espressos dar, die ein Sekretär, nein, natürlich ein Assistent, auf einem Tablett balancierte. Seine Bewegungen verrieten beste Kinderstube, seine aschblonden Haare waren kurz geschnitten und lenkten so die Aufmerksamkeit auf ein ebenmäßiges Gesicht, dem die Kanten fehlten, um schön oder interessant zu sein. Einzig die zusammengewachsenen Augenbrauen gaben dem Mann Individualität. Er passte perfekt zur restlichen Unauffälligkeit rund um Leopoldine Krause.

Phillip und Maria bedienten sich. Dem Geruch nach zu schließen war der Kaffee irgendeine Spezialmischung von irgendeinem Spezialhochland, jedenfalls etwas, das Maria mit Sicherheit noch nie in ihrem Leben getrunken hatte. Er schmeckte komplett anders als gewohnt, irgendwie nach Erde.

Phillip nickte anerkennend. „Ein Sidamo aus Äthiopien?"

Das erste Mal blitzte bei der Krause so etwas wie Überraschung auf. Es war aber nur ein kurzes Flackern. „À peu près. Ein Yirgacheffe aus Äthiopien." Sie nickte anerkennend. „Ich dachte, Polizisten trinken immer Automatenkaffee."

Jetzt lächelte Phillip. „Das ist nur in den Filmen so, weil Filterkaffee sich nicht so auf die Produktionskosten schlägt."

Die Krause stutzte, dann lachte sie auf. Mit einer eleganten Handbewegung deutete sie an, dass der Punkt an ihn ging, mit derselben Handbewegung dankte ihr Phillip. Pingpong. Zwischen den beiden sausten die Untertöne nur so hin und her. Maria verspürte beinahe so etwas wie Eifersucht. Phillip wusste also auch über Kaffees aus Äthiopien Bescheid. Dein Lover, das unbekannte Wesen.

Die Krause neigte den Kopf zur Seite. Sie wirkte plötzlich gar nicht mehr langweilig auf Maria, als sie Phillip so intensiv ansah. „Ja, es gibt bei beinahe allem eine zweite Ebene. Il y a quelque chose là-dessous toujours.“ Diese Frau hatte offensichtlich eine Macke mit dem Französischen. Sie schaute zu Maria. „Warum wollen Sie eigentlich wissen, ob ich dabei war, als die beiden Herren einander kennengelernt haben?“

„Warum wollten Sie mit uns nicht einfach am Telefon darüber reden?“

Maria kam sich nach dieser Frage unendlich plump vor. Und prompt lächelte Leopoldine Krause dieses Lächeln, das nur verhandlungsgewohnte, siegessichere Personen angesichts eines eindeutig unterlegenen Gegners haben.

„Weil ich annahm, dass Sie einen guten Kaffee zu schätzen wissen. Und ich Abwechslung in meinem Berufsalltag ebenso schätze.“

Okay, sie waren also die Kasperln für die Krause. Aber diese Machtmenschen spielten doch die ganze Zeit Spiele, sie beide waren die Mühe doch gar nicht wert. Nein, es konnte natürlich auch sein, dass diese Frau ihnen etwas erzählen wollte und erst Vertrauen gewinnen musste. Oder beides in Kombination.

Phillip nippte an der Tasse und sah die Krause über den Rand hinweg an. „Gnädige Frau – Madame – wir haben die beschwerliche Wanderung von der Berggasse hierher zu Ihnen in die Wipplingerstraße gemacht ...“, die Krause mochte offensichtlich Phillips abgrundtief banalen Scherz, die paar Meter als Wanderung zu bezeichnen, denn sie beugte sich leicht zu ihm, „... weil wir sehr auf Ihre Hilfe hoffen.“

„Sie denken also, dass die Morde an diesen beiden Herren etwas miteinander zu tun haben?“

„Sie nicht?"

„Oh, doch! Wir alle. Zwei Männer der Gesellschaft werden in einer dunklen Ecke erschossen – auch wenn wir uns nicht im Geringsten vorstellen können, was die beiden miteinander so sehr verbunden hat, dass sie Ziele eines Mörders werden konnten. Quelle malaise."

Maria stellte die Tasse eindeutig zu laut ab. Sie musste ihre Wut in den Griff bekommen, auch wenn es ins Auge sprang, dass diese Frau sie tatsächlich nur als Digestif benützte. Wahrscheinlich nach einem Branzino mit unaussprechlichen Beilagen. Sonst zählte sie in der Mittagspause wahrscheinlich die Einnahmen vom Vormittag. Nein, das war zu Mickey-Mouse. Sie vernaschte den Sekretär. Zu Hollywood. Sie langweilte sich, das war es. Und sie beide waren genau zur richtigen Zeit aufgetaucht.

Maria ließ den Blick durch den Raum schweifen, um unauffällig ihre Gesichtsmuskeln zu entspannen. Dabei stach ihr die Galerie mit Diplomen und Urkunden ins Auge. Eine davon war von einem Finanzclub in Genève. Sie hielt sich also viel in der Schweiz auf. Vielleicht war das der Grund für ihren Französischfimmel.

Maria spürte den Blick der Krause auf sich und lächelte sie an. „Sie können uns also bestätigen, dass sich die beiden Männer an diesem Abend kennengelernt haben? Jetzt zumindest *en face*, wenn schon nicht am Telefon?"

In den Augen der Krause blitzte schon wieder diese Belustigung auf. Maria wartete darauf, dass die Krause ein Spitzentaschentuch hervorzog, sich den Jasminduft in die Nase steigen ließ und hinter vorgehaltener Hand in einer Mischung zwischen Fassungslosigkeit und Schauer kicherte.

Doch die Krause senkte bloß den Kopf zu einem einmaligen Nicken. Wie eine Königin. Die Spitze war völlig ins Leere gegangen.

Maria linste zu Phillip, der ein unglaublich saturiertes Grinsen aufgesetzt hatte. Dieser Arsch. Wie hatte sie ihn nur je in ihr Bett lassen können? Seelenruhig sah er dabei zu, wie diese Frau mit jedem Blick Marias Autorität unterlief. Bestärkte sie vielmehr auch noch in der Annahme, dass zu bourgeoisen Umgangsformen fähige Menschen wie er bei der Polizei nur eine Ausnahme darstellten. So nicht! Ihr Gemeindebau war auch eine gute Schule gewesen, er hatte sie kämpfen gelehrt ...

„Na gut, wenn wir jetzt schon so gemütlich bei einem Kaffeetscherl zusammensitzen, dann sollten Sie uns vielleicht auch erzählen, was Sie so beobachtet haben. Sind die beiden miteinander weggegangen von diesem – Essen?“ Zwei Ausdruckswatschen in einem Satz. Maria war stolz auf sich.

Die Stirn der Krause zog sich zusammen, deutlich war darauf zu lesen, dass man Marias Vorgesetzte über diese – ja, respektlose Vorgehensweise benachrichtigen sollte. Eine so kleine Beamtin wie Maria hatte einfach nicht die nette Mittagspause mit ernsthaften Fragen zu kontaminieren.

Die Krause schob ihre Tasse weg, ihr Gesicht war ausdruckslos. „Das kann ich Ihnen wirklich nicht sagen. Après le dîner nous etions entrez-nous.“

Jetzt wusste Maria, was es mit diesem Französischtick auf sich hatte. Er sollte wohl die Grenze zwischen Krauses Welt und der Polizei klar machen. Wie überkandidelt. Da war ihr ja noch die brutale Art der Unterweltler lieber, die wenigstens klar und deutlich sagten, dass ihnen die Bullen *net amoi des Hemd kratzn* oder *am Arsch vorbeigehen*.

„Aber ich hoffe, dass Sie schon etwas herausgefunden haben. Denn wie gesagt, wir sind sehr beunruhigt wegen dieser beiden Todesfälle. Was können Sie mir sagen?“ Krauses Ton forderte Rapport.

Maria kochte. „Laufende Ermittlungen.“

Krauses Blick wurde kalt, sie beugte sich steif zu Maria. „Wir zahlen Steuern, die Ihren Lebensunterhalt sichern. Ich denke, wir haben alles Recht zu erfahren, ob etwa vielleicht auch uns Gefahr droht ..."

Jetzt stellte Phillip seine Tasse ab. Auch überraschend heftig. „Weil es vielleicht ein Wahnsinniger auf Reiche wie Sie abgesehen hat? – Gnädige Frau, pardonnez-moi pour mon timbre exigé – aber wie, wann und wo haben die beiden einander kennengelernt? Was haben sie geredet? Wie und wo haben sie sich getrennt? Außerdem: Was wissen Sie über Ihren Freund Pöttelsdorfer, und zwar außer der Tatsache, dass er ein Staranwalt war und Sie einmal in einem Prozess vertreten hat?"

Phillip neigte wie ein Höfling seinen Kopf. Der Hund. Und diese Attacke schien die Krause wesentlich mehr zu treffen als Marias unbeholfenes Sperrfeuer. Die Krause blickte klassisch sofort auf die Uhr. „Ich habe jetzt einen Termin. Wenn Sie wollen, können wir uns gern ein neues – Rendezvous ausmachen, aber jetzt habe ich zu tun. – Jens?"

Während der Lakai aus dem Nichts auftauchte – wahrscheinlich war er lauschend hinter der Tür gestanden –, die Tassen rasch aufs Tablett zauberte und sie anstarrte, stützte sich Phillip auf dem Schreibtisch der Krause auf.

„Gnädige Frau, Sie wollen uns doch nicht weiter im Nebel herumstochern lassen. Oder kann es sein, dass Sie uns etwas verheimlichen?"

Die Krause faltete die gespreizten Hände und stützte ihren Kopf auf die Daumen. „Aber Monsieur, wo denken Sie hin. Ich kann Ihnen nichts weiter sagen, als dass die beiden Herren einander wohl am Buffet kennengelernt und sie beide uns am Tisch mit Anekdoten verwöhnt haben. Ich hatte mit Herrn Neumann keinen nennenswerten Kontakt. Und wie der Abend der beiden weiterhin verlaufen ist, das kann ich Ihnen beim besten Willen nicht sagen. Meine Kollegen und ich haben ein

Projekt der Österreichischen Kontrollbank in Nigeria besprochen. – Ich darf Sie jetzt bitten?"

Maria fühlte, wie sich ihre Hand zu einer Faust formierte. Phillip schob sie zum Ausgang.

Die Welt war ungerecht. Warum durfte man unsympathischen, präpotenten Menschen keine donnern? Und warum durfte so eine Frau wie die Krause, die bloß ein paar Aktien für ein paar schwerreiche Privatkunden streichelte, etwas zu Mittag essen, was sie aus Übersättigung wahrscheinlich nicht einmal mehr zur Kenntnis nahm, während schwer arbeitende Polizisten bei der zwar besten Würstelbude der Stadt, aber eben doch nur mit Käsekrainer ihr Mittagsdasein fristeten?

Sie standen wie so oft am Hohen Markt. Würstelstandbesitzer Franz ließ sie in Ruhe, er erkannte schon an ihren Gesichtern, in welcher Stimmung sie waren. Glücklicherweise war er von seinem Nepal-Urlaub zurück, denn sein anbiedernder Vertreter hatte genervt.

Maria stopfte den leeren Karton in den Mistkübel. „Ich hasse es, wenn mich Zeugen verarschen, weil sie wissen, dass sie mich verarschen können. Rechtlich."

Phillip faltete seinen Pappteller auf ein dünnes Stangerl zusammen. „Wir haben noch den Kellner."

„Ja, wenn er mit seiner Unterwasser-Scheiß-Esoterik-wasweiß-ich-Therapie fertig ist. Wieso können die Menschen nicht mehr so banale Hobbys wie Rosenzüchten haben? Wo man sie jederzeit stören kann. Das ist doch gleich ein ganz anderes Setting, so ein Glashaus. Oder möchtest du in einem Film vorkommen, wo die Kieberer Tauchmasken aufsetzen?"

„Du bist filmfixiert."

„Und du, du bist ein Möchtegern-Bourgeois."

Inzwischen waren sich ihre Gesichter sehr nah. Maria wollte Phillip mit der Stirn den Kopf einschlagen. Zugleich wollte sie ihn auffressen. „Und außerdem wird der Kellner sich nicht erinnern, wenn an dem Tisch nicht irgendwer gekotzt oder ihm fünf Hunderter als Trinkgeld gegeben hat."

Zwei Gläser mit Sekt wurden in ihr Blickfeld geschoben.

„I glaub, ihr brauchts was zum Süffeln. Scheißtag, was? Habts a kane von di Scheindln ergattert? Ma, vor mein Urlaub hätten die Typen des machen solln. Dann hätt i noch a Wochn anhängn können." Franz beugte sich vor. „Von wem ist denn das Geld?"

Maria atmete tief durch. Ja, das war das Thema heute, der Geldregen. Nicht zwei so blöde Morde. Ihre Arbeit interessierte niemanden, wenn es nicht ein Kind oder zumindest ein Hollywoodstar auf der Durchreise war. Menschen aus der gehobenen Gesellschaft? Hatten ohnehin Dreck am Stecken. Alte Menschen? Hatten eh nicht mehr lang zu leben. Süchtige? Waren Abschaum. Ehepartner? Schicksal. Welcher Mord war also bitte nach landläufiger Meinung untersuchenswert? Der an einer knackigen, jungen Frau oder einem Kind. Doch mit keinem von beiden konnte sie dienen. Es waren bloß zwei mittelalterliche, wenn auch reiche Herren gewesen.

Maria zuckte mit den Schultern, Franz kniff die Lippen zusammen. Kein Tratsch-Input heute, der Arme.

Sie beugte sich zu ihm. „Du Franz, du hörst doch so viel. Fallt dir was zum Pöttelsdorfer und zum Neumann ein?"

Franz, das Fragezeichen, das wäre wohl die passende Untertitelung für die nächste Szene. Mechanisch stopfte er für einen anderen Kunden ein Hotdog, während er Maria ansah, als würde er ein Kauderwelsch entschlüsseln. Das war der Beweis, ihre Arbeit war völlig uninteressant.

„Franz, die zwei Typen, die erschossen worden sind. Der eine, Pöttelsdorfer, kurz bevor du weggefahren bist."

In Franz' Augen leuchtete Verstehen auf, zugleich Enttäuschung. Er nahm das für Phillip gedachte Glas und stürzte es in einem Zug hinunter. „Der Pöttelsdorfer, der war a Steiger. A wenn er mit ana Tussn da war, da, bei mir ..."

„Der war ein Kunde von dir?"

„Na, eh kloar. Alle kommens zu mir, des waßt du doch, Mizzi."

Nur Franz, und wirklich nur er, durfte den von Maria gehassten Spitznamen verwenden. Sie hob entschuldigend die Handflächen. „Klar."

„Na, eben. Ja, und der Pöttelsdorfer war oft da, und nie hat er was anbrennan lassn. Jede hat er anbaggert. Sogar di – na, wie hats gheißn, unsere Vizetante? Damals, wissts eh. Wurscht."

Er prostete Maria mit dem ihr zugedachten Glas zu. Sie ließ ihn trinken. „Und der Neumann, Franz?"

„Den kenn i net. Also den Namen natürlich schon. Aber der war nie da. Der war ja nirgends, wie man so liest."

Phillip stützte sich auf die Theke auf. „Okay, der Pöttelsdorfer. Was ist dir sonst noch aufgfalln? Was, was uns interessiert, weißt eh."

Franz wiegte den Kopf und öffnete eine neue Babysektflasche. Wieder goss er in die beiden Gläser ein. Jetzt schob er sie Maria und Phillip endgültig vor die Nase. Dabei beugte er sich zu ihnen. „I hab ihm amal an Tipp geben wolln, damit er net immer nur baggern muss, sondern a zum Stechn kommt. Ohne viel Vorspiel. Und da hab ich ihm erzählt, dass es da so Clubs gibt, wissts eh. Weil Nuttn, des war net so sei Sache."

Maria und Phillip nickten. Franz lehnte sich noch weiter zu ihnen.

„Aber er wollt nix wissn davon, an dem Abend, weil er was Besonderes will. Hat er gsagt. Was Einmaliges. Und das hat mi gwundert. Weil er dabei di Tussn gschaut hat, mit der er da war, und die war alles andere als leiwand. So eine einkrampfte Person. Wie a Betschwester. Die und was Besonderes? Aber er hat so gredt wie ein Pennäler vorm ersten Stich. Also hab ich mein Mund ghaltn. Wem willst schon so was versauen? Wenns gstimmt hat, was ich mir dacht hab?"

Maria drehte das Glas in ihren Händen. „Vor dem ersten Mal? Meinst du wirklich das? Wie alt war denn die Frau?"

„Pff, Anfang, Mitte zwanzig? Eher Ende? Vielleicht auch dreißig? Oder doch jünger? Ich weiß es net. Auf jeden Fall ka Kind mehr. Deswegen ist es mir ja so komisch vorkommen." Er lachte auf. „Vielleicht war es ja so ane, die sich wieder hat zsammnähen lassen. Das is ja a neue Mode, damit ma sich noch einmal entjungfern lassn kann."

Franz holte die dritte Flasche. Und die war jetzt eine Erwachsenenausgabe. Polizeibeamte sollten auch für den normalen Dienst Gefahrenzulage bekommen.

Phillip kringelte auf seinem Block das Wort Jungfrau ein. „Wie lang ist das denn her?"

Franz konzentrierte sich auf das Einschenken, damit auch ja nichts überschäumte. Erst als er die Flasche absetzte, erhellte sich seine Miene. „Des weiß ich sogar. Des war genau, nämlich genau am Aschermittwoch. Des weiß ich nämlich deswegen, weil der Pöttelsdorfer no gsagt hat, dass er was Gscheits zum Essen braucht, bevor er sich jetzt kiloweise die Scampi einfüllt, dort, wo er noch hingangen is."

„Mit der Frau?" – „Hat so ausgschaut."

Maria und Phillip schauten einander an.

Franz trommelte auf die Theke. „Ihr habt's aber scho a Glück mit mir, des wissts ihr schon, oder?"

Maria grinste ihn an. „Du bist der Beste, Franz. Weißt du ihren Namen? Zufällig?"

„Na, des weiß i net. Aber sie hat so komische Augen ghabt. Eins war grau und eins war braun."

Das Präsidium summte noch immer. Vielleicht war es auch nur Marias Kopf nach dem vielen billigen Sekt. Schuldbewusst trank sie den dritten Kaffee. Aus dem Automaten. Das war wahre Selbstgeißelung. Phillip versuchte es mit Sport. Doch seine Zielsicherheit ließ zu wünschen übrig. Er, der König der Bulls, hatte die Dartsscheibe bereits mehr als einmal verfehlt. Und so war es nicht weiter erstaunlich, dass Gabi einen spitzen Schrei ausstieß, als sie die Verbindungstür aufmachte und ein Pfeil in ihre Richtung schoss. Im letzten Moment konnte sie ausweichen. Phillip schlich auf seinen Platz.

Gabi stellte ein großes Häferl Tee vor Maria hin, ein weiteres vor Phillip. Ihr strenger Blick ließ jeden Ansatz, einen lustigen Kommentar abzuliefern – nicht krank, nicht Winter – im Keim ersticken.

„Das ist ein grüner Tee. Der hilft. Was is, wenn a Mord passiert, ha? Bei eurer Fahne werden ja noch Leichn besoffen."

Phillips Ego ertrug die Zurechtweisung nicht. „Ich sag nur ‚Unrecht Gut ...'"

Gabi ließ die Tür in ihr Büro zuknallen. Sofort danach knallte die andere Tür, die zum Gang führte, auf. Das war jetzt wie in einer Verwechslungskomödie.

Elsa, Marias Freundin bei der Sitte, setzte sich auf den Besucherstuhl, lagerte die Beine hoch und zündete sich mit einer Verve eine Zigarette an, als handelte es sich um eine Zündschnur. Dann bohrte sie den Blick abwechselnd in ihre Gegenüber.

„Ihr seid jetzt meine Rettung." Das war mehr Befehl als Erleichterung. „Ich flüchte mich zu euch, weil ihr die einzigen Normalen hier seids. Wie immer. Hoffe ich."

Marias Blick schnellte zu Phillip, der seine zu ihr. Sofort sah Maria ihre nackten Ärsche, die sich gegen die Stiegenhaustür pressten, vor sich. Phillip schien dasselbe Bild vor Augen zu haben. Synchron nippten sie an ihren Tees.

Elsa fixierte sie und erstarrte. „Ihr habt es schon wieder getan!"

„Pscht!", tönte es durch den Raum.

Elsa schüttelte den Kopf und stellte die Beine auf den Boden. „Wann? Und wo? Wieder am Dachboden?"

„Im Stiegenhaus." Maria und Phillip hatten gleichzeitig gesprochen.

Elsa wachelte mit ihrer Hand vor der Stirn, es war nicht das erste Mal, dass sie Maria und Phillip als Idioten bezeichnete.

„So was macht man", flüsterte sie, „wenn kaum mehr wer im Haus ist. Oder am Häusl, wo man wenigstens die Tür absperren kann! Wie alt seids ihr eigentlich, ha?"

Maria und Phillip mieden ihren Blick.

Elsa schnüffelte. „Und nach Alk stinkts da auch. Was ist los mit euch? Wollts suspendiert werden, dass ihr noch mehr Zeit zum Rammeln habts?"

War es das Wort rammeln? Maria konnte nicht anders, sie musste kichern. Phillip stimmte ein. Sie lachten.

„He! Ihr zwei seids ja völlig high! Merkts ihr nicht, dass ihr euch wie läufige Katzen benehmts?"

Maria und Phillip lachten noch heftiger. Maria bekam zwar Elsas ärgerlichen Blick mit, registrierte auch irgendwie, dass ihre Freundin mit irgendetwas recht hatte, doch sie sah nur Phillip – und spürte nur ihren Körper, der sich in einem wohligen Taumel wiegte.

Elsa stand auf und wog Phillips Dartspfeile in der Hand. Dann schoss sie gleichmäßig alle drei Pfeile fast in die Mitte. „Die beiden Morde – ihr seids gerade dabei, das ordentlich zu vergeigen."

Maria versuchte ernst zu werden. Sie wandte sich zu Elsa, noch immer mit einem Grinsen im Gesicht.

Die schoss erneut drei Pfeile. Jetzt traf sie das Bull. „Die Kollegen reden schon über dich, Maria. Dass du deine Nase verloren hast."

Maria streckte ihren Rücken durch. „Dass ich meine Nase verloren habe? Nur weil ich einmal nicht innerhalb von drei Minuten einen Fall gelöst habe?!"

Elsa kam ruhig zu ihr. „Es sind Wochen, Mausl, und es handelt sich nicht um identitätslose Junkies."

Sie legte die Pfeile ab und wandte sich zu Phillip. „Es ist ja nicht nur, dass ich ihr immer gesagt hab, sie soll nicht mit dir bumsen. Man fickt nun einmal nicht auf dem Tisch, auf dem man arbeitet. Aber jetzt hast du auch nur deinen Schwanz im Kopf, obwohl du sagst, dass du sie liebst. Nichts für ungut, Roth, aber ich hätt mehr von dir erwartet."

Elsa rauschte ab. Sie sahen beide schweigend auf die Tür zum Gang.

Maria holte Luft. „Du hast ihr gesagt, dass du mich ...?"

Keine Antwort.

Maria drehte sich zu Phillip. Der sah ihr entgegen, zwang ein Lächeln auf sein Gesicht. „Ich – ich hab noch nie – so was Gutes – vernascht wie dich."

In dem Moment, als Maria die Antwort zu verstehen versuchte, sprang die Tür erneut auf. Aller guten Dinge waren drei.

Diesmal war es wieder Gabi. Mit ernstem Gesicht. „Ich hoff, ihr habts den Tee schon getrunken."

Das tote Gesicht zog Grimassen. Auch der Bauch war mehr lebendig als tot. Von ihm zog sich auf dem gestampften Lehmboden des Kellerabteils eine Ameisenstraße zu einer fast skelettierten Maus.

Maria musste ein Würgen unterdrücken, erst zum zweiten Mal, seit sie mit Toten zu tun hatte. Auf Fotos hatte sie von Maden befallene Leichen natürlich schon gesehen, doch noch nie in natura. Phillip würgte ebenfalls und verschwand aus dem Kellerabteil. Sie hörte sein Husten, das unbedingt in Kotzen übergehen wollte, während sie dankbar von Josef Sternberg, dem Gerichtsmediziner, ein parfümiertes Tuch entgegennahm.

Josef hockte sich wieder zur Leiche, die offensichtlich aus der Sitzposition von einer Kiste gefallen war. Er deutete auf den

Bauch, dann auf den Rücken. Maria musste zwei Schritte tiefer in die verflucht enge Schreckenskammer, um zu sehen, was er meinte. Und sie erkannte eine weitere Wunde. Der Mann war dick. Also musste jemand im Falle einer Stichwaffe zwei Mal zugestochen haben, einmal von vorne und einmal von hinten. Doch die Wunde am Rücken klaffte verdächtig, und sie war an derselben Stelle ...

„Genaueres kann ich natürlich erst am Tisch sagen, doch ich denke ..."

„Ich auch, Josef, ich auch."

Josef nickte. Er winkte Maria zu sich, hob dabei die rechte Hand des Toten. Und bevor es Josef noch aussprach, wusste Maria, dass es ihr an den Kragen ging, wenn sie nicht bald wieder ihr Hirn einschaltete. Elsa hatte recht.

Josef deutete auf den dunklen Fleck am Zeigefinger. „Ich wage zu behaupten, es wird Schreibflüssigkeit sein, so wie bei ..."

„Neumann."

„Und das in Zeiten von Laptops, Palms und multifunktionalen Handys." Phillip hatte offensichtlich wieder seine Sprache gefunden. Er nahm von Josef die Brieftasche des Mannes entgegen, die in der hinteren Hosentasche aufbewahrt gewesen war, und fingerte den Führerschein heraus. „Richard Tauber. Dreiundfünfzig Jahre, aus Wien. Vier Hunderter sind drinnen. Also kein Diebstahl."

Aus einer Seitentasche nahm er Visitenkarten. „Nur der Name, klein drunter ‚Immobilien' und die Handynummer. War wohl wer Wichtiger. Tauber, Tauber – irgendwoher – na, komm schon, das muss mir doch einfallen!"

Maria sah sich im Abteil um. Es war genauso vergammelt wie der Rest des Kellers, wie das ganze Haus, das im Grunde nur mehr ein Fall für die Abbruchbirne war.

Oberspurensicherer Georg Radinger schlurfte an sie heran. „Wahrscheinlich haben wir diesmal Fußspuren."

Maria sah unwillkürlich auf den Lehmboden, der über und über mit Fußspuren bedeckt war.

Georg schien ihre Skepsis zu bemerken. „Vorher natürlich. Weil der Sandler, der ihn gfundn hat, der is bei der Tür stehen geblieben. Und sonst waren da zwei eindeutige Spuren zum sehen. Gerry entwickelt die Fotos schon, und Abdrücke haben wir auch. Morgen weiß i mehr."

Unvorsichtigerweise ließ Maria das parfümierte Tuch sinken. Da wollte sie nur noch aus dem Keller hinaus.

Im verpissten Stiegenhaus entlockten sie dem Sandler ein paar gelallte Bestätigungen dessen, was sie ohnehin schon wussten. Ein Spießrutenlauf war eine Wochenendwanderung im Vergleich zu dem, was Maria und Phillip danach durchmachten.

Die gesamte Presse von Wien schien den Polizeifunk abgehört und nichts Besseres zu tun gehabt zu haben, als zu diesem traurigen Haus in einem sehr traurigen Viertel im fünfzehnten Bezirk zu fahren und sofort von einer entsetzlichen Mordserie zu reden. Sogar Marias großer Bewunderer Herzog, der mittlerweile zum zweitwichtigsten Chronikjournalisten bei der *Kronen Zeitung* aufgestiegen war, bombardierte sie mit harten Fragen. Sie sah sich nur von weit aufgerissenen Mäulern umgeben. Nein, dazwischen war auch der eine oder andere hämische Blick, denn, wie hatte Gottl gesagt, die Polizei stand momentan in gar keinem guten Licht da.

„Ein Unterstandsloser hat in diesem verlassenen Haus, auf der Suche nach einem Schlafplatz, die Leiche eines Mannes gefunden, dessen Verwesungszustand schon sehr weit fortgeschritten ist. Mehr kann ich Ihnen dazu im Moment nicht sagen. Wir werden Sie aber natürlich so schnell wie möglich informieren. Wie immer. Danke."

Maria schaffte es sogar, unverbindlich in die Kameras zu lächeln. Sie behielt es auch, als das *Wie immer* höhnisch kommentiert wurde, sogar noch, als die Namen Pöttelsdorfer und Neumann fielen.

Und trotzdem fühlte sie jetzt, im Auto mit Phillip auf dem Weg zu Taubers Büro im achtzehnten Bezirk, keinen Stolz. Denn die Journalisten hatten recht. Die Polizei war am Versagen. Sie war am Versagen. Verdammte Scheiße. Elf Stunden war es erst her, dass sie mit der Welt und sich im Reinen am Fensterbrett gesessen hatte. Jetzt hatte sie aller Wahrscheinlichkeit nach die dritte Leiche einer Serie und die üble Nachrede ihrer Kollegen am Hals.

Maria aktivierte Phillips Minilaptop, den er immer bei sich führte, obwohl er ja wieder den Block zum Mitschreiben verwendete. Aber sein Argument war, dass sie so jederzeit ins Netz einsteigen und recherchieren konnten.

Was Maria nun auch tat. Sie gab Richard Tauber in die Suchmaschine ein. Er war geschieden. Der größte Immobilienbesitzer in Wien. Beim Firmenamen *Wimbag* klingelte es endlich in Marias Hirn. Taubers Nebengeschäft: Bauherr. Eigentlich Bautycoon. Die Hälfte aller lukrativen Aufträge ging an diese Firma, und das in ganz Österreich. Zu seinem Imperium gehörten auch eine Turbinenfabrikation, eine Firma für Dämmplatten, eine Leiterplattenproduktion und ein Holzhandel. Alles aus einer Hand sozusagen. Außerdem hatte er oft die Kunst gesponsert und eine Periode für die Christlich-Sozialen im Gemeinderat gesessen. Zuletzt war er Bezirkschef bei der Wirtschaftskammer gewesen.

„Der Tauber ist so ein richtiger Wirtschafter."

„Neoliberaler."

„Ja, wahrscheinlich. Als Wirtschaftskämmerer ist er für die absolute Liberalisierung von den Ladenöffnungszeiten eingetreten."

„Und wahrscheinlich auch von den Dienstleistungen."

„Dienstleistungen kann man liberalisieren?"

„GATS. General Agreement on Trade in Services. Auch so eine wahnsinnig tolle Idee von der WTO ..."

„Bitte, Phillip, jetzt keine von deinen Abhandlungen über die Welthandelsorganisation."

„Eh nicht. – Aber so viel ist klar: Es ist ka Schad um ihn."

„Phillip!"

Phillip parkte sich gegenüber von einem futuristischen, sechsstöckigen Haus ein, auf dem alles beherrschend der Schriftzug *Wimbag* leuchtete. Das war kein Büro, das war ein Headquarter.

Phillip deutete auf den Klotz, über dessen Schönheit man streiten konnte. „Na, ist ja wahr. Schon alleine deswegen hätt er geteert und gefedert gehört."

Maria sah ihn nur an.

Phillip zog die rechte Augenbraue hoch. „Lasst jetzt wieder einmal die Chefin heraushängen?"

„Lasst du dich vielleicht von Ressentiments leiten?"

„Darf man jetzt keine Meinung mehr haben?"

„Schon, wenn man dadurch nicht parteiisch und damit blind wird."

„Das werd ich nie."

„Oh, jetzt lassen wir den Mister Superman raushängen!"

„Warum hackst du denn plötzlich auf mir herum?"

„Ich hacke nicht, ich weise nur hin."

Phillip presste die Lippen aufeinander und sprang aus dem Auto. Doch er ging nicht zu dem Gebäude, sondern kämpfte sich ohne Rücksicht durch eine Gruppe von Menschen die Straße hinauf. Dabei zündete er sich eine Zigarette an.

Maria verdammte den Tag, an dem sie mit ihm ins Bett gegangen war. Sie griff ebenfalls zu ihren Zigaretten, ließ das Päckchen jedoch wieder in ihre Handtasche gleiten. Sie hackte, er hatte recht. Aber warum war er so blöd ausgewichen auf die Frage, ob das stimmte, was Elsa gesagt hatte. Nein, besser so.

Das Thema Liebe hatten sie von Anfang an ausgeklammert. Ihre Beziehung war auch ohne diese Sache schon schwierig genug. Und jetzt noch diese beschissene Leiche, als hätten sie mit den beiden ersten eh nicht schon genug Zores.

Maria stieg aus, ließ das Auto offen und pfiff energisch den Pfiff, den sie in ihrer dritten Liebesnacht als ihr Erkennungszeichen festgelegt hatten. Ohne auf die Reaktion zu warten, ging sie zum *Wimbag*-Gebäude.

Beim Lift holte Phillip sie ein. Er lächelte, das war ein Versöhnungsangebot. Maria beschloss, es anzunehmen. Den persönlichen Wahnsinn mussten sie abends besprechen, und den beruflichen Wahnsinn bekamen sie ohnehin nur in den Griff, wenn sie arbeiteten und arbeiteten. Sie atmete tief durch und starrte auf die geschlossene Lifttür.

„Sag, ist der Tauber nicht auf der Telefonliste vom Pöttelsdorfer gestanden?"

Maria schnellte zu Phillip herum. „Ja, verdammt, du hast recht. Seine Sekretärin hat Tauber aber unter Klient eingeordnet, wir haben ihn also ganz nach unten gereiht."

„Jetzt hat er sich nach oben gereiht."

Klingelnd öffnete sich die Lifttür.

Margarete Alt hatte verquollene Augen. Doch trotz ihres Namens war sie ganz und gar nicht alt. Maria schätzte sie auf Anfang dreißig, das verrieten die berüchtigten Faltenspuren am Hals, doch der Rest der Frau war knackig und rosig. Ihr Gesicht und ihre Figur waren makellos, die dunklen, kurzen Haare gaben den Rehaugen die nötige Freiheit, um ihr Gegenüber zu hypnotisieren. Wenn sie nicht gerade verweint waren, wie jetzt.

Überhaupt schien sich Tauber seine engen Mitarbeiterinnen – und es handelte sich auf diesem Stockwerk des Headquarters nur um Frauen – nach Schönheitskriterien ausgesucht zu haben. Insofern war es logisch, dass Margarete Alt die Chefsekretärin war, denn sie war der schönste unter den Schwänen, objektiv gesehen, denn alle Frauen waren verweint. Dieser dicke, glatzköpfige, wasseräugige, bärtige Mann, der Tauber gewesen war, musste eine ganz eigene Ausstrahlung gehabt haben, dass ein ganzer Harem, der geschlossen bei einem Schönheitswettbewerb mitmachen konnte, bei seinem Tod in Tränen ausbrach.

„Er benötigte diese Auszeit ein Mal pro Jahr. Alle Projekte hat er darauf ausgerichtet, dass ihn niemand erreichen musste. Ja, und ich habe ihm, wie immer, seine Mails so aufbereitet, dass er sozusagen immer am Laufenden war. Internetcafés sind ja mittlerweile kein Problem mehr, Gott sei Dank."

„Wie immer? Was meinen Sie damit?"

„Nun ja, wie immer halt. Herr Tauber ist sozusagen jedes Jahr zwei Monate ausgestiegen. Da hat er irgendeine Gegend mit dem Rucksack, sozusagen, bereist. Afrika war er schon drei Mal, in Südamerika zwei Mal, ein Mal da irgendwo beim Tibet glaube ich, ein Mal China, und jetzt ist – war er in – in Thailand und dort, sozusagen."

Maria konnte nicht anders, als Margarete Alt anzustarren. Dieser aufgeschwemmte Mensch und ein Rucksack?

Auch Phillip schüttelte den Kopf. „Entschuldigen Sie, Frau Alt, Ihre Erzählkunst in allen Ehren, aber Herr Tauber ist doch irgendwie nicht ..."

Er deutete Taubers Leibesumfang an. Als Antwort nahm die Alt, wobei erstmals ein zartes Lächeln ihren Mund umspielte, ein Foto von der Wand und reichte es ihm. Maria lugte ebenfalls drauf. Da stand ein glatzköpfiger Mann, trotz weißer Schirmkappe unschwer als erschlankter Tauber erkennbar, und neben ihm, ebenfalls trotz Käppis leicht erkennbar, Pöttelsdorfer. Sie hatten Golftaschen umgehängt.

Die Alt wischte nicht vorhandenen Staub vom Bild. „Er sagt immer, da sind die Geschäftsessen schuld daran, und die Reisen sind sein Fitnessprogramm, sozusagen. Er kam jedes Mal so zurück."

Ein neuer Tränenschwall goss sich über ihre Wangen.

Maria zeigte auf das Foto. „Herr Christian Pöttelsdorfer und Herr Richard Tauber sind also Freunde?"

„Sozusagen." Die Alt straffte sich, sie war wohl von Tauber angewiesen, nichts Privates zu erzählen.

Maria wollte sie anbrüllen. „Und Herrn Sigur Neumann, kannte er ihn vielleicht auch?"

Zuerst blieb die Alt regungslos, dann leuchtete Verstehen in ihren Augen auf. „Er hat ihn – ihn zwei, drei Wochen vor seiner Reise in der Sauna kennengelernt. Durch den Pöttelsdorfer. Und dann hat er ein paar Mal mit ihm telefoniert. Herr Tauber kennt die meisten Geschäftsleute von Wien."

In der Sauna. Vielleicht war das nach dem Empfang im Rathaus angesetzt gewesen. „Wie lange ist das her?"

„Also – Herr Tauber ist in der Woche vor der Osterwoche weggefahren. Er sollte nächste Woche zurückkommen. Ich hab schon alles abgestaubt in seiner Wohnung." Schluchzen.

„Bitte, Frau Alt."

„Ja, entschuldigen Sie. Halt zwei, drei Wochen vorher. Irgendwann Mitte, Ende März, sozusagen."

Das war eindeutig weit vor kurz nach Ostern. Entweder hatte Leopoldine Krause sie angelogen oder sie selbst war von den beiden Männern angelogen worden. Wie auch immer. Maria freute sich beinahe darauf, die Krause am nächsten Tag einmal so richtig fest anpacken zu können.

Phillip ließ den Kugelschreiber auf seinen Notizblock hüpfen. „Und ist irgendwas Ungewöhnliches passiert in den letzten Wochen? Ich meine, ein Einbruch oder so?"

Die Sekretärin bekam große, verwunderte Augen und schüttelte den Kopf. „Was hat denn das mit dem ...?"

„War nur eine Frage."

Eine wichtige noch dazu, gut, dass Phillip daran gedacht hatte. Nun, entweder log die Gute oder sie hatte wirklich keinen Dunst von etwaigen Schwarzgeldern. Den Diebstahl von offiziellem Geld hätte Tauber sicher gemeldet. Clemens mit seinen binären Zauberkräften musste dem nachgehen.

Maria stand auf, sie lechzte nach einer Zigarette, aber das Headquarter war rauchfreie Zone. Noch ein Grund, den Klotz zu sprengen. Sie marschierte zum Glasfenster und betrachtete die Frauen im Großraumbüro. Ein netter Anblick war es schon, irgendwie verstand sie Tauber.

„Gut, das gibt uns jetzt allen zu denken, dass sich alle drei Mordopfer der letzten zwei Monate gekannt haben."

Die Alt schluchzte auf. Phillip murmelte beruhigend und reichte ihr offensichtlich ein Taschentuch. Das hatte er immer einstecken, wie sie inzwischen wusste, nur dass sie selbst es immer für etwas ganz anderes benötigte. Wie letztens im Stadtpark.

Sie inspizierte das Zimmer weiter und kam beim Fenster zum Stehen. Die Gruppe, durch die sich Phillip hindurchgekämpft hatte, stand jetzt in Formation. Sie war auf etwa dreißig Menschen angewachsen. Ein paar hatten Spruchtafeln in ihren Händen. *Die Hände von Tauber, die sind nicht sauber. Jobs statt Shareholder value. Man in Black tut alles für Scheck.* Das waren die originellsten Sprüche. Zwei hielten ein Banner gespannt. *Eher geht ein Kamel durch ein Nadelöhr als ein Reicher in den Himmel.* Erstaunlich, dass sie schon von Taubers Tod wussten. Maria sah auf die Uhr. Die Abendnachrichten waren gerade vorbei. Die Journaille hatte wahrlich schnell gearbeitet.

Maria lehnte sich an die Fensterbank und deutete über ihre Schulter. „Nichts bindet so sehr wie eine gesunde Antipathie."

Die Alt kam zum Fenster, das animierte auch Phillip zum Hinausschauen.

„Die Bibel ist doch immer wieder gut für Zitate. Sehr aktuell, muss ich schon sagen. Wie hat es denn der Tauber geschafft, sich so eine große Fangemeinde zu züchten?"

Der stolzeste aller Schwäne zog die Mundwinkel nach unten und blähte die Nasenflügel, wodurch er gar nichts Edles mehr an sich hatte. „Widerliches Gesocks."

Der Schwan setzte wieder ein Lächeln auf und glitt hinter seinen Schreibtisch zurück. „Als wir ‚Breitner' übernommen haben – Sie wissen doch, die Firma für Solartechnik – da mussten wir ein paar Strukturanpassungen durchführen, um die Wettbewerbsfähigkeit zu gewährleisten. Und seitdem ..."

Phillip grinste sie breit an und setzte sich ihr gegenüber. „Richtig, es dämmert. Sie haben zwei Drittel der Belegschaft entlassen, weil nur mehr die Entwicklung hier in Österreich passiert. Wohin ist der Rest ausgewandert? Die Endfertigung? Polen?"

„Ukraine."

Phillip schlug nun auch noch die Beine übereinander, ganz der Wirtschaftsmann im halbinteressanten Nachmittagstalk. „Tatsächlich? Ja, ist wahrscheinlich besser als bei diesen nationalistischen Katholiken, da weiß man ja nie, ob die nicht irgendwie einmal ein bissel aufmüpfig werden. Und in der Ukraine passt schon Papa Russland auf, dass da nicht irgendwelche pseudosoziale Regierungen Geschäfte versauen. Dort stimmt ja mittlerweile auch die Infrastruktur, nicht wahr? ÖMV, Raiffeisenbank, alles da. Fast wie in der guten alten Monarchie." Er klatschte in die Hände. „Nein, Blödsinn, nicht Raiffeisenbank. Sie wickeln die Geschäfte ja über die Alpbach ab, über die Bank von Leopoldine Krause."

„Herr ...", die Alt sah auf die Kärtchen, „... Roth, erstens weiß ich jetzt wirklich nicht, was Sie von uns wollen. Downsizing ist ein ganz normales Vorgehen in der Wirtschaft. Sozusagen. Und immerhin bringen wir Arbeitsplätze in die neuen Länder ..."

„Die Ukraine ist doch noch nicht in der EU, oder ist mir da etwas entgangen?“

„… in unsere unterentwickelten Nachbarländer. Was sozusagen zu einem Wirtschaftsaufschwung und dadurch zu weniger Kriminalität führen wird. Und das wollen wir doch alle, oder nicht?“

„Und hier protestieren die Leute, weil sie arbeitslos sind.“

„Richtig. Die sollten sich lieber eine Arbeit suchen, als so respektlos einem Verstorbenen hinterherzuschimpfen.“

„Und zweitens?“

Jetzt war die Alt aus Stein. „Wüsste ich nicht, was Sie unsere Bankgeschäfte angehen. Wieso interessieren Sie sich so dafür?“

Phillip grinste.

In den Augen der Alt leuchtete Verstehen auf. Sie ließ die Blätter des Post-it-Blocks durch die Finger gleiten. „Alles klar. Ermittlungen. Bei Mord ist alles interessant, sozusagen. Natürlich, Herr Roth. Ich bin nur ein bissel empfindlich bei dem Thema. Und nein. Ich weiß zwar nicht, warum Sie die Alpbach erwähnt haben, aber unsere Konten sind bei einer anderen Bank.“

Maria trat vom Fenster weg und setzte sich wieder zum Schreibtisch der Alt. „Aber die Finanzen ist doch ein interessanter Punkt bezüglich des Ablebens von Herrn Tauber. Und ich möchte vorausschicken, wir sind nicht von der Wirtschaftspolizei.“

Solche Sprüche kamen immer gut, auch wenn die Andeutung, dass Geheimnisse geheim blieben, natürlich nur in den seltensten Fällen stimmte. Bei der Alt kam die Botschaft an, sie nickte gnädig. Maria hatte sie nicht für so naiv gehalten. „Also, gab es da irgendein Geschäft, das jemand so verärgert haben könnte, dass …“

Die Alt ordnete die Gegenstände auf dem Tisch, sie presste einen Lacher heraus. „Glauben Sie, dass die Steuerfahndung jetzt schon zu solchen Mitteln greift?“

Das war ein Eingeständnis und zugleich nichts. Der Sache mussten sich die Kollegen von der Wirtschaft annehmen. Maria wechselte einen Blick mit Phillip, er schien genauso zu denken.

Er kritzelte eine Notiz in den Block und beugte sich zur Alt. „Gut, andersherum, wieso war Herr Tauber in diesem Haus im fünfzehnten Bezirk? Gab es da überhaupt einen Grund dafür?"

Die Alt ordnete noch immer. Wahrscheinlich war auch ihr nach einer Zigarette. „Es gehört uns. Der Firma. Man hat Wimbag ein lukratives Angebot gemacht, ein Privatinvestor, das ist eine Investmentgegend dort, sozusagen, und Herr Tauber hat sich am Abend vor seiner Abreise noch mit dem Käufer dort ..." Ihre Augen wurden groß.

Phillip nickte ihr aufmunternd zu. „Wie heißt der Mann?"

Die Alt studierte den Computer. Ganz Sekretärin notierte sie mit zittriger Hand Name und Telefonnummer und reichte das Post-it Phillip.

„Silvester Deutsch? Das ist doch ein Fake."

Die Alt schüttelte energisch den Kopf. „Nein, ein Mann aus Frankfurt. Die Nummern stimmen. Ich hab ja zurückgerufen. Seine Sekretärin heißt übrigens Frau Markus."

Phillip notierte auch das. Marias Herz klopfte. Vielleicht war das ja eine Spur in allen drei Fällen. Doch bei Neumann und Pöttelsdorfer hatte es keine mysteriösen Verabredungen gegeben, keine einzige Telefonnummer, die sie nicht hätten zuordnen können. Außerdem – Maria zwang sich zur Ruhe – wenn dieser Deutsch wirklich der Mörder sein sollte, war er doch sicher nicht so blöd und noch immer unter der Nummer erreichbar. Er konnte aber natürlich auch unwissentlich ein Zeuge sein.

Die Alt stöhnte auf. „Nein, ich kann mir nicht vorstellen, dass da was nicht stimmt. Er hat mir doch noch eine SMS geschrieben, dass ich die Daten von Deutsch speichern soll, weil sie nach dem Urlaub abschließen wollten."

Maria beugte sich zur Alt. „Warum hat er Sie nicht angerufen?"

„Er hat mir oft geSMSt. Wenn etwas nicht so wichtig war und ich auf allen Telefonen jemand hatte, sozusagen. Eine Stunde vorher hat er auch geschrieben. Blumen gießen. Als hätte ich das vergessen können."

Plötzlich wurde sie lebendig und suchte etwas auf ihrem Handy. Sie nickte kurz. „Ich weiß nicht, ob das wichtig ..."

„Was?"

„Herr Tauber hat immer unterschrieben, obwohl ich seine Nummer ja eingespeichert habe. Natürlich. Immer mit DT hat er unterschrieben. Für *Dr. Tauber*. War einfacher, die beiden Buchstaben sind die ersten auf den jeweiligen Tasten."

Die Alt zeigte den Ermittlern das Display. Da standen nach der letzten SMS auch zwei Buchstaben: RT.

Der Lift kam nicht, stattdessen erneut die Wut auf sie selbst. Mit ihr machte sich in Maria Schweigen breit, dieses Schweigen von Menschen, die wissen, dass sie Mist gebaut haben. Es war in Maria und rund um Maria, es erschuf eine eigene Welt.

In der Parallelwelt tönte der Autoverkehr, bimmelte die Straßenbahn, skandierten die Demonstranten und surfte Phillip, nachdem er alle Notizen eingegeben hatte, mit seinem Minilaptop in den unendlichen Weiten. Und das war die Welt, in die sie wieder zurückkehren musste. Sie musste die Wut loswerden, Leichtigkeit und klare Gedanken waren angesagt.

Maria ließ das Seitenfenster herunter und holte tief Luft. Und atmete aus. Ein. Aus. Vielleicht wurde sie den ganzen Mist damit los, so wie der Indianer in *Green Mile*, der Krankheiten von Menschen einatmete und sie als Fliegen ausatmete.

Ja, das war es. Weg mit allen Gedanken, die nichts mit ihrer Arbeit zu tun hatten, adieu den Sexphantasien und auch den Selbstvorwürfen. Es war für Polizisten nun einmal gar nicht gut, ein Privatleben zu haben. Der vierte Schnaufer. Na, bitte, jetzt war ihr schon viel besser. Noch einmal einatmen – ein Mann im Anzug kam aus Taubers Klotz und ging im Stechschritt zu den Demonstranten. Er redete auf sie ein. Sein Kopf wurde immer roter. Dieser Mann sollte es eindeutig auch einmal mit tiefem Atmen versuchen – und raus mit dem Dreck. Jetzt war es gut.

Maria ließ das Fenster wieder hochfahren und spürte, dass Phillip sie anstarrte. Sie schenkte ihm ihr nettestes Kumpellächeln. „Alles okay, ich hab nur Frischluft gebraucht. Und jetzt wäre eine Zigarette nicht schlecht."

Phillip zog die Augenbrauen hoch und sah zwischen ihr und der Straße draußen hin und her. „Und die hast du gerochen, bei all den Abgasen?"

„Zu viel würd mich eh schwindelig machen."

Er grinste, zündete sich eine Zigarette an und reichte sie ihr. Das vertraute Ritual zwischen ihnen als Kollegen. Maria sog den Rauch tief ein. Langsam bekam sie das Gefühl, wieder sie selbst zu sein. „Also, wir haben eine erste Spur. Diesen Silvester Deutsch und seine Sekretärin, Frau Markus."

„Ich hab eine Anfrage an die deutschen Kollegen geschickt. Aber das dauert natürlich." Damit zündete er sich ebenfalls eine Zigarette an. Die Rauchschwaden der beiden Glimmstängel strömten voneinander fliehend aus den gegenüberliegenden Fenstern. Wenn sie jetzt noch in der melancholischen Stimmung von vorhin wäre, würde sie sich fragen, was das zu bedeuten hätte. Doch in der war sie ja nicht. Gottlob. Somit war es lediglich ein interessantes physikalisches Phänomen.

Maria zückte ihr Handy und suchte eine Nummer. Sie spürte Phillips Blick, nahm ihn jedoch nicht auf, sondern nur ihr

Handy ans Ohr. „Bei dem Treffen da im März in Köln, von der IPA ..."

„Von dieser internationalen Polizeivereinigung?"

Maria nickte. „Da hab ich ein paar gute Kontakte seitdem. Helge? Servus, Maria da, aus Wien. Weißt eh, im März in Köln." Sie lachte. „Ja, ich auch nicht. Du Helge – ja, das können wir machen, aber Helge, entschuldige bitte, wenn ich's jetzt ein bissel kurz mach, ich ruf dich dann auch einmal ausführlich an – ja, das machen wir." Erneutes Lachen. „Aber jetzt, Helge, bräuchte ich was von dir, mein Kollege hat zwar den Dienstweg – genau, deswegen ruf ich ja an, also ich hab da eine Nummer, kannst du die mir mal checken? Beziehungsweise den Namen?"

Während Maria ihrem deutschen Kollegen die Nummer und die Namen durchgab, sah sie, wie sich Phillips Hand zur Faust ballte. Er war eifersüchtig, wie nett. Sie hatte ihm kaum etwas von diesem Treffen der IPA erzählt. Irgendwie war sein Zusammenkrampfen schön, und irgendwie störte es sie. Sie hatten bloß einmal ein schlampiges Verhältnis und schon setzten die Mechanismen einer Beziehung ein. Mann steckt Territorium ab. Das war widerlich. Genau diesen Besitz ergreifenden Wahnsinn verabscheute sie seit der Trennung von Karl, ihrem letzten festen Lebenspartner. Mein Gott, war das ewig her, das war – oh, ziemlich genau ein Jahr, dass sie sich getrennt hatten. Irgendwann jetzt konnte sie Jahrestag feiern. Erstaunlich war, dass sie nicht einmal das genaue Datum wusste.

„Entschuldige, was hast du gesagt, Helge? – Oh ja, danke dir. Und bis wann – du bist ein Schatz. – Ja, und du lass mir Hamburg grüßen." Sie beendete die Verbindung.

„Und bis wann checkt uns dieser Schatz das Ganze?"

Maria sah Phillip gerade an. „Heute noch."

„Das hättest du mir vorher sagen können."

„Ich habe deinen Arbeitseifer unterschätzt."

In Phillips Augen blitzte es auf. Gleich gab es Krieg. Maria wandte sich ab. „Sorry. – Komm, lass uns einfach einmal nachdenken."

„Worüber?"

„Was der Zusammenhang zwischen den drei Morden sein kann. Abgesehen einmal davon, dass die Waffen anscheinend nicht identisch sind. Und angesichts dessen, dass sie alle drei mit angesetztem Schuss umgebracht worden sind. Also aus der Nähe und nicht willkürlich von einem Dach oder aus einem Auto, wie es ein durchgeknallter Hasser von Anzugträgern machen würde. Tauber scheint unser erstes Opfer zu sein. Vor zwei Monaten."

Phillip zückte sein Handy. Er rief den Kalender auf. „Vor sieben Wochen."

„Vor sieben Wochen. Drei Wochen vorher hat er laut seiner Sekretärin Neumann kennengelernt, also vor zehn Wochen. Die Krause hat uns aber was anderes gesagt."

„Ja, da war es nach Ostern, also vor etwa fünf Wochen."

Sie nickten einander zu. Maria rieb ihre Augen, obwohl sich dadurch ihr Make-up verschmierte. „Und vor ungefähr sechs Wochen war diese Geschichte mit dieser Frau am Würstelstand und Pöttelsdorfer. Richtig?"

„Richtig."

„Neumann ist vor vier Wochen umgebracht worden. Pöttelsdorfer vor zwei Wochen. Also sieben, vier, zwei. Wenn wir einmal die verschiedenen Profile der Waffen ignorieren, dann können wir sagen, dass der oder die Täter immer schneller zugeschlagen haben."

„Ja, und wenn wir so überlegen, dann müsste es das gewesen sein, denn sonst hätte schon wieder ein Mord passieren müssen."

Maria schnellte zu Phillip herum. „Spinnst du? Willst du jetzt einen echten Serienmord daraus machen?"

„Es ist ein Serienmord. Was ist, wenn der Täter die Waffe absichtlich so manipuliert, dass das Profil jedes Mal eine andere ist?"

Maria dämpfte mit einem Seufzer die Zigarette aus. „Du hast recht, spätestens nach der Tauber-Untersuchung werden unsere Pappenheimer das feststellen. Alles andere wäre ein zu großer Zufall. Ein unmöglicher Zufall. – Also wir haben es mit einer Serie zu tun."

„Die Frage ist nur, warum diese drei?"

„Okay, was haben wir noch? Der Tintenfleck am Finger. Bei Tauber und Neumann. Nicht bei Pöttelsdorfer. Er und Tauber waren aber befreundet, entgegen der Aussage von Pöttelsdorfers Sekretärin. Beide große Nummern. Umtriebig. Ganz im Gegensatz zu Neumann mit seinen Lebkuchenherzerln. Der hat aber einen Tintenfleck. – Und dann ist noch Pöttelsdorfer ein Opfer der Wir-AG. Die anderen beiden aber nicht."

„Was wir nicht sicher wissen."

„Was wir vielleicht nie wissen werden."

„Womit sich die Frage stellt, ob die Wir-AG dann überhaupt was mit den Morden zu tun hat. Reiche bestehlen und Reiche umbringen ..."

„Sind zwei Paar Schuh."

„Genau. Und gesetzt den Fall, dass das alles miteinander zu tun hat, warum sollte die Wir-AG ein paar von ihren Opfern umbringen und die anderen alle nicht?"

Maria sah Phillip müde an. „Ablenkungsmanöver?"

Ein Kracher auf ihrer Windschutzscheibe, ein Rumpeln an Phillips Tür. Zwei der Demonstranten stürzten zu ihrem Auto, um den Körper von ihrer Kühlerhaube herunterzuholen, drei andere attackierten Taubers Gefolgsmann, malträtierten seinen Anzug, allen voran eine Frau. Sie war mit weiten Hosen, T-Shirt und einer Art Kaftan gekleidet, alles in schrillen Tönen von knallrot bis giftgrün. Sie erinnerte Maria an ein Tier, das bei Gefahr Schockfarben aufzog, und zugleich an eine Hexe, denn sie hatte den Mittelfinger über den Ringfinger gekreuzt und fuchtelte mit der Hand vor Taubers Mann herum. Ihre andere Hand tat etwas Seltsames – Zeige- und Mittelfinger rieben hektisch aneinander. So eine getrennte Motorik gab es selten.

Phillip sprang aus dem Wagen, zu Maria drangen Wortfetzen wie „Du Kapitalistensau!“ und „Würschtel im Arsch von einer Maden!“. Sie atmete durch und griff widerwillig zur Türschnalle. Diese Prügelei nervte sie. Gerade hatte sie sich so mühsam ihre Wut weggeatmet und jetzt das.

Phillips Polizeimarke wirkte unterdessen. Die Parteien nahmen voneinander Abstand. Der Mann im Anzug drohte mit einer Anzeige, Phillip sprach in sein Ohr, der Mann verzog den Mund, dann spuckte er aus. Schließlich zückte er das Handy und marschierte in das Headquarter zurück. Das Opfer des Anzugträgers, das auf ihr Auto geflogen war, befand sich mittlerweile wieder in der Mitte seiner Kampfgenossen. Phillip sprach auch mit ihnen. Sie rollten das Transparent zusammen.

Phillip kam ins Auto zurück. Er schwitzte. Maria holte aus dem Handschuhfach eine der stets eingelagerten Dosen mit Orangensaft heraus und öffnete sie ihrem Partner. Anerkennend nickte sie Phillip zu, der trank den Saft mit großen Schlucken. Er lehnte den Kopf an die Stütze. „Scheiße.“

„Ja.“

„Ja, das auch. Aber ich meine die Warterei. Bis dein – Freund die Daten gecheckt hat, bis unsere Leute alles durchwühlt haben. Wir können nichts machen.“

Sie seufzten synchron und beobachteten durch die Windschutzscheibe, wie sich die letzten Demonstranten verabschiedeten. Auf eine gewisse Weise hatte es etwas Beruhigendes, dass es noch Menschen gab, die ihren Unmut äußerten. Die meisten waren ja so unzufrieden und politikmüde, dass sie nicht einmal mehr auf „die da oben“ schimpften. Und irgendwie konnte Maria die Frustrierten verstehen, gerade jetzt bei diesen Morden. Je mehr sie in das Umfeld der Toten eintauchten, umso mehr schien es sich um einen Klüngel zu handeln. Jeder kannte jeden, und sicher wurde gelogen, dass sich die Balken bogen. Moment ...

Maria stieß Phillip an und nahm ihr Handy. „Eins können wir schon noch machen. Unsere Privatbanktante hat Aufklärungsbedürfnis, würde ich sagen.“ Sie wählte. „Guten Tag, Kommissarin Maria Kouba. Ich würde gern Frau Krause sprechen. – Sie ist was? – Aha, danke.“

Maria trennte die Verbindung und deutete Phillip, den Wagen zu starten. Der schwieg und fädelte sich in den Abendverkehr ein. Maria ließ das Fenster bis zum Anschlag hinuntergleiten. „Die Krause ist nicht erreichbar, sagt ihr Sekretär.“

„Jens.“

„Gutes Gedächtnis, ich muss dich aber enttäuschen. Er hatte nicht so eine hohe Stimme. Muss ein anderer sein. Na ja, wer hat, der hat. Jedenfalls hat sie einen privaten Termin. – Ich würde sagen Feierabend.“

Phillip trommelte mit den Fingern auf das Lenkrad und lachte auf. „Bleibt nur noch diese mysteriöse, alterslose Jungfrau.“

„Von der wir den Namen wahrscheinlich genauso wenig erfahren werden wie von dem mysteriösen Anrufer. Das sind Einbahnen.“ Maria streckte sich. „Aber vielleicht ist der Gedanke mit dieser Jungfrau nicht so schlecht und es handelt sich um verschmähte Liebe. Man weiß ja, zu was zurückgewiesene Frauen fähig sind.“

Phillip bremste vor einer roten Ampel und sah betont nicht in Marias Gesicht, sondern auf ihr Knie. Er wedelte ein Blättchen Asche von ihrer Hose. „Deshalb sollte man Frauen nie zurückweisen und sie immer befriedigen.“

Sie konnte jetzt *Genau* hauchen und wieder eine Nacht zu wenig schlafen, oder sie konnte morgen ausgeruht in einem Anfall von Genialität den Fall lösen.

Maria nahm Phillips Hand und legte sie auf den Schaltknüppel zurück. Dann lächelte sie ihn an.

„Wir sollten Schluss machen. Für heute."

Phillip zog eine Schnute und neigte übertrieben demutsvoll den Kopf. Er setzte den Wagen wieder in Bewegung. Sie fuhren an Schanigärten vorbei, in denen entspannte Menschen entspannt ihren wohl verdienten Drink die Gurgel hinunterrinnen ließen. Nicht nur die Bäume standen im Saft. Maria beneidete sie. Sie hatten ein so einfaches Leben.

Einfach war auch das Gericht des Tages: Spaghetti al aglio e olio. Viel aglio, denn Knoblauch war das einzige Gemüse, das Marias vernachlässigter Haushalt noch zu bieten gehabt hatte. So konnte es nicht weitergehen, nichts konnte so weitergehen. Maria ging, den Teller Spaghetti in der Hand, im Kreis in ihrer Wohnung, so weit es der Platz zuließ. Kater Jack sprang immer wieder ihre Beine an, wollte seinerseits gejagt werden, doch Maria war nicht zum Spielen zumute.

Er veränderte sie. Der Täter die Waffe. Der Mann die Frau. Ein Serienmord. Eine verschlingende Beziehung. Zur gleichen Zeit.

Maria blieb stehen. Nein, so schlimm war es nicht. Sie hatte die Notbremse gezogen. Die heutige Nacht gehörte nicht dem Sex, sondern ganz und gar der Ernüchterung ihres Denkens. Die Entscheidung war gut. Wenn sie den beruflichen Wahnsinn hinter sich gebracht hatte, dann konnte sie sich ja wieder dem dolce vita hingeben. Sie musste Phillip auch für morgen absagen, und für übermorgen, eben für so lange, wie der Fall ihre ganze Kraft benötigte. Und sie musste Phillip das morgen nett erklären, wenn sie so wortkarg blieb, dachte er vielleicht noch, sie hätte das

Interesse an ihm verloren. Nein, sie musste lernen, sich mitzuteilen. Sie musste ganz einfach ganz ruhig eine Pause einfordern, so simpel war das. Außerdem wurde die Sache schon viel zu eng. Gut, sie hatte die letzten Monate, insbesondere vor dem Beginn ihrer Affäre, schwere Anzeichen von Verliebtheit gehabt. Aber das war sie doch nicht wirklich. Dieser Taumel war doch nur das Ergebnis einer chemischen Reaktion. Er musste erst einmal abebben und dann konnte frau weitersehen, ob sie wirklich wieder eine Beziehung wollte, mit den ganzen Kompromissen und Streitereien. Dieser entsetzlichen Unfreiheit. Sie hatte jetzt doch alles, was sie brauchte. Obwohl – als Elsa heute gesagt hatte, Phillip würde sie lieben, hatte Marias Herz einen schmerzhaften Schlag gemacht. Nein, nein, eine strenge Testphase war unabdingbar. Und sie Närrin hatte sich damals, vor Monaten, schon im Hochzeitskleid neben Phillip gesehen. Da hatte sie offensichtlich wirklich dringend einen Fick gebraucht. Jetzt sah sie wieder viel klarer, was ihre Einstellung zu Beziehungen betraf.

Jack verließ den Spielplatz zwischen ihren Beinen, setzte sich aufs Fensterbrett und lugte durchs Gitter. Er musste etwas gehört haben. Aber Autos und grölende Menschen waren ihm egal, und Tauben auf dem Sims unter dem Straßenfenster zählten für ihn nicht zur Gattung Vögel. Die waren nur auf der Rückseite der Wohnung zu hören, denn da gab es im Innenhof einen Baum mit bunter Bevölkerung. Seine Schwanzspitze zuckte, dann entspannte sie sich, dafür versuchte er, seinen Kopf durch das Gitter zu zwängen.

Maria stellte den Teller auf den Boden, damit ihn Jack ausschlecken konnte, und warf sich auf die Couch. Fall. Nachdenken. Dieselbe Waffe mit systematisch verändertem Profil und nicht registriert – da kannte sich jemand verdammt gut mit Waffen aus. Und mit der Arbeit der Polizei. Jemand aus der Nähe der Branche oder ein Vielfernseher von amerikanischen Serien also.

Maria holte sich aus dem Kühlschrank ein Bier. Der erste Schluck brannte mit seiner Eiseskälte eine taube Stelle auf ihren Gaumen. Dann stellte sich das ersehnte Gefühl ein, wenn die Kohlensäure in den Gliedmaßen explodierte und alle Fasern gleichzeitig entspannte. Sie ging mit der halbleeren Flasche zurück ins Zimmer. – Und sah ihren Schlupfwinkel mit den Augen einer Fremden. Lächerlich, diese paar Quadratmeter. Nun gut, die Wohnung, die sie sich letzte Woche angesehen hatte, war auch kaum größer, doch sie hatte ein extra Bad und eine Toilette in der Wohnung und eine kleine Terrasse. Die Frage war nur, ob sie sich sie leisten konnte. Maria trank die Flasche aus und holte sich eine neue. Natürlich konnte sie sich das leisten. Nur den Genossenschaftsanteil, den würde sie wohl abstottern müssen. Sie hasste Schulden. Sollte sie vielleicht Carrie bitten? Nein, das Geschäft ihrer Halbschwester war so halbseiden. Es war schon schlimm genug, dass Marias Mutter jetzt Teilhaberin von Carries Escortservice war. Die Erzkatholikin vermietete Halbprofessionelle! Das Sprichwort stimmte schon: Geld stinkt nicht. Vielleicht hatte Gabi ja nicht so unrecht, wenn sie sich die paar Euros behielt und ...

Was sah Jack da draußen? Maria erkannte auf der Straße nur einen Burschen, der unter der Straßenlaterne seinem Freund das Handy zeigte, und eine Frau, die ihren Hund vom Haufen eines anderen Hundes wegzerrte. Jack wurde mit seinen zwölf Jahren schon langsam trottelig.

Nein, sie wurde es. Eine Mordserie und keine Anhaltspunkte nach so langer Zeit. Sie durfte sich nicht länger sperren, sie musste Buchmann hinzuziehen. Allerdings konnte sie sich nicht vorstellen, was ein Profiler besser konnte als sie. Oh, oh, diese Arroganz war gar nicht gut. Der nächste Schluck Bier schmeckte bitter. Na, so weit kam es noch, dass die Arbeit ihr den Gerstensaft vergällte. Sie nahm noch einen Schluck, alles wieder in Ordnung. Wobei – Pöttelsdorfer und die Wir-AG! Und jetzt noch Tauber. Das konnte bedeuten, dass morgen das BKA angerauscht kam und eine Sonderkommission bildete. Natürlich nicht unter Marias Kommando, nein, sondern mit so einem Kletteraffen auf der Karriereleiter an der Spitze. Maria fiel auf die Couch zurück, schüttete dabei Bier über ihren Bauch. Vor Schreck schrie sie auf.

Und starrte auf die Decke. Sie musste kündigen und ebenfalls bei Carrie einsteigen. Am besten gleich als Begleitdame. Jetzt hatte sie ja gerade Übung im Umgang mit Schwänzen. Und sie war nicht schlecht darin, wie ihr ein gewisser Mann in gewissen Stunden zu verstehen gegeben hatte. Und dieser Mann hatte ebenfalls gewisse orale Talente. Maria spürte, wie sich ihre Scheide fordernd zusammenzog, sie fuhr sich über den Schamhügel und schlug mit der Faust gegen die Couchlehne. Ach, was für ein furchtbares Wesen war man doch als Menschentier. Ihre Karriere stand gerade auf Messers Schneide und sie wollte nichts als mit einem gewissen Menschen ein paar Entspannungsübungen abhalten, obwohl sie wusste, dass das die Talfahrt nur noch beschleunigte.

Die Klingel am Eingangstor summte. Zweiundzwanziguhrsiebenunddreißig? Elsa? Nur sie war für solcherart Überraschungen gut. Genau. Sie hatte doch vor ein paar Tagen angedeutet, dass sie überlegte, mit einem neuen Lover in das Fischrestaurant ein paar Häuser weiter von Marias Wohnung zu gehen. Er dürfte sich als Langweiler herausgestellt haben. Ja, das war jetzt genau das Richtige, sich von Elsa noch einmal eine Kopfwäsche zu holen und die Arbeit durchzuhecheln. Maria hob den Hörer der Gegensprechanlage ab. Rauschen am anderen Ende. Die Menschheit flog auf den Mars und baute Überschallflugzeuge, schaffte es aber nicht, störungsfreie Gegensprechanlagen zu produzieren. Sie drückte den Knopf für das Tor, öffnete die Wohnungstür und lehnte sich an den

Türrahmen. Die Schritte, die im Gang unten hallten, waren männlich vertraut. Maria trat in die Wohnung zurück und schloss die Tür. Sie hatte ihn geistig gerufen. Er missachtete ihren Willen. Der Körper jubilierte. Es war eine Prüfung. Sie würde Phillip nicht nachgeben. Das Herz raste, Marias Hand drückte die Türklinke.

Sie bewegten sich beide nicht. Nach einer Unendlichkeit deutete Phillip auf das Pickerl an ihrer Tür. *Sentiti come a casa tua!*

„Gilt das auch für Kollegen?"

„Wenn sie als Kollegen kommen?"

Die gleichen Sätze hatten sie vor zwei Monaten und drei Tagen gesagt. Maria machte Phillip Platz. Damals, als sie sich eine Woche lang die Zähne an dieser Gattenmörderin ausgebissen hatten. Phillip ging an ihr vorbei, sie roch sein Duschgel, das Frische verbreitete. Darunter lag ein Hauch von Moschus. Damals, als sie täglich zu vergessen versuchten, wie sie einander drei Wochen zuvor in seiner Wohnung geküsst hatten, auf ihr Betreiben hin, weil er ihr als vermeintlicher Vater plötzlich ungefährlich erschienen war. Maria schloss die Tür. Damals, als er so wie jetzt hinter ihr gestanden war, sie ihm den Nacken entgegengereckt und er den Sweater leicht verschoben hatte, um sie sanft in den Hals zu beißen. Damals – so wie jetzt.

Maria spürte Phillips Atem an ihrem Hals. „Hast du dich wieder entspannt?"

„Ich war nicht verspannt. Ich mein, angespannt – ich mein, der Fall – ich muss mich darauf konzentrieren. Die Sache mit uns ..."

„Ich versprech dir, dass ich dich nie wieder im Büro belästige."

„Das ist es nicht. Nicht nur." So sicher war sie sich ihrer Standhaftigkeit gewesen. Jetzt schaffte er es schon wieder, ihr seinen Willen aufzuzwingen. Gut, er sollte bekommen, was er wollte. Denn sie bekam ja noch viel mehr. Macht war nur eine Frage der Perspektive.

Phillip zupfte mit den Zähnen an einer kurzen Strähne, die sich aus ihrem Knoten gelöst hatte. „Was dann?"

Maria bot ihm ihren Nacken. „Nichts."

Und der Löwe biss zu. Die Löwin entwand sich ihm.

Maria stieß Phillip gegen die Wand der Dusche und griff ihm in den Schritt, griff hart zu. Er jaulte, schleuderte sie gegen die Kredenz, krallte ihre Brüste und verkroch sich in ihnen. Ihre Körper drehten sich in den nächsten Raum, achtlos rissen sie die behindernde Zivilisation herunter.

Gliedmaßen umschlangen einander, Krallen nahmen jeden Hautfetzen des anderen Tieres in Besitz. Münder schnappten nach einander und Augen, Lichtern gleich, drückten das Gegenüber zu Boden. Ein zuckendes Knäuel rollte über den Boden, der Löwe bekam die Oberhand. Aus seinen Augen schoss Triumph. Die Löwin bäumte sich auf und verkehrte die Positionen.

Maria spürte zwischen ihren Beinen die volle Länge von Phillips Schwanz. Er pochte. Sie grinste. Maria packte Phillips Handgelenke und schluckte mit einem harten Ruck ihrer Möse seinen Schwanz. Sie stellte sich in die Hocke und ließ ihn quälerisch langsam rein- und rausgleiten.

Phillip unter ihr keuchte. „Was – willst du?"

„Wieso? Das gefällt dir doch so gut."

Phillip wollte noch etwas sagen, stattdessen fiel sein Kopf nach hinten. Seine Augen wurden groß. Es war Angst in ihnen, Angst vor der eigenen Willenlosigkeit. Ein Ruck ging durch Phillips Körper und Maria lag wieder unter ihm. Seine Augen forschten in den ihren.

Der Löwe hatte die Macht, die Löwin die Übermacht.

Maria lächelte. „Genau. Fick mich."

Phillip stieß. Maria schrie.

Fünf Orgasmen! So viele hintereinander hatte sie bislang noch nie gehabt. Es war eine weise und – bei diesem Gedanken musste Maria lächeln – gesunde Entscheidung gewesen, eine etwaige Beziehung außen vor zu lassen. Eine saftige Affäre reichte im Grunde doch wirklich. Und wenn sie eine vernünftige Distanz hielt, konnte das auch ihrer Arbeit gut tun. Erst jüngst war eine Studie erschienen, dass guter Sex bessere Prüfungsergebnisse brachte, weil man entspannt war. Man wusste ja auch, dass sich die Callas einen Liebhaber gehalten hatte. Vor jedem Auftritt musste er sie entspannen, damit sie ihr hohes C astrein erwischte. Eben, jede Karrierefrau sollte sich einen Lover halten.

Phillips Hintern lag auf ihrem gegrätschten Bein und die letzten Dehnungsübungen waren schon sehr lange her. Nun, mittlerweile ohne Ausstoß von Endorphinen, tat das verdammt weh. Maria wurstelte ihr Bein heraus, Phillip knurrte, in seiner dämmrigen Wohligkeit gestört.

Er streckte sich. „Ich bin aber wirklich hergekommen, weil ich mir ...“, er richtete sich auf und kam über ihr zum Knien, „... weil ich mir gedacht hab, du brauchst einen gscheiten Kopf zum Nachdenken. Die reißen uns morgen den Arsch auf.“

Phillips Blick glitt über ihren Oberkörper. Er zwirbelte ihre Brustwarzen, die sich auch sofort wieder aufstellten.

Maria schob seine Hände weg. „Komm, Phillip, es reicht. Ich muss mich endlich einmal ausschlafen.“

Phillip grinste und ließ sich wieder neben sie rollen. Er zog die Decke von der Couch auf den Teppich und wickelte sie beide darin ein. „Gute Idee. Ohne Laborergebnisse nützt das ganze Nachdenken eh nix. Oder hat dein Helge schon angerufen?“

Maria schüttelte den Kopf, Phillip schloss lächelnd die Augen.

Maria stützte sich neben ihm auf. „Willst du da jetzt schlafen?“

Phillip öffnete die Augen. „Jawohl. Erster Schritt bei der Übernahme des feindlichen Lagers."

Er gab sich dem Schlaf hin.

Maria stieß ihn in die Seite. „Was heißt das?"

Phillip grummelte, drehte sich von ihr weg und verbarg sein Gesicht in der Decke. Dadurch war ihr Rücken nackt. Sie riss die Decke wieder über ihren Körper. Phillip rückte nah zu ihr, sein Hintern lag an ihrem Bauch. Was sollte das jetzt? Sie hatte doch eindeutig klar gemacht, dass sie nur eine Affäre hatten. Jedes Mal, wenn sie im Morgengrauen von ihm nach Hause ging, hatte sie das klar gemacht. Jedes Mal, wenn sie ihn aus ihrer Wohnung entlassen hatte. Ein bisschen kuscheln nach dem Sex war okay, aber er überschritt die Grenze und übernachtete bei ihr! Zwar nicht im Bett, doch deshalb um nichts weniger aufdringlich.

Sie sprang auf und baute sich gleich einer Amazone neben seinem Kopf auf.

Er ließ die Augen geschlossen und brummte: „Erstens: Ich hab dich nie wie einen räudigen Hund nachher rausgeschmissen, so viel Respekt könntest auch du vor deinem Sexpartner ..."

„Respekt?! Und was ist mit dem, was ich will?!"

Ein leises Lächeln zauberte sich auf seinen Mund, doch er hielt die Augen geschlossen. „Zweitens: Ist es nicht so, dass Polizisten, wie Psychotherapeuten, selbst austherapiert sein sollten? Also woher kommt es, dieses dein Miniatur-Schwarze-Witwen-Syndrom?"

„Du – du Klugscheißer! Austherapierte Polizisten, so ein Quatsch. Und außerdem – ich hab überhaupt kein Syndrom! Ich mag's nur einfach nicht, wenn ... aahhh."

Maria stieß ihn mit dem Fuß leicht in die Seite. Das war natürlich ein Fehler. So viel Küchenpsychologie beherrschte auch sie.

Prompt lachte Phillip auf. „Und drittens ist dein Wohnzimmerboden so hart, dass ich mich frage, ob ich damit nicht eine Art

Selbstbestrafung durchführe, weil ich mich als erotic toy missbrauchen hab lassen."

Die Aufzählung war in sich schlüssig, dennoch beantwortete sie nicht Marias Frage nach Phillips Bemerkung über die Einvernahme des feindlichen Lagers. Wenn sie sich das allerdings genau überlegte, wollte sie auch keine Antwort mehr. Das würde alles nur verkomplizieren.

„Ich würd's eher als Belohnung sehen, weil der Toyboy für wirklich gute Entspannung gesorgt hat. Und außerdem will die Tante Kommissarin nicht, dass er unausgeschlafen ist, weil sie – jenseits von seiner Hardware – auch ganz gern seine Software mag."

Phillips Luftkuss drang tief in sie ein, der nächste Herzschlag tat weh. Hormone, alles nur Chemie. Maria nahm einen Zierpolster von der Couch und warf ihn zu Phillips Kopf, worauf er ein zeichentrickgemäßes „Wuff" intonierte.

Maria flüchtete in die Küche, schloss die Tür hinter sich und ließ endlich ihren Atem rasseln. Sie hob ihr T-Shirt vom Boden auf – was war schon dabei? Sie zog ihre Unterhose an – bei den Männern vor Karl, ihrem Ex, war sie doch auch nicht so zickig gewesen. Die Leggings – es war nichts als eine menschliche Geste, ihn nicht bei Nacht und Nebel – Maria stieg der Geruch des blühenden Baumes im Innenhof des Hauses in die Nase – egal. Der Sweater – und warum wollte sie sich selbst ihr gutes Gefühl versauen? Wenn sie jetzt einmal den Mann auf dem Teppich in ihrem Zimmer ausblendete, fühlte sie sich rundum schnurrig, wie Jack, der sich auf dem Kästchen neben der Tür wohlig streckte. Sie tat es ihm gleich, nahm sich eine Zigarette und ließ sich vor dem Fenster in den Hof auf den Boden sinken.

Sie musste jetzt ins Bett gehen, sie musste morgen ausgeschlafen sein, um für die höhnischen? mitleidigen? Wie-auch-immer-Blicke ihrer Kollegen gewappnet zu sein. Dann würde er kommen, der Buchmann, und würde ihr die Morde wie einem kleinen Mädchen erklären. Mist. Maria schloss die Augen, und sofort sah sie sich von riesigen Batmans umringt, die ihren Körper als Absprungrampe benutzten und in einem großen Schwung Gotham City von allem Bösen reinigten. Und sie lachten sie aus.

Maria riss die Augen auf, schnappte sich die mittlerweile warme Bierflasche von der Kredenz und das Geschenkpapier, das zusammengerollt ganz oben auf der Garderobe lag. Das wäre doch gelacht, sie war schließlich auch nicht auf der Nudelsuppe dahergeschwommen! Sie breitete den Bogen Papier auf dem Boden aus und entnahm dem Stifthalter neben dem Telefon einen Filzstift.

Eine Stunde später gab sie sich den Ehrentitel *Callas*. Sie torkelte in ihr Bett im Kabinett. Und spürte Phillip durch die Wand im Nebenzimmer. Es war nicht unangenehm.

2.

Maria hörte ihr Handy läuten, hörte Phillips Schritte, das Rascheln des Papierbogens am Boden, als er darüber hinweg stieg, sein Klopfen an ihrer Kabinetttür, das Knirschen der Hochbetttreppe. Er klopfte auf das Holz, sie tat, als würde sie erst aufwachen. Und ärgerte sich im nächsten Moment darüber. Sie würde gern einmal wissen, ob dieses Stereotyp ein Urinstinkt war, um den vermeintlichen Gegner in Sicherheit zu wiegen, oder eine sinnlose Sozialisation aufgrund von übermäßigem Roman- und Filmgenuss.

Phillip hatte wieder einmal eine Schlaffalte auf seiner rechten Wange. Und Maria empfand diese Vertrautheit seines verschlafenen Anblicks plötzlich als unangenehm. Es war schon viel zu viel Nähe zwischen ihnen. Er reichte ihr das Handy, hielt die andere Hand über das Mikrophon, seine Stimme krächzte sich vom Schlaf los, wie in den unzähligen Augenblicken, als er sie in seiner Wohnung in Allerherrgottsfrühe zur Tür begleitet hatte.

„Kein Name, irgendeine Handynummer. Willst du?"

Sie entließ ihn mit einem Nicken. Alles war irgendwie besser, als jetzt mit ihm in der Küche zu stehen und Belanglosigkeiten zu plappern. Oder womöglich ihre Fickerei durchzuhecheln. Nicht, dass Phillip das schon jemals getan hätte, aber die Gefahr, dass er es tat, war da. Männer mochten so was anscheinend. Ein Jugendfreund hatte danach immer ihren Hintern angegrinst und gemeint, er freue sich schon darauf, wenn der Pfirsich wieder prall vor ihm wackeln würde. Pfirsich. Und das vor dem Frühstück. Ja, das war Konstantin gewesen. Er war nicht der Einzige geblieben. Und Karl schließlich hatte – sie wusste nicht mehr, was Karl gesagt hatte. Karl. Es war zu lange her, dass er in diesem Zimmer gestanden und seine Ersatzschuhe fürs Bowling endgültig eingepackt hatte. Jedenfalls mochte sie es nicht, dieses Aufarbeiten einer Liebesnacht. Es nahm der Sache jeglichen erotischen Aspekt. *Das war gut* oder *Das war nicht so leiwand* oder *Das sollten wir wieder einmal machen* klang nach Evaluierung und nicht nach Dirty Talking.

Das Läuten war aufdringlich, es gab nicht auf. Maria studierte geschwind die Nummer. Die drei Einser waren auffällig. Wer konnte das sein?

„Kouba?"

Es gab tatsächlich Hellseherei, das war der Beweis. Denn es war die Schwester von Konstantin, an den sie Sekunden vorher gedacht hatte.

Maria sah am Ende des Ganges im Präsidium die offene Tür zum Besprechungszimmer. Sie würde es schaffen, auch mit dem wenigen, das sie sich überlegt hatte. Es würde keine Sonderkommission, kein Einmischen des BKA geben, und auch keinen Buchmann. Man musste vom Erfolg nur überzeugt sein, dann trat er auch ein.

Phillip rannte hinter ihr her, wobei er mit dem zusammengerollten Geschenkspapier fuchtelte. „Ja, das kommt gut. Du warst ja echt noch kreativ gestern. Aber ...", er überholte und stoppte sie, „... aber, Maria, wer war das denn am Telefon? Du bist so komisch seitdem. Kein vernünftiges Wort die ganze Zeit. Du bist doch gar nicht so ein Morgenmuffel."

„Woher willst du das denn wissen?"

Maria wollte weiter, er stellte sich ihr erneut in den Weg. „May, komm, warum bist du so grantig? Es tut mir leid, dass ich gestern einfach aufgetaucht bin. Aber es hat dir dann doch auch – und wenn ich das nächste Mal auf dem Teppich schlafen will, dann ..."

„Es hat nichts mit dir zu tun."

Ganz sicher war sie sich da nicht, aber eine Beziehungsdiskussion war das Letzte, was sie gerade brauchte. Die intime Nähe am Morgen bereitete ihr noch immer einen flauen Magen.

Phillip rollte das Geschenkspapier zusammen und reichte es ihr. „Ist es ein toller, alter Liebhaber, mit dem ich mir jetzt meinen Job teilen muss?"

Wie gern hätte Maria jetzt Ja gesagt. „Sascha. Eine Jugendbekanntschaft."

Sie setzte ihren Weg fort, die letzten Meter zum Besprechungszimmer.

Phillip baute sich abermals vor ihr auf. „Und? Da freut man sich doch normalerweise?!"

Maria suchte ihre Lässigkeit und brachte lediglich ein Schulterzucken zustande. „Sie hat mich als Polizistin angerufen. Alexandra Pankow ist reich. Sehr reich."

„Pankow? Ist die nicht vor ein paar Jahren sagenhaft reich aus Kanada zurückgekommen, nachdem sie die Ölgeschäfte von ihrem Vater übernommen hat?"

„Genau. Und sie wohnt jetzt in der Familienvilla in Döbling. Mit ihrem Bruder Konstantin. Ja, und sie hat eben Angst, dass die Wir-AG auch bei ihr vorbeischaut. Und wie's in ihren Kreisen üblich ist, will sie ihre Verbindungen ausnützen. Also das, was sie für Verbindungen hält. Es war der erste Kontakt seit – seit ein paar Jahren. Ich hab ihr gesagt, dass ich für die Einteilung der Streifenwagen nicht zuständig bin. Und dass sie sich einfach eine Security zulegen soll."

Maria wollte an Phillip vorbei, er stellte sich wieder genau vor sie hin. Diese penetrante Masche, die er normalerweise nur bei Befragungen einsetzte, ging ihr in dieser Sekunde entschieden auf die Nerven.

„Und? Warum macht sie dich so grantig? Sie wollte doch nur Hilfe."

Maria brachte ihren Kopf ganz nah an den seinen. „Wir – haben – jetzt – Sitzung. Klar?“

Im Augenwinkel tauchte Oberspurensicherer Georg mit seinen Kollegen Clemens und Fabian auf.

„Ah, Kouba & Kouba!“

„Ah! Die Müllmänner!“

Clemens schickte Maria einen sehr giftigen Blick und verschwand mit Fabian im Besprechungszimmer.

Georg ließ seine überlangen Arme herumschlackern. „Geh, a bissel ein Schmäh muss do drinnen sein.“ Jetzt grinste er. „Oder haben wir vielleicht die Wahrheit erraten?“

„Die Wahrheit von was?“ Maria hörte ihren scharfen Ton und spürte Phillip an ihrer Jacke zupfen. Nein, das ewige Herumgeeiere ging ihr ordentlich auf die Socken. „Die Wahrheit von was, Georg?“

Georg wich zurück, spürte aber offensichtlich die Chance, mit der richtigen Impertinenz zum Tratschhero des Präsidiums zu werden. „Na ja, dass ihr zwei – halt ihr zwei ...“

Maria sah ihm beim Stottern zu, dann setzte sie ein strahlendes Lächeln auf und legte den Arm um Georgs Schulter. Sie drückte ihn fest wie einen Busenfreund. „Also, lieber Georg, wenn es eh schon alle wissen: Ja, der Roth und ich rammeln, was das Zeug hält.“

Georgs Kopf schnellte zu ihr herum. Das hatte er jetzt nicht erwartet, natürlich nicht. Das übliche Verhalten war, alles abzustreiten oder so zu tun, als würde man die Hänseleien nicht mitbekommen.

Maria nickte ihm zu. „Ja, mein liebster Oberspurensicherer. Du musst es allen sagen, damit sie sich nicht wundern, wenn manchmal so komische Schreie aus unserem Büro kommen, weißt?“

„Geh, Kouba, net verarsch mi!“

Na, bitte. Es funktionierte. Die laut hinausposaunte Wahrheit wurde oft für Lüge gehalten.

Maria drückte ihn nochmals. „Nein, nein! Wie könnte ich! Würde ich doch nie. Wirklich, wir machen's drei, vier, fünf Mal am Tag. Mindestens. – Ist doch so, Roth, oder nicht?"

Phillip hatte große Augen und brachte nur ein Nicken zustande.

„Siehst, Georg? Wir rammeln und rammeln. Und wir untersuchen und untersuchen." Sie löste sich vom ihm und sah ihm tief in die Augen. „Also quatschts uns net blöd an, ja? Weil wir sind total im Stress."

Sie deutete Phillip mit einer weit ausladenden Geste an, das Besprechungszimmer zu betreten, danach Georg. Er hatte die Stirn gerunzelt und kaute auf seiner Unterlippe. Sein Blick traf sich mit dem von Maria. Georg presste den Mund zusammen, was wahrscheinlich so etwas wie ein Lächeln sein sollte. Er wirkte wie ein Mann, dem gerade alles sehr, sehr peinlich war.

Als Maria hinter sich die Tür schloss, wusste sie, dass sie in ihm ab nun den besten Verteidiger ihrer Unantastbarkeit hatte.

Gottl betrachtete Marias Notizen auf dem Geschenkspapier, das sie auf der Flipchart montiert hatte, und nickte. Sinnierte. So bemerkte er nicht, wie ein Zettelchen durch die Reihen der Kollegen wanderte. Gut versteckt unter Zeitungen, die alle mehr oder weniger der Wir-AG recht gaben und nach Umverteilung des Reichtums in der einen oder anderen Art schrieen.

Das Zettelchen hatte die volle Aufmerksamkeit der Kollegen. Es sah nach einer Wette aus. Nur waren Maria und Phillip diesmal nicht eingebunden. Gut, das hieß, es ging um sie. Entweder sie wetteten, ob das, was Maria Georg gesagt hatte, wahr war. Oder ob sie es mit ihrem Team wirklich schaffte, die Serie, die sie nun erstmals öffentlich als solche bezeichnet hatte, zu stoppen und den Mörder zu finden.

Sie stupste Phillip mit dem Fuß. Er veränderte seine Sitzposition und nickte ihr kaum merklich zu. Er hatte das Zettelchen also auch gesehen. Und er wusste, dass nur er, als Mann im Männerverein, eine Chance hatte, hinter das Geheimnis zu kommen.

Gottl straffte sich, sah in die Runde und dann Maria an. „Ich resümiere also, werte Kollegin Kouba. Sie glauben, der Täter ist ein Mann der Gesellschaft, weil er die Gewohnheiten der Opfer kannte ...“

„Denn sonst hätte es keine SMS an Tauber gegeben. Auch wenn sie einen kleinen Fehler hatte. Nur wer Tauber kannte, wusste, dass er ständig eine SMS an seine Sekretärin schrieb.“

„Sie glauben weiter, dass zwischen Täter und Opfer ein Naheverhältnis bestanden haben muss, weil in keinem der Fälle die übliche Distanz beim Gebrauch einer Schusswaffe eingehalten wurde.“

„Richtig. Es gibt auch keine Abwehrspuren. Und ein Profikiller hätte die üblichen Punkte am Kopf gewählt. Oder auf der Brust. Einem Profikiller geht es ums Töten. Er setzt seinen Schuss nicht am Torso an. Das ist viel zu unsicher. Außerdem geht es langsamer. Man kann dem Opfer beim Sterben zusehen.“

Kollege Berthold Bertram von der dritten Gruppe in der Kd1 hob wie ein Volksschüler die Hand. Dieses Sich-klein-machen war eine Provokation, die sogar Gottl spürte. Widerwillig gab er ihm das Wort.

„Aber was ist, wenn er die Opfer zum Sprechen bringen wollte?“

Maria schenkte Bertram ihren mütterlichen Blick, den konnte er nämlich überhaupt nicht leiden. „Dann hätte selbst ein Amateur zuerst in den Oberschenkel geschossen. Zum Beispiel. Oder in die Eier. Wir haben es mittlerweile im Schnitt mit fernsehgebildeten Leuten zu tun.“

Bertram zuckte zusammen. Gottl räusperte sich, doch Maria war froh über ihren verbalen Ausrutscher, denn die Botschaft war angekommen.

Aber Bertram gab nicht auf. „Vielleicht war es ja nur eine Schutzmaßnahme, weil der Schuss so dicht am Körper leiser wird? Und er keinen Schalldämpfer hat?"

Maria tat jetzt etwas, das psychologisch ganz gefährlich war, das wusste sie. Sie stand auf, ging wie eine gefürchtete Lateinprofessorin rund um den Tisch und lehnte sich daran. Sie straffte ihren Rücken, dabei spannte sich das T-Shirt über den Brüsten. Und sie wusste, dass sie heute, nach so vielen Orgasmen, schön und begehrenswert wie schon lange nicht war. Das hatte sie zuvor im Spiegel gesehen. Und Männer rochen es auf seltsame Art, wenn eine Frau befriedigt war. Es machte sie nervös. Sie wusste also, dass sie genau das tat, was sie an vielen Frauen schon so oft verachtet hatte. Männlichen Verstand vernebeln. Aber es ging um ihre, Marias, Ehre, es ging darum, dass sie allein – na, gut, Phillip und Gabi durften hilfreich zur Seite stehen – aber dass ihre Gruppe den Fall löste. Da war jede Verwirrungs- und Ablenkungstaktik erlaubt.

„So leise, lieber Bertram, wird der Schuss nicht. Das wissen wir doch beide, oder? Und außerdem kennt sich unser Mann mit Schusswaffen aus, denn sonst hätte er sie nicht manipuliert. Er hätte sich also auch eine Waffe mit Schalldämpfer besorgen können, wenn er gewollt hätte."

„Aber genau da seh ich auch ein Problem."

Die Wortmeldung kam von Kollege Xaver Stix. Das irritierte Maria viel mehr als die machoiden Querschüsse von Bertram. Denn mit Stix verstand sie sich halbwegs. Alle sahen ihn an, denn er war keiner der Plauderer.

Stix zuckte mit den Schultern. „Na ja, wissen wir wirklich, dass es sich da nicht um Zufall handelt?"

Er war also auch scharf darauf, in einer etwaigen Sonderkommission mitzumischen. Sie würde es sich merken. Kreuz über Stix.

Überraschenderweise meldete sich Georg zu Wort, der sich

bislang im Hintergrund gehalten hatte. Waren seine Erkenntnisse nach dem Auswerten der Spuren doch auch nicht viel inhaltsschwerer als die Theorie von Maria. „Wir haben nichts. Der Typ, der hat anscheinend einen von unseren Anzügen angehabt." Er setzte einen Lacher hintennach. Niemand lachte mit. „Ja, weil da sind überhaupt keine Fasern. Keine Fingerabdrücke. Keine Spuckereien oder sonstige Körperflüssigkeiten. Wir haben nur die eine Fußspur vom Fall Tauber – also von gestern. Nike-Turnschuh, Größe einundvierzig. Männermodell. Sagt genau gar nix. Außer dass es von jemand anders als vom Tauber sein muss, weil der hat Latscher ghabt. Fünfundvierziger."

Stix wurde unruhig. Es waren doch alle Kollegen Feinde von ihr. Als Frau. Die Erfolg hatte. Sie wollten sie nur fertig machen. Hauptsache, sie hatten wie wild applaudiert, diese verlogenen Säcke, als sie von Gottl die gläserne Wasserpistole für ihre Leistungen verliehen bekommen hatte.

Georg deutete Stix, gelassen zu bleiben. „Aber des mit der Waffen, des schau ich mir an. Des kommt mir plausibel vor."

Kollege Bertram beugte sich in Richtung Georg. „Und warum hast das net scho die längste Zeit untersucht, ob des a manipulierte Waffe sein könnt?"

Georg lehnte sich ihm entgegen, mit aller Wucht seiner leptosomen Erscheinung. „Weil es bei zwei Morden Zufall sein kann, dass sich Spuren ähneln. Und weil wir erst seit gestern glauben wissen zu können, wie die Maria gsagt hat, dass es sich um a Serie handelt, und weil auch der Tauber Tinte ...", das Nächste sagte er zu Maria, „Es ist übrigens wirklich Tinte, von einer Füllfeder, wir sind dran", wieder zu Bertram, „... weil auch der Tauber Tinte an seinem Finger gehabt hat. Jetzt verwickelt si alles, verstehst, Kollege Bertram?"

Er lehnte sich zurück. „So schnell schiaßn die Preussn nun amoi net."

Schweigen machte sich breit, wohl deswegen, weil Georg sich mit Maria solidarisch präsentierte.

Gottl erwachte aus seiner Erstarrung, in die er seit Beginn der Diskussion versunken war. „Mir scheint auch Ihre Interpretation mit dem angesetzten Schuss interessant, werte Kollegin. Wie haben sie es formuliert?“

„Ich begebe mich unbewusst auf Tuchfühlung mit dem Opfer, weil ich dann erneut den Hass verspüre, den ich auf das Opfer habe, und weil ich diesen Hass benötige, um tatsächlich abzudrücken. Bei einer gewissen Entfernung würde ich die Situation als Ganzes sehen, würde ich sehen, was ich im Begriff bin zu tun. Und ich möchte mich nicht als Mörder sehen. Ich habe eine Beißsperre. Im Grunde kann ich nicht töten. Also begebe ich mich in die Situation, so nahe dieser Person, in der ich den Reflex zu töten wieder habe.“

Fünfzehn Augenpaare starrten sie an. Maria war sich nicht sicher, ob sie bewundert oder für nicht voll genommen wurde.

Bertram verschränkte die Arme. „Das is doch hirnrissig ...“

„Herr Kollege!“

Bertram funkelte Gottl an, den er als Chef überhaupt nicht akzeptierte. „Verzeihung ...“, es klang wie eine Aufforderung zum Säubern des Hinterteils, „... aber wenn wer so einen Hass hat, dann – dann macht er das doch irgendwie anders, vor allem, wenn er die Waffen vorher so präpariert. Also wirklich.“

Gottl lehnte sich neben Maria an den Tisch, verschränkte die Arme und lächelte. „Kollege Bertram, Täteranalyse scheint nicht Ihr Metier zu sein, wie ich merke.“

Bertram schluckte. Er würde kotzen gehen müssen, mit all dem Dreck, den er hinuntergeschluckt hatte. Und auch wenn es schwer für ihn war, so war es doch gescheit zu schlucken, das musste Maria ihm zugestehen. Sie wäre explodiert und hätte sich alle Chancen, jemals den Fall zu übernehmen, vertan. Bertram war tatsächlich noch ehrgeiziger als sie.

Gottl nickte ihm zu, löste sich vom Tisch und sah in die Runde. „So weit, so gut. Wir sind uns also einig ...“, er sprach nur für sich, doch das merkte er nicht, „ ... dass Kollegin Kouba alle drei Fälle weiterhin behandelt, und auch weiterhin ohne Sonderkommission. Wie sie uns mit ihren interessanten Ausführungen nahegelegt hat.“

Einige der Kollegen verdrehten die Augen, Bertram hob sogar die Hand, doch da kam Max von der Zentrale in den Raum. Er sah in die Runde. „Wie oft hab ich eich gsagt, dass ihr den Pager eingschaltn lassn sollts, ha?“

Max ruderte mit dem Armen und schnappte nach Luft. Dann machte er eine wegwerfende Handbewegung. „Wurscht. Da ist ein Mord.“

„Schon wieder?“ Maria verfluchte sich wegen ihrer flapsigen Reaktion. Doch es stimmte ja. *Schon wieder.* So viele Morde in so kurzer Zeit gab es normal einfach nicht.

Max ließ die Schultern hängen. „Ja, leider. Aber du musst eh net, Kouba. Es hat was mit einem Einbruch zum tun ...“

Gottl wurde lebendig. Er deutete auf Stix. Maria war sehr froh, dass der Kelch an ihr vorüberging.

Jetzt hatte Leopoldine Krause absolut nichts Durchschnittliches oder Langweiliges mehr an sich. Das hatte nun einmal keine Leiche. Josef hob die Hand der Toten, damit Maria den Tintenfleck auf ihrem Finger gut sehen konnte, und zuckte mit den Schultern, als wollte er sich entschuldigen. Dasselbe tat er in Phillips Richtung. Der nickte und seufzte.

Der ganze Boden war von den Einbrechern mit Papier ausgelegt worden. Maria sah sich nach Nidetzky um. Sie wollte wissen, ob ihm dieses Tatmuster auch so bekannt vorkam. Er lehnte in einer Ecke und starrte auf die Figur, die die Wir-AG auch diesmal hinterlassen hatte.

„Nidetzky. – Gerhard!“

Er reagierte nicht. Sie konnte ihn verstehen. Gestern hatte sie auch aus Frust und Wut über ihre Unfähigkeit geschwiegen.

Maria deutete Phillip mit dem Kopf, ihr zu folgen, und ging auf der von der Spurensicherung freigegebenen Bahn aus dem Haus. Auf dem Rasen gegenüber im Schatten einer Linde hockte Stix und warf Kieselsteine in den Gully. Er hob den Kopf. Seine Augen waren dunkel und zusammengekniffen. Maria wollte *Es tut mir leid* oder *Scheiß-Zufall* oder *Nimm's nicht persönlich* sagen. Denn es tat ihr wirklich Leid, sowohl für ihn als auch für sich selbst. Doch sie streckte ihm nur die Hand entgegen, als wollte sie ihm den Kelch, der sich in ihre Hand gezwungen hatte, zurückgeben. Dabei neigte sie ihren Kopf.

Stix zog sich an ihrer Hand hoch und drückte sie. „Na, wennst a Hilfe brauchst ..."

„Wirst eh bald dabei sein, Stix, 's wird z'groß, die Gschicht."

Stix puffte sie in die Schulter. „Checks vorher, der Bertram, der will heuer unbedingt die Wasserpistolen haben."

Eigenartig, wie ein läppischer Preis für den besten und beliebtesten Polizisten des Jahres Begierden hochschwappen ließ.

Maria winkte Stix nach, der in den Dienstwagen stieg und ihn mit Karacho um die Baumallee inmitten der Straße herummanövrierte, bevor er die Gasse zur Hauptstraße hinunterraste. Dann wandte sie sich Phillip zu, der in den Anblick der Kaasgrabenkirche, deren Weiß in der Sonne leuchtete, versunken war. Offensichtlich verband er etwas mit ihr. Wahrscheinlich dachte er an eine der vielen Hochzeiten, die hier vornehmlich im Frühling und im Sommer stattfanden. Wenn sich im Zweistundentakt – bei der immer gleichen Dekoration, denn wie schaffte man sonst den Wechsel? – üppige Hochzeitsgesellschaften auf den beiden Freitreppen arrangierten, um so das ultimative Hochzeitsfoto, das sonst bloß Tausend andere hatten, zu ergattern. Maria schauderte es bei der Vorstellung, selbst da oben in einem weißen Designerungetüm zu stehen, den Fotografen anzulächeln und dabei zu überlegen, wie sie mit den unbequemen und viel zu hohen Schuhen die wahrscheinlich verregneten Treppen sicher absolvieren sollte. Bei neun von zehn Hochzeiten schien keine Sonne. Doch jetzt wirkte die Kirche zugegebenermaßen romantisch. Trotzdem – sie verstand nicht, was eine Hochzeit so erstrebenswert machte. Maria lugte nochmals zu Phillip. Wenn er sie fragte – nein, Sex und Freunde, das war die beste Kombination.

Phillip atmete durch. „Warum jetzt eine Frau? Ich war mir so sicher, dass es eine frustrierte Frau war, die die anderen erschossen hat.“ Er grinste Maria an. „Auch wenn du hundert Mal von einem Mann der Gesellschaft gesprochen hast. Nein, wirklich, warum ist jetzt eine Frau das Opfer? Ist sie auch eine abgelegte Geliebte? Oder eine, die den Täter oder die Täterin nicht erhört hat? Verdammt.“

„Und dass es ausgerechnet unsere Frau Privatbank ist, irritiert dich nicht?“

„Ich genehmige mir den Wahnsinn in kleinen Dosen.“

Sie zündeten sich Zigaretten an und wandten sich synchron dem Haus zu. Es war eine Villa aus dem ausgehenden neunzehnten oder beginnenden zwanzigsten Jahrhundert. Grau und massiv, trotzdem wirkte sie leicht durch die Türmchen und Erker. Rundherum ein großer Garten, der an der Grenze zur Bezeichnung Park war. Ein Eisengitter als Einfriedung. Eine der vielen Villen hier am Rande der Weinberge rund um Wien, gut gelegen, denn die Hauptstraße war mit dem Auto keine zwei Minuten entfernt, und sogar öffentlich kam man noch hierher. Eine gute Wahl, wenn man reich war. Durch die zwischen die Villen gespuckten Gemeindebauten gab es genügend Menschen auf der Straße, ebenso durch die Kirche und den Heurigen, der zwei Minuten oberhalb der Stichstraße lag, die eigentlich ein Platz war. Man brauchte hier sicherlich weniger Überwachung als in der Einöde.

Und das machte Maria nicht gerade glücklich. Denn Videokameras hätten die Sache wesentlich erleichtert. Endlich einmal war ein Opfer dieser Serie nicht in irgendeinem verwunschenen Eck ermordet worden, sondern im Eigenheim, und dann hatte es kaum Absicherungen. Die Alarmanlage konnte jeder halbwegs talentierte Amateur außer Gefecht setzen, das hatte Maria schon bei der Ankunft registriert.

Sie schlenderten wieder ins Haus. Die Eingangshalle protzte mit einer massiven, geschnitzten Freitreppe und war gute fünf Meter hoch. Die Grundfläche maß locker sechs mal acht Meter. Hochgerechnet bot die Eingangshalle Marias ganzer Wohnung eineinhalb Mal Platz. Maria beschloss, doch Carrie um die Kaution zu bitten. Mit siebenunddreißig Jahren hatte man das Recht auf ein Klo innerhalb der Wohnung, eigenständigem Bad und Terrasse.

Auf einem Barockstuhl beim Spiegel saß ein Mann Mitte zwanzig mit schwarzer Anzughose und weißem T-Shirt. Er hatte das Gesicht in seinen Händen verborgen. Der Uniformierte neben ihm stellte ihn als den Hausangestellten vor, der die Leiche gefunden hatte. Thomas Nidetzky war bereits jetzt Anfang Mai braun gebrannt und außerdem wohl trainiert. Nicht zu viel und nicht zu wenig.

Während Phillip versuchte, Nidetzky aus seiner Erschütterung herauszuholen, lugte Maria um die Ecke zur Toten. Doch ja, es war noch immer Leopoldine Krause, die unscheinbare Privatbankerin. Ihr Geschmack war allerdings alles andere als unscheinbar. Nicht nur, dass sie anscheinend nur nett anzusehende, männliche Angestellte hatte, war das Interieur des Hauses auch ein gelungener Mix aus Stilmöbeln und Design. Langsam stieg in Maria der Verdacht hoch, dass das graue Äußere der Frau nur exzellente Tarnung gewesen war. Und als Josef bei Marias Eintreten begann, die zur Seite geneigte Leiche wieder aufrecht auf die Couch zu setzen, wurde dieser Verdacht Gewissheit. Denn unter dem grauen Kostüm trug die Dame exquisite Reizwäsche in Apricot mit Strumpfgürtel und seidenen Strümpfen. Gut, immer mehr Frauen trugen teure Unterwäsche, weil es ihnen ein gutes Gefühl gab, aber ein Strumpfgürtel war für den Alltag doch viel zu unbequem. Den trug frau meist nur zu einem Zweck: um beim Sex nicht gänzlich ausgezogen zu sein. Ob das auch bei Leopoldine Krause der Fall gewesen war, würde sich bald herausstellen. Etwas anderes irritierte Maria mehr. Jetzt, wo die Leiche aufrecht lehnte und der Pagenkopf wie ein Helm das Gesicht rahmen sollte, war ganz klar erkennbar, dass eine Strähne fehlte.

Josef zupfte, als ob er damit die Haare wieder verlängern könnte. „Das ist ein neuer Aspekt."

Maria deutete auf die Reizwäsche. „Vielleicht hat sie ja irgendein Spielchen getrieben, wo das passiert ist. Das muss noch nicht von unserem Täter sein."

Josef nickte bedächtig und zündete sich seine Pfeife an, was Maria irgendwie lieber war, als seine gelegentlichen Seitensprünge mit Zigarren. „Ich denke, ich werde die anderen Opfer diesbezüglich einer genaueren Inspektion unterziehen."

„Glaubst wirklich, dass wir es mit einem Trophäensammler zu tun haben? Ich weiß nicht. Wurscht. Schaden kann es nix."

Phillip stellte sich zu ihnen. „Was? Rauszufinden, wer das Vergnügen gehabt hat, diesen Pfirsich auf sich reiten zu sehen?"

Maria zuckte zusammen. Und erschrak. Dieser eifersüchtige Reflex war völlig unnötig und musste sofort bekämpft werden. Sie zwang sich, Phillip zu beobachten. Er ging vor der Leiche in die Hocke und ließ wie ein Connaisseur seinen Blick über die leicht gespreizten Beine gleiten. Na, bitte, ging ja. Marias Herzschlag wurde kaum schneller.

Spurensicherer Tobias, der Jüngste in Georgs Team, boxte Phillip betont lässig auf den Oberarm. „Geh, meinst, Roth? Die Tante da, also echt, da hat man doch das Gfühl, da hat man was mit seiner Mutter. Is doch uncool, eh, wenn so eine in so einem Alter noch auf freaky macht."

Phillip grinste ihn an. Dann hob er die Unterarme, wobei er die Zeigefinger und die kleinen Finger ausstreckte, und machte wippende Bewegungen.

„He, Tobby, Alter ...", seine Stimme hatte ganz den versnobten Klang von Gott-hab-ihn-selig-Falco, „... bist ein bissel auf der falschen Spur, eh? Bist 'n Youngster, eh? So eine Lady da, die knallt dich nieder, dass d' glaubst, du bist auf Speed. Capisce?"

Josef ließ seine Pfeife im offen stehenden Mund schweben und sah Phillip wie ein Gespenst an.

Maria hängte sich lächelnd bei ihm ein. „Unser lieber Kollege hat nur eben versucht, in einer Art Jugendsprache unserem Nachwuchscasanova zu erklären, dass er noch nichts von gutem Sex weiß, solange er sich noch nicht mit einer Frau über dreißig eingelassen hat."

Josef zog genüsslich an seiner Pfeife. „Da muss ich ausnahmsweise dem Kollegen Roth recht geben."

Die beiden Männer grinsten einander an, Tobias betrachtete erneut die Leiche, ob mit Widerwillen oder mit Interesse, war nicht genau zu erkennen.

Oberspurensicherer Georgs Arm legte sich um ihn. „Passt schon, Kleiner, des darfst den Schnüfflern glauben." Er wandte sich zu Maria und Phillip. „Und mir könnts auch eines glauben. Ich hab erst ein einziges Mal die Masche mit dem Papier am Boden erlebt. Da kennt si wer aus bei an Bruch."

Erst jetzt, nach wohl zwei Stunden vor Ort, wurde Navratil lebendig. Denn er blickte von der Figur mit der Nachricht, die die Wir-AG hinterlassen hatte, auf und streckte die Hand in Richtung Georg. Es sah aus, als würde er am liebsten den Mittelfinger ausgestreckt in die Höhe halten.

Doch er ballte eine Faust und senkte die Hand. „Bester, das ist uns klar, dass das Profis sind. Wenn ich erinnern darf: Sie schaffen es, in jede noch so gut bewachte Villa spurlos hinein- und auch wieder herauszukommen. Und wieder hinein und wieder heraus. Und sie schaffen es auch, jeden noch so gut abgesicherten Computer zu knacken, und zwar so, dass es der Besitzer nicht einmal merkt. Ich weiß also, mein Bester, dass es sich hierbei um Profis handelt. Ja? Ich weiß es!“

Es war der zweite Schreianfall von Navratil innerhalb von vierundzwanzig Stunden. Sein Nervenkostüm war offensichtlich etwas ramponiert.

Doch bevor Maria diesbezüglich eine flapsige Bemerkung machen konnte, deutete Georg mit erhobenem Zeigefinger auf den Kollegen. „Na, dann weißt ja auch, Navratil, dass es bislang nur zwei geben hat, die so professionell waren. Die uns noch Spaß gmacht haben, bevor die Ostler kommen sind mit ihren Flex …“, er machte ein Motorsägengeräusch, „… und mit ihrem Sprengstoff.“

Navratil wurde blass. Richtig sichtbar blass, von einer Sekunde auf die andere. Seine Truppe hatte anscheinend den Span im Auge übersehen. Georg nickte, Navratil nahm die Bewegung auf. Sie sprachen synchron. „Die Tschipschal-Brüder.“

Maria starrte auf den mit Papier bedeckten Fußboden. Sie hätte selbst daraufkommen müssen. Jetzt war alles klar.

Die Kacheln auf der Toilette waren handbemalt und antik. Maria stützte die Hände auf ihren Oberschenkeln auf und betrachtete die Fliesen am Boden, die in einem Muster gelegt waren. Sie ließ den Blick über den drei Quadratmeter großen Raum und durch das penibel restaurierte Fenster ins Grüne gleiten. Hoffentlich beruhigte sich das aufgeregte Gewusel ihrer Kollegen bald wieder.

Die Tschipschal-Brüder und eine heiße Spur, ja, sogar die Lösung des Falls. So etwas Lächerliches. Wie hatte sie das auch nur für eine Sekunde glauben können? Die Brüder mussten mittlerweile mindestens über sechzig sein. Hammer, der ältere der beiden, hatte seit seiner letzten Verhaftung ein steifes Bein. Und Minze war ohne seinen Bruder nicht intelligent genug für einen perfekten Bruch, das wusste jeder. Und warum sollten sie ihr gut gehendes Lokal gefährden, wie Georg richtigerweise angemerkt hatte. Längst schon waren sie auf illegale Wetten umgestiegen. Sie hatten ihr Auskommen. Außerdem waren Hammer und Minze sicher keine Gutmenschen, die Geld über die Stadt rieseln ließen. Und sie hatten nie einen Mord begangen. Sie hatten die Beißsperre, die berühmte Beißsperre.

Nein, es war Schwachsinn, nur anhand der Vorgangsweise auf die Tschipschal-Brüder rückzuschließen. Auch wenn die Methode verblüffend ähnlich war. Maria hatte selbst einmal als junge Streifenpolizistin die Ehre gehabt, einen ihrer Tatorte zu sehen. Georg hatte recht, sogar die Eigenart, ins Fensterglas nicht nur ein Loch, sondern zwei zu schneiden, so dass ein Achter entstand, war ident. Eine Spielerei, mit der sich nur ein künstlerischer Egozentriker wie Hammer aufhielt, dem es nicht nur um die Beute, sondern auch um das Wie ging.

Schade eigentlich, dass solche Typen wie die Tschipschal-Brüder nicht mehr aktiv waren. Motorsäge statt Glasschneider, Baseballschläger oder Pistole statt Augenbinde und kunstvolles Verschnüren des Opfers. Grantige Gesetzesvollstrecker statt leidenschaftliche Spurenverfolger.

Maria rieb sich das Gesicht. Nun, sie hatte wirklich keinen Grund zur Klage, dass ihre Arbeit langweilig wurde. Zwischen den vielen Familienvätern, die ihre Frauen und Kinder abmurksten, fand sich doch noch immer der eine oder andere Mörder, der ein anderes Motiv als gekränkte Eitelkeit hatte.

Sie beendete ihr Pseudogeschäft, genug der Auszeit. Irgendwer musste endlich den Euphorikern da draußen klar machen, dass die Tschipschal-Brüder höchstens eine Spur, aber nicht die

Lösung waren. Müde öffnete sie die Tür – und prallte im dunklen Gang auf Phillip.

„Du, Maria, das wird jetzt wirklich groß."

Er sagte es so vorsichtig, als wolle er ihr mitteilen, dass sie unheilbar an Krebs erkrankt war.

„Und? Bist ein Lulu oder ein Krimineser?"

Phillip sah sich um, drückte ihr einen Kuss auf den Mund und fuhr ihr übers Haar. „Ich hab dich lieb."

Aha. Er hatte sie lieb. Das sagte doch kein normaler Mensch einfach so. Gut, es konnte freundschaftlich gemeint sein. Es konnte aber auch eine weitere Station bei der *Übernahme des feindlichen Lagers* sein. Der Beginn von dem, das ihr jetzt so gar nicht in den Kram passte. Und überhaupt die Formulierung. Die war doch eher peinlich. *Ich hab dich lieb*. Ignorieren, das war immer das Beste.

Sie puffte ihm mit der Faust sanft auf die Wange. „Gut so. Weil ich brauch dich jetzt."

Phillip absolvierte einen Diener vor ihr.

Maria sah um die Ecke, doch niemand schrie nach ihr, also lehnte sie sich an die Wand im schmalen Gang. „Also, mein lieber Roth, ich resümiere. Wir haben eine Bande, die zuerst alles dafür getan hat, dass sie nicht bekannt wird. Und die sich jetzt vermarktet, indem sie Geld über Wien flattern lässt."

„Sie sind aus der Reserve gelockt worden. Vielleicht haben sie erst dadurch Geschmack an mehr Öffentlichkeit gefunden, dass der Otzlberger in der Talkshow von ihnen erzählt hat. Da waren doch alle für kurze Zeit auf ihrer Seite, die Moderatorin, das Saalpublikum, die Zeitungen am nächsten Tag ..."

„Das könnte sein, sie haben Blut geleckt und wollen jetzt mehr. Oder andersrum – vielleicht waren sie ja sogar von Anfang an nicht diese altruistischen Robin-Hoods, die eine gute Tat begehen, und die Freude des Beschenkten ist der einzige

Lohn. Vielleicht waren sie frustriert, weil nur der Otzlberger von ihrem Geschenk erzählt hat und sonst niemand."

„Kann ich mir gut vorstellen. Weil sie ja auch die Sache mit diesen Männchen machen. Mit diesen Figuren."

„Mit dem Asozialen."

„Mit wem?"

Maria lächelte Phillip an. „Die Statuette, die ist der Asoziale von Kumpf. Gottfried Kumpf. Ein Maler. Das Mankerle ist auf jedem seiner Bilder. Er ist der Ausgeschlossene von der Gesellschaft. Der, der nicht dazugehören darf."

Phillip schüttelte den Kopf. „Und ich dachte schon, asozial im Sinne von wirklich asozial, also nichts tun fürs Soziale."

„Vielleicht hast auch du recht. Wer weiß, wie die das sehen. Das mit der Figur ist auf jeden Fall ein Statement. Und Tatsache ist, dass sie jetzt die Öffentlichkeit wollen. Nur stellt sich da eine Frage ..."

„Warum bringen sie plötzlich jemanden um?"

„Und warum bringen sie jemanden um, der mit unserer Mordserie zu tun hat, der aber eigentlich so gar nichts mit ihrem Raubzug zu tun hat?"

„Meinst du jetzt Neumann und Tauber?"

„Ich meine eigentlich unsere tote Frau. Sie war kein üblicher CEO. Sie hatte keine Firma, die Leute entlässt."

„Aber sie hat alle gekannt, die das machen, und für sie die Geschäfte gemacht."

„Das reicht? Gut, sagen wir einmal, das reicht. Aber was hat das alles mit den Tschipschal-Brüdern zu tun?"

Phillip nickte. „Ich weiß, was du meinst. Georg und Gerhard haben gerade dasselbe analysiert. Einer ist jetzt zu ihnen unterwegs und prüft ihre Alibis für diverse Einbrüche. Aber mehr pro forma."

Auch Maria nickte. „Aber es ist jemand, der ihre Arbeitsweise kennt. Entweder ein Jungganove, was mir eher komisch vorkommt, weil sich so einer mit der umständlichen, alten Methode nicht aufhält, oder es ist jemand ..." Sie machte eine vage Geste.

Phillip brauchte ein paar Sekunden, bevor er ihrem Gedankengang gefolgt war. Seine Augen wurden groß. „Nein. Das kann ich mir nicht vorstellen. Okay, okay, es rieselt immer wieder der Schnee bei uns, dem einen oder anderen rutscht schon manchmal der Schlagstock aus ..."

„Und ihre Altersversorgung haben auch schon manche mit kurzfristiger Erblindung organisiert ..."

„Oder mit übertriebener Redseligkeit, ich weiß. Aber Mord ist doch wirklich nicht auf unserer Tagesordnung."

Maria seufzte. „Gut, seit heute scheinen die beide Fälle doch einer zu sein. Aber ich glaube, wir müssen uns das trotz allem erst einmal getrennt anschauen. Sonst kriegen wir einen dicken Kopf. Das mit den Einbrüchen, das passt für mich perfekt zu einem von der Wirtschaft. Weiß viel, zu viel über die Arschlöcher und muss zuschauen, wie sie der Reihe nach durch irgendwelche Staranwälte rausghaut werden. Irgendein Durchgeknallter, der, was weiß ich, vielleicht schwer krank ist und jetzt das tut, was er schon immer machen wollte."

Maria machte zwei Schritte weg von der Wand. Ihr war plötzlich heiß. Jetzt war endlich Bewegung in der Ermittlung. Sie wussten zwar nicht viel mehr als heute Morgen noch, aber es begann zu laufen. Sie lehnte sich wieder neben Phillip, kühlte die heißen Wagen mit ihren kalten Händen.

Phillip drehte Marias Gesicht zu sich. „Du hast eindeutig zu viele schlechte Fernsehfilme gesehen in letzter Zeit. Was für ein Glück, dass ich dich jetzt ein bissel davon ablenk."

Dabei blitzte in seinen Augen der Beine-Spreizer-Blick auf. Der Mann hatte tatsächlich nur Sex im Kopf. Dass sich der Fall zu verdichten begann, musste doch auch ihn fiebrig machen! Wahrscheinlich hatte sich seine Geilheit noch nicht von der apricotfarbenen Wäsche der Krause erholt. Einfach ignorieren. Das wurde schön langsam zur Gewohnheit.

Maria drehte ihren Kopf weg. „Okay, der todkranke Rächer war jetzt vielleicht ein bissel phantasievoll. Aber wir müssen rauskriegen, wer aller im Detail von der Methode der Tschipschal-Brüder weiß. Und wir müssen rauskriegen, was unsere vier Leichen miteinander verbunden hat. Irgendwann wird da ein Schnittpunkt sein."

Phillip seufzte theatralisch auf. „Den Gesichtsausdruck kenn ich. Der Terrier auf der Fährte. Da werd ich wohl in nächster Zeit wieder auf Handbetrieb umstellen müssen ..."

Es reichte jetzt. Vor zwei Minuten noch das Süßholzgeraspel, und nun diese Meldung. Der Mann war nicht ganz dicht. Handbetrieb. Dieser Macho sagte nicht etwa, dass er sich bei der vielen Arbeit um ihre Entspannung kümmern werde – abgesehen davon, dass er sich diese unnötige Meldung überhaupt hätte verkneifen können, nein, er dachte nur an seinen Schwanz. Handbetrieb. Das degradierte sie zur Erfüllungsgehilfin. Jawohl. Bei aller Liebe zum puren Sex ohne Gefühlsduselei, das war zu viel.

Maria klimperte mit den Wimpern und lächelte zuckersüß. „Ja, Handbetrieb ist wirklich zu anstrengend. Ich kann dir ja eine Gummipuppe schenken, damit du an deinem Saft nicht erstickst."

Die Ratte wurde tatsächlich rot. „Bitte verzeih, ich kann einfach noch nicht wirklich – mit uns – ich weiß nicht, wie – bitte entschuldige."

„Es war respektlos."

„Es tut mir leid."

Maria spürte, wie ihr hartes Gesicht etwas weicher wurde. Nein, noch nicht! „Du bist ein Arsch."

„Ich weiß. – Es wird nie wieder vorkommen." Die Ratte nickte.

Marias Lippen zuckten. Da wollte etwas raus aus ihrem Mund, etwas Nettes. Sie biss sich in die Wangen. Doch als sie in Phillips Augen das Braun von flüssiger Schokolade sah, beschloss sie, für den Geschmack der Amazone in ihr viel zu schnell, seine blöde Meldung unter hormonumnebelte Verwirrung einzustufen.

Unter der sie offenbar auch selbst litt. Denn beim Anblick von seinem Knackarsch, der vor ihr in die Eingangshalle zurückwackelte, musste sie tief durchatmen, um mit den Gedanken beim Fall zu bleiben.

Die Eingangshalle war bis auf Krauses Sekretär und den Uniformierten, der den Raum zu bewachen hatte, leer. Aus dem Wohnzimmer drangen nur die gemurmelten Kommentare der Spurensicherer. Die Stimmung hatte sich also beruhigt.

Thomas Nidetzky saß ausgestreckt auf dem Barocksessel und rieb sein Gesicht. Mit seinem durchgestreckten Unterleib strahlte auch er etwas sehr Animierendes aus. Es gab einfach viel zu viele attraktive Männer, die einen von der Arbeit ablenkten. In Maria stieg ein Bild auf, für welchen Bereich Thomas Nidetzky bei Leopoldine Krause angestellt gewesen war – doch dann nahm Nidetzky die Hände vom Gesicht. Er hatte ebenmäßige Züge und zusammengewachsene Augenbrauen.

Maria schaute Phillip an, er sie, sie beide Nidetzky.

Maria räusperte sich. „Äh, Herr Nidetzky, entschuldigen Sie die Frage, es klingt vielleicht komisch – aber haben Sie einen Bruder?“

Nidetzky studierte sie. „Dann sind also Sie die beiden Beamten, die gestern bei Leo waren?“

Maria und Phillip nickten wie brave Schüler. „Und Sie sind derjenige, mit dem ich gestern telefoniert habe. Sie haben mir gesagt hat, dass Frau Krause privat unterwegs war. Wo war sie denn?“

Nidetzky nickte ebenfalls. Er massierte mit der einen Hand den Ballen der anderen, sein Blick ging ins Leere. „Warum waren Sie bei ihr? Hat es was mit dem zu tun gehabt, was heute – passiert ist?"

„Hat es Ihnen nicht Ihr Bruder gesagt?"

„Wieso mein Bruder? Ah, Sie meinen – nein, Jens lauscht nie. Er hat nur bemerkt, dass Leo von Ihnen genervt war. Warum war sie das? Warum – liegt sie da jetzt drinnen?"

Das wüsste Maria auch gern. Sie hätte sich beim Gespräch im Büro von dieser Dame nicht so gängeln lassen, sie vielmehr knallhart nach den Hintergründen fragen sollen. Da hätte es sicher viel Erhellendes gegeben, sonst wäre die Krause jetzt nicht tot. – Schwachsinn. Wenn ich eine Henne wäre, würde ich jetzt Eier legen. – Was erzählte ihr die Leiche? Sie war auf einem Fick gewesen, das war klar, noch bevor es Josef mit Gewebe- und sonstigen Spuren auf der Leiche bewiesen haben würde. Das passte nicht zum äußeren Erscheinungsbild der Frau. Was nichts hieß, aber viel sagte. Zugleich konnte, musste es aber nichts mit dem Mord zu tun haben. Doch nach Pöttelsdorfer war sie die zweite Leiche, bei der der Aspekt Sex auftauchte. Das mussten sie ab nun mit bedenken. Denn von den anderen wussten sie noch nicht alles. Neumann musste irgendwo einen dunklen Punkt haben, sein nahezu aseptisches Leben war einfach unrealistisch. Und bei Tauber hatten sie noch gar nicht zu wühlen begonnen.

Die nächste Tatsache war, dass die Krause sie bezüglich des Verhältnisses zwischen Neumann und Pöttelsdorfer angelogen hatte, denn Taubers Sekretärin hatte die Wahrheit gesagt. Ein Indiz dafür: Sie lebte. Die Krause war tot. Die vier Ermordeten hatten einander also gekannt, die Krause hatte das vertuschen wollen. Warum?

Maria drehte sich von Nidetzky weg und presste die Augen zusammen. Nur nicht heiß laufen jetzt. Alles ganz langsam. Irgendwann würde alles wie von Zauberhand einen Sinn ergeben. Sie drehte sich zurück, nahm den zweiten Barockstuhl, der auf der anderen Seite des Spiegels stand, und setzte sich nah zu Nidetzky.

„Was für ein Verhältnis hatten Sie zu Frau Krause?"

Nidetzky stoppte das Massieren seiner Handflächen. Er sah Maria an. Sein Blick war stechend.

Maria quälte sich ein Lächeln ab. „Ich meine nur, weil es außergewöhnlich ist, dass eine Frau nur männliche Bedienstete hat."

Nidetzky ließ seinen Blick extrem langsam über Marias Körper streifen. Genau so war Maria damals als Mädchen vom Fußballtrainer angestarrt worden, als sie verkündet hatte, sie wolle mit den Buben mitspielen. Sie war ein Monster.

Nidetzky streckte seinen Rücken durch und lockerte die Schultern. „Leo kann – konnte Frauen nicht ausstehen. Hysterie, Stutenbeißerei und der ganze Kram, Sie wissen schon. Deswegen hatte sie nur männliche Bedienstete, wie Sie es so unrichtig formulieren."

„Ach? Unrichtig?"

„Ja, wir waren Vertraute."

„Fein. Dann können Sie uns ja mitteilen, welchen Verdacht Sie haben."

„Was heißt Verdacht?" Er deutete Richtung Wohnzimmer. „Das ist ja wohl ziemlich klar, wer schuld an Leos Tod ist. Also warum waren Sie gestern bei ihr? Stand sie auf irgendeiner Liste von der Wir-AG?"

Maria atmete tief durch. „Herr Nidetzky, so klar ist das nicht. Und mehr kann ich Ihnen nicht sagen. Wir tun jetzt einfach so, als wäre es ein ganz normaler Mordfall."

„Ein ganz normaler Mordfall." Das Echo von Nidetzky klang angewidert.

„Entschuldigen Sie die Wortwahl. Also, gab es jemand, der Frau Krause hasste?"

Nidetzky massierte nun seine Schläfen. Sehr lange. Sehr, sehr lange. „Es gab viele Menschen, die auf Leo nicht gut zu sprechen waren. Beruflich und privat. Aber als potenzieller Mörder hat sich keiner geoutet."

Maria beugte sich näher. „Wir sollten also all diese Personen durchgehen, Sie sollten mir sagen, wer Zugang zu diesem Haus hatte, wo Frau Krause gestern Abend war, wo Sie waren, und außerdem sollten wir klären, wie Frau Krause zu Tauber und ..."

„Tommy!"

Der Schrei kam direkt vom Eingang. Da stand ein mittelalterlicher Mann in weißem Anzug, weißem T-Shirt, weißen Leinenschuhen und mit hellem Strohhut in der Hand. Sein dunkler Haarschopf war zerwuschelt. Er hatte eine große, gebogene Nase, auch sein Kinn war schief. Doch als er ein theatralisches „Ah" ausstieß, wurde sein Gesicht beinahe ebenmäßig. Es kam Maria bekannt vor.

Der Mann stürmte auf Nidetzky zu. „Sag, dass das nicht wahr ist! Nicht Polly! Nicht Polly!!"

Er fiel auf die Knie, und Maria kam sich vor, als wäre sie in eine Folge von *Columbo* gebeamt worden. Das überdimensionale Haus, der soignierte Diener, der als Liebhaber durchging, und der hysterische Mann. Es passte zu perfekt.

Phillip hielt dem Mann seine Marke unters Kinn. Der gute Bad-Boy. Absolut lässig.

„Darf ich den Vorstellungsreigen eröffnen? Roth mein Name, und das ist meine Chefin Kouba vom Morddezernat."

Als Antwort schrie der Mann nochmals auf. Maria hatte nur ein einziges Mal in ihrem Leben erlebt, dass ein Mann ehrlich aufgeschrieen hatte. Sie wusste, wie sich so ein Schrei anhörte. Unnatürlich. Der Schrei hier jedoch klang, wie ein verzweifelter Schrei zu klingen hatte. Deshalb zog sie die Augenbraue hoch, während der Mann seine glotzenden Augen auf sie richtete.

Eben. Sie hatte recht. Er war nicht durch den Wind, denn die Fältchen um seine Augen schrieen nicht. Und er hatte mitbekommen, dass er sich an sie als Chefin richten musste. „Sagen Sie mir nicht, dass es Mord war."

Maria stand auf. „Doch, Herr ...?"

„Es war ein Unglücksfall."

„Hoffen Sie das?" Phillip packte den Mann grob am Oberarm und zog ihn hoch. Erstklassig, wie er seine Rolle spielte.

Unterdessen deutete Nidetzky Maria, sich zu ihm zu beugen. „Einer jener, die Zugang zum Haus haben. Robert Krause." Da schwang ein Unterton mit, den Maria nicht einordnen konnte. „Er ist der Ehemann von Leo. Noch. Also ich meine – jetzt ist er natürlich der Witwer. Und bei Mord muss er länger auf sein Geld warten. Wobei – es wird jetzt mehr, als er erwarten konnte."

Robert Krause packte Nidetzky am T-Shirt, ganz der wütende Ehemann in einer Vorabendserie. „Ja, du warst von Anfang an gegen mich, du Made. Du bist schuld, dass sie sich hat scheiden lassen wollen. Du wolltest alles, alles. Du Kretin!"

Entweder *Columbo* oder *Mord ist ihr Hobby* – Maria konnte sich nicht entscheiden. Automatisch beruhigte sie Nidetzky mit den Augen, während Phillip den hysterischen Krause auf den zweiten Stuhl neben dem Spiegel bugsierte. Eilfertig brachte der Uniformierte einen weiteren Sessel aus dem Wohnzimmer. Phillip setzte sich. Nur Maria stand noch. Das war nicht gut. Zum jetzigen Zeitpunkt der Befragungen musste sie auf einer Höhe mit den Zeugen sein. Unwillkürlich sah sie sich um.

„Oh, entschuldige." Phillip sprang auf und machte ihr Platz.

Einmal mehr segnete Maria Phillips gutbürgerliche Internatsausbildung. Sie nahm Platz und fühlte sich sofort wieder als Herrin der Situation. „Sie sind also – waren der Ehemann von Leopoldine Krause? Was war das eben von Scheidung?

Was hat Ihre Ehe denn zum Scheitern gebracht?"

Maria sah aus dem Augenwinkel, dass Phillip den kleinen Finger hob. Das bedeutete Antwort eins. *Ich weiß nicht, was Sie das angeht.* Antwort zwei war *Wir haben uns eben auseinandergelebt,* drei *Das wüsste ich auch gern,* vier *Hat mich betrogen* und fünf *Hat jemand anderen.* Maria hob den Ringfinger für zwei.

„Meine Frau ist – war – ist ...", jetzt würde wohl das übliche Schluchzen kommen, doch nein, Krause schluckte nur, „... war ein sehr egoistischer Mensch. Ihre Befindlichkeit ging ihr über alles. Und sie wollte – nun ja – sie hat einen ausgeprägten Drang gehabt, mit anderen Menschen ins Bett zu gehen. Also zu ficken, um es genau zu sagen. Und ich – also ich wollte das nicht."

„Sie wollten nur nicht, dass sie es auch tut." Die Augen von Nidetzky waren bei diesem Einwurf beinahe schläfrig geschlossen.

Krause blitzte ihn an. „Ja, natürlich nicht. Bei einer Frau ist das ja wohl was völlig anderes."

Nidetzky blieb in seiner entspannten Pose und richtete sich an Maria. „So hat sie das ganz sicher nicht gesehen. Er hat sie mit seiner Opa-Art gelangweilt. Sie hat ihm einfach den Weisel gegeben."

Maria zeigte Phillip den Ringfinger und den Zeigefinger, er wedelte mit der Hand, als wäre es heiß.

Sie wandte sich an Krause, dessen Kinn noch schiefer als vorhin zu sein schien. „Und Ihre Frau konnte Ihnen so einfach den Weisel geben? Heißt das, Sie ..."

„Es gehört ihm ja nichts." Wieder Nidetzky.

Krause klemmte die Hände zwischen die Beine und schloss unendlich langsam die Augen. In einem Trickfilm würden jetzt Giftwolken aus seinem Kopf aufsteigen.

Phillip beugte sich zu Nidetzky. „Na, wenn Sie eh schon so

gut Bescheid wissen über die Verhältnisse, dann plaudern Sie einfach einmal weiter, wenn ich bitten darf."

Nidetzky streckte seine Beine aus. „Das Einzige, was Herrn Krause in diesem Haus und von Leos Vermögen gehört, sind seine weißen Anzüge. Es gibt einen Ehevertrag, der im Falle der Untreue alles ganz genau regelt."

Krause sah Nidetzky von unten an. „Das werden wir noch sehen, du Made. Ich werde beweisen, dass ich nicht der Erste war, sondern sie. Weil ich – ich hab sie geliebt. Aber das kannst du dir ja nicht vorstellen, du Eunuch."

Nidetzkys Kopf schnellte herum. Die beiden Männer musterten einander. Nidetzkys Hände krallten sich in seine Oberschenkel. Gut, Eunuch war eine ungewöhnliche Beleidigung, doch seine Reaktion war schon etwas übertrieben.

Krause stand auf und strebte zum Wohnzimmer. Maria holte ihn bei der Tür ein. „So schnell nicht, Herr Krause. Wo waren Sie zur Tatzeit?"

Krause schloss erneut theatralisch die Augen. „Arthur Grünbaum." Er deutete einen Diener an. „Würden Sie mich bitte bei dem Namen nennen, den ich gemeinhin verwende?"

Die Attitüde, mit der er die Krempe seines Strohhuts glatt strich, war so gekonnt nonchalant, so oft abgelichtet, dass sich Maria fragte, warum ihr nicht sofort klar gewesen war, dass Krause tatsächlich Serienschauspieler war, und zwar jener, der gerade mit seiner jüngst ergatterten Hauptrolle als Serienarzt in irgendeinem Bergdorf in allen Gazetten war.

Sie sollte ihn jetzt wohl um ein Autogramm bitten. „Aha. Also Herr Grünbaum, wo waren Sie die letzte Nacht?"

Krause starrte auf ihren Mund. Maria zuckte mit keinem Muskel. Hilfesuchend sah sich Krause nach Phillip um, der ihm aber auch nicht den Gefallen machte, in Ehrfürchtigkeit zu verfallen. Tja, nicht jedes Columbo-Setting brachte auch sogleich ein *Ist mir eine Ehre* à la Peter Falk hervor.

Krause sah wieder zu Maria, jetzt war er der soignierte Geschäftsmann. „Ich hatte eine Besprechung, die etwas länger gedauert hat. Bezüglich meiner neuen Rolle."

Er gab nicht auf, der Krause. Maria zwang ihr Lachen in den Hals zurück.

Die Pause nützte erneut Nidetzky. „Er fickt die Produktionsassistentin von der neuen Serie, wo er mitspielt, ganz wie's sich gehört."

Phillip stellte sich mit dem gezückten Block an Krauses Seite. „Aber warum haben Sie dann vorhin so ein Theater gemacht, wie Sie gekommen sind? Der liebende Ehemann und so. Wollten Sie sich als Verdächtiger unverdächtig machen?"

Krause sah Phillip tief in die Augen, ganz der coole Überlegene. „Ich wollte Polly nicht umbringen, ich wollte sie fertig machen."

Nidetzky sah zu Maria, wobei er auf Krause deutete. „Das können Sie ihm sogar glauben, denn er weiß, dass er kaum was erben wird."

Krause warf ihm wieder diesen Blick von unten zu. „Aber dafür bekommst du genug, du Made."

Nidetzky äffte ihn nach, allerdings glitzerten seine Augen. „Ich hab schon jetzt genug – toy boy."

Das Gefecht der beiden ging wortlos weiter, Maria trommelte mit den Fingern auf den Türrahmen.

Phillip stellte sich vor Krause und musterte ihn mit leicht zusammengekniffenen Augen – ganz der strenge Polizist. „Herr Grünbaum, wir brauchen den Namen von der Dame."

Jetzt klopfte er auch noch mit dem Stift auf den Block. Phillip hatte offensichtlich Spaß an der Geschichte mit Krause, sein Theater war einfach zu unterhaltsam, auch wenn die Rolle des Mörders nicht zu ihm passte.

Und Krause enttäuschte ihn nicht. Gerade verwandelte er sich in eine Schnitzler-Figur, nur der Gehstock fehlte noch.

„Ich bitte Sie um Diskretion.“ Jetzt wurde er lächerlich. Ein authentischer Satz aus seinem Mund wäre langsam eine Wohltat. „Jennifer Hüttler. Sie erreichen Sie über die Kronos-Film. – Aber mit mir verschwenden Sie ohnehin Ihre Zeit. Sie sollten sich viel mehr die Geschäftspartner meiner Frau ansehen. Diese neuen. Aus dem Osten.“

Krause genoss kurz die Nachdenkpause, bevor er sich erneut zum Wohnzimmer wandte. Maria packte ihn am Arm, was Krause mit einem Blick auf ihre Hand quittierte. Anscheinend hatte er auch einmal in einem Krimi mitgespielt.

Maria zog sich zurück. „Entschuldigung. Was meinen Sie damit?“

Jetzt strahlte Krause mit seinem weißen Anzug um die Wette. Endlich hatte er den richtigen Text gefunden. „Meine Frau hat sich da drüben im Osten wichtig machen müssen. Nicht in der Ukraine oder sonst was Zivilisiertem. Nein, in Tschetschenien und wie das da heißt. Keine Ahnung. Fragen Sie den da.“ Er wischte über Nidetzky hinweg. „Aber einmal – einmal, da ist sogar so ein Typ da bis zu unserem Haus gekommen, weil er sich rächen wollt, weil sie als Frau einfach in ein Teehaus gegangen ist. Stellen Sie sich das bitte vor! Meine Frau hat es gewagt, einen Tee zu trinken, wo normalerweise nur Männer reindürfen, und dieser Wilde hat sich kompromittiert gefühlt. So stark kompromittiert, dass er tausende Kilometer bis zu uns nach Wien gekommen ist.“

Drei Augenpaare starrten Krause an.

Phillip fand als Erster seine Sprache wieder. „Und das haben Sie gehört?“

Krauses Strahlen wurde ein wenig kleiner. „Nein. Aber Polly hat es mir erzählt. Ich weiß noch, wie sie gesagt hat, jedes Verbrechen holt einen irgendwann ein, und wenn es nur ist, dass man als Frau in ein Teehaus gegangen ist, was man nicht hat dürfen.“

Wieder Stille.

Dann kicherte Nidetzky. „So ein Schwachsinn. Das erfindet er, um sich wichtig zu machen. Ich weiß nichts davon."

Krause nahm nun die Pose des rächenden Vaters in *Don Giovanni* ein. „Das kannst du gar nicht wissen, da warst du nämlich noch gar nicht da." Er wandte sich zu Maria und Phillip. „Er ist nämlich ein Miststück. Knapp ein Jahr ist er erst bei uns, und schon hat er Polly mit seiner Unschuldsmasche um den Finger gewickelt. Dabei will er nur ihr Geld."

Er wandte sich wieder zu Nidetzky, jetzt in der Pose eines Dandys aus dem neunzehnten Jahrhundert. „Aber das hättest du nie bekommen, sie war dir überlegen, mein Bester." Er drehte sich zu Maria und Phillip „Ich sage nur, schauen Sie sich diese Ostgeschäfte an."

Maria kämpfte mit einem Lachkrampf, Phillip bekam sich besser in den Griff. „Gut, und wie hat der Mann ausgesehen?"

„Das weiß ich doch nicht mehr. Es muss auch nicht dieser Mann gewesen sein. Aber die da im Osten sind alle nicht normal. Sie haben zu Frauen eine andere Einstellung. Außerdem – fragen Sie den da. Der Herr Nidetzky kann Ihnen bei diesen Geschäften sicher weiterhelfen. Oder sein Bruder. – Bitte entschuldigen Sie mich jetzt."

Krause absolvierte drei Stechschritte ins Wohnzimmer, wankte leicht und verließ den von der Spurensicherung freigegebenen Pfad. Dieser Outrant! Polizisten in weißen Overalls kannte er sicherlich von irgendwelchen Dreharbeiten.

Maria hechtete ihm nach. Dann sah sie, was er sah, nämlich die Leiche seiner Frau. Die Leichenbestatter ließen sich heute verdammt viel Zeit, Leopoldine Krause sollte längst abgeholt worden sein.

Sie nahm ihn sanft am Arm und zog ihn aus dem Gefahrenbereich. „Herr Krause, Entschuldigung, Grünbaum – äh, würden Sie bitte ..."

„Ja, natürlich."

Seine gemurmelte Antwort und sein Gesichtsausdruck waren das erste Mal ehrlich. Er stierte auf die Unterwäsche seiner Frau.

„Die Dessous hat sie vorletzte Weihnachten von mir bekommen. Ich hab sie gebeten, sie nur anzuziehen, wenn sie mit mir zusammen ist."

Georg, der auf der anderen Seite des Couchtisches den Fleck auf einer Zeitschrift untersuchte, starrte Krause an und schickte einen irritierten Blick zu Maria. Sie deutete mit einer sich öffnenden und schließenden Hand ein großes Plappermaul an. Georg verzog das Gesicht und wandte sich wieder seiner Arbeit zu.

Ruhig drehte sich Krause zu Maria um. „Für diese Frau hatte nichts Bedeutung. Nichts. Sie konnte sich alles kaufen. Also hatte nichts Bedeutung, auch ein Wunsch nicht, verstehen Sie?"

Krause ließ die Schultern hängen, jetzt war alles schief an ihm, was sehr homogen wirkte. Maria hatte das Gefühl, dass nun nicht mehr der Schauspieler, sondern der Mann vor ihr stand. „Und was waren Sie für sie?"

„Nidetzky hat es schon gesagt. Ein toy boy. Sie hat mich geheiratet, weil ihr ein Hund als Haustier zu anspruchslos war."

Krause schlurfte, penibel auf dem Pfad der Spurensicherung, zur Terrasse hinaus.

Nidetzky unterhielt sich mit Phillip äußerst angeregt und freundlich über die Bilder in der Eingangshalle. Die beiden wandten sich zu ihr um.

Phillip hatte ein Glitzern in den Augen. „Übrigens, auch Herr Nidetzky hat ein hieb- und stichfestes Alibi. Er ist heute früh um neunuhrfünfundvierzig mit der AUA aus München zurückgekommen. Wohin er gestern um drei viertel fünf geflogen ist."

Nidetzky schien diese Angelegenheit unangenehm zu sein, denn er schaute Maria nicht ins Gesicht.

„Mit der AUA? Einfach so einmal geschwind nach München und zurück? Was haben Sie denn dort gemacht?“

Nidetzky wand sich, Phillip feixte hinter seinem Rücken. „Herr Nidetzky war auf einem Treffen. Von Asexuellen.“

Maria hörte zwar das Wort, verstand jedoch seinen Sinn nicht. Asexuell. Also nicht sexuell. Das waren Priester und Nonnen. Und vielleicht Menschen mit schweren Traumata.

Nidetzky straffte sich, er hob das Kinn. „Ich gehöre zu den ein bis zwei Prozent der Menschen, die kein Verlangen nach Sex verspüren. Keine Libido haben.“

Wie schade! Maria konnte den Ausruf gerade noch unterdrücken, jedoch nicht das Grinsen, das ihren Mund unwiderstehlich in die Breite zog. Sie wandte sich ab, während sie so tat, als würde sie etwas im Wohnzimmer gehört haben. Keine Lust auf Sex. Für immer und ewig. Nein, das war – kurzfristig vielleicht. Da gab es Gründe. Stress oder eine miese Beziehung. Aber nie? Das war unvollstellbar.

„Sie können ruhig lachen, ich hab mich daran gewöhnt.“

Auf Nidetzky Aufforderung hin spürte Maria, wie ihre Wangen heiß wurden. Nein, sie brauchte sich nicht schämen. Es war einfach zu ungewöhnlich, dass jemand behauptete, er wäre asexuell, noch dazu so ein Zuckerl wie Nidetzky. Da konnte frau schon erstaunt und erheitert sein. Sein Blick vorhin, über ihren Körper, war also nicht impertinent, sondern abschätzend gewesen. Das war ernüchternd. Und irgendwie aberwitzig.

Maria konzentrierte sich, als sie sich umwandte. Nichts in ihrem Gesicht sollte sich bewegen. Der schöne Mann, im frischen Alter von Mitte zwanzig, mit seinem schönen Körper sah ihr entgegen. Marias Mundwinkel zuckten.

Nidetzky seufzte. „Es gibt uns wirklich, das ist kein Medienmärchen. Ich habe erst zwei Mal mit einer Frau geschlafen. Weil ich geglaubt hab, dass ich es tun muss. Es war schrecklich.

Dann habe ich es mit einem Mann versucht. Das ging schon gar nicht. Ich bin nicht homosexuell. Ich mag nur keinen Sex."

Maria setzte sich. Eine normale Handlung würde die Situation normalisieren. „Ja, aber so weit ich Sie verstanden habe, war Frau Krause ganz sicher nicht asexuell. Warum haben Sie ausgerechnet bei einer Frau, die ..."

„Ja, wie geht das? Zwischen einem Mann und einer Frau ist doch immer – also ich meine – so grundsätzlich eine Anziehung – auch wenn man nicht immer gleich ins Bett – also nicht alle ..." Phillip stoppte seine suchenden Handbewegungen und ließ die Arme langsam sinken.

Maria funkelte ihn an. Durch sein Gestottere hatte er alles verraten. Und es war gar nicht gut, wenn Zeugen über die Befindlichkeiten der Ermittler Bescheid wussten.

Prompt grinste Nidetzky Phillip und Maria abwechselnd an. „Ich glaube, die allgemeine Diskussion über das Thema, ob Sex zwingend ist und ob jeder Mann mit jeder Frau will, sollten wir wirklich verschieben. Auch wenn es ein Thema ist, das Sie beide vielleicht gerade – sehr interessiert."

„Nicht besonders." Weil wir es wissen, fügte Maria in Gedanken hinzu. Oh, es war zum Verzweifeln, sie hatte sich so schön in den Fall hineingedacht, und jetzt kam so ein – so ein Asexueller daher und erinnerte ihren Körper daran, dass er mindestens schon zwölf Stunden keinen Sex mehr gehabt hatte. Ihr Brustkorb wurde eng.

Maria zückte ihre Zigaretten, Nidetzky gab ihr sofort Feuer. Maria atmete aus. „Also – Sie haben gesagt, Sie waren der Vertraute von Frau Krause. Dann können Sie uns ja sicherlich erzählen, wie sie so war."

Nidetzky massierte sich wieder einmal die Handballen und deutete dann Phillip, ebenfalls Platz zu nehmen. So saßen sie beide brav wie Schüler vor dem gut aussehenden, asexuellen Mann und lauschten. „Wir haben uns witzigerweise über den

Sex kennengelernt. Leo wollte mich aufreißen. Und am Anfang habe ich mitgemacht, geflirtet ..."

„Trotz des Altersunterschiedes?"

„Ja, sie war mir sofort sympathisch. Sie ist eine unglaublich intelligente Frau, ein Mensch, der genau weiß, was er will. Der Zusammenhänge versteht, noch bevor andere noch alle Fakten verstanden haben. Und sie ist – war absolut liberal."

Phillip überschlug die Beine. „Wie liberal? Wirtschaftsliberal? Oder hatte sie nichts gegen Andersgläubige oder Homosexuelle?"

Nidetzky lehnte den Kopf an die Wand und schaute ins Leere. „Die persönliche Freiheit ging ihr über alles. Und sie war fest davon überzeugt, dass wir alle – Zitat – in einem Nebel von gesellschaftlichen Zwängen leben. Schönes Bild, nicht?"

„Die Krause hat Sie angebaggert."

Nidetzky studierte Phillips Gesicht. Dann nickte er, mit einem ganz leisen Lächeln. Der Mann wirkte erstaunlich reif für Mitte zwanzig. „Ja, hat sie. Ich war fasziniert. Doch mehr wollte ich nicht, aus erwähntem Grund. Ich habe es ihr gesagt. Und sie war die erste Frau, die mich deswegen nicht ausgelacht hat. Oder versucht hat zu bekehren. Wie gesagt, die persönliche Freiheit war ihr das Wichtigste." Er lehnte den Kopf wieder an die Wand. „Und ich habe sie fasziniert. So bekam ich den Job."

„Eine gut dotierte Anstellung. Wie ich annehme."

„Herr Roth, jeder Mensch hat seine eigenen Fähigkeiten. Und ich kann anderen Menschen das Leben sehr angenehm machen. Ja, meine Arbeit ist gut dotiert, wie Sie es bezeichnen. Das nennt man Marktwert. Ich bin gut. Also zahlt man mich gut."

Phillip verschränkte die Arme. „Aha. Verstehe." Oh nein, Phillip begann schon wieder einmal eine seiner gesellschaftlichen Diskussionen.

Maria atmete durch, doch Phillip kam ihr zuvor. „Klar. Und alle Menschen, die in McJobs arbeiten, sind Volltrotteln."

Nidetzky zog Luft durch die Zähne. „Oh, ein Sozialromantiker. Ja, ja, das war ich auch einmal."

„Ja, ich glaube …", Marias Ton war so scharf, dass beide Männer sie ansahen, beinahe dankbar, wie ihr schien, „… das diskutieren wir irgendwann einmal bei einem Bier. – Herr Nidetzky, worin sind Sie denn gut? Was machen Sie genau?"

„Ich – war für das Management von Frau Krauses Privatleben zuständig."

Phillip beugte sich nach vorn. „Und da hatten Sie viel zu tun? Frau Krause war doch Bankmanagerin. Ich meine, solche Leute sind doch nur damit beschäftigt, Geld zu verdienen."

Nidetzky lehnte sich wieder an die Wand und lächelte den Plafond an. „Höre ich da Neid heraus?"

Phillip schaute zu Maria und verdrehte die Augen. Sie deutete ihm mit der Hand, ruhig zu bleiben. Auch wenn ihr der Schnösel selbst auf die Nerven ging.

Maria räusperte sich, worauf Nidetzky wieder Blickkontakt mit ihr aufnahm. „Und Ihr Bruder ist der berufliche Sekretär."

„Ja, Jens studiert Wirtschaft. Und ich hab ihm den Job besorgt, weil er da was lernen kann. War zeitlich begrenzt, bis zu seinem Abschluss. Den Rest können Sie ihn selber fragen, er muss bald da sein. Ich hab ihn angerufen." Nidetzky griff sich plötzlich an die Stirn und stöhnte auf. Er verbarg das Gesicht in den Händen. Seine Arbeitgeberin schien ihm wirklich etwas bedeutet zu haben.

Maria sah zu Phillip, der nickte ihr zu. „Es tut mir leid, Herr Nidetzky, dass das Ganze so – harsch abgeht."

Nidetzky winkte ab.

„Okay. Gut. Was hat es mit den Ostgeschäften auf sich, die Herr Krause angedeutet hat?"

„Ich weiß es nicht. Ich war ja noch nicht da." Er lachte kurz auf. „Aber vielleicht weiß Jens was. Frau Krause hat zwar nicht direkt Geschäfte mit dem Osten gemacht, aber ihre Kunden haben das. Fragen Sie Jens. Wie gesagt, ich habe nur ihre privaten Termine koordiniert."

Maria war sich nicht so sicher, ob das wirklich stimmte. Aber sie nickte Phillip zu, den Ball aufzunehmen.

„Okay, machen wir. Aber dann bleiben wir gleich einmal beim Privaten. Sie haben uns noch immer nicht gesagt, was Frau Krause gestern gemacht hat. Das werden Sie doch wissen, auch wenn Sie weg waren."

„Eine Orgie, wie üblich."

Der Keller war noch imposanter als der Rest der Villa. Er schien ein zweites Haus im Untergrund zu sein. Sie passierten zahlreiche, miteinander verbundene Zimmer, die ähnlich wie Swinger-Clubs oder noble Nachtclubs eingerichtet waren – beinahe professionell könnte man sagen. Es gab sogar einen kleinen Whirlpool und eine große Bar mit Flatscreen, auf dem wahrscheinlich Pornos gespielt wurden. Und bei jeder der Liegestätten standen ein kleiner Monitor sowie ein Glasregal mit sündteuer wirkendem Sexspielzeug. Hohe weiße Kerzen und seidene Stoffe in Weiß und Karminrot für die Betten sowie als Wanddrapierung nahmen dem Eindeutigen jedoch das Ordinäre – auch im Schein der Neonleuchten, die jetzt das Szenario in weißes Arbeitslicht tauchten. Na ja, die Putzfrau musste etwas sehen.

Das gleißend kalte Licht half Maria allerdings nicht, ihre Phantasien auszublenden. Sie sah Körper sich im Kerzenschimmer wälzen, fühlte, wie Hände suchten und Finger packten. Stoßen und Hingeben. Sie linste zu Phillip. Seine Gesichtszüge waren straff, so, wie sie es immer waren, wenn er sie begehrte. Nein, wenn er geil war. Und als er zufällig ihren Blick auffing, öffnete er den Mund. Sofort spürte Maria das Wasser des

Whirlpools um ihre Hüften schäumen, während sich ihr Arsch immer genau bis zur Wassergrenze hob und senkte, während die Gischt Phillips Brust umspülte und seine Hände das Nass in ihre Haare walkten. Er sie zu sich riss und ...

„Als Leo mir das hier zum ersten Mal gezeigt hat, war ich ebenso erstaunt wie Sie. Ich wäre nie auf die Idee gekommen, dass es da so eine Art Subkultur – kann man das so nennen?"

Maria nickte stumm, ebenso wie Phillip. Sie durften nicht schon wieder mit Gestottere ihre Gedanken verraten. Nidetzky beäugte sie – und wusste genau, was in ihnen vorging. Er grinste. Dieser abgewichste Asexuelle. Er machte sich doch nur lustig über sie! Wahrscheinlich war das seine Aufreißmasche! Ja, so war es. Dieser Mann war genau so fickrig wie sie. Wie alle Menschen. Was anderes konnte doch gar nicht sein.

Nidetzky machte eine großzügige Geste in den Raum. „Für mich war das wahrscheinlich noch überraschender als wie für Sie. Ich meine, mir war schon klar, dass Menschen miteinander – Geschlechtsverkehr haben wollen. Nur, dass es da Gruppen gibt, die nichts anderes im Sinn haben, als sich alle zwei, drei Wochen das Hirn rauszuficken, das war mir nicht klar."

Phillip ließ sich in einen karminroten Ohrensessel fallen. Maria schloss die Augen.

Und hörte Phillip nach den richtigen Worten krächzen. „Was mir nicht klar ist – es gibt Puffs. Und es gibt Swinger-Clubs. Was soll das hier sein?"

Nidetzky lachte auf und dimmte das Licht. Jetzt wurde es gefährlich. „Das habe ich Leo auch gefragt. Ganz einfach, man will unter sich sein. Oder können Sie sich vorstellen, dass der Chef von Siemens oder der Telekom oder ein Regierungsmitglied in ein öffentliches Sexetablissement geht? Immer weniger jedenfalls, zu oft schon ist was in die Öffentlichkeit gedrungen. Wissen Sie, es gibt Codewörter, man verständigt sich, und dann trifft man einander regelmäßig bei jemandem zu Hause.

Es gibt ein paar von diesen ausgebauten Kellern. Meistens sind es Keller, sie sind nicht so einsehbar wie die Wohnräume."

Ein Hämmern drang durch Marias Nebel, es wurde immer lauter und formulierte die Wörter *Geruch* und *Video*. Sie drehte Phillip den Rücken zu, das war ihre einzige Chance, wieder halbwegs klar denken zu können. Pöttelsdorfer.

„Wurden dabei auch Videos gedreht?"

Nidetzky nickte. „Das ist doch der Grund, warum ich Sie da her führe. Sie waren obligo, die Videos. Und keiner hat Angst gehabt, bevor Sie mich fragen, denn jeder hat sie gemacht. Also jeder hatte von jedem was Belastendes. Erstens. Und zweitens wurden dabei immer Masken getragen. Aber vielleicht – vielleicht sehen Sie ja etwas drauf. Oder ich. Ich habe das Video der letzten Nacht natürlich auch noch nicht gesehen."

Er ging den Gang weiter. Es wurde enger, nach zwei Regalen mit Handtüchern war die Wand nicht mehr mit rotem Stoff bezogen, sondern nur mehr ausgemalt. Das Licht schien sich zu verkrümeln. Hier war eindeutig der offizielle Bereich beendet.

Nidetzky blieb abrupt stehen. „Wieso fragen Sie eigentlich nach den Videos? Ich habe geglaubt, ich kann Sie damit überraschen."

Maria kämpfte mit sich, und Phillip überließ ihr die Entscheidung. Das war zwar der richtige Dienstweg, dennoch feig. Sie konnte sich auch nicht entscheiden, was sie Nidetzky sagen wollte. Oder durfte. Sei's drum.

„Die Frau von Herrn Pöttelsdorfer ..."

„Oh ja, sehr bedauerlich."

„Sie kennen ihn?"

Nidetzky wiegte den Kopf, ganz diskreter Diener. Maria nahm es als *Ja*.

„Die hat uns erzählt, dass sie mit ihrem Mann des Öfteren die Videos von solchen Sessions angeschaut hat."

„Ja, weil sie den Geruch der meisten Menschen nicht verträgt. Ich weiß. Ich hab nur nicht geglaubt, dass sie es erzählt. Es gibt da so was wie einen Codex."

„Ah ja. – Sagen Sie, Herr Nidetzky, dafür, dass Sie es nicht so mit dem Sex haben, dafür kennen Sie sich aber ganz gut in der Szene aus!"

Er sah sie mit großen Augen an. „Das war mein Job. Das habe ich Ihnen doch gesagt. Ich habe natürlich auch die Abende koordiniert. Und weiß daher natürlich auch die Namen." Er grinste Phillip an. „Unter anderem deshalb ist mein Job so gut dotiert. Wie es so schön heißt, Wissen ist Macht."

Phillip grinste zurück. „Also sind ein paar Hundert von Ihren Euros Schweigegeld?"

„Nein, Anerkennung meiner Loyalität. Das Schweigegeld, das ich verlangen würde, hätte mich schon auf eine unbekannte Insel im Pazifischen Ozean gebracht. Aber wer will das schon?"

„Ja, wer will das schon. Aber Sie können uns die Namen sagen."

„Nur wenn ich rechtlich gar keine andere Möglichkeit mehr habe. Und außerdem weiß ich nur, wer eingeladen war. Wer wirklich gekommen ist und wer mit wem Geschlechtsverkehr hatte, weiß ich nicht. Die haben alle schon beim Eingang ihre Masken getragen."

Maria und Phillip nickten Nidetzky zu, bei Gelegenheit würden sie ihm schon klar machen, dass er sich unter gewissem Druck sehr wohl daran erinnerte, wer in der Villa aufgetaucht war.

Sie gelangten zu einer dicken Holztür mit Eisenverstrebungen, die Einbrecher nur so einlud, derart wichtig sah sie aus. Nidetzky musste sich dagegenstemmen, damit sie aufging. Im Raum dahinter verbargen sich unzählige Monitore und ein riesiges Mischpult. Die Zentrale eines Einsatzkommandos.

„Und das alles für ein paar Erinnerungsfotos.“

Phillip sprach Marias Gedanken aus. Das sah schwer nach Erpressung aus. Was es ja im Grunde auch war, die Erklärung von Nidetzky hatte etwas Bestechendes an sich. Allgemeines Einverständnis, sozusagen. Denn wenn jeder von jedem etwas in der Hand hatte, dann würde keiner plaudern. Sie alle hatten eindeutig zu viel zu verlieren.

Maria setzte sich auf den Drehstuhl vor dem Hauptmonitor. „Okay, lassen Sie uns beginnen.“

Die Beine und Mösen und Arme und Münder und Schwänze und Masken verschwommen nach kürzester Zeit vor Marias Augen. Sie sah rund zwanzig Leute, die genau dasselbe taten wie Menschen in Sexclubs oder Puffs: Sie fickten, was das Zeug hielt. Die Krause war anhand ihrer apricotfarbenen Wäsche sofort erkennbar. Sie mischte selbst nur wenig mit, ein Griff zwischen die Beine eines Mannes einmal oder der Kuss mit einer Frau. Sie kümmerte sich mehr darum, dass die Stimmung gut war, brachte Menschen zusammen, orderte beim Barkeeper Getränke. Doch die anderen gaben sich dem Sex hin, als ginge es um ihr Leben.

Blöd nur, angesichts von Nidetzkys Schweigewahn, den sie erst mühselig würden brechen müssen, dass die Menschen auf diesem Video tatsächlich Masken trugen. Ungefähr ein Drittel hatte eine Vollmaske auf, was ihnen den Touch von Teilnehmern an einem Kinderfest verlieh. Maria sah Katzen- und andere Tiergesichter, Clowns, das Konterfei eines ohrberingten, dicklippigen Negers jenseits der political correctness, zwei Prinzessinnenlächeln. Die anderen zwei Drittel trugen Halbmasken, meist ganz glatt oder im venezianischen Stil mit Federn, Strass und Pailletten. Sie dürften schon öfter auf solchen Sessions gewesen sein und bemerkt haben, wie hinderlich eine Maske über das ganze Gesicht beim Oralsex war. Oder die voll

Maskierten hielten nichts vom Blasen und Lecken. Vielleicht waren sie ja auch nur besonders vorsichtig. Und doch – bei allem Verständnis – kam Maria dieses Getue mit der Verkleidung ziemlich überkandidelt vor. Irgendwann erkannte man doch den Menschen, der einen fickte. Zumindest an der Stimme. Sicherlich machten viele von diesen Menschen dauernd Geschäfte miteinander. Aber vielleicht war es ja einfach bloß ein Spiel, das einen zusätzlichen Kitzel brachte.

Jedenfalls würde es ein Eiertanz zwischen Druck und Zusicherung der Anonymität werden, wenn sie diese ganzen Menschen befragen musste. Hoffentlich mussten sie das nicht, hoffentlich kam nichts, was für Krauses Tod relevant war.

Maria senkte den Blick. Das Gerammel ging ihr auf die Nerven. Seltsam, sie war doch sonst einem Porno nicht abgeneigt. Widerwillen war es auch nicht. Es war das Gegenteil. Die Szenen auf diesem Video ließen sie schwitzen vor Gier. Sie musste sich genau mit dem beschäftigen, was sie zu unterdrücken versuchte. Pech, da musste frau durch. Maria sah wieder auf das Video. Eine Frau mit Schnabelmaske legte die Pranken von zwei Löwen auf ihren Körper.

Maria spürte, wie Hitze ihr Gesicht spannte. Schnell kramte sie in ihrer Handtasche nach einer Zigarette. Sie inhalierte tief.

„Hier ist eigentlich Rauchverbot."

Nidetzky verstummte, als er in Marias Augen blickte. Er wandte sich wieder dem Video zu. „Mir ist es egal. Und Leo ist tot."

Maria deutete auf das Video. „Da rauchen aber auch alle."

„Da draußen war es erlaubt, das gehörte zur Gastfreundschaft. Hier herinnen war es verboten."

Damit nahm sich Nidetzky selbst eine Zigarette. Maria hätte nie gedacht, dass er ein Raucher war.

Sie schaute wieder auf das Video. Etwas irritierte sie. „Stopp. Bitte spulen Sie zurück."

Die Figuren krebsten in ihre Stellung von vor einer Minute zurück und nahmen ihre geschmeidigen Bewegungen erneut auf. Die Szene ging vorbei, ohne dass Maria den Grund ihrer Irritation erkannte. Es war einfach zu viel zu sehen. Zu viel Ablenkendes. Nidetzky hielt das Band automatisch an der Stelle an, an der Maria *Stopp* gerufen hatte, und sah sie an. Sie schüttelte den Kopf.

Sie sahen das Band im Schnelldurchlauf zu Ende. Der Timecode informierte, dass sich die letzten Gäste etwa um zwei Uhr verabschiedet hatten. Die Krause verschwand aus dem Bild, kurz danach zeigte das Video Flimmern. Maria stützte den Kopf auf und rieb sich die Augen.

„Und wer ist der Barkeeper? Auch ein loyaler Angestellter?"

Nidetzky entfernte das Band aus dem Player. „Bernhard Scheiderbauer. Ich gebe Ihnen oben dann die Nummer. Wobei, ich glaube, Sie müssen sich beeilen, weil er fliegt nach La Palma. Wir haben dort ein kleines Haus. Die nächste Session sollte ja erst in zwei Wochen stattfinden."

Maria wandte ihren Kopf zu Nidetzky. „Heißt das, er hat nur diesen einen Job gehabt? Und hat davon leben können?"

Nidetzkys Antwort war ein mitleidiges Lächeln.

Phillip ließ seine Hand über die Videos im Regal gleiten.

„War am Aschermittwoch zufällig auch eine Session?" Maria konnte seinem Gedankensprung nicht sofort folgen. Erst als Nidetzky das bewusste Band herausgesucht und eingelegt hatte und neben der Bar ein überdimensionales Fischbuffet zu sehen war, wusste sie, was er sehen wollte.

Phillip beugte sich über Nidetzkys Schulter. „Bei den Toten, finde ich, sollten Sie eine Ausnahme machen und Ihr Schweigegelübde gleich brechen. Welcher davon ist Pöttelsdorfer?"

Nidetzky strich sich über die Augenbraue, ein zweites Mal. Dann studierte er das Video. „Da. Es ist der Panzerknacker."

Pöttelsdorfer war also ein Mensch mit seichtem Humor gewesen. Und ein Machtmensch, denn seine Begleitung, Schneewittchen mit fahler Haut und unrasierten Beinen, wollte gerade von einem gynäkologischen Stuhl aufstehen, als sich Pöttelsdorfer über sie beugte, etwas flüsterte, sie zuerst den Kopf schüttelte, er nochmals flüsterte, dabei den Daumen nach oben und nach unten bewegte, und sie daraufhin schlaff zurückfiel. Das sah beileibe nicht nach ekstatischer Vorfreude auf einen guten Fick aus. Doch das schien den Männern, die die Frau nun der Reihe nach penetrierten, nichts auszumachen. Das Ganze hatte den Agout einer Nötigung, beinahe einer Vergewaltigung, nur dass die Frau nicht gefesselt war. Und all die anderen Gäste schienen das auch nicht so zu empfinden, vielmehr schienen sie durch den Anblick sehr animiert, denn einige von ihnen begannen in unmittelbarer Nähe der Gruppe selbst ans Werk zu gehen.

Und neuerlich irritierte Maria etwas. Aber auch diesmal brachte das Zurückspulen nichts. Schließlich waren die Männer mit der Frau fertig. Sie reichte Pöttelsdorfer die Hand, der sie zuerst nicht nehmen wollte. Doch sie bestand darauf. Der Händedruck, der viel zu lang war, wirkte wie ein Vertragsabschluss.

Die beiden Ermittler sahen Nidetzky an, der den Kopf schüttelte. „Ich verheimliche Ihnen jetzt wirklich nichts, wenn ich sage, dass ich nicht weiß, wer die Frau ist. Sie war nur an dem Abend da." Er deutete mit dem Kopf zum Monitor. „Die Beine, die hätt ich mir gemerkt."

Phillip spulte zurück zu dem Punkt, wo die Frau aufstand und ihr Gesicht der Kamera zuwandte. „Hat sie vielleicht zwei verschiedene Augen gehabt?"

Nidetzky zögerte, schien sie zu visualisieren, nickte schließlich. Maria nickte, Phillip nickte. Sie wusste, was er dachte. Es schien, als hätte Pöttelsdorfer mit Schneewittchen, seiner

Begleitung vom Würstelstand, ein Geschäft abgeschlossen. Vielleicht hatte er die Vereinbarung nicht eingehalten. Sie mussten unbedingt die Identität von Schneewittchen herausfinden. Außerdem war zu klären, was die anderen Opfer mit dieser Geschichte zu tun hatten.

Maria drehte sich am Sessel zu Nidetzky. „War Richard Tauber auch dabei?"

Nidetzky wandte sich ab und nahm die Kassette aus dem Gerät. Phillip schob sie sofort wieder hinein. „Bei aller Anerkennung Ihrer Loyalität, diese Halbvergewaltigung ist eine Spur in einem Vierfachmord ..."

„Vierfachmord? Wieso – Sie bringen Leo mit den anderen ...?"

„Jetzt stellen Sie sich nicht so dumm."

Die Männer duellierten sich mit Blicken. Der schweigende Dialog war so laut, dass Maria jedes Wort verstand. Sie ließ das Feuerzeug auf die Tastatur des Computers hüpfen, um das Duell zu beschleunigen.

Doch gerade, als Nidetzky den Blick senkte, womit er seine Niederlage und seine Sprechwilligkeit anzeigte, wurde die Tür geöffnet.

Es war Jens Nidetzky, mit geröteten, verschwollenen Augen. Thomas Nidetzky sprang auf und umarmte seinen Bruder.

Maria schloss die Augen. Der Fall dauerte zu lange, viel zu lange. Und außerdem knurrte ihr Magen.

Als Maria „Mijnamrikansossobabku" nur wegen der Antwort der Frau vor ihr als die Frage „Mit Americansauce oder Barbecue" identifizierte und sie zugleich bei dem asiatischen Mädchen an der Kassa den zerschlissenen T-Shirt-Kragen unter dem Hemdkragen der Fast-Food-Kette registrierte, bekam für sie das Wort *McJob*, das Phillip Thomas Nidetzky so an den Kopf geknallt hatte, plötzlich Farbe. Die fünf Lettern hatten die fünf Gesichter der fünf Menschen hinter den fünf Kassen. Maria lauschte und sah ihren Verdacht bestätigt. Sie waren allesamt keine gebürtigen Österreicher. Nicht einmal assimilierte. Ihr Deutsch war gebrochen. Und perfektes Deutsch war doch eine Voraussetzung für jene steile Karriere, die eine als Artikel getarnte Werbung dieser Fast-Food-Kette versprochen hatte. Oder nicht? Sponserte die Kette vielleicht die Deutsch- und Englischkurse, die für leitende Angestellte sicher vonnöten waren? Denn so hatte es der PR-Artikel versprochen. *Gehen Sie bei uns in die Lehre, und Ihrer Karriere steht nichts im Wege.*

Maria beschloss, die kleine Asiatin nach ihrem Gehalt zu fragen, doch dann stotterte sie nur ihre Bestellung heraus. Diese selten blöde, mitteleuropäische Erziehung. Immer wieder bestätigten es Umfragen. Hierzulande war es unanständiger, nach dem Einkommen zu fragen als nach dem letzten Stuhlgang. So würde nie Transparenz herrschen.

Maria boxte sich an Phillip, der hinter ihr angestellt war, vorbei und durch die Menge an einen der noch wenigen verbliebenen Rauchertische. Das Tablett knallte auf den Tisch. Die sechs Stunden Schlaf der letzten Nacht wogen die verlorenen zwölf der vorhergehenden drei Nächte eindeutig nicht auf. Sie nahm den Burger in die Hand – und fragte sich plötzlich, woher das Rindfleisch wirklich kam. Laut dem Papier auf dem Tablett kam es aus Österreich. Aber mit der richtigen Werbung konnte man alles suggerieren. Vielleicht klebten in diesem faschierten Laberl Tausende von Transportkilometern. Und Liter an Schweiß ausgebeuteter Sklavenarbeiter. Nein, das war unrealistisch. Zum Großteil machten Maschinen Essen.

Maria lehnte sich zurück und schaute durch den Raum, um den widerlichen Geruch des Burgers aus der Nase zu bekommen. Die Frau am Nebentisch las die *Krone*, und zwar aufmerksam jenen Artikel, dessen Überschrift verlangte *Schiebt ihnen einen Riegel vor!* Maria beugte sich leicht zur Seite und erkannte eine Auflistung von Firmen, die im vergangenen Jahr an Aktionäre Gewinne von doppelstelliger Höhe ausgeschüttet und zugleich massiv Mitarbeiter entlassen hatten. Daneben ein Kommentar mit dem Titel *Die sicheren Jahre sind vorbei.*

Die Frau legte die Zeitung auf Marias Tisch. „Recht hat er. Lang genug haben wir uns das gefallen lassen. Ist doch a Schweinerei, a windige, a Schweinerei. Lang genug haben wir uns für deppart verkaufen lassen. Und wenn eben die Politiker feige Hund sind, dann müssen eben wir ...", sie beugte sich zu Maria, „... das Volk was tun. Oder net?"

„Was meinen S' denn damit?"

„Einfach umverteilen." Die Sitznachbarin schob sich zu Marias Ohr. „Revolution."

Maria brachte Abstand zwischen sich und die Frau. Die nickte ihr bedeutungsvoll zu. Maria grinste, was die Frau wohl für eine Bestätigung hielt, denn mit einem weiteren Nicken wandte sie sich wieder der Zeitung zu. Sie wusste nicht, dass Maria wegen des Wortes gegrinst hatte. Revolution. Das klang nach neunzehntem Jahrhundert, meinetwegen nach den Zwanzigern im zwanzigsten, aber doch nicht nach einundzwanzigstem Jahrhundert. Da war Individualismus angesagt und nicht Solidarität. Maria studierte die Frau. Ihr Gewand war nicht verschlissen, sondern adrett, wie man so schön sagte. Über dem Ehering glitzerte ein grüner Stein, wenn wahrscheinlich auch kein Smaragd, doch sicherlich nicht billig. Sie aß gebackene Shrimps, das Teuerste auf der Karte. Der Frau ging es nicht schlecht. Trotzdem geiferte sie mit der Journaille mit.

Phillip nahm ihr gegenüber Platz und biss genussvoll in seinen Burger. Maria schob ihr Tablett noch weiter weg von sich. „Das Zeug macht dich fett."

„Dich auch."

„Ich esse es nicht."

„Warum? Du wolltest doch was zum futtern."

„Du wolltest hierher. Obwohl du die ganzen Filme schaust."

Jetzt endlich senkte Phillip seinen Burger und sah sie an. Oh ja, sie würde ihm den ganzen Appetit verderben, ihn in seiner Scheinheiligkeit ertappen! So oft es nur ging, schaute er Dokumentarfilme über die Bösen der Welt. Lebensmittelkonzerne. Welthandelsorganisation. Trinkwassermafia. Waffenhändler. Okay, die hatten jetzt nichts mit dem Burger zu tun. Wobei – sicher war gar nichts.

„Du hast recht, May. Es war ein Fehler." Phillip legte den Burger ab, studierte die Ketchuppackung. Nickte. „Aber wir haben die Scheiße schon bezahlt."

Damit biss er wieder mit Genuss in das schwammige Ding mit dem undefinierbaren Fleischbatzen in der Mitte.

„Nie wieder geh ich mit dir in einen von diesen Filmen. Du bist so – so ein Klassiker. So groß ...", sie imitierte eine Klappe mit weiter Geste, bemerkte, dass die Sitznachbarin ihren Seitenblick zu zähmen versuchte, „... ist dein Blabla, aber nichts dahinter."

Phillip legte erneut seinen Hamburger in die Pappschachtel. „Du hast mich genervt, weil du unbedingt und sofort was essen wolltest. Und weil du kein Kebap ...", er zählte an den Fingern ab, „... und keine Pizza und keinen Chinesen und kein Sushi und kein Schnitzel wolltest."

Maria fühlte sich ertappt. Und ohne, dass sie es wollte, steckte sie eine Pommes in den Mund. „Das sind doch lauter Mafiabetriebe."

„Ich werd's dem Wirten ums Eck mitteilen, Frau Kouba."

Sie zuckte mit den Schultern, schob sich eine weitere Pommes in den Mund und schwieg so lange, bis Phillip wieder zu essen anfing. „Das Ganze nervt mich."

Phillip legte behutsam seinen Burger in den Karton. Maria setzte sich aufrecht hin. Phillip musterte sie. „Was willst du? Nidetzky hat uns die Einladungsliste gegeben. Und ..."

„Und, und, und. Und jetzt können wir wie Vollidioten zigmal dasselbe runterleiern, bis uns die Herrschaften sagen, ob sie da waren oder nicht. Wer sie auf den Videos sind. Was sie gesehen haben. Sie kitzeln, damit ihre Lügen platzen ..."

„He, cool down, Stix wird sich mit Gabi drum kümmern, du hast sie beauftragt, darf ich dich erinnern?"

„Ja, war ein Fehler."

Phillip legte seine Hand auf Marias Arm. „Wir können nicht alles selber machen."

Maria zog ihren Arm unter seiner Hand weg. „Und dann – dann gibt's so einen mysteriösen Ostmann, den niemand außer unserem Herrn Serienarzt gesehen hat. Ganz zu schweigen von diversen Ostgeschäften, von denen wir noch gar nichts wissen. Wir müssen uns noch einmal diesen verheulten Jens an die Brust nehmen, ich glaube ihm nicht, dass er nichts davon weiß. Aber wahrscheinlich will er andere decken, Geschäftspartner von der Krause. Ma echt, geht's nicht irgendwann einmal auch einfach?"

„Oft genug."

„Wie kannst du nur so ruhig sein?"

„He, Maria! Was ist los mit dir? Du beschwerst dich doch ständig, dass wir immer nur Mann-bringt-Frau-aus-Eifersucht-um-Fälle haben."

Maria riss Streifen vom Papier am Tablett ab. „Ja, eh. Aber jetzt haben wir da diese Sexgeschichte. Überhaupt nur Sachen, die die Krause betreffen. Und denken überhaupt nicht an Tauber. Oder die anderen zwei. Oder an den Einbruch." Sie beugte sich hitzig über den Tisch und zischte: „Wir müssen uns die Einbrüche näher anschauen."

Phillip beugte sich ebenfalls über den Tisch. „Hast du mir nicht beigebracht, dass man sich den Strich eines Gemäldes und somit jede Einzelheit anschauen muss, um zu verstehen, wie es gemalt wurde?"

„Und dann einen Schritt zurücktreten und das Bild neu sehen. Ja, ja, ich weiß." Maria entschlüpfte ein Seufzer. „Aber dass wir noch nicht einmal einen einzigen blöden Verdächtigen haben, das ist so – so, als ob alle unter einer Decke stecken würden. Alle haben Alibis. Verdammte Alibis."

Phillip grinste. „Na, wenn es nur das ist – kaprizier dich doch auf Jens Nidetzky. Wenn ich dich erinnern darf, der hat kein Alibi. Unser Erster ohne Alibi."

„Und kein Motiv. Noch schlimmer – durch den Tod der Krause verliert einen guten Job."

Phillip zuckte mit den Augenbrauen. „Wer weiß, wer weiß. Wir haben bei der Krause doch erst angefangen. Vielleicht hat er ja Spielschulden und braucht dringend Geld. Und die Krause ist die Erbin von den anderen. Und jetzt kriegt er alles und ..."

Maria lächelte, zugleich drehte sie den Kopf weg. „Okay, okay, ich hab's kapiert. – Wahrscheinlich bin ich nur hungrig."

Phillip biss wieder mit Wollust in seinen Burger. Maria nahm sich eine Pommes. Es war alles so kompliziert, verdammt kompliziert.

Und es wurde noch komplizierter, denn Tintenkleckser Herzog, ihr größter Fan bei der Journaille, betrat das Fast-Food-Restaurant und steuerte direkt auf sie zu. Mit einer dünnen, jungen Frau im Schlepptau.

Eine Zigarette zwischen meterhohen Lebensmittelkartons an der offenen Hintertür einer Fast-Food-Kette zu rauchen, hatte etwas Hilfloses. Doch das war Maria noch allemal lieber, als zwischen schreienden Kindern und gaffenden Burgermampfern eine improvisierte Pressekonferenz zu geben.

Phillip zwängte sich an Gurkengläsern vorbei und reichte Maria ihr kaltes Fleischlaberl. Sie dämpfte die halb gerauchte Zigarette am Boden aus und biss voll Selbstüberwindung hinein. Schlimmer als ein fetter, schwammiger Burger war nur ein kalter, fetter, schwammiger Burger. Das kam noch vor Käsekrainer zum Frühstück und Wiener Schnitzel mit Sauce, wie es manche Restaurants für ihre deutschen Gäste im vorauseilenden Gehorsam produzierten. Doch ihr rumorender Magen musste zum Schweigen gebracht werden, sie brauchte ihre ganze Kraft für den Eiertanz mit Herzog und seiner Komplizin.

Herzog schien sich ein neues Image zulegen zu wollen, denn seine Entenschnabelfrisur war einem strengen Seitenscheitel gewichen. Und seine abgetretenen Cowboystiefel aus sandfarbenem Rauleder waren durch schwarze Schnürschuhe mit Naht ersetzt. Außerdem trug er ein schwarzes Sakko. Lediglich die ausgewaschenen Jeans erinnerten noch an den alten Sascha Herzog.

Er deutete mit dem Kopf durch den Lagerraum Richtung Esshalle. „Wir hätten echt nicht den Aufwand betreiben müssen, meine lieben Kollegen lungern sicher immer alle noch bei der Villa herum und warten darauf, dass ihr die Hufe bei der Vordertür rausschwingt."

Seine Sprache hatte sich dem neuen Erscheinungsbild eindeutig noch nicht angepasst. Das rührte Maria. Denn sie hatte diesen Burschen, der gut zehn Jahre jünger war als sie, immer wie einen kleineren Bruder gemocht. Nein, das war zu viel des Guten. Wie einen lieben Burschen aus der Nachbarschaft. Genau so, wie er war, nervig und verzweifelt darum bemüht, cool zu wirken.

„Mein lieber Sascha, ich kann mir eben – bei aller Anerkennung für deine Schnüffelnase – nicht vorstellen, dass niemand von der Mischpoche außer dir unseren französischen Abgang mitbekommen hat. Sicher ist sicher."

„Kaum." Grinsend ließ sich Herzog auf einem Karton nieder und lehnte sich an einen Turm aus Schachteln mit Spielzeug, wohl für die Kindergeburtstage. Lässig wie ein Held aus einer Proletenvorabendserie präsentierte er sein Gemächt in den engen Jeans. „Weil ich glaub nicht, dass so viele von den lieben

Pressekollegen mit einer Frau aus Estland was rennen gehabt haben."

Herzogs Journalistenkollegin zuckte kaum merklich zusammen. Der Rückschluss lag nahe, dass sie einen Stand auf den aufstrebenden Chronikgeier hatte. Nein, das konnte nicht sein. Sie schien doch in einer ganz anderen Liga zu spielen.

Phillip lehnte sich zu Herzog. „Was hat eine Estin jetzt konkret damit zu tun, dass unser Meister der Bassenaberichte richtigerweise auf einen Hinterausgang getippt hat?"

„Die Villa von der Krause war früher die estnische Botschaft."

Maria stopfte den letzten Bissen in den Mund und setzte sich gegenüber den beiden Journalisten auf zwei Öldosen. „Na, umso besser, dass wir diese Kemenate hier aufgesucht haben. Auch wenn Öldosen nicht sonderlich bequem zum Sitzen sind. Weil ...", sie lächelte Herzog an, „... ich mir nicht vorstellen kann, dass niemand von deinen Kollegen die estnische Botschaft kennt oder zumindest nicht irgendwann auf die Idee kommt, dass es da einen Hinterausgang gibt. Wahrscheinlich schwirren sie jetzt alle da draußen herum." Maria wandte sich zu der jungen Frau. „Und Sie wollen uns also was über Leopoldine Krause erzählen?"

Die junge Frau sprang zu Maria und streckte ihr die Hand entgegen. „Heide Lindner. Es ist mir eine Ehre, Sie kennenzulernen, Frau Kouba."

Lang war sie noch nicht im Geschäft, dafür hatte sie noch zu gute Manieren. Das heißt, sie war auch jung, vielleicht maximal Mitte zwanzig. Es war schwer zu schätzen, das penible Äußere machte sie alterslos.

Maria deutete der jungen Frau, auf dem Karton neben Herzog Platz zu nehmen, was diese auch sofort tat. Sie bot ihr eine Zigarette an, was diese verweigerte. Stattdessen zerfuselte sie ein Papiertaschentuch. Diese armen, von langweiligen Gesundheitskampagnen verbildeten Youngsters. Jeder Mensch mit Suchtpotenzial musste zumindest eine Sucht ausleben, sonst wurde er aggressiv, gegen sich oder gegen andere. Es blieb einem ja fast nichts, wenn man nicht mehr rauchen oder trinken durfte. Sex unter Umständen. Nein, nicht im neuen Biedermeier. Also einkaufen und arbeiten.

Maria zog den Rauch genussvoll ein und hoffte, dass ihre Magensäfte durch die Zigarette den Stein in ihrem Bauch schneller verdauten. „Also, Frau Lindner, so viel ich verstanden habe, arbeiten Sie für ein Wirtschaftsmagazin."

„Sie ist super. Echt cool. Weil sie nicht nur die OTS abschreibt." Herzog strahlte über das ganze Gesicht.

Maria schien die Begriffsstutzigkeit ins Gesicht geschrieben zu sein, denn die Lindner neigte leicht errötend den Kopf. „Original Text Service. Das heißt, die meisten von meinen Kollegen geben nur das wieder, was die Firmen ausschicken. Aber – aber ich versteh sie ja." Sie wirkte wie eine Vorzugsschülerin, die ihre abschreibende Freundin in Schutz nimmt. „Recherchen brauchen Zeit, und wir sind ja alle nicht gut bezahlt, und sie müssen schauen, dass sie genug unterbringen."

Phillip zog an seiner Zigarette, die er zwischen Zeigefinger und Daumen hielt, während er ihr makellos geschminktes Gesicht studierte. Durch die kleinen Augen und die Pausbäckchen hatte es etwas Verschwollenes, durch die glatten, blonden, zu einem Rossschwanz gebundenen Haare sollte es wohl schlanker wirken.

Hervorragend. Er war ganz der coole Badguy aus einem Film noir. „Und Sie müssen das nicht?"

Der schmale Brustkorb unter dem weißen T-Shirt, auf dem sich hinter einem Pushup kaum vorhandene Brüste abzeichneten, hob sich. Um Haltung bemüht, schüttelte Lindner lächelnd den Kopf.

Herzog nestelte aus seinem Sakko eine Packung Zigaretten heraus, mit der er aber, nach einem kurzen Seitenblick auf Lindner, nur spielte. Da lief eindeutig was zwischen den beiden.

„Sie – ihr Vater hat ihr was hinterlassen." Die Lindner blitzte ihn von der Seite an. „Sorry, aber so geht's schneller. Die beiden sind echt hardcore." Er versuchte ein lässiges Grinsen. Und wie die beiden was miteinander hatten! „Die checken jeden so lang, bis sie den kompletten Download haben. Wahrscheinlich auch die neue Kassiererin beim Billa."

Er ließ ein wieherndes Lachen hören. Das war neu. Maria war noch nie aufgefallen, dass Herzog so wiehernd lachte. Wahrscheinlich eine Begleiterscheinung seiner Verliebtheit. Sie musste ihm in einer ruhigen Minute sagen, dass das höchst unerotisch wirkte.

Bei Heide Lindner würde er damit jedenfalls kein Leiberl reißen, ihr Mund lächelte zwar, doch die schmalen Augen waren eiskalt. Maria verstand sie, es war für eine angehende Karrierefrau einfach nicht lässig, ein Goldlöffelkind zu sein, auch wenn es bloß durch eine Erbschaft war.

Sie lächelte sie an. „Ja, Frau Lindner, Sie haben also Zeit zu recherchieren. Und warum haben Sie sich dabei ausgerechnet auf Frau Krause konzentriert?"

„Sie ist bei Greenpeace."

Phillip schraubte sich vor Herzog in die Höhe. „Herzog, mein Freund der vielen Worte, das war jetzt nicht dein Auftritt. Capisce? Wir können auch ganz schnell nicht nett sein. Dich wegen Belästigung abwarnen und dem Ebner vom Kurier die Story geben."

Die Zigarette im Mundwinkel und mit den Händen im Hosensack lehnte sich Phillip an den Rahmen der offenen Tür. Heute war er wieder oscarreif. Unwillkürlich wollte ihn Herzog nachahmen, blöd nur, dass er erstens saß und zweitens die Zigarettenpackung in der Hand hielt, die ihm auch prompt hinunterfiel. Er senkte den Blick.

Lindner studierte Phillips Rücken mit aufkeimendem Interesse.

Maria blies ihr den Rauch ins Gesicht. „Frau Lindner, was hat Greenpeace mit Frau Krause zu tun?"

Die junge Journalistin zog die Mundwinkel nach unten, zeigte auf Marias Zigarette, zwang die schmalen Lippen aber dann doch zur Neutralität. „Leopoldine Krause spielt eine ganz wichtige Rolle beim Ilisu-Projekt."

Herzog öffnete den Mund und schloss ihn sogleich wieder.

Lindner holte Atem. „Das ist ein Staudammprojekt in der Türkei. Österreich, Deutschland, die Schweiz und Großbritannien sind da involviert."

„Sie meinen wohl Firmen aus diesen Ländern."

„Natürlich in erster Linie Firmen, aber nachdem der Deal durch die Österreichische Kontrollbank und ihren Pendants in den anderen Ländern abgesichert werden soll, rede ich lieber von Ländern."

Phillip maß nun seinerseits Lindner mit aufkeimendem Interesse. Worauf Herzog sich nun doch eine Zigarette anzündete. Zugleich winkte er ab. Doch kein Signal für weitere Erläuterungen von seiner Seite. Oh, er wollte die Geschichte wie ein Geier stinkendes Aas. Welcher Journalist wohl nicht.

Das erinnerte Maria an ihr lautlos gestelltes Handy. Sie aktivierte es. Zwölf Anrufe in Abwesenheit. Ja, alle wollten die Geschichte, lauter Nummern von Journalisten. Nur eine unbekannte war dabei, eine mit drei Einsern. Schon wieder ihre Schulkollegin Sascha. Sie hatte anscheinend nicht kapiert, dass sich Maria nicht von ihr einspannen lassen wollte.

Maria steckte das Handy weg. „Gut, Frau Lindner, steigern wir ein bissel das Tempo."

Die Lindner verbiss sich erneut eine flapsige Retourkutsche, die Maria jedoch erwartet hatte. Ein kleiner Schlagabtausch erleichterte üblicherweise das Kennenlernen. Heide Lindner war ungewöhnlich beherrscht. Zugleich entgegenkommend und hilfsbereit. Das war selten. In ihrem Wirtschaftsblatt konnte sie die Geschichte sicher nicht so genussvoll ausschlachten wie Sascha Herzog in seiner Chronik. Es hatte den Anschein, als würde sie den Job mehr als Privatgelehrte denn als Hacklerin durchziehen.

Maria beugte sich vor. „Also – warum soll dieser Staudamm in der Türkei für uns wichtig sein? Abgesehen davon, dass Sie uns bis jetzt nichts gesagt haben, auf das wir nicht selbst über kurz oder lang draufgekommen wären."

Lindner beugte sich ebenfalls vor. Dabei wirkte sie sehr beherrscht und äffte Marias Haltung nach. „Alle NGOs sind dagegen. Die Übersiedelungspläne sind durchwegs schlecht beurteilt. Der Damm hätte unvorhersehbare Auswirkungen auf die Wasserversorgung im Irak. Seit Jahren wird um dieses Projekt gekämpft. Und zuerst haben sich auch alle Länder zurückgezogen. Bis auf Österreich. Eine Firma, mit der Unterstützung der Kontrollbank, bei der Leopoldine Krause großen Einfluss hatte, hat den Wahnsinn die ganze Zeit am Köcheln gehalten, bis sich jetzt die anderen wieder eingeklinkt haben, weil sie dachten, dass die NGOs schon mit was anderem beschäftigt sind."

Maria hob die Handflächen, um die Frau ihr gegenüber zum Weitersprechen aufzufordern.

Die Lindner grinste, dadurch wurden ihre Augen zu Schlitzen. „Wimbag."

Phillip entschlüpfte ein „Oh", Herzog grunzte zufrieden. Dieser Hund hatte schon gestern vor dem Haus im fünfzehnten Bezirk gewusst, dass Tauber in ein umstrittenes Projekt verwickelt gewesen war. Vielleicht war das die Verbindung zwischen den Mordopfern. Nein, Neumann passte nicht dazu. Außerdem war die Österreichische Kontrollbank ein neuer Puzzlestein. Maria wusste nicht, was diese Institution genau tat. Und schließlich gab es da diesen Berührungspunkt mit der Wir-AG.

Die Berührungspunkte, um genau zu sein. Schließlich war ja Pöttelsdorfer, wenn auch nicht zeitgleich, ebenfalls ausgeraubt worden.

Maria zertrat die Zigarette am Boden, synchron mit Phillip. Der tauchte jedoch schneller aus seinen Gedanken auf. „Und was glauben Sie? Dass ein von der Umsiedelung Betroffener jetzt Rache geübt hat?“

Die Lindner lächelte Phillip an. Es sah aus, als wolle sie bei der Hochzeit mit ihm ein *Ja* herausstammeln. Wie hatte Marias Großmutter väterlicherseits immer gesagt? *Suche dir nie einen Mann, der schöner ist als ein Aff', der gehört dir nämlich nicht allein.* Marias einziger Trost war, dass die Lindner sehr, sehr dünn war, und das mochte Phillip nicht. So konnte sie sein charmantes Retourlächeln als das einschätzen, was es war: billige Strategie. Verdammte Eifersucht. Und das bei so etwas Läppischem wie einer Affaire. Wie gut, dass sie keine Beziehung hatten.

Durch Herzogs nervöses Hüsteln tauchte Lindner, diese Renée-Zellweger-Epigonin, aus ihren Träumereien auf. „Wer weiß. Aber bei solchen Geschäften sind schon öfters Leute umgekommen, die ihren Geschäftspartnern nicht mehr gepasst haben. Da geht es um viel Geld. Um einige Aufträge. Und um Einfluss.“

Heide Lindner sah in die schweigenden Gesichter ihrer Zuhörer. „Na, in unmittelbarer Umgebung des Staudamms liegen der Irak, Afghanistan, Georgien und Aserbaidschan.“

Phillip nickte andächtig. „Und das Kaspische Meer.“

Nun nickte die Lindner. „Wo so viel Erdöl- und Erdgasvorräte liegen, dass sich alle drum streiten.“

Jetzt nickte auch Herzog. Die Kleine hatte es geschafft, beeindruckte Stille zu erzeugen.

Und Maria war sich plötzlich sicher, dass die Person ihr gegenüber nur eine gelangweilte Tochter aus gutem Haus war, die sich wichtig machen wollte. Sie schlug sich mit den Händen auf die Oberschenkel. „Ich will euch ja nicht bei euren Weltverschwörungstheorien stören, aber ihr glaubt doch nicht ernsthaft, dass Tauber und Krause beim Big Game mit dabei sind? Die Russen und die Amerikaner schauen schon drauf, dass da keine Plätze neben ihnen frei sind."

Drei Augenpaare richteten sich auf sie.

Maria stand auf und ging zur Hintertür. Die Maienluft dämpfte ihren aufsteigenden Ärger. Zur Sicherheit fixierte sie auch noch das gelbe Rosenbeet im Garten gegenüber. „Sonst noch was, Frau Lindner?" Keine Antwort. „Dann bedanken wir uns bei Ihnen. Ihre Karte haben wir ja. Und lieber Sascha, wir denken natürlich an dich, aber heute können wir dir noch nicht wirklich was Relevantes geben. Alles noch laufende Ermittlungen."

„Geh, Maria, irgendeine geile Gschicht wirst doch haben. Die Spurensicherer haben total blöd gegrinst, wie sie raus sind."

Das war ein Testschuss vor den Bug, doch Maria war ein alter Seebär. „Die haben eben noch nie ein Wohnzimmer gesehen, das größer als ein Fußballplatz ist."

Maria hielt die kurzen Ärmel ihres T-Shirts hochgezogen, denn sonst würde die Sonnenbrandmarkierung bis zum Ende des Sommers nicht mehr weggehen und das Tragen von ärmellosen Kleidungsstücken unmöglich machen. Die Sonnenstrahlen fraßen sich in ihre Haut. Wenigstens etwas Positives an diesem Tag. Die nahe Kirchturmuhr schlug Viertel, aus dem Lagerraum herausgekommen war sie um zehn nach. Phillip hatte mit den beiden doch nichts mehr zu besprechen. Ohne sie. Sie hoffte für ihn, dass er nur noch auf die Toilette gegangen war. Aber auch dafür brauchte er schon zu lange. Vielleicht musste er noch einem Herzinfarktpatienten das Leben retten. Das ging als Entschuldigung gerade noch durch, dafür, dass er sie da alleine auf der Bank des Buswartehäuschens sitzen ließ.

Und jetzt kam schon der dritte Bus in Folge. Entweder hatten die Öfis jetzt schon verdammt kurze Intervalle oder sie war für ein paar Sekunden eingedöst.

Maria blinzelte zum Hinterausgang des Fast-Food-Restaurants. Die Tür war geschlossen. Sie hatte niemanden gesehen. Die drei mussten durch den Vordereingang hinausgegangen sein.

Diese Lindner mit ihrem aufdringlichen Ich-weiß-was. Nein, das war ungerecht, es war doch fein, dass es bissige Jungjournalisten gab. Nur war die Kleine ein bisschen zu sehr bissig. Irgendwelche Ölvorräte irgendwo weit weg waren zwar als Hintergrundinformation zur Beziehung der Opfer interessant, aber nicht relevant. Und selbst wenn nicht nur Tauber involviert war, sondern auch unter Umständen Pöttelsdorfer bei der Sache seine anwaltlichen Finger im Spiel gehabt hatte, hieß das nichts. Denn Neumann passte nicht ins Bild. Seine Lebkuchenherzen waren sicher nicht als Bestechungsgeld für türkische Beamte eingesetzt worden. Und überhaupt gab es da auch noch die Wir-AG.

Maria spürte etwas Kaltes an ihren Lippen, öffnete die Augen und sah in Phillips Mokkabohnenaugen. Vor ihrer Nase schwebte ein Löffel mit Nougateis, ihrer Lieblingssorte. Maria wollte sich abwenden, doch ihre Zunge strebte zur süßen Verführung.

Phillip deutete zu ihrer Oberlippe. „Schleck es ab, sonst fress ich dich auf der Stelle."

„Ich dich auch. Du hast mir meinen ganzen Abgang versaut. Da ändert auch das Eis nichts daran."

„Es war nicht gut, dass du sie nicht gemocht hast."

„Willst du mir jetzt meinen Job erklären?"

„Nein." Flachlegender Blick. „Nur deine Reaktion auf eine bestimmte Art von Frauen."

„Sie war keine bestimmte Art von Frauen. Sie war einfach eine Wichtigtuerin."

Phillip nahm den nächsten Löffel Eis in den Mund und deutete auf die Terrasse des Fast-Food-Restaurants, zu der er schlenderte. Maria folgte ihm. Sein Hintern schwang wie in einer Levi's-Werbung. Eine bestimmte Art von Frauen. Dieser Unterton. Sie würde ihn jetzt einmal zu einer Gruppenorgie auffordern, damit er ihr endlich glaubte, dass sie ihn nur als Affäre sah.

Er war ein Macho und er würde es immer bleiben. All die sensiblen Momente in den letzten Monaten, all die scheinbaren Öffnungen seiner Seele waren nichts anderes als kurzfristige Anfälle von Verwirrung gewesen. Ein Mann auf der Suche nach dem nächsten Stich konnte schon einmal an der Grenze zum Menschsein vorbeischrammen. Doch die ganze vorgebliche Suche nach sich selbst, nach einer Sprache mit Frauen jenseits des neandertalerischen Drangs der Begattung war ein Mittel, die Zeit totzuschlagen und sonst nichts.

Phillip setzte sich an einen Tisch und klappte seinen Laptop auf. Sofort gehörte seine volle Aufmerksamkeit dem weltweiten Netz.

Maria nahm Phillip das Eis weg, das bereits flüssig im Becher schwappte. Sie selbst war doch das Problem. Sie war verbildet von zu vielen Schmachtfetzen auf Prinz-rettet-Prinzessin-Niveau. Sie wollte doch keinen Frauenversteher. Oder? Nein. Sie machte sich etwas vor. Das Wort *Frauenversteher* allein war etwas Lächerliches. Eine Erfindung. Männer bekamen keine Regel und Frauen keine Morgenlatte. Das waren zwei Universen. Frauen konnten es sich nur vorstellen, wie es war, mit einem Penis in eine Scheide einzudringen. Sie konnten es nicht fühlen. Und ein Mann würde nie die Empfindungen einer Frau haben, wenn eine Schwanzspitze sie tief drinnen kitzelte. Auch nicht ein schwuler Mann, das war etwas ganz anderes. Aber verstanden sich so viele Frauen vielleicht deswegen so gut mit so vielen Schwulen, weil sie beide zumindest schon jemand anders in ihrem Körper aufgenommen hatten? Schwachsinn. Es war etwas anderes.

„Tauber hat in Georgien versucht, eine Leiterplattenfirma aufzubauen."

Maria sah Phillip an. Er legte den Kopf schief. „Wo sind wir denn, Frau Kouba? Auf dem Teppich in dunkler Nacht vielleicht?"

Frechheit, dieser Mensch bezog all ihre Regungen auf sich.

„In meiner Haut, die die Sonne genießt." Ja, gute Antwort, sie musste ihm klarmachen, dass ihr Wohlbefinden nicht allein von ihm abhing. Maria sah einem Burschen nach, der zwar etwas leptosom, jedoch in der Hose gut gebaut war. Er erinnerte sie ein wenig an Oliver, Phillips besten Freund, der ihr vor nicht allzu langer Zeit einige schöne Stunden beschert hatte. Das war es. Sie brauchte einen zweiten Liebhaber, diese Fixierung auf ihren Partner war nicht gut. Wenn es einmal aus sein sollte, würde sie in ein Loch fallen, Gefühl hin oder her.

Maria erwiderte das Lächeln des jungen Burschen, wandte sich dann zu Phillip, dessen Augen zur Konkurrenz zuckten, und ließ die Sonnenbrille auf die Nase plumpsen. Jetzt war sie aber ausgesprochen cool gewesen. Gut so. Weiter so. „Tauber ist in Georgien umtriebig. Äh – wo liegt das? Ich mein, ich weiß schon, da irgendwo in der ehemaligen Sowjetunion, aber wo genau?"

„Dort, wo einst Prometheus an den Fels geschmiedet war."

Maria schob die Brille hoch und zog die rechte Augenbraue beinahe bis zum Haaransatz. „Du gehst mir mit deiner humanistischen Bildung ziemlich auf die Nerven. Um nicht zu sagen, auf die Eier."

„Das geht nicht. Du hast keine Eier."

Er war wirklich ein durchschnittlicher Machotrottel. „Nein, ganz falsch, mein Bester, ich habe ganz viele, du nur zwei Beuteln mit ein paar Samen."

„Warum bist du die ganze Zeit so grantig? So nervös. Richtig zickig. Kriegst du die ..."

„Red jetzt nicht weiter, okay? Sonst muss ich annehmen, dass du ..."

Sie starrten einander an, die Beleidigung schwebte über ihren Köpfen.

„Was? Was bin ich?"

„Respektlos. Egozentrisch. Und mediokier."

„Du gehst mit meinen Ausdrücken hausieren."

„Und arrogant bist du auch, Herr Gut."

Phillip studierte ihr Gesicht. Seine Nasenflügel zuckten.

Und Maria sah, wie Phillip sie zu Boden riss, mit einer Hand ihre Handgelenke auf den Boden presste, mit der anderen die Hose vom Körper streifte. In sie stieß. Keuchte. Sie sich in seinen Hintern krallte. Und mit jeder Bewegung seines Beckens eroberten die Stöße mehr das Innere von Maria, bis die einzelnen Wellen sich zu einer großen vereinigten und über ihnen zusammenschlugen.

„Fertig mit Eis?"

Marias Bewusstsein taumelte sich zur Putzfrau des Restaurants, deren rissige Hand auf den Becher in Marias Händen deutete. Maria ließ ihn auf den Tablettwagen fallen.

Phillip schob den Laptop zurecht und räusperte sich. Zugleich nahm er Notizblock und Kugelschreiber. „Das da ist das Schwarze Meer. Das ist die Ukraine, das ist die Türkei. Und da liegt das Kaspische Meer, das da ist der Kaukasus – wo der Prometheus ...", er deutete an, seinen Mund wie einen Reißverschluss zu verschließen, und grinste, „und da liegt südlich davon am Schwarzen Meer Georgien, daneben zum Kaspischen Meer hin Aserbeidschan. Und da unten ist dann der Irak. Da drüben übrigens Afghanistan."

Maria betrachtete die skizzierte Landkarte. Oft gehörte Nachrichten bekamen plötzlich Persönlichkeit. Bislang waren all diese Länder im Raum geschwebt. Sie hatte einfach keinen Bezug zu Aserbaidschan. Zum Beispiel.

„Und liegt da auch irgendwo Tschetschenien?"

„Auf der anderen Seite vom Kaukasus. Da beginnt Russland."

Maria musste gegen ihren Willen nicken. „Hast wohl einen Einser gehabt in Geographie?"

Phillip faltete die Serviette zusammen und wirkte dabei beinahe bescheiden. „Nein, nicht wirklich. Der Bruder vom Freund meiner Schwester war einmal eine Zeit lang mit einer Ukrainerin zusammen. Da wird man halt neugierig."

Erstaunlich, für was sich ihr Kollege interessieren konnte. Ihr Denken kreiste ständig um kranke Gehirne. Mörder und Männer. Ha, ha. Nein, das stimmte so nicht, manches Mal war ein Fall ganz lehrreich, auch wenn das, was sie dann erfuhr, meist deprimierend war. Im Grunde hatte man ein glücklicheres Leben, wenn man diverse Zusammenhänge nicht kannte.

„Du meinst also wirklich, dass wir uns da jetzt ein bissel in die Weltpolitik reinknien müssen?"

Phillip zuckte mit den Schultern. „Das ist auch ein Strich im Gemälde, den wir uns anschauen müssen."

Maria entschlüpfte ein Seufzer. „Also, der Tauber hat versucht, in Georgien eine Leiterplattenfirma aufzubauen. Gut. Und was ist so schlimm daran?"

Hinter Marias Kopf krachte es. In der nächsten Millisekunde erkannte sie das Geräusch als splitterndes Glas, sah sie zugleich Phillips aufgerissene Augen, nahm einen Hauch nach ihm die Waffe aus dem Holster, hörte die Alarmanlage aufheulen, sprang mit einer Drehung auf und scannte die Umgebung wie ein Roboter. Sie hörte Phillip „Aufpassen! Polizeieigentum!" brüllen – selbst in diesen Sekunden war der Minilaptop sein Heiligtum – und sah zierliche, dennoch drahtige Gestalten bei einem Juwelierladen herumwuseln. Sie waren vermummt, ihre Absicht war eindeutig.

Maria rannte los. Bei den schwarz und tarnfarben gekleideten Zielpersonen konnte sie lediglich Baseballschläger und Eisenstangen, jedoch keine Schusswaffen erkennen. Hinter einer Telefonhütte stoppte sie. Eine der mit Tüchern vermummten Gestalten rangelte mit dem Juwelier um einen prall gefüllten Sack.

Phillip rammte sie. „Da drüben, der silberne Mazda."

Aus dem Auto drang Gewummere. Und sofort war Maria klar, dass es sich bei diesen konzeptlosen Einbrechern um Jugendliche handelte. Sie deutete Phillip, den Juwelierladen zu übernehmen, und rannte selbst zum Auto. Plötzlich vernahm sie das Gekreische der Passanten rundherum. Automatisch rief sie „Deckung" und „Polizei". Es war wie in den Übungen. Oft gedacht, zu selten erlebt. Hoffentlich reagierten auch die anderen beteiligten Personen wie geplant.

Langsam ging sie auf die vom Laden abgewandte Seite des Autos und registrierte mit Befriedigung, dass zumindest die Passanten nach Plan reagierten und sich schon alle irgendwo versteckt hatten. Maria hielt dem nicht vermummten Burschen am Steuer die Pistole vor die Nase, riss die Tür auf. Sie brauchte ihn gar nicht zum Aussteigen auffordern, er tat es wie ein furchtsames, kleines Kind. Nachdem sie ihn abgeklopft hatte, händigte er ihr ebenso widerstandslos den Autoschlüssel aus. Sie hieß ihn sich wieder zu setzen und verschloss den Wagen von außen. Dann deutete sie dem Mann, der neben dem Auto kauerte, auf den Burschen aufzupassen. Seine Hand fuhr zu einer imaginären Soldatenmütze. Der Täter war in sicheren Händen. Gut so. Ihre Handschellen würde sie noch anderweitig brauchen.

Phillip hatte die anderen drei wie Schafe zusammengetrieben. Ihre Schlagwaffen lagen auf dem Boden. Maria bewegte sich zur Gruppe, nicht mehr ganz so angespannt, doch mit der Pistole weit vor sich ausgestreckt. Jetzt hörte sie ihr Blut in den Ohren rauschen. Es klang nach viel zu schnell aufeinander folgenden Wellenbrechern. Dumpf drang durch die Brandung die Sirene der Kollegen. Gut, die waren verdammt notwendig, denn Phillip und sie hatten nicht die Möglichkeit, alle Täter bewegungsunfähig festzusetzen. Kein Ermittler trug, verdammt noch mal, ein ganzes Arsenal an Handschellen mit sich herum. Phillip warf ihr einen Blick zu, schien erleichtert, als er sie nur mehr vier Meter entfernt sah.

Da ging hinter der Gruppe der Burschen die Haustür auf. Ein Mann Anfang zwanzig mit Seitenscheitel und einer Viennale-Festival-Tasche in der Hand blinzelte in die Sonne. Für Maria stand die Zeit still. Der einzige Gedanke in ihrem Kopf war, ob sie schon jemals eine derartige Übung absolviert hatte. Es waren wahrscheinlich ihre vor Schreck geweiteten Augen, die Phillip wieder zur Gruppe schauen und die Gefahr erkennen ließen. Das registrierte offensichtlich der mittlere von den dreien, denn er wandte sich blitzschnell um, stülpte dem Mann die Tasche über den Kopf und zog den Träger um seinen Hals fest. In diesem Clinch versuchte er, die Geisel die Straße entlangzuziehen.

Nun schrieen Maria und Phillip, zielten gleichzeitig auf den Entführer. Die anderen beiden bewegten sich, Maria zielte auf sie und befahl ihnen neuerlich stehen zu bleiben. Phillip sprintete dem Entführer und der Geisel nach. *Lassen Sie die Geisel los oder ich schieße!* Maria flehte ihn in Gedanken an, es nicht zu tun. Das Djangogehabe ging in achtundneunzig Prozent aller Fälle in die Hose. Plötzlich hörte sie einen Schrei. Und obwohl sie wusste, was ihre eigentliche Aufgabe war, schaute sie in Phillips Richtung. Die Geisel hatte dem Entführer offensichtlich irgendwie die Eier verletzt und nützte dessen Irritation, um ihn mit einem gekonnten Wurf über die Schulter auf den Boden zu werfen. Im nächsten Moment hatte er ihn ebendort mit einem schmerzhaft wirkenden Hebelgriff fixiert.

Maria und Phillip wandten sich den beiden anderen Dieben zu, die gerade losgerannt waren. Maria schrie wieder, und der größere der beiden schaute sich um, erkannte Phillip, der ihm nachrannte, und stolperte, weil ihm der Sack mit dem Schmuck zwischen die Beine kam. Phillip warf sich auf ihn. Wie im Film. Der Kleinere zögerte, schaute nicht in seine Fluchtrichtung und stolperte prompt über die Gehsteigkante. Im selben Augenblick jagte aus dem Nichts ein Richback mit fliegender Leine heran und verbiss sich mit jedem „Fass!“, das ebenfalls aus dem Nichts kam, ein Stückchen mehr in das linke Bein des Burschen. Der schrie wie am Spieß. Maria schlich sich mit beruhigendem Gemurmel zu dem Hund, als hinter ihr ein Mann aufbrüllte. Sie schnellte herum – Phillip war es nicht, er fixierte sein Opfer. Es war die ehemalige Geisel, die sich am Boden krümmte.

Maria rannte los, die Straße hinab dem Burschen, der die Geisel genommen hatte, hinterher. Sie schrie den Leuten entgegen: „Haltet ihn auf!“ Doch die Menschen wichen nur aus. Der Flüchtige rannte auf die Straße, Maria setzte nach, brüllte ihm ein „Nein“ in den Rücken, denn da war ja die Straßenbahn, und diese vielen Tonnen konnten doch nicht so schnell bremsen und würden ihn – das Quietschen der alten Garnitur brachte Marias Trommelfell an seine Leistungsgrenze. Die Straßenbahn blieb genau mit der Kupplung für den Anhänger vor ihr stehen. Maria kletterte darüber und suchte den Flüchtigen. Nein, das konnte nicht auch wie im Film sein. Nein. Sie rüttelte an den beiden nächsten Haustüren. Verschlossen. Sie sah die Straße hinauf, hinunter. Erst dann entdeckte sie einen Weg, der neben der Schnellbahn entlangführte. War diese Sau nicht da hinten? Marias Blick verschwamm, weil ihr der Schweiß über das Gesicht rann. Nicht weit entfernt sah sie das Ziel des

Flüchtigen – die S-Bahn-Station. Zwei Züge fuhren gerade ein. Beide Richtungen waren also eine Option. Warum nicht nur ein Zug?

Maria zwang ihre Beine, sich noch schneller zu bewegen. Die Station. Die Treppen. Die Rolltreppen. Auf der einen war ein Außer Betrieb-Schild, die andere stand. Welche Richtung hatte er genommen? Da hörte sie das Tuten der sich schließenden Türen. Das eine Geräusch klang wie das Echo des anderen.

Maria ließ sich auf die kaputte Rolltreppe plumpsen. Das reichte nicht, so sehr schwankten die Wände um sie herum, also stützte sie sich ab. Es machte sich ein Brennen in ihrem Brustkasten breit, also beugte sie sich mit auf die Brust gepresster Hand vornüber – und starrte auf einen Diamantring. Sie fixierte den Ring, nahm ihn, ließ ihn im Sonnenstrahl, der durchs Fenster kam, glitzern. Dann packte sie ihn fest zwischen den Fingern und ritzte, ohne hinzusehen, einen langen Strich in die Aluwand der Rolltreppe. Und noch einen. Bis ihr Blick auf die Straße fiel. Die Sau stieg in ein Taxi und fuhr davon.

Die vier Flipcharts verdeckten den riesigen Aktenschrank. Auf jeder war an der Oberkante das Foto einer der vier Leichen befestigt. Phillip kritzelte unaufhörlich Informationen auf die Papierbögen.

Maria und Gabi saßen nebeneinander, und Maria fühlte sich wie im Theater. Phillip gab die Darstellung eines eifrigen Polizeibeamten, sie beide waren seine Statisten.

Maria konzentrierte sich auf ihre Füße, die nicht zu brennen aufhörten, obwohl sie die Schuhe ausgezogen hatte.

Gabi las im Bericht über die jugendliche Bande. Sie tippte ausgerechnet auf die Stelle, die Maria extrem unangenehm war. „Und der Kopf der Bande, der – ha, Benjamin, is ja a Witz, also der Benjamin Breitler hat echt a Geisel gnommen?“

Maria studierte ihre Zehen und nahm einen Zug von der Zigarette. „Leider, der Dummkopf. Das wird ihm einiges kosten, auch wenn er noch verdammt jung ist."

„Hoffentlich draht er net no an Bledsinn."

„Die Kollegen werden ihn bald haben. Seine Freunde haben ja eine Chorprobe veranstaltet. Wir wissen alles über ihn. Und auch über den Raub."

Gabi seufzte. „Also solche Gfraster. Die haben das echt so richtig geplant?"

Maria zuckte mit den Schultern. „Was heißt schon geplant?"

Phillip machte, ohne sich umzuwenden, mit dem Finger eine Spirale in die Luft. „Nicht geplant haben sie, ihr Lieben, inspiriert waren sie! Sonst wären die Aktionen auch nicht so schiefgelaufen. Aber sie stehen ja erst am Anfang ihrer Karriere."

Maria starrte ein Loch in Phillips Rücken. Sein Zynismus ging ihr fürchterlich auf die Nerven. So einfach war das alles nicht. Sie deutete auf den hinteren Teil der Akte. „Die anderen fünf Freunde von ihnen, die gleichzeitig in der Innenstadt das *Fabios* überfallen haben, die hatten jedenfalls eine bessere Inspiration." Das letzte Wort zischte sie in Phillips Richtung. „Sie haben es gemacht wie diese Partie in Hamburg. Rein ins Luxusrestaurant und sich alles schnappen, was geht. Dürfte in der Luft liegen, die Idee, weil Zeitung lesen gehört nicht zu ihrem Alltag. Alles, was die lesen, sind ihre SMS."

Maria horchte ihren Worten nach. Phillips Zynismus schwang in ihrem Ton mit. Sie gab ihre entspannte Haltung auf und schlug die Beine über. „Ich meine, sie haben kaum Schulbildung. Solche Kids lesen nicht Zeitungen. Nämlich überhaupt keine. Ich finds irgendwie – arg. Wie wennst den Deckel vom Topf nimmst."

Gabi nickte ihr zu, und Maria fühlte sich wie beim Bassenatratsch im Frisiersalon. Jetzt schüttelte Gabi den Kopf, wie es sich bei solchen Meinungsaustauschen gehörte. „So blede Buam. Versauen si mit der Aktion ihr ganzes Leben."

„Das war doch schon vorher versaut."

Gabi schnappte nach Luft und suchte mit ihren Händen nach den richtigen Worten. „Geh Maria, also wirklich, ich mein – du kommst aus keinem reichen Haus, meine Leit haben nix ghabt. Und san wir losmarschiert und haben die nächstbesten Leit ausgraubt?"

„Gabi, das kannst doch nicht vergleichen. Wir haben doch nie Angst haben müssen, dass wir keinen Job finden!"

„Ja und? Dann such i mir halt irgendeinen Job, werde ich halt net Mechaniker oder Kaiser von China. Na, na, eigentlich haben die bleden Buam kan Anstand im Leib. In eine Erziehungsanstalt gehören di, dass amal lernen, was Moral is. So wie's der ane Typ da in Deutschland macht. Hast das gesehen im Fernsehen? Da kommen solche Rabauken wie unsere Kunden hin, in ein Lager, und da lernens wieder aufstehen und net den ganzen Tag im Bett dahinstinken. Sport machens, a Arbeit lernens ..."

Phillip drehte sich um, stoppte Gabi mit einem Grinsen. „Sie machen nur Sport. Pfiff, Pfiff, rauf zur Stange, runter in den Dreck. Ich hab ja den Verdacht, dass das kein Resozialisierungsprogramm, sondern die Kaderschmiede für die deutsche Olympiaauswahl ist. Oder für die Bundeswehr."

Gabi zuckte mit den Schultern. Den ironischen Subton von Phillips Einwurf hatte sie gar nicht mitbekommen. „Na? Schlecht? Blödsinn fallt denen wenigstens keiner mehr ein. Wenn schon die Eltern die Kinder net im Griff haben, dann muss das eben wer anderer übernehmen."

Nun drehte sich Phillip zu ihnen um, den Filzstift hielt er an den beiden Spitzen zwischen den Zeigefingern und Daumen. Die Haltung gab ihm den Touch eines Professors. „Meine göttliche Vertreterin der vox populi ...", er sprach näselnd, „... das bestärkt mich wieder einmal in meiner Überlegung, eine Partei zu gründen, die den Führerschein für werdende Eltern einführt. Wenn ich mir das allerdings genau überlege ...", nun wippte er von der Ferse zu den Zehenspitzen und zurück, „... sollten wir alle, auch die Kinderlosen oder schon der Erziehungsgewalt Entbundenen, uns dieser Überprüfung unterziehen. Denn wenn ich mir so einige Politiker oder Manager anschaue, dann frage ich mich, ob ihre Vorbildwirkung nicht eine etwas kontraproduktive ist. Die Sache wird allerdings schwierig ...", das letzte Wort hatte er lang gezogen gesprochen, es klang immer mehr nach der Persiflage eines Professors, Maria lachte auf, „... ja, schwierig, wenn wir unsere Freunde von der Wir-AG betrachten, die ja von den blöden Buben, wie du sie nennst, liebste Gabi, als Auslöser für ihr Tun genannt wurden. Denn sind diese Einbrecher nicht eigentlich Helden, die den Mächtigen ein Stoppschild vor die Nase halten? Und so einen Anfall von Mut auslösen?"

Maria applaudierte, Phillip verbeugte sich.

Gabi schaute abwechselnd zu ihnen beiden. „Bei aller Freundschaft, ihr zwei seid's ja net ganz dicht. Ich hab nur gsagt, dass man si jetzt um die Buam kümmern muass. Leuten des Geld wegnehmen, des geht nun amoi net."

Maria stützte sich mit dem Arm auf die Sessellehne auf und schaute Gabi tief in die Augen. „Das heißt, du hast das Geld, das du gestern gesammelt hast, schon dem Navratil gegeben?"

Gabi zeigte nicht die geringste Reaktion.

Phillip drehte sich zu den Flipcharts und begann zu singen. „Wenn ich einmal reich wär, didididididum."

Gabi strich die Akte glatt. „Passt schon, Roth. – Also, wie legen wir's an?"

Maria dämpfte ihre Zigarette mit festen Bewegungen aus. Die Amüsierstunde war vorbei. Sie mussten die raubenden

Kinder ins Passivgedächtnis verbannen und den Blick wieder aufs Wesentliche richten. Die Nachwuchseinbrecher waren, bezogen auf ihre Arbeit, im Grunde nichts anderes als der Hinweis, dass sie schneller zu einem Ergebnis kommen mussten. Die Volksstimmung heizte sich sekündlich auf und verlangte Rache, dessen war sich Maria sicher. Sie hatte also nur noch bis morgen Zeit, ein bisschen mehr als zwölf Stunden, denn angesichts all dieser Ereignisse würde die BKA-Mannschaft bei der Frühbesprechung antreten und Maria auf die hinteren Ränge verweisen.

Sie stellte sich neben Phillip. „Also, Kollege Roth hat uns da jetzt einen wunderbaren Überblick gezeichnet. Die, wie ich sehe, blaue Kasteln sind die Verbindungen der vier Leichen in den Osten."

Phillip schloss den Filzstift und betrachtete die vier Plakate. „Bis jetzt alles mehr oder weniger harmlos und bei Neumann gar nichts. Es geht also darum ...", er tippte die Tafeln an, „... herauszufinden, was da im Zuge von diesem Staudammprojekt alles gelaufen ist. Wer der Typ war, der die Krause besucht hat." Sein Ton wurde hitziger. „Welche Geschäfte der Tauber tatsächlich da im Osten macht. Was der Pöttelsdorfer da mitmischt. Und verdammte Kacke noch mal, was der Neumann mit dieser Scheißpartie zu tun hat, außer dass er mit ihnen saunieren gegangen ist."

Maria wusste, dass Phillips Wortwahl mit seinem eigenen Gefühlszustand zu tun hatte. Er war angefressen, weil er eine Weltverschwörung aufdecken wollte. Doch sie brauchte ihn bei den persönlichen Einvernahmen. Das hatte sie ihm kurz vor der Besprechung klargemacht.

Sie schickte ihm einen zurechtweisenden Blick, er legte den Filzstift behutsam ab. „Ja, die Grafik da sind Zeitbojen. Also, das ist der Zeithorizont. Vor zehn Wochen – die erste beglaubigte Begegnung von Neumann mit unserem Dreiergespann.

Vor sieben Wochen – Tauber wird umgebracht. Vor sechs Wochen – Pöttelsdorfer am Würstelstand mit der …", Phillip wandte sich langsam zu Maria, „… was ist eigentlich mit deinem Freund Helge?"

Maria wurde heiß. Diese Sache hatte sie ganz vergessen. Helge musste unter diesen vielen Anrufen auf ihrem Handy gewesen sein. Vier Morde waren einfach zu viel für so wenig Personal. Zu viel. Sie musste noch mehr Leute hinzuziehen, sie selbst musste das tun, bevor ihr ein BKA-Mann vor die Nase gesetzt wurde.

Maria tippte Helges Nummer. „Hallo Helge – was – wie bitte – was redest du da, Helge?" Jetzt hörte Maria sehr lange zu. „Und wie – verstehe. Du Helge, wart einen Moment, nicht so eilig. Gab es eine Besonderheit wie einen Fleck oder – verstehe. Helge, du solltest auf die Unterlagen warten, die ich dir jetzt schicke – das wirst du dann schon. Wir hören uns dann."

Maria sah ihre beiden Kollegen an, seufzte, ging zu ihrem Computer und suchte den Zwischenbericht, den Phillip gestern verfasst hatte. Darunter schrieb sie: *Heute: Neues Opfer Leopoldine Krause, CEO bei der Alpbach-Privatbank*. Sie setzte Helges Mailadresse ein und drückte auf Senden.

Phillip stützte sich auf ihrem Tisch auf. „Sag, dass es nicht das ist, was ich denke, dass es ist."

Maria ging zur Flipchart und blätterte auf eine neue Seite. In großen Lettern schrieb sie *Silvester Deutsch*. „Opfer Nummer fünf, so schaut es aus. Silvester Deutsch, der Mann, den Richard Tauber vor seinem Tod am Ort seiner eigenen Hinrichtung getroffen hat, den wir für einen Verdächtigen gehalten haben. In einem Hinterhof von Wiesbaden vor sechs Wochen durch Bauchschuss, Kaliber achtunddreißig, erschossen. Tintenfleck am Finger."

Zuerst kam keine Reaktion, dann drehte Gabi wie wild an ihrem Strassring. „Oh. Oha. Oh, oh, oh."

Phillip deutete mit dem Finger auf sie. „Das – trifft es so ziemlich am Punkt." Er schaute zu Maria. „Und warum hat Helge uns nicht angerufen?"

„Er hat zuerst das Melderegister durchgeschaut. Da war Silvester Deutsch nicht vermerkt. Dann hat er ihn gegoogelt. Einziger Eintrag – Mitglied in einem Brieftaubenverein. Dort hat Helge heute angerufen und erfahren, dass Deutsch tot ist. Dann hat er im Polizeicomputer nachgeschaut und Bingo. Eine offene Akte zu Silvester Deutsch. Jetzt ist Helge gerade am Weg zu den Kollegen in Wiesbaden."

Phillip fixierte Maria. „Er ist beim Bundeskriminalamt?"

„Er hat sich Zeitausgleich genommen."

„Der ist verknallt in dich, der Gute."

Maria grinste. „Und? Ist das schlecht? – Jedenfalls ist ein Detail noch interessant. Silvester Deutsch ist ein Arbeitsloser. Langzeitarbeitsloser. Fällt nicht einmal unter Hartz IV, weil er nirgends mehr gemeldet ist. Es also schon vorher nicht mehr war. Das sagen die Brieftaubenleute. Sie haben ihn aus alter Freundschaft weiter dabei sein lassen."

„Und von was hat er gelebt?"

Maria setzt sich wieder neben Gabi. „Das ist die Frage, da hast du recht. Eine nicht unwesentliche. Weil was hat ein Arbeitsloser mit einer Privatbankerin zu tun? Da hat ja noch unser Lebkuchenmann mehr Berührungspunkte mit ihr. Oder auch mit ihm."

Phillip stand vor den Flipcharts und studierte seine Einträge, als wären sie neu. „Und was ist, wenn Silvester Deutsch nur ein Zeuge war und deswegen getötet worden ist?"

„Und der Tintenfleck?"

Maria und Phillip starrten einander an.

Gabi stand auf. „Kinder, des bringt do jetzt nix. Wart ma amal ab, was die Deutschen sagen."

„Strich für Strich." Maria und Phillip hatten es synchron gesagt. Und lachten. Phillip hörte auf, aber Maria lachte weiter.

Immer weiter, bis sie Seitenstechen bekam. Tränen der Anstrengung machten sie blind, bis sich Gabis Hand mit einem Glas Wasser in ihr Gesichtsfeld schob.

Maria trank. „Entschuldigt bitte." Sie holte Luft. „Also wir waren beim Zeithorizont."

Phillip malte zwischen die Zeitbojen Fragezeichen. „Vergessen wir den Zeithorizont einmal, wer weiß, wie viele Leichen noch auftauchen."

Gabi lachte hellauf, Maria konnte nicht anders, als wieder in das Lachen einzufallen. Es war alles zu verrückt. Phillip war dennoch ernst.

„Okay, ich resümiere." Maria atmete durch. „Wir müssen wissen, was da für Geschäfte im Osten gelaufen sind. Wie und welche Geschäftsverbindungen es da in letzter Zeit gegeben hat. Nimm dir den Clemens dazu, Gabi. Ich weiß, dass du ihn eigentlich nicht brauchst, aber er ist schon fast so was wie ein Hacker. Und die Zeit rennt uns davon."

Gabi wuchtete sich in die Höhe. „Passt schon, das hebt die Laune, bei der Arbeit so ein Zuckergoscherl im Visier zu haben. Aber was ist mit dem Stix?"

„Die Alibis von unseren Sexfreunden sortieren kann er jetzt einmal allein. Aber bitte sag ihm, er soll auch das Alibi vom Ehemann der Krause und die von den Nidetzky-Brüdern checken. Dann schau' ma weiter."

„Und was machts ihr?"

Phillip streckte sich. „Wir? Wir machen die Arbeit von unseren Kollegen vom Einbruch, was sonst?"

Gerhard Navratil ließ den Autoschlüssel an seinem Zeigefinger rotieren. Das beginnende Abendrot zeichnete ihn als hageren Schattenriss, theatralisch umrahmt von mächtigen Gewitterwolken. Das eingeschoßige Ziegelsteingebäude der Tschipschal-Brüder brannte im Sonnenlicht und verströmte zusätzlich Dramatik. Nur das Fahrrad, an dem Navratil lehnte, passte nicht zur Wildwestszenerie.

Navratil hatte sie noch nicht entdeckt, und so packte Phillip Maria am Arm. „Erklär's mir noch einmal. Warum sind wir jetzt hier und nicht am Computer?"

Maria betrachtete den Löwenzahn, der sich zwischen Gehsteig und Straße herauszwängte. „Mein Bauch sagt mir, dass die Einbrüche nichts mit den Morden zu tun haben."

„Sagt mir mein Bauch auch."

Maria stieß den Löwenzahn mit der Schuhspitze an. „Hoffentlich hat das jetzt keine Maus gehört, die das dem Bertram oder sonst wem flüstert. Ganz disqualifizierend, so ein Bauchgefühl."

Phillip stellte sich mit dem Rücken zu Navratil und strich Maria fast grob über die Wange.

Sie drückte seine Hand weg. „Wurscht. Ich hab nur so das Gefühl, dass es wichtig ist herauszufinden, wer hinter der Wir-AG steckt. Ich bin mir sicher, dass diese Typen unwissentlich Zeugen sind."

„Und du glaubst nicht, dass das der Gerhard alleine schafft mit seinen Leuten?"

Maria wandte sich ab und lehnte sich mit den Händen gegen einen Baum. „Ja, also nein. Ich meine nicht, dass er unfähig ist. Ich meine nur ..." Sie wandte sich abrupt zurück. „Scheiße, ich meine gar nichts. Ich sag dir nur, es geht uns morgen an den Kragen. Ich muss wissen, dass ich alles getan hab, was möglich war."

Sie sahen einander tief in die Augen. Die laue Nacht wurde zu einer Decke, die sie sanft aufhob und in den Himmel trug.

Phillip lehnte sich über sie. „Es geht uns morgen an den Kragen?"

„Ja."

„Und du willst den größtmöglichen Informationsvorsprung haben."

„Ja."

„Und was willst du beweisen?"

Die laue Nacht war mit einem Satz wieder nur eine laue Nacht. Maria machte sich steif. „Mir nichts, falls du das meinst. Es geht nicht um meine Eitelkeit. Ich bin keine Wichserin so wie viele bei uns. Ich will nur beweisen, dass unsere Gruppe die beste ist. Also sträub dich nicht, es ist nur zu deinem Besten."

Damit schlüpfte sie unter seinen Armen durch.

Phillip zog sie zurück. „Aber wenn ich jetzt gut bin, dann bekomme ich heute eine Belohnung."

„Ich hab gar nicht gewusst, dass du ein kleiner Bub bist."

Maria entzog sich Phillip, jetzt interessierten sie solche Kindereien nicht. Da drüben, da leuchtete mit dem Licht in den Lokalfenstern eine Spur. Sie hörte, wie Phillip gegen den Baum schlug. Manchmal verstand sie nicht einmal im Ansatz, was in seinem Hirn vorging. Maria ging zu Navratil.

Als der sie bemerkte, schnappte seine Hand um den Schlüsselbund zu. Er verschränkte die Arme. „Ich will ja echt nix sagen, aber nicht nur, dass ihr mir es nicht zutrauts, aus den Tschipschals selber was rausklopfen zu können, kommts ihr auch noch zu spät."

Phillip reichte ihm die Hand zum Gegenschlag. „Ganz meine Meinung, Bruder Gerhard. Ich würd auch lieber mehr Effektivität in den Fall bringen, und außerdem ist es nicht meine Schuld."

Maria hob langsam den Kopf und ebenso langsam die Wimpern – nur keine unkontrollierte Bewegung jetzt. „Kollege Roth, ich glaube, du solltest dich jetzt, spätestens jetzt, daran erinnern, dass du ein Ermittler in gehobener Position bist. Und dass sich das ganz schnell ändern kann, wenn du deinen Einsatzwillen nicht auf Vordermann bringst. – Und du, mein lieber Kollege Navratil, solltest froh sein, dass wir dir nicht durch ein paar zarte Beschwerden eine Sonderkommission an den Hals hetzen, bei dem, was du bislang vergeigt hast. Ins Treffen zu führen wären da ein schlechtes Gedächtnis – oder hast du nicht auch als angehender Bruchspezialist Geschichte am Lehrplan gehabt? Da muss ein Spurensicherer, der schon ewig bei Leib und Leben ist, die Handschrift der Tschipschal-Brüder erkennen. Und weiters mangelnder Einsatz, weil du die Reichen-Räuber nicht ernst genug genommen hast. Vielleicht mit ihnen sympathisiert hast? – Und ihr beide brauchts da jetzt nicht so zu glotzen. Ihr habts mit dem grindigen Ton angefangen. Ich für meinen Teil steh da drüber. Es liegt an euch, Männer."

Damit ging Maria in einer langen Diagonale auf die andere Straßenseite, wo sich das Objekt ihres Streits befand, das Wettbüro der Tschipschal-Brüder.

Maria drückte die Blechtür auf, die mit Dellen übersät war, und stolperte beim ersten Schritt in den Raum über eine Bodenbelagsplatte, die sich aufgerollt hatte. Sie klammerte sich an den Wollvorhang, der die Kälte abhalten sollte. Er war klebrig. Sie schob ihn zur Seite und sah zuerst einmal gar nichts. Die Rauchglocke hatte die Stärke von Novembernebel. Ihre Augen tränten, aber nach ein paar Sekunden hatten sie sich an die dicke Luft gewöhnt. Maria trat in den saalartigen Raum.

Ein paar einarmige Banditen waren entlang der Wände installiert, um dem Lokal zumindest beim ersten Hinsehen den Anstrich des Legalen zu geben. Die wirklich interessanten Wetten, die jenseits von kontrollierten Büros über die Bühne gingen, wurden in den Separees abgeschlossen. Diese plüschigen Ecken waren das Einzige, was noch an die ursprüngliche Bestimmung des Ortes erinnerte, denn hier war einst ein Pornokino untergebracht gewesen. Die Kinoreihen waren nun durch Billardtische ersetzt. Bei der Übernahme hatten die Tschipschal-Brüder wohl kein Geld gehabt und deshalb den abfallenden Boden nicht austariert. Auf diesen schiefen Tischen konnte selbst ein Weltmeister keinen geraden Stoß ausführen. Die Tische waren in ihrer Sinnlosigkeit das Sinnbild von Staffage. Sie sahen gut und integer aus. Mehr Aufgaben hatten sie nicht. Dementsprechend waren sie auch zum Großteil leer. Nur an einem standen zwei Männer, die eifrig ihre Queues mit Kreide beschmierten und dabei lautstark diskutierten.

Mittlerweile gab es doch so viele Möglichkeiten, legal sein Geld bei diversen Wetten zu verlieren. Der einzige Grund, warum das alles schwarz abgehandelt wurde, konnte nur der höhere Profit sein. Vielleicht lag es auch am Touch von Abenteurertum. Nun, dann musste man sich fragen, ob nicht die ganze Unterweltszene bloß an Abenteueritis litt, kombiniert mit der Leidenschaft für Steuerhinterziehung. Profitgier und Steuervermeidung – na ja, das waren ja auch für eine andere Kaste Codewörter. Unterweltler waren nichts Besonderes, sondern eben auch nur Menschen.

Mit leichter Zeitverzögerung betrachteten zehn Männer und zwei Frauen, eine Blondine mit Schmollmund und eine Asiatin mit blauschwarzem Haar, beide in Berufskleidung, Maria und die Eingangstür. Ein gut fallender Anzug wischte zur Tür hinaus, wahrscheinlich war er ein Besucher aus der befreundeten Kaste. Der gute Riecher für Polizisten war auch beiden Gruppen eigen. Lediglich ein kleiner, sehniger Blondschopf war mit seiner Nase so tief im aufgeblasenen Busen der Asiatin vergraben, dass er nichts mitbekam.

Phillip und Navratil tauchten im Nebel auf – glücklicherweise, denn auch wenn Maria wusste, dass sie das Recht und ein klein wenig Macht auf ihrer Seite hatte, so war ihr doch wohler, in diesem Schuppen nicht alleine zu sein. Noch dazu, wo ihr zwei Gesichter unangenehm bekannt waren, nämlich jene von hochgestellten Handlangern der Russenmafia. Und die fanden sicher genügend Zeugen, die ihnen ein Alibi gaben, wenn ihnen ein Hoppala gegenüber einer Polizistin passierte. Erst recht, wenn Aussage gegen Aussage stand. Es war schon gut, dass sie zu dritt waren.

Maria nickte Navratil zu. Der schluckte, sah auf den Boden, sah vom Raum zu Maria, nickte. Anscheinend hatte er nun akzeptiert, dass nun alle Reibereien im Hintergrund zu stehen hatten. Er wollte, er brauchte ebenso Erfolg wie sie. Maria sah, dass Phillip sie beobachtete. Offensichtlich kaute er noch an ihrer Zurechtweisung. Aber er würde sich schon wieder in den Griff kriegen. Hoffentlich, denn sie brauchte seine Beobachtungsgabe.

Navratil ging in den Raum. Die zwei Russen stellten sich ihm gegenüber und zauberten Queues hervor, die sie durch ihre Hände auf den Boden hüpfen ließen. Ein hagerer Mann erhob sich von einem der Separeetische, musterte sie alle drei, strahlte auf und hinkte auf Navratil zu. Maria hätte ihn beinahe nicht erkannt, so viele Falten zierten mittlerweile sein Gesicht. Es war Hammer, das Hirn der Tschipschal-Brüder.

Hammer reichte Navratil die Hand, der kräftig einschlug. „Na, da schaust di an, zwamal in an Tag die Staatsorgane im Haus. Jetzt muss i langsam mit mein Anwalt reden, weil des wirkt si langsam aufs Gschäft aus. Des wirkt ja so, als wär da bei uns was net in Ordnung. I glaub, da muss i a bissel an Verdienstentgang rausholen."

Navratil legte die andere Hand auf die noch umschlungenen Hände. „Alles in Ordnung, Hammer, alles bestens. Wir wissen, dass du unschuldig wie a Baby bist."

„Und trotzdem rauscht mit der vollen Garde an?"

„Sind neugierig, di Kollegen, nur neugierig."

Hammer sah Navratil tief in die Augen, ließ dann seine Hand los und steuerte auf Maria zu. „Na, solang du so an Glanz in unsere bescheidene Hüttn bringst ..."

Er vollzog einen Hofdiener vor Maria. Sie neigte ihren Kopf. „Ganz meinerseits – Herr Tschipschal. Meister des Einbruchs."

Meister des Einbruchs? Sie musste sich ehebaldigst und grundsätzlich von Phillip distanzieren. Das durfte nicht sein, dass sie jetzt sogar schon seine Art zu reden übernahm.

Hammer jedoch schien die Anrede zu gefallen. Er packte Marias Hand und schmatzte einen Kuss darauf. Er hatte wohl zu viele schlechte Filme aus den Siebzigern gesehen. „Für dich Hammer. In jeder Hinsicht."

Dabei zwinkerte er mit dem rechten Auge. Maria nickte huldvoll, genau so, wie das Spiel es jetzt erforderte.

„Na, das hoffe ich doch. Dass du uns einen Hammer lieferst auf unsere Fragen. Übrigens – Kommissarin Kouba für Sie."

Hammer sah sie nun zum ersten Mal bewusst an. Wie süß. Das hatte er jetzt nicht erwartet, dass sie sich nicht so einseifen ließ wie seine Puppen. Er schien noch Zeit für eine neue Einschätzung zu brauchen, denn er wandte sich Phillip zu. „Und das Beiwagerl. Darfst lernen heut, was?"

Phillip zog seine Marke heraus, betrachtete sie äußerst interessiert und zeigte sie dann Hammer. „Nein, würde ich nicht sagen. Bin auch schon erwachsen. Phillip Roth. Für Sie."

Hammer verzog den Mund und wandte sich wieder zu Navratil. „Was seids ihr denn für a Partie? Machts auf cool oder was? Dass mein Bruder und ich nix mit den Brüchen zum tun haben, wissts ja schon. Also – warum seids da? Und redts gschwind, weil ihr störts mein Gschäft."

Maria war mit zwei Schritten an Hammers Seite und hängte sich bei ihm ein. Seinen erstaunten Blick erwiderte sie mit erhabenem Lächeln. „Mein lieber Herr Tschipschal, jetzt setzen Sie sich mit uns in Ihr Büro oder auch in eines dieser Separees, nachdem Sie bitte diese netten Herren gebeten haben, jetzt und nur jetzt ihre täglichen Spiele an den Maschinen zu machen, und dann plaudern Sie mit uns, am besten gemeinsam mit Ihrem Bruder. Denn sonst stehen jede Nacht und jeden Tag zwei bis drei Streifen vor ihrem Geschäft, um herauszufinden, ob Menschen hier wirklich Stunden damit verbringen können, nicht die Einarmigen zu füttern und nicht Billard zu spielen."

Nach einer Ewigkeit deutete Hammer wie nebenbei einem der beiden Russen mit dem Kopf einen Befehl an, worauf der mittelgroße, unauffällige Mann in den Tiefen des Lokals verschwand. Seltsam, die Brüder hatten sich doch aus dem Geschäft unter anderem deswegen zurückgezogen, weil sie mit den Methoden der Ostler nicht mitkonnten und es nach alter Ganovenehre auch nicht wollten. Nun ja, Ehrbegriffe änderten sich im Laufe eines Lebens. Hammer deutete auch den Männern in drei nebeneinander liegenden Separees mit dem Kopf einen kargen Befehl, worauf die sich tatsächlich zu den einarmigen Banditen stellten. Er steuerte den mittleren der Tische an. Sein Humpeln erschien Maria plötzlich nicht mehr als Erkennungszeichen eines alten Tatterers, sondern als Ordensspange eines mächtigen Generals.

Sie folgten dem alten Mann zum Tisch. Und als sie saßen, spürte Maria plötzlich ihr Herz hämmern. Zwei Mal pro Tag eine Extremsituation war eindeutig zu viel. Sie war eine einfache Ermittlerin, nicht die Wega, nicht die Cobra oder sonst eine Sondereinheit. Ihre Vergangenheit als Streifenpolizistin war lange her, die Zeit bei der Sitte beinahe erfolgreich verdrängt, das Schießtraining mehr Sport als Vorbereitung für einen Einsatz. Ihre Aufgaben waren jetzt forschen und reden. Denken und kombinieren. Psychologische Spielchen waren ihr Metier, nicht brachiale Konfrontationen.

Sie zündete sich eine Zigarette an und betrachtete den Glimmstängel, bevor sie das Feuer ausgehen ließ. Der drahtige Blondschopf von der Asiatin Dekolleté setzte sich an den Tisch. Minze. Und sofort war selbst für den Unwissendsten klar, warum er diesen Spitznamen hatte – er steckte sich einen Pfefferminz-Kaugummi in den Mund, dessen Geruch trotz des Rauchs bis zu Maria wehte. „'n Abend."

Kein eloquenter Mann. Doch Minze war der Schlüssel zum Erfolg des Abends, denn seine Augen strotzten vor Dummheit. Maria lehnte sich zurück, überließ so augenscheinlich Navratil und Phillip das Feld, was Hammer nicht zu gefallen schien. Er hielt sie wohl für das schwächste Glied der Kette. Nein, es konnte auch sein, dass er sich bloß einmal mit einer halbwegs intelligenten Frau unterhalten wollte, jenseits seiner Konventionen. Auch das traute ihm Maria zu. Na ja, vielleicht war da jetzt Überheblichkeit die Mutter ihres Gedanken. Jedenfalls rückte Hammer noch ein Stück weiter, scheinbar, um seinem Bruder mehr Platz zu machen, doch tatsächlich landete er so genau gegenüber von Maria. Und er nahm dieselbe Haltung wie sie ein, richtete den Blick nur auf sie. Navratil musste sich verrenken, um Hammer anschauen zu können. Und unwillkürlich sah er zwischen Hammer und Maria hin und her, mit einem kurzen Seitenblick auf Phillip, der rechts von Maria saß und sich, scheinbar an der ganzen Situation völlig uninteressiert, nun selbst eine Zigarette anzündete.

Körpersprachenspiele waren einfach anstrengend.

Maria verharrte in ihrer Haltung, und sie spürte, wie sich endlich ihr Dietrich-Gesicht breit machte. Lediglich Phillip würde jetzt noch erahnen können, was sie wirklich dachte. Gut so. Beinahe tat ihr Navratil leid, es blieb an ihm, den Anstoß zu übernehmen – *ja, Bruder, zu langsam die Position eingenommen*! Und jetzt drehte er auch noch die Asche von der Zigarette! Entweder hatte er wenig Erfahrung im Psychokrieg oder es war eine Masche von ihm, sich unsicher zu zeigen. Selbst, als er zu sprechen ansetzte, sah er Hammer noch immer nicht an. „Also, wem habts ihr aller erzählt, wie ihr eure Brüche durchgezogen habts?"

Minze stoppte die Kaubewegung, anscheinend war sogar ihm die Frage Navratils zu einfältig, und Hammer brach lauthals in Lachen aus. Als er sich beruhigt hatte, schaute er amüsiert zu Navratil, der seinen Blick hob und zurückstarrte. Völlig ruhig. Es war eine Masche. Die Aufstellung formierte sich. Er hatte also die Position des ruhigen, freundschaftlichen Befragers. Aufgrund ihrer Haltung konnte sie selbst nur die Autorität im Hintergrund sein. Phillip war ...

„Net schauen, Herr Tschipschal, reden."

... wie immer der Bad Boy. Gut übernommen den Pass, Kollege. Und Maria hatte plötzlich Spaß daran, das Spiel einmal zu dritt zu spielen. Sie schnippte die Asche zwischen Bank und Tisch auf den Boden.

Hammers Blick glitt von Navratil über Marias Hand mit der Zigarette zu Phillip, der mit durchgedrücktem Rücken dasaß, was ihn, wie Maria mit einem millisekundenlangen Seitenblick feststellte, stiernackig und breit erschienen ließ.

Es machte definitiv Spaß.

Hammer kratzte sich an der Vertiefung zwischen seinen Schlüsselbeinen. Glücklicherweise hatten Gangster offensichtlich keine Personal-Trainer, die ihnen sagten, mit welcher Geste sie zu viel verrieten. „Mit dir red i net."

„Oh, doch, Herr Tschipschal, Sie reden mit uns allen. Und zwar ausgiebig. Das hat Ihnen doch vorhin unsere Chefin erklärt."

Minze wandte sich an seinen Bruder. „Was hat denn das Madl leicht gsagt?"

Hammer schickte ihn mit einer Kopfbewegung weg, ohne ihn anzusehen.

„Hol uns a Hülsn. Den Kieberern bringst a Tschapperlwasser, di san ja im Dienst."

Er schob ein Lächeln nach, als hätte er sich einen unglaublich gemeinen originellen Spaß erlaubt. Wenn die beiden wüssten, um wie viel interessanter es war, mit Menschen mit einem IQ von über achtzig Vernehmungen durchzuführen. Dabei hatte doch Hammer all die feinen Details der Einbrüche ausbaldowert. So stand es in den alten Akten. Na ja, vielleicht war seine Intelligenz eine sehr spezifische.

Er schaute Maria in die Augen. „Erstens is mei Hirn versoffen, i merk mir nix. Keine Ahnung, mit wem i was gredt hab. Und zweitens – warum soll i euch helfn? Dafür bin i zu lang im Gschäft, als dass i auf euer Blabla reinfall. Ihr schickts ja sowieso eure Kollegen her. Also?“

Navratil lehnte sich beinahe freundschaftlich zu Hammer. „Also würde ich vorschlagen, du trinkst dein Bier ...“, Minze stellte gerade zwei Flaschen auf den Tisch, die Blondine mit dem Schmollmund drei Flaschen Mineralwasser, „... freust dich, dass dein gedoptes Hirn wieder funktioniert, erzählst uns ein bissel was und bist dann überrascht, dass wir Bullen sind, die dir kein Hackl ins Kreuz hauen.“

Hammer stieß wie nebenbei mit seinem Bruder an, der Maria zuzwinkerte. Dieses arme Würstel. „Also – i sag, du sparst dir den Rhabarber, machst Dienstschluss mit deine Kollegen und i lad euch auf a Spiel ein.“

Phillip warf mit dem kleinen Finger der Hand, mit der er die Zigarette hielt, die Mineralwasserflasche um. Alle starrten auf das langsam versickernde Wasser. Maria musste sich zusammenreißen, um angesichts dieser billigen Testosterongeste nicht in brüllendes Lachen auszubrechen. Zu lange schon war sie nicht mehr in der Unterwelt unterwegs gewesen, dafür gab es Spezialisten in der KD1. Sie hatte schlicht vergessen, wie sehr Gesten und Blicke in dieser Szene den Klischees in seichten Fernsehfilmen entsprachen.

Hammer deutete auf Phillip. „A klana Django.“ Er wandte sich zu Navratil. „I hätt glaubt, wir reden nur.“

„Tun wir ja. Es liegt an dir.“

Hammer lehnte sich zurück und trank aus der Bierflasche. Minze hatte sich unterdessen in ein Glas eingeschenkt, was in diesem Rahmen äußerst seltsam anmutete, und prostete Maria zu.

Sein Bruder legte die Hand auf seinen Arm. „Lass ihn einpackt, di is nicht deine Liga, Tschapperl."

Damit prostete er seinerseits Maria zu. Sie reagierte nicht und schenkte Minze das Lächeln einer Sphinx. „Wer wird denn seinen Bruder so gering schätzen?"

Minze riss die Augen auf und wurde tatsächlich rot. Wie ein stolzer Löwe reckte er seine Brust in die Richtung seines Bruders. Hammer verdrehte die Augen, jetzt zupfte er an der Haut an seinem Hals. Minze hatte anscheinend doch ein Hirn, nur einen Meter zu tief angesiedelt.

Es war wie der Ausflug zu einer Amateurtheatergruppe. Maria trank von ihrem Wasser, leckte sich bewusst die Lippen ab und schloss die Augen, als würde sie das alles nichts angehen. Nach einigen Sekunden Stille öffnete sie sie wieder und sah acht Männeraugen auf sie gerichtet. Wunderbar, wie ihre zwei Pappenheimer mitspielten. Die vier Männer zogen sich sofort wieder in ihre Kampfhaltungen zurück. Nur Minze blinzelte von schräg unten zu ihr. Exzellent. Sie zog ihren Blick ab und bedachte nun Hammer mit ihrem erhabenen, belustigten Lächeln.

Navratil dämpfte seine Zigarette aus. „Also, Hammer, lass ma das Herumgeeiere. Irgendwer hat eure Methode kopiert, und zwar in allen Details. Sagen wir amal so – ihr müsst ja niemanden angestiftet haben, ihr müsst ja net drinnenhängan in der Gschicht. Vielleicht habt ihr ja nur so gredt, über alte Zeiten, bei a paar Bier und a paar Schnapserln. Und jetzt will euch des jemand anhängan."

Jetzt beugte sich Hammer vor und fuchtelte mit der Bierflasche vor Navratil herum. „Kumm, verkauf mi net für blöd, ja?

Des Geschwafel kannst dir für dei Alte daham aufhebn. Verstehst mi?“ Er lehnte sich zurück und drehte die Bierflasche in den Händen. „Erstens hamma a Alibi, und außerdem kennts ihr euch dann ja gleich amal eure eigenen Leut vorknöpfn. Da kennt jeder unsere Arbeit.“

Maria spürte, dass Phillip sie aus dem Augenwinkel anschaute. Ja, das hatten sie vor ein paar Stunden auch schon überlegt. Man konnte es nicht ausschließen, dass der Nachahmungstäter ein Polizist war. Wahrscheinlich mussten sie wirklich alle Kollegen prüfen, zumindest all jene, die leichten Zugang zu den Tschipschal-Akten hatten. Nur das war eine mühselige und missliebige Vorstellung. Ein derartiger Skandal, neben all den anderen Vergehen von Polizisten in letzter Zeit, wäre vernichtend.

Minze stieß seinen Bruder in die Seite. „Geh, du hast doch immer gsagt, dass die Bullen vü zu blöd dafür sind. Sogar in dem Interview hast das gsagt.“

„Halt di Pappn.“

„Wieso? Wüllst di jetzt einschleima bei denan da?“ Er zwinkerte Maria zu. „Weil di Alte auf mi an Stand hat, und net auf di?“

„Halt di Pappn, hab i gsagt.“

Navratil beugte sich vor. „Was für ein Interview?“

„Gar nix. Und jetzt schleichts euch, es is alles gsagt.“

Phillip schnellte vor. „Was soll ma uns, du Wichser?“

„Schleichn, du grindiger Saftler.“ Hammer winkte den zwei Russen.

Phillip richtete sich gerade auf. „Is des a Drohung?“

„Gar nix is des, du kannst ma nix anhängan, du Arschloch.“

„Beamtenbeleidigung. Drohung. Vertuschen und somit Mitwirkung bei einem Verbrechen.“

„Du kannst mi amal!“

„I bin ja net pervers. Aber du offensichtlich. Weil wer sonst braucht schon zwei Buben aus dem Osten zum Handerlhalten?“

Die Russen, die mittlerweile am Tisch standen, hoben blitzartig ihre Queues. Hammer gebot ihnen mit erhobener Hand Einhalt. Zugleich zuckte er am ganzen Körper, so stark war sein Drang, Phillip eine zu tuschen, mitten auf die Nase. Wie nett. Es hatte sich in all den Jahren seit ihrer Zeit als Streifenpolizistin nichts geändert. Als schwul beschimpft zu werden, war noch immer die größte Beleidigung in diesen Kreisen.

Maria setzte sich langsam auf, ihre Bewegung sollte nur ruhige Gelassenheit vermitteln. Sie stützte sich auf den Tisch und sah Hammer gerade in die Augen. Der winkte die Russen weg.

Sie nickte. „Ich finde es überhaupt nicht charmant, dass unsere Unterredung jetzt so hitzig wird, aber verständlich.“ Sie lächelte breit. „Wahrscheinlich ist der verfrühte Sommer daran schuld. Ist ja wirklich stickig hier herinnen. Haben Sie keine Klimaanlage?“ Sie schaute zu Minze. „Aber das können Sie ja jetzt bald ändern, das Interview wird Ihnen sicher viel Geld bringen, habe ich recht?“

„Gar kans, des war ...“

„Halt di Pappn, hab i gsagt, du Kretin!“

Maria sah wieder zu Hammer, während ihre Hand quer über den Tisch und wie nebenbei Richtung Minze wanderte, ganz besorgte Mutter. „Aber, aber, mein Guter, behandeln Sie Ihren Bruder immer wie einen Trottel?“

„Des nutzt dir gar nix, du Fuffn, mei Bruada weiß, wie i des mein.“ Seine Augen schienen nur mehr aus Pupillen zu bestehen. „Und mit deiner hinterfotzigen Art muasst aufpassn, dass dir net amal einer Manieren beibringt, hast mi?“ Er schlug zwei Mal kurz mit der Faust auf die Handfläche. Daher kam wohl der wienerische Ausdruck knallen für ficken.

Navratil und Phillip wollten in die Bresche springen, doch Maria deutete mit einer kleinen Geste, es zu unterlassen. Auch wenn ihr ein wenig schlecht wurde, sie musste das jetzt selbst durchziehen. Sonst war sie die Lachnummer in der ganzen Szene.

Also legte sie ihre Unterarme auf den Tisch und starrte Hammer an, wie bei einem schlecht inszenierten Pokerspiel. „Drohen ist billig, Hammer." Sie betonte seinen Künstlernamen. „Das enttäuscht mich." Sie setzte eine kunstvolle Pause. „Und noch was anderes enttäuscht mich. Ich hab geglaubt, ihr spielt Rollen, du der Gscheite, und Minze der Blöde." Sie schenkte Minze einen Augenaufschlag. „Aber dass dein Bruder wirklich ein entmündigter Volltrottel ist, nein, das ist ...", sie stieß Phillip mit dem Fuß an, „... das ist, also, wie soll ich sagen ..." Sie legte all ihre Verführungskunst in den Blick zu Minze, „... er schaut gar net so aus, er hat viel mehr so was – wie soll ich sagen, mit seinen blonden Locken und dieser Mund, der ist ja förmlich ..."

Phillip schlug mit der Hand auf den Tisch. „Also Chefin, wirklich, wen interessiert's, dass du mit jedem blondschopferten Zwerg in die Hapfn steigen willst?" Er zeigte mit dem Finger auf Hammer. „Also, entweder du redest jetzt, du Pseudolegende, oder wir finden noch ein paar andere Paragraphen und verbringen eine schöne Nacht miteinander in der Berggassen."

Maria wandte sich zu Phillip und schenkte ihm einen strafenden Blick. Sie sah in seinen Augen Lachen blitzen, doch so subtil, dass es nur für sie erkennbar war. Er neigte sein Haupt, ganz der Untergebene, der wusste, dass er zu weit gegangen war. Sie hob die rechte Augenbraue und dehnte ihren Nacken, einmal nach links, einmal nach rechts, das perfekte Abbild einer Chefin, die gerade noch einmal alle fünf gerade sein ließ. Und sie spürte, wie die Brüder das ganz genau beobachteten. Wahrscheinlich auch Navratil, nur der war in ihrem Rücken.

Maria wandte zu Hammer und nahm wieder die Pokerhaltung ein. „Gut, nachdem ja nun Ihr Bruder als Gesprächspartner ausfällt, was sehr schade ist ...", sie bedachte Minze mit einem großen Lächeln, das sie fallen ließ, als sie wieder zu Hammer schaute, „... reden wir zwei jetzt Tacheles. Sie sagen jetzt meinem Kollegen Navratil alles, was er wissen möchte. Sonst tritt das ein, was mein – anderer Kollege...", sie legte wohl gesetzte Verachtung in die Stimme, „... gesagt hat."

„An Scheißdreck werd i."

„Sie halten uns also wirklich für dumm. So wie Ihren Bruder. Sehr bedauerlich."

Maria nickte zuerst Navratil, dann Phillip zu. „Meine Herren, bitte rufen Sie Verstärkung. Die Herren Tschipschal werden heute Nacht noch lange darüber nachdenken, ob man Polizisten beleidigen darf oder nicht."

Navratil und Phillip sahen sie nur an. Maria wedelte mit der Hand. „Na, was ist, Burschen? Soll ich alles selber machen? Wir haben es hier mit einem Wichtigtuer und einem Dummerl zu tun. Ich weiß, es wird nicht spannend, aber es ist notwendig."

„Du miese, klane ..."

Hammer kam zu keinen weiteren Beleidigungen, denn Minze knallte sein Bierglas auf den Tisch. Endlich! „I bin ka Dummerl, verdammt no amoi! Her auf, des zum sagen!" Er blitzte Maria an.

Sie streckte ihm ihre Wasserflasche zum Anstoßen entgegen. „Ich habe nur Ihren Bruder zitiert, Herr Tschipschal, nur Ihren Bruder. Ich für mich halte Sie ja vielmehr für einen ausgesprochen ..."

„Merkst net, dass die di verscheißert? – Und du? Willst ane in di Pappn, du blöde Fut?"

Hammer sprang auf, um seine Worte mit seiner Körperlichkeit zu verstärken. Da sprang auch Minze auf und schlug mit der Faust auf die Nase seines Bruders. Schlagkraft lag wohl in der Familie. Blut schoss aus Hammers Nase, er sank auf die

Bank. Die zwei Russen sprinteten zum Tisch. Minze drehte sich blitzschnell um und hielt ihnen seine Fünfundvierziger vor die Nase. „Familiensache."

Die zwei Russen musterten die Runde ganz genau, bevor sie sich zurückzogen. Und Maria war froh, nicht in der Truppe der KD1 zu sein, die für die Unterwelt zuständig war. Hammer regte sich, Phillip verdrehte ihm den Arm, was Minze mit einem Grinsen goutierte. Er schob seinen Bruder ein wenig zur Seite und sah Maria voll an. „Okay, Lady, was krieg i, wenn i mit dir red?"

Maria beugte sich über den Tisch, Minze tat es ihr gleich. Er grinste, und sie registrierte zum ersten Mal seine perfekten Zähne. Der Kaugummi war anscheinend nicht nur ein Spleen, sondern Teil einer umfassenden Pflege.

Sie flüsterte in sein Ohr: „Das kann ich dir doch vor meinen Kollegen so nicht sagen." Sie schaute in seine Augen, es reichte noch nicht. „Die rasten doch total aus, die wolln doch selber …", sie kontrollierte nochmals seinen Blick, und Minze verstand es so, wie sie es gesagt hatte. Sie beugte sich wieder zu seinem Ohr, „… aber i steh nun einmal auf blonde Lockn."

Sie setzten sich wieder beide aufrecht hin und grinsten. Minze trank sein Bier aus. „Also dann."

Er studierte seinen Bruder, der seinen Kopf nach hinten gelehnt hatte, dass fast das Blut stockte, und verschränkte die Arme. Er lehnte sich entspannt zurück. „Da waren welche da, a Bursch und a Madl. Die haben irgendwie über uns gelesn. Oder ghört. Und die sind von so ana Uni oder so. Wo sie lernen, wie ma an Film macht."

„Filmakademie."

Minze sah Navratil erstaunt an. Entweder war er erstaunt, weil ein Polizist wusste, wie so was genannt wurde oder er war verärgert, weil Navratil sich einmischte. Er rückte sich leicht zurecht, als er sah, wie Navratil seinen Notizblock zückte. Das konnte nun Unbehagen oder Stolz bedeuten. „Ja, kann sein. Also, und di haben uns abgfilmt. Und der Hammer, der hat gredt wi a Wasserfall. I hab ihm eh gsagt, dass des a Schaß is, weil des Mysterium …“, das Wort klang seltsam aus Minzes Mund, er schien den Ausdruck zu genießen, „…des Mysterium, des geht in Orsch. Aber da Hammer hat gmant, wir leben eh nimma lang, und di Nachwelt soll wissn, dass wir die Besten warn.“

„Wann war das?“

„Na, im Herbst irgendwann.“

Navratil zeigte mit dem Kugelschreiber auf ihn. „Und ihr habts denen alles erzählt? Alles?“

Minze schaute auf seinen Bruder, der noch immer benommen war. Was musste erst Hammer für einen Schlag haben, wenn schon der Hieb seines Bruders solche Auswirkungen hatte.

Phillip schob sich vor. „Wir hören?“

„Was? Des war's.“

Navratil rieb sich den Kopf. „Und deswegen macht dein Bruder so ein Theater?“

Minze zuckte mit den Schultern. „Waß i, warum? Mir ist's wurscht, wenn ihr sie einkastelts.“

Hammer ächzte. „Ehr' …“

Minze ruderte mit den Armen. „Ehr'? Scheiß auf die Ehr'! Die gehen hausieren mit unserer – unserer – mit uns! Ja, mit uns gehen di hausieren! Erschießen müsst mas!“

Maria wechselte mit Navratil einen Blick. Sie zog die Augenbrauen hoch und nahm einen langen Schluck vom Mineralwasser. Studenten? Das war abstrus, aber ihre einzige Spur. „Die Namen, Minze, du weißt doch sicher die Namen?“

Minze fuhr mit seiner Zunge über die weißen Zähne und setzte zwei Mal mit einer Antwort an. Etwas schien ihn zu irritieren. Wahrscheinlich kapierte er nicht so schnell, dass Maria ihn nun offiziell geduzt und somit klar gemacht hatte, dass er für sie irgendeine Nummer in der Unterwelt war und nicht der über die Maßen begehrte Lover.

Er schmatzte. „Waß i nimma."

Maria schob sich an ihn heran und setzte ihr Verführungslächeln von vorhin auf. „Glaube ich nicht. Du spielst schon wieder deine Rolle."

Und er sah ihr auf den Busen. Wie einfach das doch alles war. „I waß nur mehr die Vornamen. Also, er war der Martin, a Piefke. Und sie war di Manuela, so a Gspritzte aus der Stadt. I sag dir, die hätt amal ordentlich durchgfickt ghört, des Tramperl."

„Und wo kann man die erreichen?"

Minze zuckte mit den Schultern und deutete mit dem Kopf auf seinen Bruder. Also mussten sie Hammers Telefonliste durchackern.

Maria lehnte sich zurück und schloss die Augen, das erste Mal nicht gespielt, sondern nur, weil sie erschöpft war. Sie tippte Navratil am Arm. „Ruf die Kollegen."

Zwei Flaschen am Tisch fielen um, als Minze erneut aufsprang. Sogar Hammer bewegte sich unter Phillips Händen. „Was is? I hab euch do alles gsagt!"

Maria sah Minze direkt an. „Wir müssen erst die Nachnamen herausfinden von diesen Leuten. Aber dein Bruder hat alles mitbekommen. Und wir wollen nicht, dass dein Bruder oder du diese Leute informieren. Also werden wir euch aus dem Verkehr ziehen, bis wir diese Leute haben. Hast du mich verstanden?"

Minze dachte nach, jede Faser seines Gesichtes war angespannt. Dann schickte er Maria einen unendlich traurigen Dackelblick. „Und wir zwa?"

Maria bugsierte Navratil aus der Bank hinaus und wandte sich zu Minze um. Sätze wie *Ich komm darauf zurück* oder *Du bist ein Unterweltboss, ich nur eine Polizistin* oder *Fick deinen Bruder ins Knie und werd endlich ein Mensch* und natürlich

Sorry, aber mir graust vor dir schwirrten in ihrem Kopf. Sie schwieg. Sie küsste ihren Zeigefinger und ihren Mittelfinger und drückte diesen symbolischen Kuss auf Minzes Mund. Er war irgendwie lieb.

Maria war nach Singen zumute, aber ihr fiel nur *Lady Marmalade* ein, der Song, mit dem Nicole Kidman in *Moulin Rouge* aufgetreten war. Den verkniff sie sich aber, denn die Zeile *Voulez-vous coucher avec moi* würde Phillip sicherlich vom Berichtschreiben ablenken. Doch in ihrem Kopf tönte die Melodie, denn die Spielerei mit Hammer und Minze hatte einfach Spaß gemacht. Sie hatte beim Verlassen des Lokals sogar das Bedürfnis gehabt, sich für die Unterhaltung zu revanchieren, und deshalb die Razzia so laut angekündigt, dass alle Kunden der Tschipschal-Brüder rechtzeitig den Tempel ihrer Sucht verlassen hatten können. Das hatte sogar Hammer ein zustimmendes Grunzen entlockt, während die Kollegen ihn an Maria vorbei in das schwingende Blaulicht geführt hatten. Jetzt dachte er wahrscheinlich darüber nach, in welche Kategorie von Bulle er Maria einordnen und ob er seinen ganovesken Ehrbegriff nicht etwas lockern sollte.

Maria war froh, dass Phillip alleine den Bericht schrieb, den dann Navratil ergänzen würde. Sie konnte jetzt nicht anders, als aus dem Fenster im Büro in die Nacht zu schauen, zu spüren, wie sich die Spannung in dem Gewitter entlud. Die Wand gegenüber im Innenhof glühte in kaltem Licht auf. Maria zählte und kam nur bis zwei, dann krachte der Donner über ihnen. „Da hat es jetzt irgendwo in der Brigittenau eingeschlagen."

Phillip stellte sich neben Maria zum Fenster. Sie lehnten sich auf die Fensterbank und schauten dem Regen zu, der auf die gegenüberliegenden Fenster prasselte, als wolle er Einlass.

Maria sog die frische Luft ein. „Wenn das nachlasst, sollten wir schlafen gehen. Morgen wird's stressig."

Es vergingen einige Sekunden, bis Phillip nickte. Erneut blitzte es, erneut donnerte es. Maria hielt die Hand aus dem Fenster, doch nur vereinzelte Tropfen trafen sie, so schräg ergoss sich der Wolkenbruch. Sie betrachtete ihre kaum feuchte Hand. „Ich sag dir, wir haben nichts, gar nichts. Wenn dieses Pärchen wirklich die Wir-AG ist, dann sind die beiden so ausgefuchst, dass sie wohl kaum ihre richtigen Namen verwendet und ihre Handys längst weggeschmissen haben. Die sind nicht einmal Filmstudenten, sage ich dir. – Oder vielleicht sind sie es auch, haben gar nichts damit zu tun und nur irgendwem alles detailgetreu erzählt. Vielleicht all ihren Mitschülern. Und wenn es den Film wirklich gibt, dann wird es überhaupt schwierig. Da können wir dann überhaupt nicht mehr rausfinden, wer ihn gesehen hat."

Sie seufzte und stützte sich wieder aufs Fensterbrett. Und nahm plötzlich nach Stunden erstmals wieder Phillips Nähe wahr. Sie war sich nicht sicher, ob er sich an sie drückte.

„Warum siehst du das so schwarz? Jetzt wart einmal ab."

Doch ja, er drückte sich gegen sie. Jetzt spürte es Maria ganz eindeutig. Und das erste Mal seit Stunden wollte sie es. Dafür hatte sie ja einen Liebhaber, für solche Berührungen zu so einem Zeitpunkt. Die Callas in ihr schrie nach Ausgleich. Maria kontrollierte die Fenster des Innenhofes. Bis auf zwei bei der Sitte waren alle dunkel. Sie lugte zu Phillip, ein Blitz ließ seine Augen samtschwarz erscheinen. Gleichzeitig mit dem Donner packte Maria Phillips Gesicht und küsste ihn, genauso lange wie es am Himmel grollte.

Sie löste sich. „Ich gehe heute schlafen. Alleine."

„No problem." Er grinste.

Eine leichte Enttäuschung stieg in ihr auf. Sie gähnte. „Ich weiß nicht, ich bin saumüde, aber ich glaub nicht, dass ich schlafen kann."

„Jetzt und gleich kannst du aber nichts machen."

„Ja, irgendwie blöd, dass außer uns kaum jemand in der Nacht arbeitet. Künstler sind doch irgendwie durchgeknallt. Sollten die nicht die ganze Nacht in einer Glocke von Zigarettenrauch sitzen und ihre Meisterwerke schaffen?"

Phillip strich ihren Hals entlang. „Die Filmakademie ist eine Schule. Und Schulen haben in der Nacht nun einmal geschlossen. Außerdem sind Künstler wahrscheinlich auch nicht mehr das, was sie einmal waren."

„Der Spielberg oder der Soderbergh haben sicher die ganze Nacht an ihren Filmen herumgeschnipselt."

„Deshalb sind sie ja Götter. Wie du, meine Meisterschnüfflerin."

Maria rempelte Phillip leicht an. „Komm, verscheißer jemand anderen."

„Nein, echt, die Performance heute war gut. Echt gut."

„Und für die Nüsse."

„Wie meinst du das?"

„Das weißt du ganz genau."

Phillip spitze die Lippen. „Oh, gibt da jemand vielleicht etwas zu?"

Maria kratzte ein Stück Moos vom Fensterbrett und schnippte es in den Innenhof. „Gar nix geb ich zu. – Und der ganze Rücken tut mir weh."

„Dann musst mehr reiten. Das macht das Rückgrat geschmeidig."

Maria wandte sich zu Phillip und schüttelte nur den Kopf. Phillip nickte ihr zu. Sie schüttelte nochmals den Kopf und legte sich mit dem Oberkörper auf das Fensterbrett. „Du bist und bleibst ein windiger Macho."

„Bis jetzt hat dir das doch gefallen. Und außerdem – betracht mich doch in Sachen Macho als deinen Sparring-Partner. Nur selten haben wir's doch mit intellektuellen Frauenverstehern zu tun."

„Machos sind keine Herausforderung, das hast du doch heute gesehen. Ein bissel die Titten rausstrecken und ihre Denkleistung sinkt auf unter zehn Prozent, gerade noch auf das Niveau ‚Soll ich sie da jetzt gleich auf dem Tisch knallen oder doch lieber auf der Couch?'"

Plötzlich war da der Druck von drei Fingern auf Marias Steißbein. Sie zuckte zusammen. Und die drei Finger massierten genau den Triangel zwischen den Grübchen oberhalb des Hinterns und der beginnenden Arschfalte.

„Machos stehen manchmal auch auf Hinterteile. Auf schöne, knackige Ärsche, um genau zu sein."

„Aha. Tun sie das?"

Das leichte Zittern in ihrer Stimme passte Maria gar nicht, doch ihre Stimmbänder waren anscheinend direkt mit ihrem Hinterteil verknüpft, das sich gerade den Fingern entgegenstreckte. Sie räusperte sich. „Phillip, wir sollten das lassen. Der Regen wird schon schwächer. Wir gehen gleich nach Hause. Getrennt. Ich muss über den Fall nachdenken."

Die Finger berührten jetzt den Ansatz der Arschfalte. Maria wurde heiß. Jetzt war es nur mehr der Zeigefinger, der die Falte entlang strich, der Rest der Hand spreizte die Hose von der Haut ab.

„Das kannst du doch. Ich massiere dich ja nur, damit dich deine Rückenschmerzen nicht allzu sehr vom Denken ablenken."

Jetzt fuhr die Hand aus der Hose und sehr langsam über die Arschbacken zwischen Marias Beine. Nach einem kurzen festen Griff landeten beide Hände auf ihrem Nacken und arbeiteten sich von dort in kreisenden Bewegungen die Wirbelsäule hinunter.

Maria schloss die Augen, genoss den Geruch des Regens und die Hitze, die sich trotz seiner kühlenden Wirkung auf ihrem Rücken breit machte. „Also gut. Ich resümiere. Wir haben vier – korrigiere – fünf Leichen, alle auf dieselbe Art getötet. Drei von ihnen waren geschäftlich eng verbandelt, und so wie es ausschaut, auch in unter Umständen nicht ganz astreine Deals im Osten verwickelt. Mehr weiß ..." Maria entschlüpfte ein Stöhnen. Die Hände stoppten, strichen sanft über die Muskelstränge neben dem Rückgrat.

Phillip stellte sich hinter sie. „Mehr weiß die Gabi morgen, die heute hoffentlich mit dem Clemens fleißig war."

„Richtig. Ja."

Nun begannen Phillips Hände ihren Rücken in kreisenden Bewegungen zu erforschen. Wie zufällig stießen sie dabei seitlich gegen ihren Brustansatz.

Maria brummte. „Ja, also, die Ostgeschäfte. Die Sexgeschichte. Macht Stix. Und dann die Einbrüche. Nur zwei Leichen haben eine direkte Verbindung dazu. Und nur eine wirklich."

Die Hände zogen ihr T-Shirt aus der Hose, fuhren unter den schon feuchten Stoff und öffneten kurzerhand den BH. Unwillkürlich kam Maria den Händen entgegen, indem sie sich leicht aufrichtete. Dann umfasste Phillip von hinten die nun freien Brüste.

Maria schloss die Augen. „Wenn das wirklich – eine Ostgeschichte ist, dann haben wir ein – echtes Problem, weil dann mischen da – äh, vielleicht Profis mit und wenn es – wirklich die Stu – äh Studenten sind, dann schnall ich ab, weil – wieso machen die das und nicht – immer gleichzeitig, sondern – oh – willkürlich und außerdem wieso? – Niemand macht so was – ohne System. Und die Frau ..."

Die Hände strichen über die Arschbacken nach vorne und landeten im Zentrum des Dreiecks. Maria stöhnte auf, spreizte die Beine. Die Hände massierten am Venushügel vorbei, zugleich biss Phillip sie sanft in den Nacken. Der Öffner. Marias Knie wurden weich. Phillips Arme fingen sie auf und drehten sie um.

„Du – ich – wir sind hier ..." Maria suchte nach den Worten, von denen sie genau wusste, dass sie doch üblicherweise zu ihrem Sprachschatz gehörten. Worte wie *Büro* und *verboten* und *Schlaf* und *Fall*. Doch statt ihnen war da nur eine blendendweiße Untiefe. Ihr Kopf rutschte zur Seite, ihr Hals bot sich dar, wurde auch sogleich mit einem weiteren Biss an seine Verletzlichkeit erinnert. Der weiße Nebel in ihrem Kopf verschlang den Rest an Denken. Puppet on a string. Als Phillip sie küsste, fokussierte sie von Unendlichkeit zurück auf Jetztzeit. Phillips Augen waren Brunnenschächte, der Raum hinter ihm Teil eines Puppenzimmers. Und aus den Schächten lachten sie Kobolde an. Maria wollte den Mund öffnen, doch er gehorchte ihr nicht. Sie biss sich in die Wangen, und langsam formten sich die Silben wie bei einem zu langsam abgespielten Band. „Phillip, das war jetzt unfair von dir. Du weißt, dass ich da beim Hals ausklink."

Der Mann legte seine Hände um den Hals der Frau, als würde er sie würgen wollen. Sanft strich er die Adern entlang. Die Frau stierte schon wieder in ein taumelig machendes Weiß.

„Und ich weiß die Stelle unterhalb deiner Achseln, und die rund um deine Kniescheibe. Und ich werde mir auch all die anderen Stellen merken, die ich noch entdecke. Alle werde ich sie mir merken. Denn ich will dich schreien hören. Ich will sehen, dass du kippst, wie damals, als du gesagt hast, du bist gefallen und geflogen. Alles gleichzeitig. Gekippt in ein Nichts."

In Marias Kopf teilte sich der Nebel und die Signation von *Star Wars* lief ab. Unendliche Weiten. Das Lachen platzte wie ein Orgasmus aus ihr heraus.

Phillip ließ sie los, alles hatte wieder seine normale Größe. Er zündete sich eine Zigarette an. Seine Augen waren undurchdringliche Scheiben. Maria suchte das Lachen in ihnen, doch sie blieben kalt.

Ihr eigenes Lachen erstarb, sie räusperte sich. „Es tut mir leid. Es war eh schön, was du gesagt hast, aber ich bin halt ein bissel müde, und eigentlich will ich ja gar nicht bumsen mit dir."

Keine Reaktion.

„He, bitte, komm, das war schön."

Phillip betrachtete nur den Rauch seiner Zigarette.

„Also wirklich, jetzt reagierst du aber ein bissel heftig. Ich mein, du glaubst doch nicht, dass ich ein naives Girlie bin, das man mit Schmelz in der Stimme und ein bissel Salbader völlig kirre machen kann?"

Phillip schaute mit hochgezogener Augenbraue zu ihr.

Maria verschränkte die Arme. „Herr Roth, wollen wir die Situation jetzt einmal nicht verkennen. Tatbestand ist, dass Sie momentan nichts anderes als ficken wollen, und dass Ihnen dazu jedes Mittel recht ist. Weiterer Fakt ist, dass meine Person kurz schwach geworden ist. Aber es ist halt nichts daraus geworden, und Sie sind jetzt sauer. Soll ich mich dafür jetzt etwa entschuldigen?"

„Soll ich mich entschuldigen, dass ich mit dir schlafen will?"

Sie starrten einander an. Die Asche von Phillips Zigarette löste sich. Verdammt, von einer Sekunde auf die andere war die Situation total verkorkst. Sie waren eben kein normales Pärchen, das bei Vollmond auf einer von Rosenduft eingehüllten Parkbank saß, sie waren keine Unbedarften, die noch das ganze Leben oder zumindest noch den dreißigsten Geburtstag vor sich hatten und davon träumten, gerade eben alle kitschigen Liebesszenen der Filmgeschichte auf einmal zu erleben. Sie konnte mit ihrem Partner, der Polizist war wie sie und somit per se ein Zyniker, nicht zwischen Akten und Leichenbildern Süßholz raspeln.

Maria nahm sich ihrerseits eine Zigarette und setzte sich damit auf die Fensterbank. „Es ist vielleicht doch das, was du gesagt hast. Das Kippen ins Nichts. Da war ein Punkt, da konnte ich einfach nicht – da war das Büro einfach wieder so verdammt da – wenn wir jetzt vielleicht auf einer Südseeinsel wären, oder auf einer Parkbank ..."

„Von Rosenduft umhüllt und mit dem Vollmond im Gesicht …“

„Genau.“

Phillip zog an seiner Zigarette. „Okay. Also ich steh drauf, wenn du vor Geilheit stöhnst, weil das macht mich geil. Und ja, ich wollte die Situation ausnützen. Hat sich angeboten.“

In Marias Kopf klingelte es. Phillip hatte da gerade etwas gesagt, was ihr wichtig erschien, nicht für sie beide, für den Fall. Phillip fragte mit den Augen.

Maria schüttelte den Kopf. „Du hast da gerade was gesagt, was – irgendwie mit dem Fall – ich weiß nicht. Vergiss es.“

„Du bist die toughste Frau, die ich kenn. Wäre ich jetzt sensibel, würde ich schreien ‚Wir sind gerade mitten in einem Streit und du denkst immer nur an deine Arbeit!‘“

Maria grinste, Phillip grinste zurück. Sie bemühten sich im selben Moment, todernst zu wirken. Die Nähe machte die Ferne sexy. Und Maria sah, dass Phillips Hose noch immer eine Beule hatte. Erneut verwandelte sich die Relation der Gegenstände zueinander, Phillips Brust wurde groß, der Schreibtisch neben ihm klein, beinahe unsichtbar. Wie beiläufig warf Maria einen Blick aus dem Fenster, das Rauschen des Regens war in ein Pritscheln übergegangen. Sie war nicht wasserscheu, konnte gehen.

Maria drehte sich zu Phillip zurück. „Okay, es gießt noch immer in Strömen.“

„Tut es wohl.“

Marias Halsader pochte. So wie sie kurz zuvor keine Worte hatte sagen können, konnte sie sie jetzt nicht kontrollieren. „Dann lass uns die Zeit nützen, bis alle Bytes der Welt ausgewertet sind und das Wetter zumindest wieder hundefreundlich ist.“

„Okay.“

„Okay. Bring mich in Schwung, bring mich über den Punkt. Zeig, was du kannst.“

Nein, das hatte sie jetzt nicht wirklich gesagt. So rüde und befehlend – erstaunlich, was da aus dem Unbewussten hochkam. Maria sah sich selbst unglaublich lässig am Fenster lehnen. Die unbekannte Seite ihres Ichs erheiterte sie, doch Phillips Gesicht war ernst, als er die Zigarette ausdämpfte. Nicht einmal ein noch so kleines Grinsen in seinen Augen.

Er ging zu ihr, Maria hob die Hand. „Nicht die gleiche Masche wie vorhin. Wir sind ja in keinem Selbsterfahrungsseminar.“

Phillip musterte sie und anscheinend entdeckte er die Spiellust in ihren Augen. Er verbeugte sich. „Gut. Wie dann, Mylady?“

„Mach einen Strip.“

Der Satz war heraußen, bevor ihn Maria gedacht hatte. Die Hochschaubahn hatte den Peak erreicht, jetzt ging die Fahrt los. Kein Zurück. Sie streckte ihm das Kinn hoch erhoben entgegen, zugleich senkte sie halb die Lider. Marlene Dietrich hätte es nicht besser gekonnt, und das Schönste war, die Attitüde kam aus ihrem tiefsten Innern, war nicht mühsam aufgesetzt. Sie war eine Göttin.

Phillips Mund zuckte. Wollte er etwas sagen oder war ihm jetzt auch nach Lachen? Sie würde es nie erfahren, denn schon griff er mit unbewegter Miene zum Hosenrand und zupfte an einer Stelle das T-Shirt heraus.

Maria schnalzte missbilligend mit der Zunge. „Nicht so. Richtig.“

Phillips Mund zuckte erneut, doch jetzt war sich Maria sicher, dass es ein unterdrücktes Grinsen war. Er verneigte sich mit Kratzfuß. Dann schlug seine Ferse einen Rhythmus, im Halbtakt schnippte er dazu. Nach ungefähr zwanzig Takten hallte der Rhythmus in Marias Körper wieder, just zu dem Zeitpunkt, als Phillip lautmalerisch Instrumente simulierte. Gleichzeitig begann er mit dem Becken zu wippen, die Beule in seiner Hose hüpfte und neckte. Plötzlich summte sich ein Ton aus seinem Mund. Und dann sang Phillip. Eine Jazznummer in einer französisch-englisch-italienischen Phantasiesprache. Die Hände schnippten nun. Bei der ersten Modulation umschlang er sich mit seinen Armen. Er schloss die Augen, streichelte seinen Oberkörper, der sich in kleinen Wellen zu bewegen begann. Die Wellen wurden größer, die Melodie passte sich ihnen an. Immer wieder zuckte sein Körper in Vibrationen, die sich in die Luft fortpflanzten und den Raum zu erfüllen erschienen.

Maria spürte auf ihrem Zeigefinger Schmerz. Hektisch warf sie den glühenden Filter ihrer Zigarette hinter sich aus dem Fenster, entdeckte, dass beim Einbruch gegenüber nun auch Licht war. Sirenen mischten sich zwischen das Klacken der Regentropfen. Die Großstadt legte sich um Marias Körper. Störend war nur, dass sie nun durch die helle Erleuchtung wie ausgestellt waren. Sollte sie das Licht, das Fenster ...?

Nein, Phillip war so wunderbar vertieft in seinen Song. Gekonnt wie ein hochdotierter Nachtclubtänzer schob er sich stückchenweise das T-Shirt hoch, streichelte sich auf der Brust, fuhr den Hosenrand entlang, ließ das T-Shirt ebenso unvermutet wieder fallen. Dann improvisierte er laut eine Art Refrain, griff sich in den Schritt, aber nur kurz, gerade so lange, dass es nicht nach Prolo im tief gelegten BMW wirkte. Er drehte sich, klatschte sich auf den Hintern – und kippte nach vorn. Mit einem großen Ausfallschritt verhinderte er einen Sturz.

Stille.

Maria biss sich auf die Lippen, damit sie nicht loslachte. Phillip regte sich nicht, er stand da wie eine Statue. Das erhellte die Farben der Realität. Und jetzt wusste Maria plötzlich, welcher Gedanke da aus ihrem Hinterstübchen hinauswollte. Sie ging zu Phillip, deutete ihm an, stehen zu bleiben, schnappte seinen Sessel und klemmte ihn gegen die Eingangstür, klemmte ihren eigenen unter den Griff der Tür zu Gabi. Drehte das Licht ab.

Dann stellte sie sich ganz nah zu Phillip. „Ich weiß jetzt, was du gesagt hast. ‚Situation ausnützen.' Die beiden Sachen haben einfach nichts miteinander zu tun. Blöder Zufall, dass der Mörder die Einbrecher überrascht hat. Und er hat sich gedacht, er kann es ihnen in die Schuhe schieben."

Phillip regte sich, Maria runzelte die Stirn. „Hat irgendwer gesagt, dass Ihr Job schon zu Ende ist, Monsieur? Jetzt heißt es ‚ganz', und auf keinen Fall ‚oder gar nicht'."

Maria drehte sich schwungvoll weg und lehnte sich neben das Fenster an die Wand. Ihre Ferse zauberte den Rhythmus zurück in den Raum, im Halbtakt schnippte sie dazu. Phillip übernahm den Rhythmus, rollte mit dem Becken, drehte sich seitwärts und sah Maria über die Schulter hinweg mit einem Blick an, der jedem Gigolo zur Ehre gereicht hätte. Dann zog er Zentimeter um Zentimeter das T-Shirt hoch. Als er es über den Kopf zog, bog er den Rücken durch. Er ließ die Hände gestreckt über dem Kopf und tanzte. Bei jedem Schritt spannte sich sein Arsch in den Jeans, und mit jeder dieser Bewegungen spürte sie ihn in ihrer Hand, wie er sich über ihr zusammenzog und entspannte. Zusammenzog und entspannte. Und stieß.

3.

Maria spürte ihren Arm nicht mehr. Er war eiskalt, obwohl ihr restlicher Körper schwitzte. Ohne dass sie einen klaren Gedanken fassen konnte, zog sie den Arm unter dem, was ihn auch immer beschwerte, hervor.

Es kribbelte. Damit setzte jenes Halbdenken ein, das Menschen im Zustand zwischen Schlafen und Wachen zustande brachten. Zuerst registrierte sie, dass das Kribbeln weniger und ihr Arm wieder spürbar wurde. Das war erfreulich. Dann schickte ihr dieses Halbdenken Bilder. Phillip, der sich langsam die Hose hinunterschob. Sein Schwanz, der wie in einem billigen Porno wippend hervorschnellte und vom Saft, der aus seiner Spitze hervorquoll, glänzte. Sie selbst, die vor diesem Schwanz kniete und an ihm saugte, als flösse aus ihm der Nektar des Lebens. Sie am Schreibtisch mit gespreizten Beinen, deren Fesseln sie umklammerte, geleckt bis zum Orgasmus.

Maria lächelte, öffnete die Augen. Der noch immer nicht frisch ausgemalte Plafond ihres Büros drohte auf sie herabzustürzen. Sie schnellte hoch.

Phillip lag auf dem Rücken neben ihr und grummelte. Sie zuckte zusammen, ihr Körper protestierte wegen des Schlafens auf dem harten Boden. Die Szenerie vor dem Fenster zum Innenhof verhieß eine Katastrophe, denn es war taghell. Die Sonne warf scharf umrissene Schatten auf die gegenüberliegende Wand. Und es heulten Sirenen.

Maria sah auf die Uhr über der Eingangstür und stieß Phillip in die Seite. „Aufstehen. Gabi kommt in fünf Minuten.“

Die Antwort war ein Seufzen. Erstaunlich, wie gut man auf dem harten Boden der Realität schlafen konnte. Maria hatte nur eine Entschuldigung; ihre Übermüdung, produziert durch viel zu viele Nächte wie diese. Geschlechtsverkehr war definitiv Sport, er pushte hoch und er laugte aus. Marias Höschen lag in der Erde des Gummibaumes. Glücklicherweise gossen sie selten, es war nicht feucht. Ihr BH hatte sich mit zwei hauchdünnen Fäden am Mauerwerk unterhalb des Fensters verfangen, sonst hätte sie ihn vom Innenhof holen können. Es entschlüpfte ihr ein „Scheiße". Die Hose lag umgedreht brav vor Phillips Schreibtisch. Nur, wo war ihr T-Shirt? Es war Phillips Kopfpolster, und sie hatte auf seinem geschlafen. Hektisch zog sie es unter seinem Kopf hervor, schmiss ihm sein eigenes Shirt aufs Gesicht. „Beweg dich, die Gabi kommt jede Sekunde."

Verdammter Mist, verdammter. Jack war sicherlich schon verhungert.

„Wieso die Gabi?"

Maria setzte sich auf Phillips Bauch, worauf er aufstöhnte. Sie rüttelte ihn. „Weil, mein lieber Herr Kollege, wir im Büro sind. Bitte, bist im Delirium, oder was? Jetzt reiß dich endlich zusammen, das ist kein Spaß mehr."

Phillip öffnete die Augen, sah sie liebevoll an. Dann fiel sein Blick ebenfalls auf den Plafond mit den Flecken. Er schnellte in die Höhe. Maria fiel auf den Hintern. Er stöhnte auf und griff sich auf seinen Rücken. „Verdammter Mist, verdammter."

„Glaubst, ich schmetter dich an?" Maria entdeckte Phillips Unterhose, die am Rand des Mistkübels neben dem Eingang gelandet war. Sie warf sie ihm zu. Den Rest übernahm er selbst. Maria drehte ihre Haare zu einem Knoten zusammen, roch an sich. Ihre Nase funktionierte nicht, alles war noch tot, bis auf ihr Gehirn. Gut, sie roch selten nach Schweiß, aber sie duschte immer, bevor sie ins Büro kam. Nur bei nachtschlafender Zeit und einem Gattenmord, der keinerlei Aufwand benötigte, erlaubte sie sich manchmal, ungeduscht zu erscheinen. Sie sprintete zu ihrem Schreibtisch und durchwühlte die unterste Lade.

Und gerade, als sie eine alte Packung Kaugummi fand und als Phillip sein Outfit mit dem T-Shirt komplettierte, rüttelte es an Gabis Tür.

Maria und Phillip sahen einander an.

Es rüttelte erneut. Maria knallte die Lade zu, sprang zur Tür, Phillip holte hektisch seinen Schreibtischsessel von der Eingangstür und ließ sich im Laufen darauf fallen. Mitten im Rollen nahm er die Position des übermüdeten Denkers ein. Maria packte ihren Sessel und stieß ihn mit aller Kraft zu ihrem Tisch, wo er sich wuchtig festkeilte. Sie griff zur Türschnalle, Phillip gebot ihr Einhalt. Er riss das Fenster auf und wedelte mit einer alten Zeitung aus dem Papierkübel frische Luft herein. Dann nahm er erneut seine Denkerposition ein.

Maria öffnete die Tür und strahlte. „Hallo Gabi! Bist schon da? Bist aber eine Fleißige."

Falsch, ganz falsch, so würde eine von der Nachtarbeit übermüdete Maria nicht reagieren. Sofort ließ sie ihr Gesicht zusammenfallen und knurrte: „Wir machen die ganze Hackn, und Madame erscheint wie immer bloß pünktlich zum Dienst."

Gabi wuchtete sich in den Raum. „Ma, Maria, bitte, lass des net an mir aus, dass du die ganze Nacht net gschlafn hast. Nicht alle Leut wollen si ruinieren. So wie ihr zwei."

Und damit maß sie Phillip mit einem mitleidigen Blick, der so knapp an extrem liebevoll schrammte, dass Maria am liebsten ihre Attacke ungeschehen gemacht hätte. Sie war unfair gewesen. Sie beide, Maria und Phillip, hatten sich danebenbenommen. Jetzt galt es nur, irgendwie die Kurve zu kratzen.

Gabi warf einen Packen Papiere auf Marias Tisch. „Und außerdem hab ich auch gearbeitet. Der Clemens ist übrigens a Netter. Ein bissel harsch in seine Ansichten, aber nett. Und gut ist er. Bist du deppart, der ist wirklich gut. Warts lang bei di Tschipschals? Weil wir waren da bis um Mitternacht. Ungefähr."

Phillip nickte mit schwerem Kopf. Damit war das Thema hoffentlich abgehakt. Und Gabi hatte hoffentlich nichts mitbekommen. Vielleicht war es aber auch besser, wenn sie was mitkriegte. Dann erhielt die Unsicherheit wenigstens ihre Bestätigung. Und Gabi konnte man eventuell mit den illegal eingesammelten Euroscheinen zum Schweigen erpressen.

Maria schob sich zu Gabi, die langsam zurückwich. „Was ist denn los mit euch? Was steigst mich denn so an? Und warum war eigentlich die Tür zugsperrt?"

Jetzt war es so weit, Maria musste sich als Erpresserin üben. Phillip sah schläfrig in den sonnigen Innenhof und tat so, als hätte er Gabis Frage nicht gehört, dieser Falott.

Maria drehte sich zu Gabi, die ihr zuzwinkerte. „Habts ihr überhaupt die ganze Zeit garbeitet?"

Maria stellte sich direkt vor sie hin, das wirkte immer bedrohlich. Doch Gabi grinste nur. „I bin ja net bled. Und außerdem – wir haben ja alle unsere Geheimnisse, oder net?"

Jetzt grinste auch Maria.

Da flog die Eingangstür auf. Elsa wirbelte herein. Ihr Blick flackerte. „Revolution!"

Drei Augenpaare starrten sie an. Elsa ballte die rechte Hand zu einer Faust. Ihre Wangen glühten. So hatte Maria ihre Freundin noch nie erlebt. Selbst beim Orgasmus war sie die zierliche, coole Blondine. Jetzt wirkte sie mindestens fünf Zentimeter größer als einsdreiundsechzig. Der ganze Körper ging mit jedem Atemzug mit.

Elsa reckte ihr Kinn. „Viva la revolución! Patria o muerte!"

Und jetzt drangen die vielen Sirenen in Marias Ohr. Alle vier lauschten sie den Geräuschen der Stadt, die bedrohlich in den Innenhof waberten. Maria stockte der Atem bei dem Gedanken, der sich in ihr breitmachte.

Phillip fixierte Elsa und rieb sich die Stirn. „Sag bloß, dass unsere Youngster von gestern nur der Anfang waren?"

„Ich hab keine Ahnung, von welchen Youngstern von gestern du da sprichst, ich kann dir nur sagen, dass eine Lawine niedergeht."

Maria verschränkte die Arme. „Geht's ein bissel konkreter?"

Erneut starrten drei Augenpaare Elsa an. Sie warf die Arme in die Luft. „Na, die Wir-AG. Sie ist der Keil, der den Felssturz losgebrochen hat."

Sie scharten sich um den Kaffeeautomaten und schnatterten, ohne einander zuzuhören. Es schien, als hätten sich sämtliche Kollegen des Präsidiums auf dem Stockwerk von Einbruch sowie Leib und Leben versammelt. Mittendrin lehnte Navratil und spulte im Halbschlaf die Ereignisse der Nacht herunter. Er befeuchtete sich die aufgerissenen Lippen und strich sich ständig über die schlaffe Haut unter den Augen. Offensichtlich war es nach der Visite in der Halbwelt erst so richtig losgegangen. Maria stand abseits und beobachtete, wie der Schaum ihres Capuccinos sich in langweilige Schlieren auflöste. Phillip lehnte neben ihr. „Irgendwie peinlich, dass wir nichts mitbekommen haben."

Maria verdrehte die Augen und konzentrierte sich auf Navratils Bericht.

Doch der reagierte kaum auf die Fragen der Kollegen, wenn er unterbrach, dann nur, um zu stöhnen. „Es war a Wahnsinn. A Wahnsinn. Die Notrufleitungen haben überhaupt nimma aufgehört zum klingeln. Die Securitys haben uns die Bude eingrennt. Und nachgrennt sind s' ihnen auch. Wir haben zum tuan ghabt, dass die das net selber in die Hand nehmen. A Wahnsinn. A Wahnsinn."

„Warum denn? Das wollen doch alle Leut, dass sie selber das Gesetz in die Hand nehmen können." Elsa stand mit in der Taille aufgestützten Händen vor Navratil. Jetzt wirkte sie sogar zehn Zentimeter größer als einsdreiundsechzig.

Er lachte müde auf. „Sollt ma glauben. Sollt ma glauben. Im Dritten drüben sind ein paar von den Jugendlichen nicht davongrennt. Die sind über die Landstraße gezogen und haben skandiert. Mitten in der Nacht. ‚Genug ist genug.' Zuerst haben ein paar Leut die Fenster aufgrissn und sich aufgeregt. Dann aber haben die Kids denen klargemacht, dass die Reichen jetzt dran sind. Eine Parole habens grufen. ‚Die Wir-AG ist unser Held, wir holen zurück nun unser Geld!' Und was glaubts ihr, was die Leut gmacht haben, wie wir die Kids einsackln haben wollen?"

Ungläubiges Raunen ging durch die staunende Gruppe.

Navratil nickte. „Ja, die sind runter auf die Straßn und haben mitskandiert. Mitskandiert haben di. Auf amal war des a riesige Demo."

Die Gruppe holte kollektiv Luft.

Nur Elsa hob die zur Faust geballte Hand. „Venceremos!"

Die Kollegen starrten sie an. Als Navratil endlich weiterjammerte, schlich sich Elsa zu Maria und Phillip. Sie nahm Marias unberührten Capuccino und stürzte ihn mit einem Schluck hinunter.

Maria deutete auf den leeren Plastikbecher. „So wörtlich musst du das mit der Umverteilung aber nicht nehmen."

„Mausl, du magst ja gar keinen Capuccino."

„Ja, aber einen Schwarzen hat's schon wieder nicht gegeben. Und seit wann bist du eine Che-Anhängerin?"

Elsa zerdrückte den Becher. „Seit es die Wir-AG gibt. Aus ist es mit dem Stillhalten und denen alles glauben. *Geht es der Wirtschaft gut, geht es allen gut.* So ein Schwachsinn! Umgekehrt ist es. Uns muss es gut gehen! Dann kann vor mir aus auch die Wirtschaft was haben davon."

Maria studierte Elsas Gesicht. Es fand sich keine Spur von Ironie darin. „Aber Elsa, du warst doch noch nie politisch!"

Elsa stellte sich breitbeinig vor Maria. „Ja, weil sie mich

drangekriegt haben. Weil sie wie Ka, die Schlange ...", Elsa fuhr mit kreisenden Bewegungen vor Marias Nase herum, „... uns alle völlig vernebelt haben. Und der beste Trick von allen ist, dass sie jetzt den Arbeitern selber Aktien von der Firma geben. Dann können die sich nämlich nicht mehr aufregen, wenn ein bissel was abgebaut werden muss, Humankapital freigesetzt, wie es so schön heißt, weil sonst kriegen sie ja selber keine höhere Ausschüttung."

„Du kennst dich mit Aktien aus?"

Elsa zwinkerte Maria an. „Ich hatte diese Nacht ein paar gute Lehrmeister."

Phillip hob den Unterarm knapp an seinem Körper und ballte eine Faust. Es war eine zynische Verarschung von Elsas Kampfhaltung. „Ho, ho. Und nochmals: Ho, ho." Er legte den Kopf schief, als horchte er seinem Weihnachtsmanngelache nach. „Genau, das ist es. Ho – Ho – Ho Ji Min." Er stellt den Kopf wieder gerade. „Den Schlachtruf müsst ihr auch unbedingt wieder reaktivieren."

Elsa funkelte ihn an. „Was ist, Roth?"

„Gar nichts. Es ist fein, liebe Kollegin, dass du dich jetzt für Aktien interessierst. Je mehr über dieses Scheißsystem Bescheid wissen, desto eher kann man was unternehmen."

„Und warum hohost du dann so blöd?"

„Na ja, dass wir jetzt der Wir-AG dankbar sein müssen, dass sich die Menschen wieder aufregen. Und was unternehmen. Das ist doch bemerkenswert." Er hob die Hand wie bei einer Abstimmung. „Also, ich bin dafür, dass wir die Jagd auf sie mit sofortiger Wirkung einstellen. Wer ist noch dafür?"

Elsa zeigte Phillip den gestreckten Mittelfinger. Maria stieß ihn in die Seite. „Phillip, lass den Quatsch. Das sind Einbrecher. Das alles sind Einbrecher. Sie gehören bestraft." Sie wandte sich wieder zu ihrer Freundin. „Und du, sag, bist du mit denen vielleicht mitmarschiert?"

Elsa grinste als Antwort.

Maria schüttelte den Kopf. „Sag, bist du nicht ganz dicht? Du bist Polizistin."

„Und Menschin."

„Das kann dich deinen Job kosten."

„Na ja, du sitzt ja auch nicht sicher, Mausl. Und ich kämpfe lieber für die gerechte Sache, als dass ich mir die ganze Nacht die Seele aus dem Leib vögle. Es war doch die ganze Nacht, nicht wahr? Ich hab ja leider nur den Anfang mitbekommen. Aber dem Gestöhne nach zu urteilen, war eure Nummer heute Nacht was Nettes. Nur, wie gesagt, es gibt Wichtigeres für mich. Jetzt. Gerechtigkeit o morte!"

Maria drehte sich zum Gangfenster, lugte über die Schulter zu den Kollegen beim Kaffeeautomaten.„Hat es noch wer mitbekommen?"

Phillip beugte sich zu Marias Ohr. „Zuerst war nur bei Elsa Licht. Und du hast dunkel gemacht. Das Gestöhne kann von irgendwo her gekommen sein. Und später – die haben doch anderes zu tun gehabt."

„Frau Kollegin Kouba, warum haben Sie denn nicht Ihr Handy mitgenommen? Ich suche Sie schon sehr verzweifelt."

Maria drehte sich um und sah in Gottls angespanntes Gesicht. Gleich, das war gewiss, würde sie ganz schlechte Laune kriegen.

Auch wenn die Session im Büro Kouba/Roth mit keinem Wort erwähnt wurde, so waren die nächsten Stunden für Maria doch die absolute Hölle. Glücklicherweise zogen die Besprechung mit dem BKA und die Installation der Sonderkommission wie ein Albtraum an ihr vorbei.

Nun saß sie wieder in ihrem Büro und studierte die Papiere, die Gabi und Clemens zusammengestellt hatten. Ihre Hand zitterte, als sie umblätterte.

Es war geschehen: Sie hatte das Bundeskriminalamt im Nacken.

Maria schob die Unterlagen zur Seite. Kein Wort hatte sie bislang verstanden, es war, als hätte sie plötzlich zu lesen verlernt. Sie starrte auf den Monitor. Martin und Manuela waren nicht an der Filmakademie eingeschrieben, das hatte sich gleich am frühen Morgen herausgestellt. Jetzt wurden alle Telefonate der Tschipschal-Brüder durchgearbeitet. Das konnte dauern, zwei Drittel der Unterwelt hatten ein Wertkartenhandy. Marias Hände schwebten über der Tastatur, dann schrieb sie eine Mail an Navratil. Sofort kam die Antwort. Über die wahre Identität von Martin und Manuela war noch nichts bekannt. Natürlich nicht. Die Buchstaben von Navratils Mail schienen zittrig zu sein, was natürlich Blödsinn war. Computer hatten keine zittrige Handschrift. Doch irgendwie vermittelte sich Navratils Stimmung, trotz der Weiten des Netzes, ihm ging es offenbar genauso beschissen wie Maria. Wie Phillip. Und wie auch Gabi und Clemens. Sogar ihr Intimfeind Bertram war schlechter Laune. Zwar hatte er sein Ziel, in die Ermittlungen von Marias Kunden eingebunden zu werden, erreicht, doch war er nun bloß der Zuträger für die Wichtigtuer vom BKA. Sein Ärger machte Marias engen Brustkasten für eine Millisekunde weiter. Jedoch nur für eine Millisekunde.

Sonderkommission.

Maria spürte Brechreiz aufsteigen. Echten Brechreiz. Das Wort hatte ihr noch nie gefallen, vor allem nicht, wenn sie nicht selbst die Leiterin dieser Sonderkommission war. Sie musste husten, so sehr würgte es sie. Kein Frühstück, zu wenig Schlaf und viele Zigaretten. Sie wandte sich wieder den Unterlagen zu. Völlige Konzentration, damit die Flüssigkeit nicht die Mundhöhle erreichte. Konzentriert stand sie auf, konzentriert winkte sie Phillip Beruhigendes zu, konzentriert stakste sie aus dem Zimmer, den Gang entlang, konzentriert betrat sie die Toilette.

Nachdem Maria das nicht vorhandene Frühstück herausgewürgt hatte, lauschte sie. Und tatsächlich. In der Nebenkabine ging die Spülung. Maria lugte unter der Tür hindurch und erkannte Elsas Sandalen. Nein, ihrer verrückt gewordenen Freundin konnte sie schon gar nicht unter die Augen treten, sie hätte sicher wieder nur einen coolen Spruch auf den Lippen.

Maria klappte den Deckel zu und setzte sich. Das dünne Plastik knickte leicht ein. Man sollte solidere Modelle montieren, manchmal brauchte frau einfach einen ungestörten Platz zum Nachdenken. Denn natürlich waren die Vorwürfe von Elsa, die echten und die fiktiven, gerechtfertigt. Das hatte sie schon vorgestern zugeben müssen. Doch mit dieser Erkenntnis hatte sich nichts geändert. Maria hatte sich weiterhin wie ein brünstiges Karnickel benommen. Immer wieder, wenn sie bloß an Phillip dachte, setzte ihr Hirn aus. Das war ein echtes Drama, jawohl. Nie im Leben hätte sie so etwas für möglich gehalten. Es war wie in diesen Filmen, *9½ Wochen* oder *Basic Instinct*, die sie zwar immer als anregend, aber als komplett unrealistisch empfunden hatte. Nie hätte Maria gedacht, dass sie selbst sich einmal so danebenbenehmen würde. Zum Glück war es nicht so schlimm wie bei Michael Douglas. Der Mensch, der sie um ihren Verstand brachte, war bloß ihr Partner und nicht der Hauptverdächtige in einem brutalen Mordfall. Wenigstens etwas.

Lachen stieg in ihr auf. Scheiße, jetzt hatte sie eine Sonderkommission mit präpotenten Kollegen am Hals. Kein Tranquilizer der Welt würde ihr helfen, in der nächsten Zeit Wittmann nicht an die Gurgel zu springen. Es war einfach unverständlich, warum Gottl es zugelassen hatte, dass dieser Dandy die Sonderkommission leitete. Nein, das war unfair, Gottl hatte sicherlich nicht viel mitzureden gehabt, die Weisung war von weiter oben ausgegangen.

Maria spülte, wusch ihr Gesicht mit kaltem Wasser, brachte ihren Haarknoten in Ordnung und schritt zurück ins Büro. Als sie beim Kaffeeautomaten war, drückte sie sich einen neuen Capuccino herunter.

Phillip registrierte sie kaum, so sehr war er in die Unterlagen vertieft, die eigentlich sie selbst hätte studieren sollen. Es war Maria nur recht, im Grunde langweilten sie diese ganzen internationalen Geschäftsverbindungen. Was natürlich für den Fall nicht gerade förderlich war. Doch dafür gab es ja einen Partner. Oder einen BKAler. Oder ...

Eine Mail von Navratil blinkte. Maria schreckte auf. Sie hatte keine Ahnung, wie viele Minuten vergangen waren. Oder wie viele Stunden. Auch Phillip sah auf seinen Monitor, also hatte Navratil sie wohl an sie beide geschickt.

Ich bin der Größte, stand in Navratils Mail, daneben ein grinsendes Smiley, *Martin Behrent hat vor zwei Jahren an einer privaten Filmschule studiert. Und Manuela Kovar wohnt bei ihm in WG. Bin auf dem Weg dorthin. Laut weiterer WGler seit vorgestern nicht gemeldet. Also derzeit nicht auffindbar. Fahndung läuft. Handynummern nicht ident mit Tschipschal-Liste. Handys tot. Trotzdem checkt W. bei Staatsanwaltschaft Peilung.*

Phillip murmelte etwas, aber Maria blendete ihn aus. Verdammt, jetzt kassierte Wittmann, der Arsch, alle Meriten. Und auch noch zu recht, denn Maria hatte Unrecht gehabt. Nicht auffindbar, das hieß doch nur, dass sie identifizierbar gewesen waren, also gar nicht so schlau, wie Maria angenommen hatte. Die echten Namen zu verwenden war wirklich ein Anfängerfehler. Und die beiden hatten wahrscheinlich wirklich selbst die Einbrüche begangen, denn sonst wären sie ja nicht untergetaucht. Na ja, bald wohl war ihre Flucht zu Ende. Wittmann hatte sicherlich schon nicht nur die Peilung, sondern auch eine Suchmeldung im Radio organisiert. Gegen den Ratschlag von Maria und Navratil. Die beiden Millionendiebe waren für viele da draußen Helden, Helden des Widerstands. Und Helden wurden von ihren Fans versteckt. Da konnte Wittmann hundert Mal hinausposaunen, es würden zwei gefährliche Mörder gesucht. Die Stadt steigerte sich bereits in eine Lynchstimmung, und das Ziel waren nicht die von der Polizei Gesuchten.

Maria empfand beinahe schon Mitleid mit Martin Behrent und Manuela Kovar angesichts des harten Verhörmarathons, der ihnen bevorstand. Irgendwann würde Wittmann einsehen, dass die beiden nichts mit den Morden zu tun hatten. Hoffentlich hatten die beiden im Haus der Krause etwas bemerkt, was zum tatsächlichen Mörder führte, denn sonst würde Wittmann nie kapieren, dass er hinter den Falschen her war. Arme, dumme Kinder, sie hatten sich mit ihrer Robin-Hood-Aktion ihr ganzes Leben versaut. Es war schon die Frage, ob sie die Gefängniszeit ungebrochen überstehen würden, denn einige Jahre unter richtigen Verbrechern konnten massive Spuren in einem jungen Leben hinterlassen.

Nein, sie durfte nicht so mitleidig denken. Die beiden waren doch auch richtige Verbrecher. Sie waren in Häuser eingebrochen, hatten sich in Computer eingehackt und zig Millionen Euro gestohlen. Auch wenn sie es auf Schwarzgeldkonten abgesehen hatten, so war es doch ein Verbrechen. Nein, sie durfte sich nicht bei der Betrachtung der Fälle vom allgemeinen Bewunderungstaumel mitreißen lassen. Obwohl – eine bewundernswerte Chuzpe hatten die beiden schon bewiesen, trotz der kleinen Schönheitsfehler, so einfach bei wirklich großen Nummern einzubrechen und nicht in die Handtaschen von Luxusrestaurantbesuchern wie die Jugendlichen von gestern.

Marias Blick verirrte sich zum Papierhaufen vor ihr. Sie seufzte und trat zwei Schritte weg vom Schreibtisch. Vor den Flipcharts mit den vier Leichen saß Phillip, der mit Gabis Unterlagen verwachsen schien. Derzeit war das eine Fleißaufgabe, denn Wittmann wollte von den Ostgeschäften nichts hören. Seine Aufmerksamkeit galt nur der Wir-AG, logisch, damit konnte man ja auch am meisten Presse machen. Seine Anweisung, dass sich Maria und Phillip mit dieser Seite der Fälle auseinandersetzen sollten, war klar als das erkennbar, was sie war: Sie wurden abgeschoben. Und was tat man am Abstellgleis? Nichts.

Maria nahm die leicht angestaubten Dartspfeile und stellte sich in Position.

Nach vier allein gespielten Runden löste sich Phillip endlich von seinen Unterlagen. Er fuhr sich durch die Haare und seufzte. Maria nahm seine Pfeile und hielt sie ihm hin. „Komm, irgendwie müssen wir uns die Zeit ja sinnvoll vertreiben."

Phillip sah die Pfeile an und dann Maria. „Langsam krieg ich ein Bild von den Geschäften unserer Kunden. Also, den Anfang macht dieser Staudamm, bei dem überraschend viele Subfirmen aus der Türkei immer wieder in Konkurs gehen, und wo dann in weiterer Folge die Kontrollbank ..."

„Ich sagte sinnvoll, nicht sinnlos." Maria zielte wieder auf den Zwanziger. Es wurde der Einser. „Mist, jetzt hast du mich ganz aus dem Rhythmus gebracht."

„Ich glaub, das war wer anderer."

Maria knurrte und schoss wieder. Jetzt traf sie den Fünfer auf der anderen Seite des Zwanzigers. „Steck deine Nase wieder in die Papierln, du lenkst mich ab."

„Gut so."

Maria senkte die Hand mit dem dritten Pfeil und fixierte einen Kratzer im Linoleumboden. Am liebsten hätte sie gegen den Schreibtisch getreten. Sie warf Phillip einen schrägen Blick zu. „Ich wusste gar nicht, dass du so ein übereifriger Schleimer bist. Es wird dir nur nichts nützen. Der Wittmann kennt keine Dankbarkeit."

Phillips Gesicht wurde steinern. „Und ich wusste nicht, dass du eine kindische Göre bist, die nicht mehr spielen mag, wenn sie nicht mehr Captain ist."

Maria knallte den Pfeil auf den Boden, der plötzlich nicht mehr grau, sondern rotviolett war. „Verdammt, wir spielen nicht, das ist Krieg. Beinharter Krieg. Und ich verliere ihn, weil ich nichts anderes im Kopf hab, als mit dir zu vögeln!"

„Ja, das Beste wird wohl sein, du lasst dich in die Psychiatrie einweisen. Ich diagnostiziere Verfolgungswahn, außerdem übersteigerten Geltungsdrang und Sexbesessenheit."

„Ich hab keinen Verfolgungswahn. Die haben alle nur darauf gewartet, dass ich versage. Seit Jahren haben sie darauf gewartet."

Phillip starrte sie an. „Langsam glaub ich wirklich, dass du einen massiven Knall hast. Wir sind inzwischen im einundzwanzigsten Jahrhundert. Frauen bei der Polizei sind normal."

„So kann echt nur ein naiver Schwanzträger reden."

Phillip starrte sie an und schüttelte wieder den Kopf. Sein Mund war ein Strich, sein Brustkorb hob und senkte sich. Er packte die Unterlagen und ging zur Tür. „Ich brauch Luft. Und was zum trinken."

„Ja, viel Spaß bei deinen Genossen. Und wenn du Mumm hast, dann fragst du sie endlich, um was die Wette gestern bei der Frühbesprechung gegangen ist. Weil dann wirst du sehen, dass ich recht hab!"

Die Tür fiel mit einem lauten Knall zu. Maria wusste genau, die Wette hatte sich über ihre Fallanalyse auf dem Geschenkspapier lustig gemacht.

Durch die andere Tür streckte Gabi den Kopf herein. „Is was?"

Maria fuhr zu ihr herum, den Kopf zum Angriff gereckt. „Ja. Krieg."

Ein Strahlen ging über Gabis Gesicht. „Da bin i aber froh, i hab schon befürchtet, du überlasst dem Wittmann, dem Wichser, die Gschicht kampflos – so, wie du so gar nix gsagt hast bei der Besprechung."

Marias Unterlippe schob sich nach vor, ihr Kiefer tat ihr weh. Sie versuchte es zu entspannen, es gelang ihr nicht. „Was hätt ich denn, deiner geschätzten Meinung nach, sagen sollen?"

Gabi hob die Handflächen. „Tschuldige, so hab i des net gmeint. Mir ist eh glei klar geworden, dass des die bessere Taktik ist."

Taktik. Von was redete Gabi da? Maria hatte jämmerlich versagt, jawohl, sie hatte Wittmann kampflos das Feld überlassen. Sie hatte geschwiegen, ihm ihre Mannschaft einfach auf dem Tablett überreicht.

Gabi deutete Sambabewegungen an und zwinkerte Maria zu. „Und jetzt glaubt er, dass wir alle für ihn rennen und er die Meriten abcashen kann, der Dilo. Der wird si no anschauen. Der wälzt sich jetzt in seiner eigenen Wichs, und dabei wird er an Fehler nach dem andern machen, und dann peng, und wir zeigen ihm, wo der Bartl den Most herholt. Na, wirklich, das hast echt gut gmacht, Kouba."

Das Glück in Gabis Stimme drang durch Marias Ohr – und direkt in ihr Herz. Sie hatte geschwiegen. Ja. Weil sie verletzt war. Bei offenen Flanken war ein Harnisch die einzige Chance, um zu überleben. Vielleicht aber hatte Gabi recht und sie hatte unbewusst auch aus Taktik geschwiegen. Das war gut, die Amazone in ihr war so stark, dass sie einfach im Hintergrund die Fäden gezogen hatte. Netter Gedanke. Der auch mehr zu ihr passte. Wie auch immer, Gabi stand hinter ihr, und vielleicht auch noch ein paar andere. Auf jeden Fall durfte sie sich und ihre Abteilung nicht so einfach fallen lassen. Ja, das war die richtige Denkrichtung, denn der Linoleumboden verlor seine Schamesröte und wurde wieder grau. Kouba war back.

Maria sprang zu Gabi und umarmte sie so fest, dass diese quietschte. Als Entschuldigung drückte Maria ihr auf jede Wange ein Bussi. Sie stellte sich mit erhobener Faust vor Gabi hin. „Venceremos."

Gabi hob ebenfalls die Faust. „Und wie wir gewinnen werden!“

Sie schlugen die Handflächen gegeneinander, Gabi stemmte die Fäuste in die Taille. „Und weißt, was ich jetzt mach? Ich geh vor zum Elektrogeschäft und kauf uns endlich eine Espressomaschine. Mit dem Automatendreck kann ja kein zivilisierter Mensch arbeiten. Wenn ma alle zsammzahln, wird's schon gehen.“

Maria umarmte Gabi nochmals, die selbst einen Hauch zu spät ihre Arme um Maria legte. Offensichtlich wusste sie nicht, wie sie Marias neues Bedürfnis nach Zärtlichkeiten einordnen sollte. „Bist a bissel durch den Wind durch die Sach mit dem Roth, was?“

Maria ließ sie abrupt los.

Gabi zuckte mit den Schultern. „I bin ja ka Elefant net, auch wenn i so ausschau.“

Maria musterte ihre Sekretärin und wusste im selben Moment, dass sich deren Loyalität auch auf diesen Punkt erstreckte. Sie zwinkerte Gabi zu. „Gar net durch den Wind, ich muss mich erst dran gewöhnen, dass ich jetzt die Callas bin.“

„Die Callas?“

„Ja, wie glaubst denn, hat die ihre hohen Cs zusammengebracht?“

Gabi runzelte kurz die Stirn, dann strahlte sie auf und intonierte die Königin der Nacht. „Der A-a-a-a-a-a-rsch ...“

Maria hob mit großer Geste die Arme. „Von Wi-i-i-i-i-ittmann ...“

„Ist to-o-o-o-o-o-o-o-o-o-o-o-ot ...“

„Und wir siegen, ja, wir siegen ja so fürchterlich, siegen ja so fürchterlich ...“

„Oh, die Welt ist schön, die Welt ist schön, die Welt ist ja so schön, so schön, die ist ja ...“ Damit tänzelte Gabi in ihr Zimmer zurück.

Maria schwang sich vor ihren Computer. Mit ein paar schnellen Mausklicks gab sie *Martin Behrent* und *Manuela Kovar* in die Suchmaschine ein.

Eine weiße Rose legte sich auf Marias Tastatur. Sie war nicht eine jener langstieligen aus einem Geschäft, sondern eine gekrümmte, stark duftende von einem Busch. Wahrscheinlich vom Rabattl vor dem Sicherheitsbüro.

Phillip nahm ihr gegenüber Platz und schlug sofort eifrig seine Unterlagen auf. „Press sie am besten zwischen die Akten, damit sie keiner sieht."

Maria betrachtete die Blume, dann Phillip. Er starrte auf die Papiere. Die hereinfallende Sonne brachte die Härchen auf seinem Ohrläppchen zum Leuchten. Und auf einmal waren sie nicht mehr im Büro, sondern im *Jahrhundertbeisl*, der Kneipe, in der sie sich zum ersten Mal verabredet hatten. Der Rosenverkäufer von damals erinnerte sich wahrscheinlich jetzt noch an diesen Abend, denn nach Phillips Einkauf hatte er nach Hause gehen können. Maria räusperte sich. „Ist das jetzt die Ehrerbietung eines Mannes gegenüber einer schönen Frau oder eine Geste der Freundlichkeit von Kollege zu Kollege?"

Ein leichter Ruck ging durch Phillip. Er erinnerte sich also auch an diesen Satz, den sie damals gestottert hatte, als sie zum ersten Mal nicht nur geflaxt, sondern so richtig geflirtet hatten.

Phillip sah sie an. Maria konnte seine Gedanken nicht lesen, seinen Ausdruck auch nur irgendwie deuten. *Na, komm schon, Bester, das war ein Friedensangebot. So wie deine weiße Rose.* Maria schien, als würde Phillips Blick an Härte verlieren. Eben, das Weiß war kein Zufall. Es gab auch rosafarbene und rote Rosen im Rabattl.

Phillip studierte wieder die Unterlagen. Maria nahm die Blume von der Tastatur, streichelte ihre Nase damit und kam sich gleich wie der Verschnitt einer Rosamunde-Pilcher-Figur vor. Sie holte ein Wasserglas, stellte die Blume hinein. Und noch immer kam kein Kommentar von Phillip.

Maria aktivierte den Bildschirm, dachte sich zurück in ihre Recherchen. Und da war es auch sofort wieder präsent, was ihr aufgestoßen war.

„Ich muss mit dir ..."

Sie hatten gleichzeitig gesprochen. Doch sie kicherten nicht wie sonst. Sie starrten einander an, deuteten dann mit derselben fahrigen Handbewegung, dass der jeweils andere fortfahren solle.

Schließlich zeigte Phillips rotierende Hand auf die Rose. „Du solltest wirklich ..."

Maria schüttelte den Kopf. Kurz waren da nur sie beide, die ineinander versanken. Maria deutete zum Nebenzimmer. „Gabi weiß es, Elsa weiß es, und allen anderen fallen Blumen nicht auf."

Die Zärtlichkeit erlosch in Phillips Augen. Nein, sie hatte sich geirrt, denn einen Sekundenbruchteil danach saß auf seinem Gesicht ein breites Lächeln.

Maria holte mit einem Blick auf den Monitor die professionelle Ermittlerin in ihr hoch. „Ich hab geschaut, was es über die beiden im Netz gibt. Martin Behrent ist Hamburger. Das steht in der Info dieser Filmschule."

„Haben die in Hamburg keine eigenen Filmschulen? Oder ist er dort nicht aufgenommen worden?"

„Vielleicht wollte er nach Wien?"

„Ich hab gar nicht gewusst, dass diese Schule da bei uns so einen guten Ruf hat. Und warum ist er außerdem nicht gleich auf die Akademie gegangen? Nein, ich glaub eher, das ist eine Talentfrage."

„Da bin ich mir nicht sicher, weil der ist ganz gut drauf, der Behrent. Er war einmal Bundessieger bei einem schulischen

Wettbewerb in Internettechnologie. Außerdem war er Schulsprecher, hat mit siebzehn Jahren einen Filmclub gegründet, ein Gemeinschaftsfilm ist sogar bei einer Talenteschau auf der Berlinale gelaufen."

„Aha. Bundessieger in Internettechnologie. Könnt unser Kandidat sein."

„Würde ich auch sagen. Manuela Kovar ist übrigens geborene Wienerin. Sie hat mit sechzehn Jahren ihre erste Ausstellung gemacht. Zwar heißt's in dem Artikel, dass die depressiven Motive ihrer Bilder typisch für eine noch unreife Jugendliche wären – da hat sie einer wohl gar nicht mögen ...", Maria und Phillip grinsten einander über die Monitore hinweg an, „... aber immerhin, die Ausstellung war in einer bekannten Galerie in der Innenstadt."

„Da haben sich eindeutig zwei gefunden."

„Ihre zweite Ausstellung, jetzt als Kunststudentin auf der Angewandten, war dann nicht mehr so erfolgreich. In jedem Artikel wird angemerkt, dass die Schau in einer Galerie in einem Café im achten Bezirk doch wohl eher ein Abstieg ist."

„Kunststudentin?"

„Genau. Der Asoziale ist wahrscheinlich ihr Beitrag."

Phillip lehnte sich mit hinter dem Kopf verschränkten Armen zurück. „Ja, aber das Ganze klingt mir - ich meine, die beiden scheinen doch eine ganz nette Zukunft vor sich zu haben. Wieso sollten die so was wie einen groß angelegten Einbruch abziehen?"

Maria hielt den Zeigefinger hoch und blitzte Phillip an. „Wart noch, das Beste kommt zum Schluss. Martin ist einmal vor zwei Jahren verhaftet worden bei einer Demo rund um einen Weltwirtschaftsgipfel. Nur Einvernahme. Nichts weiter."

„Okay, er ist also schon länger auf dem Trip. Aber warum?"

„Das können sie uns wahrscheinlich nur selber erklären."

„Ja, und das hoffentlich bald. Ich muss sagen, jetzt werd ich schon richtig neugierig auf die zwei. Hast du Fotos von ihnen gefunden?"

„Nur von Martin Behrent, bei der Einvernahme."

Phillip nickte. Er knickte ein Ohr in das oberste Blatt der Unterlagen vor ihm und strich es glatt. Dann straffte er sich und ließ die Seiten der Unterlagen durch die Finger gleiten. „Gute Arbeit, Chef. Also, ich hab mich da jetzt fast zur Gänze ..."

„Wart, eines noch. Was Auffälliges, nichts mit Hand und Fuß, einfach nur ... also, mir ist der Name Kovar irgendwie bekannt vorgekommen. Gut, er ist nicht total selten, kommt rund hundert Mal im Telefonbuch vor, aber irgendwas hat da geklingelt. Und ich hab gewusst, es hat irgendwas mit Tod zu tun. Ein Markus Kovar hat sich vor acht Jahren umgebracht. Schuss durch den Mund."

Phillip ließ seinen Blick über den Schreibtisch wandern, dann sah er Maria wieder an und runzelte die Stirn.

Sie beugte sich zu ihm. „He, Phillip, du bist der Nachrichtenfreak von uns beiden! Markus Kovar war damals der Sekretär der Österreichischen Kontrollbank. Und jeder hat sich gefragt ..."

Phillip bekam große Augen. „... warum der Mann, gut verheiratet mit zwei Kindern, Bilderbuchkarriere bei der Partei, mit Mitte dreißig schon so weit oben, sich umbringt."

„Genau. Und es hieß, sein brennender Ehrgeiz hat es nicht ausgehalten, dass er bei der Besetzung eines Postens in der Nationalbank übergangen worden ist."

Sie starrten einander an.

Maria räusperte sich.„Aber momentan ist das eben nichts anderes als auffällig, denn es gibt ja, wie gesagt ..."

„Hundert Kovars. Und das Meldeamt ...?"

„He, zaubern kann ich nicht. Außerdem wird sich der Gerhard eh bald von der WG melden."

Phillip zückte sein Handy. „Ich schick ihm eine SMS, damit er sie nach Markus Kovar fragt."

Während Phillip tippte, fiel Marias Blick auf die Rose. Gesetzt den Fall, Manuela und Martin liebten einander, das wäre der Hit für die Medien. *Bonny & Clyde* meets *Robin Hood*. Dazu ein bissel *Blade Runner*, wenn das nur nicht *Romeo und Julia* wurde, bei dem Druck, der sich durch Wittmanns Eitelkeit aufbaute. Und das alles unter Umständen noch gespickt mit *Schuld und Sühne*, dann mutierte es endgültig zur Tragödie.

Phillip holte weit aus und drückte auf die Sendetaste. „Und Abmarsch."

Maria legte die Beine auf den Schreibtisch. „Die Kontrollbank kommt mir ein bissel zu viel unter in letzter Zeit. Was ist das jetzt mit dem Staussee in der Türkei für ein Projekt, wo sie auch mitmischt, die Kontrollbank, wie diese Lindner gesagt hat?"

Phillip ging zu den Flipcharts und blätterte einen Bogen auf. „Also, ich schicke voraus: Tatsache ist, dass österreichische Firmen und österreichische Banken gemeinsam mit Firmen und Banken aus Deutschland, Frankreich und Italien in dieses Projekt verwickelt sind. Tatsache ist weiters, dass die Kontrollbank aus Vertretern eben jener österreichischen Banken besteht, man ist also sozusagen unter sich. Engen, sehr engen Kontakt gibt es zur Euler Hermes Kreditversicherungs-Aktiengesellschaft in Hamburg und zur Schweizerischen Exportrisikoversicherung in Zürich. Sind zwar beides Versicherungsunternehmen, haben aber dieselbe Aufgabe wie die Kontrollbank. Pendants gibt es auch in Italien, in Großbritannien, in ...."

„Okay, okay. Und was macht die Kontrollbank genau?"

„Sie sieht sich, neben der Wertpapierverwaltung, als Export Credit Agency. Ihre Aufgabe ist es, Firmen, die in Entwicklungsländern oder anderen Ländern mit noch aufzubauenden Wirtschaften, Rückhalt bei Investitionen zu geben, um etwaige

Verluste aufgrund unsicherer politischer Situationen aufzufangen. Man sieht sich also als Förderer von Entwicklungshilfe, weil man quasi Firmen dazu ermuntert, in unsicheren Gegenden zu investieren und dort die Wirtschaft anzukurbeln. Im Prinzip machen sie dasselbe wie die Weltbank, nur im kleineren Maßstab."

Maria zuckte mit den Schultern.„Na ja, bis jetzt hört sich das ja nicht so schlecht an. Oder? Nur der Vergleich mit der Weltbank ..."

„Ja, die Aufgabe an sich wäre nicht schlecht. Sowohl bei der Weltbank als auch Credit Agencys. Nun ist es aber so, dass in der Kontrollbank und in den ihr verwandten Institutionen die Vertreter ..."

„Der jeweils heimischen Bankszene sitzen. Das heißt, die unterstützen sich selber, weil es keine unabhängige Jury gibt, die über die Unterstützung entscheidet."

„Genau." Phillip faltete die Hände, richtete die Augen Richtung Himmel wie eine Nonne. „I give you my hand – you give me your hand ...", sein Gesang suchte die richtigen Töne, dafür war der Schmelz in seiner Stimme umso intensiver, „... and together we are dancing all around the world – the world ..."

Maria kam ein unangenehmer Gedanke hoch. „Vom wem stammt das Geld eigentlich, das im Fall des Falles an die Firmen ausgezahlt wird?"

Phillip breitete die Arme aus. „Na, von dir und mir. Von wem sonst?"

Maria war nach einer Zigarette zumute, sie zündete sie jedoch nicht an, sondern drehte sie nur zwischen den Lippen. „Das heißt, ich will ein Geschäft, sagen wir einmal, in Georgien machen, geh zu meinen Freunden bei der Kontrollbank, die ich sowieso vom Club Lombard gut kenn, diesem Klüngelbetrieb, der da immer die Zinsen und das alles abgesprochen hat, biete ihnen einen Teil des Kuchens an, damit die Sache positiv abgestimmt wird, setz in Georgien oder in der Türkei ein paar Millionen in den Sand, wobei niemand so genau wissen wird, wohin sie verschwunden sind, das geht in solchen Ländern ja sicherlich leicht ..."

„Nicht nur in diesen Ländern."

„... und hol mir daheim das Geld von den lieben Steuerzahlern, während meine versickerten Investitionen urplötzlich woanders wieder quellfrisch sprudeln."

Phillip applaudierte und verneigte sich. „Ich muss sagen, Chef, Sie haben eine ausgesprochen kriminelle Denkweise. Ein wirkliches Talent."

Maria tat so, als würde sie das Feuerzeug gleich nach ihm werfen. „Komm, verscheißer wen anderen."

Phillip zuckte mit den Schultern. „Dass es wirklich so gemacht wird, ist offenbar nicht so einfach zu beweisen. Es laufen zumindest keine offiziellen Untersuchungen seitens der Wirtschaftspolizei. Interessant ist nur, dass die Weltbank mittlerweile auf die EU massiv Druck ausübt, damit, wie es so schön heißt, nachhaltige Richtlinien für die Agencys eingeführt werden."

„Die Weltbank? Aber die ist doch das Neoliberalste vom Neoliberalen. Das kann doch den USA gar nicht recht sein."

„Ist es wahrscheinlich eh nicht. Blöd ist nur, dass die Weltbank und der Weltwährungsfonds in den letzten Jahren dermaßen von den NGOs unter Druck gesetzt worden sind, dass sie selbst strengere Richtlinien einführen mussten. Und deshalb machen die Agencys jetzt wahrscheinlich mehr Geld, weil sie fuhrwerken können, wie sie wollen."

Maria faltete die Hände, wie es Phillip eben getan hatte. „Ach so, dann bin ich ja beruhigt, ich hab schon befürchtet, die bei der Weltbank wären sich untreu geworden."

Phillip lachte auf und wandte sich zur Flipchart. „Also, Fakt eins: das Staudammprojekt in der Türkei mit Hilfe der Kontrollbank. Mit dabei Krause, Tauber und Pöttelsdorfer, der nämlich der stille Senior von der Rechtsanwaltskanzlei Thalmann & Söhne ist. Pöttelsdorfer ist ein Thalmann, hat vor Jahrzehnten den Namen seiner Frau angenommen. Und diese Kanzlei macht bei diesen Geschäften mit armen Ländern immer wieder die Verträge. Das ist Fakt zwei. Fakt drei ist, dass Tauber die Leiterplattenfirma in der Georgien mit einem geheimnisvollen Investor aufbauen will. Der Investor ist ein junger Mann mit enorm viel Geld aus Aserbaidschan, und man weiß nicht, woher er seinen Reichtum hat. Der taucht auch auf bei einer Investmentgruppe, die zunehmend bei Energiefirmen mitmischt, in der ganzen Region, staatlichen und privaten. Eine davon, die georgische Primas, ist aber auch in Deutschland aktiv, sie will gerade die kleine, ehemals feine und jetzt am Boden liegende ..."

Maria stöhnte auf.„Keine Details bitte, das Stück. Das Stück."

„Was?"

„Nichts, bloß ein Zitat. Ich mein nur, bitte erspar mir die Namen. Mir ist schon ganz schwummrig. Einfach einmal das Grobe."

Phillip grinste. „Ja, die Gabi und der Clemens waren wirklich gut. Diese Energiefirma aus Georgien kauft die Bank aus Deutschland, die über die Hermes in Hamburg ..."

„Die bei dem Staudamm. Was heißt über? Nicht direkt?"

„Nein, diese Bank hat in diesem Fall nur den Antrag von ...", Phillip ging zum Schreibtisch, blätterte in den Unterlagen und seufzte bestätigend, „... einer anderen, größeren Firma unterstützt." Er ließ die Akte zufallen.

Maria zündete sich nun doch endlich die Zigarette an. „Das sind also die Fakten. Oder Teile davon. Ob irgendwas davon illegal oder sogar richtig verbrecherisch ist, wissen wir nicht."

Phillip betrachtete mit einem Seufzer die Flipcharts. „Nein, wissen wir nicht. Ich kann mir zwar ausmalen, wie ich ohne ein Gewissen an viel Geld komme und wie die Geldströme dafür fließen müssen, aber anscheinend ist da noch nie jemand was aufgestoßen."

Phillip zündete sich auch eine Zigarette an, und sie bliesen beide den Rauch über die Monitore, wo sich die Wolken vereinten. Sie hatte Arme und Beine wie ein verhuschtes Männchen. „So weit, so gut. Aber wo bleibt bei all dem Neumann mit seinen Lebkuchenherzen?"

Phillip seufzte und schob die Akte weg. „Sein Export geht zu vierzig Prozent in diese Länder – hauptsächlich Georgien. Und er hat die anderen kurz vor seinem Tod kennengelernt, sonst gibt es nichts."

Maria beugte sich zu Phillip. „Sein Export geht zu vierzig Prozent nach Georgien?"

Phillip nickte.

„Bitte, was machen Türken und Georgier und Asserbaidschaner mit Lebkuchenherzen? Verwenden sie sie als Schutzschilde bei Straßenkämpfen? Als Wurfgeschosse? Oder ist es die neue Nascherei der High Society?"

Phillip nahm einen anderen Stapel Papier und durchblätterte ihn. „Ja, da steht vierzig Prozent, das sind – das ist ein Lkw pro Monat. Sein Hauptgeschäft hat er im Inland. Die Kirtage machen ihn reich. Und die Souvenirstände."

Phillip pfiff leise. Seine auf Maria gerichteten Augen wurden sehr dunkel. Dann wandte er sich wieder den Unterlagen zu. Der Sekundenzeiger der Uhr über dem Eingang tickte endlos weiter, bis Phillip wieder auftauchte. „Es gibt ein Gegengeschäft – günstige Trockenfrüchte für seine Lebkuchenherzen. Die er dafür spottbillig hergegeben hat."

Maria rollte die Asche von ihrer Zigarette. Phillip durchmaß den Raum vom Schreibtisch bis zu den Flipcharts mit großen

Schritten. „Das kann natürlich schon stimmen, Produkte legen die unglaublichsten Wege zurück, nur weil die Transportsteuer so ein Nebbich ist."

„Ja, es kann stimmen."

Phillip blieb stehen. „Ja, es kann stimmen."

Doch es stimmte nicht. Phillip zog das Gesicht wie nach dem Biss in eine Zitrone zusammen, er dachte offensichtlich dasselbe wie sie. „Wer weiß, was der Typ da transportiert hat? Drogen und Waffen kann ich mir irgendwie nicht vorstellen. Vielleicht technologisches Know-how? Nein, warum denn auch? Also doch Drogen oder Waffen? Oder Menschen? Shit. Irgendeine Scheiße ist da jedenfalls am Dampfen."

Maria studierte die glimmende Spitze der Zigarette. „Wir haben also ein Viererkleeblatt, das mit Hilfe der Kontrollbank illegale Geschäfte im Osten gemacht hat und jetzt tot ist. Und wir haben zwei Studenten, die den größten Raubzug der jüngeren Kriminalgeschichte Österreichs durchgezogen haben ..."

„Na ja ..."

„... okay, privaten Raubzug. Ich red jetzt nicht von Politikern und Managern. Jedenfalls war Manuelas Vater erst der Sekretär der Kontrollbank und hat vor ein paar Jahren einen unverständlichen Selbstmord begangen. Wie gesagt, ein bissel viel Kontrollbank."

„Und ein bissel viel Unsicheres."

„Und nur zwei Fälle, wo sich Raub und Mord kreuzen. Nämlich bei Pöttelsdorfer und bei der Krause."

„Und ein bissel eine Unsinnigkeit, denn warum sollte ich die Menschen, denen ich ihr sauer erarbeitetes Schwarzgeld ohnehin schon geraubt habe, auch noch umbringen?"

Maria ließ beide Hände auf die Tischplatte knallen, wodurch die Zigarette aus der Hand hüpfte und auf das Wasserglas mit der Rose zurollte. Sie schlug schnell und fest auf die Glut, damit sich kein Brandfleck bildete. „Verdammt, alles kommt immer mehr zusammen, und trotzdem glaub ich nicht, dass Martin und Manuela die Morde begangen haben. Das ist einfach zu unsinnig. Lassen wir sie einmal weg, bis wir endlich wissen, ob die Kovar die Kovar ist und ..."

„... und bis sie gefunden sind."

Maria atmete tief durch. „Bis sie gefunden sind." Sie ging zum Fenster. „Wir klären jetzt einmal, was die von der Wipo inoffiziell wissen, dann marschieren wir zur Zollfahndung, denen muss das mit den Trockenfrüchten auch komisch vorgekommen sein. Wir müssen die Videos checken, das mit der Frau mit den verschiedenen Augen geht mir nicht aus dem Kopf. Und dann – ja, dann brauchen wir noch mehr von der Vergangenheit von den vieren."

Phillip brummte. „Die Vergangenheit von den vieren. Aber wir haben ja schon ..."

„Nur die jüngste Vergangenheit haben wir. Da muss es irgendwie noch mehr geben zwischen den vieren als die üblichen dreckigen Gschaftln."

„Wir wären schon weiter, wenn wir einmal von allen diesen Gschaftln mehr wüssten, das sag ich dir. Wir sollten uns nicht verzetteln, wir sollten eins nach dem andern ..."

„Nein, wir müssen einfach alles über die herausfinden, weil sonst hängt der Wittmann den beiden Weltverbesserern noch was an. Wir müssen endlich was tun!"

Phillip erhob sich und legte ihr kurz den Handrücken auf jede der Wangen. „He, May, wir tun schon die ganze Zeit. Und wir sind einfach nur zu dritt."

Nur durch seine kühle Hand merkte Maria, dass ihre Wangen glühten. Sie trat einen Schritt zurück. „Stix wird uns helfen, ja, sicher, Stix wird uns helfen. Und Clemens auch. Wir müssen nur mit ihm reden. Wir erweitern einfach die Gruppe, genau, und ..."

„Und reden mit Wittmann. Die Gruppe ist erweitert."

Ja, der Typ hatte ein Recht auf ihre Überlegungen, auch wenn es Maria noch nicht gelang, diese Tatsache zu verinnerlichen.

Wittmanns Sakko war ein Heuler, wenn das Wort daher kam, dass man bei seinem Anblick heulen musste. Erst jetzt, bei dieser zweiten Begegnung am selben Tag fiel Maria das Schimmern des Stoffes auf. Es sollte wohl ein wertvolles Material wie Seide suggerieren, tatsächlich sah es aber anbiedernd aus. Wenn Wittmanns Gesichtszüge einen Hauch ordinärer wären und seine schulterlangen, gegelten Haare ein paar Zentimeter länger, würde er als Zuhälter oder als Gigolo durchgehen. So aber sah er aus wie ein jungenhafter Dandy. Alles an ihm war eine Spur zu perfekt, eine Nuance zu stylish. Und der maßgeschneiderte Anzug kostete sicher siebenhundert Euro – in einem Designershop und nicht zwanzig in einer Bude am Mexikoplatz oder meinetwegen dreihundert in einem Kaufhaus. Sicher sammelte er anstatt von Motorradzeitschriften oder Geo-Heften Modejournale. Und unter massive Fixausgaben firmierten Maniküre, Pediküre, Massage und Friseur. Nicht zu vergessen Bodystyling und natürlich Thaimassage. Als Frau musste man in seiner Gegenwart bei jedem schlecht rasierten Beinhärchen Minderwertigkeitskomplexe bekommen.

Und jetzt studierte Wittmann auch noch einen nicht vorhandenen Fleck auf seinem T-Shirt von Boss, wie der Aufdruck dezent verriet. Da stellte sich doch die Frage, woher er das Geld für derartige Designerkleidung hatte. Gut, er musste keine Familie versorgen, doch all diese Ausgaben mussten doch Unsummen verschlingen. Die lieben Kollegen beim Bundeskriminalamt verdienten anscheinend gewaltig mehr als Maria und die anderen Arbeitsbienen. Vermutlich durch irgendwelche obskuren Sonderzulagen. Oder einen Nebenverdienst, in welcher Form auch immer. Nein, solche – wenn auch nur gedanklichen – Unterstellungen waren unfair. Vielleicht hatte er ja reich geerbt.

Wittmann räusperte sich. „Entschuldige, liebe Kollegin Kouba ...“, das *liebe* konnte er sich sonst wohin stecken, „... habe ich vielleicht einen schwarzen Punkt auf meiner Nase?“

Maria registrierte erst nach ein paar Sekunden, dass Wittmann tatsächlich mit ihr gesprochen hatte. Und außerdem war sie im Sessel des Besprechungszimmers, das Wittmann vorübergehend als Arbeitsraum diente, beinahe bis ins Liegen gerutscht. Sie rappelte sich hoch und schüttelte den Kopf. „Ich hab nur über etwas nachgedacht, das mir aufgefallen ist.“

„Was denn?“

Maria schielte zu Phillip, der wieder diesen mahnenden Blick aufgesetzt hatte. Wie eine gesprungene Schallplatte hatte er ihr auf dem Weg zu Wittmann eingeschärft, gute Miene zum bösen Spiel zu machen, nur so hatten sie eine Chance, sich den für ihre eigenständigen Recherchen nötigen Freiraum zu schaffen. Und er hatte damit recht. Leider.

Maria überschlug also die Beine, die sie bislang provokant von sich gestreckt gehabt hatte, und setzte ihr verbindlichstes Lächeln auf. „Später. Bitte entschuldige, Kollege Wittmann, dass ich kurz abwesend war.“

Mist, der nächste Fauxpas. Sie hätte ihn wohl mit *Kollege Gruppenleiter* oder so ansprechen sollen. Scheiß drauf, vollkommen konnte sie sich ohnehin nicht verstellen. So wurde er wenigstens nicht misstrauisch. Er wusste, dass sie ihm die Leitung der Ermittlungen missgönnte.

Wittmann studierte Marias neue Körperhaltung. Wahrscheinlich gehörten zu seinen Fixkosten auch noch Psychologie- und Leadershipseminare. *Ja, was liest du denn aus meiner Haltung, du Geck?* Maria legte ihre Hände entspannt übereinander, kurz bevor Wittmanns Blick zu ihnen zurückschnellte. Sie hatte gewonnen, das sagte ihr sein irritierter Blick. *Du Wichser, du hast es hier mit einer Meisterin zu tun.* „Denn ich weiß es natürlich zu schätzen, dass …“, das *Du* expressis verbis brachte sie nicht heraus, „… wir jetzt kurzfristig eine Besprechung einschieben konnten.“

„Jederzeit, jederzeit. Wenn wir nicht bald einen Erfolg einfahren, dann haben wir Anarchie.“ Wittmann ließ ein gekonnt verzweifeltes Lachen hören, das überraschend angenehm klang. Es passte überhaupt nicht zu seiner bubenhaften Gestalt. Wahrscheinlich besuchte Mister Perfect auch Stimmtrainingseminare. Er musste irgendwo was dazuverdienen.

Jetzt schwiegen sie alle drei. Und Maria wusste nicht, ob sie jetzt am Zug war, ja, sie wusste nicht einmal, ob Phillip mit seinen Ausführungen eigentlich schon am Ende war. Das war gar nicht gut, sie sollte ihre Überlegungen zu Wittmann wahrlich auf nach Dienstschluss verlegen.

Phillip setzte sich gerade hin. „Ja, also, wie gesagt, das sind unseren nächsten Schritte, Zollfahndung und Wipo.“

Wittmann nickte. „Wenn es wirklich zutrifft, dass der Vater von dieser jungen Frau der ehemalige Sekretär der Kontrollbank war, dann haben wir ein wunderbares Motiv, nämlich Rache.“

„Rache. Aha. Rache für was denn?“

Wittmanns Blick schnellte zu Maria, und sie hörte Phillip aufstöhnen. Das war jetzt wirklich unnötig, sie konnte dieser Dumpfbacke aus Kalkül nicht jeden blöden Gedanken durchgehen lassen.

Wittmann klopfte mit seiner Füllfeder auf die Schreibunterlage. „Wir wissen doch, dass Kovar irgendeiner internen Intrige zum Opfer gefallen ist.“

„Aha. Wissen wir das?“

„Ihr habt doch gerade selber darauf hingewiesen, dass Markus Kovar krankhaft karrieregeil war. Und die Tochter nimmt jetzt Rache an den Leuten, die ihrer Meinung nach ihren Vater in den Selbstmord getrieben haben.“

„Wie rächt sie sich? Mit den Einbrüchen oder mit den Morden?"

Jetzt packte Wittmann seinen matt polierten silbernen Füllfederhalter eine Spur zu fest. „Ich verstehe nicht, Kollegin Kouba, warum du dich ...", verdammt, ihm ging das *Du* aber sehr leicht über die Lippen, „... so darauf versteifst, dass die Morde und die Einbrüche nichts miteinander zu tun haben."

„Sie haben nicht gleichzeitig stattgefunden."

„Auch Serienmörder werden erst mit der Zeit so richtig effizient und perfekt. Die wenigsten Menschen sind so intelligent, dass sie von Anfang an alles bedenken."

Damit hatte dieser Steven Segal für Arme zu Marias Leidwesen ausnahmsweise einmal recht. Wobei diese Argumentation ... „Das heißt, Einbruch und Mord miteinander abzustimmen, ist ihnen erst nach einer gewissen Zeit gelungen?"

„Warum fragen Sie?"

Fein, der Fehdehandschuh war geworfen, das *Sie* gefallen. Maria fuhr sich über die Haare zum Knoten im Nacken, kontrollierte leger seine Festigkeit. „Weil bei zwei der Opfer kein Einbruch festgestellt werden konnte."

„Vielleicht haben wir bis jetzt die ausgeraubten Schwarzgeldkonten nur noch nicht gefunden?"

„Es wurde bei ihnen auch keine Skulptur gefunden."

„Vielleicht hat sie das Opfer weggeworfen?"

Touché. Dieser Wittmann befand sich eindeutig auf einem höheren Niveau als Minze, das musste sie zugeben. Und er erkannte seinen Sieg, denn er wandte sich an Phillip. „Verfolgt die Spur in den Osten weiter. Wenn wir nebenbei auch noch ein paar Betrügereien aufdecken, tut das unserem Ruf nur gut."

Wittmanns Handy klingelte. Er schaute kurz auf das Display und drückte die Annahmetaste. Nickte, strahlte. Legte auf und fuhr sich zärtlich über sein Siebenhunderteuro-Revers. „Wir haben sie."

Die Tür zum Beobachtungsraum war nur angelehnt, als wolle sie Maria daran erinnern, dass hier der ihr gebührende Platz war, und nicht im Vernehmungszimmer. Sie presste die Hand an ihre Brust. Wie eine Praktikantin stand sie da und wartete, bis der Meister das Ergebnis präsentierte. Es war eine Frechheit von Wittmann, sie bei ihren eigenen Fällen nicht die Vernehmung durchführen zu lassen. Er wollte sie von den beiden jungen Verdächtigen fernhalten, das war es. Er fürchtete sie. Nein, das redete sie sich nur ein, warum sollte Wittmann sie fürchten. Sie hatte ja bislang versagt. Seit Wochen hatte sie an den Morden gearbeitet und nichts Entscheidendes herausgefunden. Und jetzt machte dieser Dandy einen Aufruf im Radio und diese zwei Idioten meldeten sich freiwillig. Erfolg auf der ganzen Linie, Wittmann hatte alles Recht der Welt, sie in den Beobachtungsraum abzuschieben

Freiwillig. Das war das Wort, das Maria Ameisen auf den Körper setzte.

Sie drückte die Tür auf. Navratil und Bär Knut winkten sie herein. Maria stellte sich zu ihnen hinter den Spiegel. Der Raum hallte von den Stimmen, die aus der Lautsprecheranlage kamen, wider. Martin Behrent war ein schmächtiger junger Mann, der sich die Haare abrasiert hatte. Die Glatze vermittelte einen gewissen Sexappeal. Er wirkte gepflegt, trotz der Skaterhosen, die ein paar trendig geflickte Löcher hatten. Sein T-Shirt war gebügelt und seine Hände waren sauber, so weit das Maria durch die Scheibe feststellen konnte. Ein Bursch aus gutem Haus. Das verriet auch seine Sprache. Seine Sätze kamen flüssig, keinerlei Wortwiederholungen. Das Alibi schien zu stimmen, denn es war ziemlich unwahrscheinlich, dass sich ein Verbrecher ausdachte, bei einem Mahler-Konzert im Musikvereinssaal gewesen zu sein. Es passte perfekt zu all dem, was Maria in der kurzen Zeit aus dem Netz gesaugt hatte. Der Vorzugsschüler, der sich aus Überzeugung und mit Verve für eine bessere Welt einsetzte und in einer Art übereifriger Vernebelung die Grenzen übersehen hatte.

Maria sah ihn vor sich, wie er sich im Gefängnis gegen Vergewaltigungsversuche wehren musste. Hübsch genug war er für die Aufmerksamkeit der Zellengenossen. Sein Gesicht hatte zwar Aknenarben, die jetzt in der Aufregung viel mehr leuchteten als auf dem Bild nach der Festnahme, doch es strahlte zugleich eine Sanftheit aus, die sicherlich ansprechend wirkte, wenn mann im tristen Gefängnisalltag ein wenig Abwechslung suchte. Wobei – unter Umständen würde er verschont werden, denn vielleicht war er ja auch für die harten Jungs eine Art Held. So etwas wie ein Widerstandskämpfer. Und da war sie schon wieder, diese Sympathie.

Maria nahm Navratil die Zigarette aus der Hand und inhalierte tief. In Navratils grauen Augen sah sie denselben Frust, den sie empfand. Die Frage war, ob sie wirklich so schlecht waren, nur weil sie keinen Aufruf im Radio gestartet hatten. Sie gab ihm den Glimmstängel zurück, Navratil zog daran wie ein Milchlamm. „Wo ist eigentlich der Roth?"

„Der kontaktiert ein paar Leut bei der Zollfahndung und bei der Wipo."

„Aha." Navratil zog das *Aha* in die Länge, es klang wie eine Frage.

„Nix, Gerhard, nur so eine Sache, die wir uns anschauen wollen."

„Aha." Jetzt war es kurz und klang nach spitzfindiger Erkenntnis. „Nur so eine Sache." Er beugte sich zu Maria. „Find ich gut, dass ihr euch da nur so was anschauen wollt."

Aus den Lautsprechern ertönte ein Rumpeln, Maria drehte sich zum Fenster herum. Behrent hatte den Sessel umgeworfen und stützte sich auf den Tisch. Ganz schlecht, Emotionen waren bei einer Vernehmung immer ganz schlecht. Er brüllte Wittmann an. Er habe sich nur gemeldet, weil er – *bullshit* –

nichts mit den Morden zu tun hatte. Er wollte nicht, dass er und Manuela als Mörder verfolgt wurden.

Das konnte man verstehen. Nur war es natürlich bei einer Vernehmung kein Argument. Das machte ihm in derselben Sekunde auch Wittmann klar. Und auch, dass er sich – *bullshit* – wieder setzen sollte. Durch Wittmanns ruhige Art kapierte Behrent wohl auf einmal, dass er in einer realen Situation war, die zwar in ihrem Scheißcharakter einer fiktiven in nichts nachstand, doch tatsächlich um einiges unangenehmer war. Er setzte sich.

Der Reigen ging von vorne los. Warum diese Einbrüche und Raube? Warum diese Morde? Wo hatten sich Martin und Manuela kennengelernt? Wie die beiden die Tschipschal-Brüder? Wusste Martin, wer Manuelas Vater war? Ganz cool schoss Wittmann ins Blaue, oder ...

Maria drehte sich zu Navratil. „Hat er schon Beweise für die Verwandtschaft?"

„Die Kovar hat noch nichts gesagt. Wir versuchen gerade, übers Meldeamt ihre Mutter zu finden. Und die in der WG wissen von nichts."

„Komisch, oder?"

Navratil zuckte mit den Schultern. „Die sind da net wirklich eng miteinander. Kennen sich auch erst seit ein paar Monaten. Und außerdem, denk ich mir, das ist ja schon ein paar Jahre her, da waren die alle noch Kinder, also zumindest so dreizehn, vierzehn Jahre."

„Stimmt. In dem Alter interessiert einen so was nicht wirklich."

Sie drehten sich wieder zum Fenster. Behrent ließ das Feuerwerk an Fragen vorüberrauschen, gab seine Antwort konzentriert, obwohl er sie sicherlich schon zwei Mal wiederholt hatte. Manuela hatte ihn in seinem Stammbeisl angesprochen, um Salz gebeten, er hatte sich sofort in sie verliebt, sie hatte ihn bei seinen Aktivitäten gegen die kapitalistische Verschwörung unterstützt.

Wie lieb kämpferisch, Maria wollte Behrent am liebsten busseln.

Man sei zusammengezogen, hätte nächtelang diskutiert. Dann seien sie auf die Idee gekommen, die kapitalistischen Ausbeuter dort zu treffen, wo es ihnen am meisten wehtat, nämlich bei ihrem Vermögen. Von den Tschipschal-Brüdern habe er in einer Weinstube am Gürtel erfahren, als er Einbruchsmethoden recherchierte. Sowohl die Weintippler als dann auch die Brüder seien sehr gesprächig gewesen, nachdem er ihnen gesagt hatte, er wolle einen Film über außergewöhnliche Einbrecher drehen. Und was Manuelas Vater mit all dem zu tun habe, wisse er nicht, es sei ihm lediglich bekannt, dass dieser vor Jahren gestorben sei. Er habe nie nachgefragt, denn Manuela hätte immer sehr emotional auf das Thema reagiert.

Navratil reichte seine Zigarette Maria. „Also, ich weiß net ...“

„Ich auch nicht. Der war ja immerhin im Bett mit ihr.“

„Ja, aber wenn er was drüber weiß, warum sagt er es dann net?“

„Keine Ahnung. Lass ma uns überraschen.“

Maria nahm einen tiefen Zug und gab Navratil die Zigarette zurück. Wittmann begann von vorne. Martin Behrent käute seinen Sermon wieder. Und jetzt wurden die Sätze zunehmend ident.

Maria lehnte sich neben das Fenster an die Wand und schüttelte den Kopf. „Jetzt klingt es langsam abgesprochen. Wenn die kleine Kovar jetzt auch noch dieselbe Leier abliefert ...“

„Dann fragt man sich, ob sie irgendwas zum verheimlichen haben.“ Navratil sah sich erfolglos nach einem Aschenbecher um. Knut reichte ihm seinen halb ausgetrunkenen Kaffeebecher, Navratil schmiss die Zigarette hinein. Es zischte. „Aber ich kann mir nicht vorstellen, dass das Bubi da die Morde begangen haben soll.“

Knut stellte den Becher auf ein Regal. „Ich kann mir bei dem überhaupt nix vorstellen.“ Dann lehnte er sich wieder auf seinen Hocker und verschränkte die Arme. Er ließ den Kopf auf die Brust sinken und schloss die Augen.

Navratil deutete mit dem Daumen auf ihn. „Er ist a bissel frustriert. Er hat irgendwie geglaubt, dass uns da so a James-Bond-Bösewicht zum Narren gehalten hat. Ja, so kann ma sich irren.“

Maria hörte Wittmann schon wieder die Morde ansprechen. Sie schaute durch das Fenster. „Das ist doch Schwachsinn. Das Motiv! Es fehlt das Motiv. Rache, ha. Rache dafür, dass Manuelas Vater geschasst worden ist. Ha. Ha. Wir wissen ja gar nicht, wie die zwei überhaupt zueinander gestanden sind. Und selbst wenn, dann hätte sie doch nur Banker und diese Leute von der Kontrollbank umbringen müssen. In das Bild passt nur die Krause.“

Navratil nahm seinen Schlüsselbund aus dem Hosensack und ließ ihn um seinen Finger kreisen. „Ich könnt ma noch eher vorstellen, dass ma zusticht, wenn ma selber betroffen ist, aber doch net für den Vater. Nein, das muss was anderes sein.“

„Irgendwas, was die beiden persönlich betrifft.“

„Warum denkst denn überhaupt darüber nach?“

Maria drehte sich zu Knut, doch der hatte die Augen noch immer geschlossen und schien seinen Part mit dieser einen Frage für beendet zu halten. Mit dieser wichtigen Frage, die den Nebel in ihrem Kopf etwas lichtete. Ihr Denken fühlte sich wie das Waten durch Melasse an. Sie musste aufhören, sich von Wittmanns Wunschvorstellungen beeinflussen zu lassen. „Ja, wir müssen einfach draufkommen, was die vier Opfer verbindet.“

Maria nickte Navratil zu und verließ den Beobachtungsraum. Es musste Schluss damit sein, dass sie gelähmt wie ein Kaninchen vor der Schlange war. Okay, Wittmann war der Leiter der Sonderkommission. Okay, sie war nicht selbst auf die Idee des Radioaufrufes gekommen. Das hatte sicherlich alles seinen Sinn, wie Elsa immer meinte. Nichts geschah umsonst. Vielleicht sollte sie ja etwas durch Wittmann lernen – na ja, man musste ja nicht gleich übertreiben – durch die Situation. Und wenn sie ehrlich war, hatte sie auch etwas gelernt. Dass nämlich ihr Hirn einen Meter tiefer rutschen konnte wie bei einem x-beliebigen Minze. Wie beschränkt nicht nur Männer im Hormonrausch waren, sondern auch toughe Polizistinnen. Das hatte sie am eigenen Leib lernen und nicht nur akademisch wissen müssen.

Jetzt war Nüchternheit angesagt. Die beiden Reserve-Ches waren nicht die Täter in den Mordfällen. Die Gazetten würden aber alles vermischen. Stellte sich die Frage, wie wohl der wahre Täter reagieren würde. Wenn er nicht gerade ein wahnsinniger Serienmörder war, der sich in seiner Eitelkeit gekränkt fühlte, was Maria unwahrscheinlich erschien, dann würde er überhaupt nicht reagieren, denn dann wäre er über die Ablenkung froh. Und er würde sich zunehmend sicher fühlen. Ja, das war es! Die beiden Nationalhelden mussten als Bauernopfer herhalten, die Medien dementsprechend gefüttert werden.

Im Gang um die Ecke klapperten drei Paar Schuhe. Das Scheppern von Handschellen verriet Maria, dass nun wohl Manuela Kovar zur Vernehmung gebracht wurde. In ihr baute sich das Bild einer Amazone auf, im Kampfanzug, mit geschorenem Kopf und zusammengepressten Lippen.

Die Gruppe bog um die Ecke und Maria sah sich Heide Lindner gegenüber. Maria hörte unwillkürlich Herzogs gackerndes Lachen, das wohl angesichts seiner Traumfrau in Eisen absterben würde.

Maria suchte ihre Stimme. Lange genug hatte sie in die kobaltblauen Augen von Manuela Kovar alias Heide Lindner gestarrt, die nichts, absolut nichts an Gefühlen verrieten. Sie hatte anderes erwartet, nachdem Kovar so vehement darauf bestanden hatte, nur von Maria Kouba vernommen zu werden. Ein wenig Vertrauen, oder auch Vertrautheit. Unter Umständen auch eine Art Spiellust nach der Art eines sich überlegen glaubenden Zeugen in einem Film noir. Nun ja, vielleicht kam das noch.

Maria wandte sich nach links, da saß Wittmann mit steinerner Miene, nur war sie bei ihm aufgesetzt und bei weitem nicht so geheimnisvoll wie bei Kovar. Es war einfach die um Contenance bemühte Miene eines beleidigten Gecken. Sie wandte sich nach rechts zu Phillip. Auch er wollte neutral wirken, doch der Ansatz eines Lächelns umspielte seine Mundwinkel. Das tat es, seit Wittmann stammelnd mitgeteilt hatte, dass er sie beide auf Wunsch von Kovar zur Vernehmung hinzuziehen musste. Neben Kovar saß der Anwalt, Max Kollmann, der von Kovars Mutter organisiert worden war. Obwohl er höchstens Ende dreißig war, hatte er sehr schütteres Haar. Silberne Strähnen glänzten darin. Er hatte keine Kanzlei genannt, Gabi war bereits am Recherchieren.

Maria sprach die Eckdaten der Vernehmung in das Aufnahmegerät, doch bereits beim Namen der zu Vernehmenden stockte sie. Ruhig richtete sie den Blick auf die junge Frau.

„Ich nehme an, dass wir es jetzt offiziell mit Manuela Kovar zu tun haben?“

Das blonde Gegenüber nickte langsam, als wäre sie die wieder auferstandene Lady Di.

Maria ahmte ihre Bewegung nach. „Können wir uns darauf einigen, dass Sie alles, was Sie deuten, auch laut aussprechen. Wir sind leider nicht so ausgestattet wie manche Kollegen, wir zeichnen nur Audio auf, nicht Video.“

Manuela Kovar starrte Maria an, senkte die Lider. Der nachfolgende Augenaufschlag sollte wohl Genervtheit mitteilen. Es war wie in einem Hollywooddrehbuch.

„Ja."

„Fein. Würden Sie mir dann als Erstes verraten, welche Bewandtnis es mit dem Namen hat, mit dem Sie sich mir gestern vorgestellt haben?"

Ein erstes Flackern tauchte in Kovars Augen auf. Sie überspielte es, indem sie so tat, als würde etwas an ihren sauber getuschten Wimpern hängen. Überhaupt wirkte alles sehr sauber an ihr – die Jeans, das weiße, enge T-Shirt, der mit fast nicht erkennbarem Lippenstift geschminkte Mund. „Bewandtnis?"

„Bewandtnis."

Kovar sah zu ihrem Anwalt. Kollmann machte keinerlei Anstalten, die Frage zu verbieten, es gab ja auch keinen Grund. „Es ist einfach ein Name."

„Das glaube ich nicht. Immerhin haben Sie unter diesem Namen Artikel verfasst. Er ist Ihr Pseudonym, und so etwas sucht man sich nicht einfach so aus."

Kovar zuckte stumm mit den Schultern.

Maria beugte sich vor. „Wie bitte?"

Kovar entwischte ein Seufzer, ja, entwischte, er war nicht gesetzt. Sie hatte wohl geglaubt, mit Maria ein leichtes Spiel zu haben, nachdem sie mit ihrer Scharade im Lagerraum der Fastfoodkette so überzeugend gewesen war.

Kollmann nahm den Kugelschreiber in beide Hände und drehte ihn. „Ist die Klärung dieser Frage wirklich so wichtig? Frau Kovar wollte als Journalistin eben nicht mit ihrem Vater in Verbindung gebracht werden, der ja ein bekannter Mann war. "

Der Mann fuhr also die Masche *Du hast keine Ahnung vom großen Leben, du kleine Polizistin*. Wunderbar. „Ist mir bekannt, Herr ...", okay, dann musste sie jetzt eben das Namensnachlesenspielchen spielen, „... Herr ... ach ja, Herr Kollmann. Doktor Kollmann natürlich, Verzeihung." Ein Ich-bin-nur-eine-dumme-Polizistin-Lächeln hintennach, die lächerliche Verarschung kam an, denn Kollmanns Lächeln konnte sich gegen seine herabhängenden Wangen nicht durchsetzen. Es war für Maria immer wieder faszinierend, wie viele Menschen sich über ihren Titel definierten. „Nur suchen sich die meisten Menschen, lieber Herr Doktor, etwas mit Bedeutung aus, auch prominente Kinder." Sie bedachte Kovar mit einem jovialen Blick. „Zum Beispiel heißt Frau Kovars Schwester Heidelinde, nicht wahr? Das scheint mir also kein Zufall zu sein."

Kovar atmete aus, erstes echtes Leben in ihren Augen glomm auf. „Gut. Ja. Heide nach meiner Schwester und Lindner nach dem Mädchennamen meiner Mutter. Sind Sie jetzt zufrieden?"

Maria lehnte sich zurück. „Ich wüsste nicht, warum mich das zufrieden machen sollte, es ging ja nur um die Klärung von Fakten." Sie schob die Unterlagen weg und lehnte sich mit verschränkten Armen zurück. „Aber ich wäre ganz befriedigt, wenn Sie mir jetzt haarklein erzählen, wie das mit den Raubzügen der Wir-AG war. Am besten fangen Sie ganz vorne an, was immer das auch ist. Vielleicht beim Tod Ihres Vaters?"

Kollmann beugte sich zu Maria. „Ich ersuche Sie, nicht von Fakten auszugehen. Es ist noch gar nicht geklärt ..."

„Wir haben es gemacht, weil wir diesen Kretins ordentlich einheizen wollten. Den Rest hat Ihnen sicher schon Martin erzählt."

Kollmann war gut, er verzog keine Wimper bei diesem eindeutigen Geständnis seiner Mandantin. Doktor-Wichserei hin oder her. Er lehnte sich zurück, nickte. Allerdings machte sich auf seiner hohen Stirn eine zusätzliche Falte breit. Wahrscheinlich überlegte er gerade fieberhaft, welche mildernden Umstände es für seine Mandantin geben könnte.

Maria stieß Wittmann mit dem Fuß an. Als er sich daraufhin aufrecht hinsetzte, war Maria, als würde eine Aftershavewolke zu ihr herüberwabern. Wittmann schwitzte. Eigenartig.

Er konnte wohl kaum Angst vor dem Gänschen haben. Vielleicht war er aus einer Art Halbschlaf aufgeschreckt, was ihm nun peinlich war. Oder er war doch nicht der coole Ermittler und insgeheim froh gewesen, den Kelch an Maria weiterreichen zu können. Pech.

Wittmann half sich mit dem Geraderücken der Akten über die Pause. „Das ist völlig irrelevant, Frau ...“

„Kovar.“

Kovar warf ihren Namen mit einer Grazie auf den Tisch, die Maria verwirrte. Wenn die Kleine glaubte, Wittmann mit ihrem Jungfrauencharme becircen zu können, war es unlogisch, dass sie auf Maria als Befragerin bestanden hatte. Gut, sie hatte ihn vorher nicht gekannt.

Und Wittmann – das war doch das Beste – Wittmann, der coole, toughe BKA-Spitzenmann, reagierte eine Sekunde zu spät. „Frau Kovar, wie haben Sie Martin Behrent kennengelernt?“

Kovar lehnte sich zurück. „Ich war im Käuzchen. Das überbackene Brot war zwar gut, aber ich brauche immer viel Salz. Und am Nebentisch, es waren so hohe Tische, ist Martin gesessen. Bei ihm gab es Salz. Ich habe ihn darum gebeten. So sind wir ins Gespräch gekommen. Und wir haben die Welt gerettet ...“, ein sehr sympathisches Lachen zeigte sich kurz auf ihrem Gesicht, „... bis um drei Uhr in der Früh, bis sie uns rausgeschmissen haben. Ja, und dann haben wir einander geküsst, und dann hat mich Martin gefragt, ob wir zu ihm oder zu mir ...“

„Ja, alles klar.“

Nichts war klar. Die beiden hatten ihre Aussagen abgesprochen und – Maria linste zu Wittmann. Auf seiner Schläfe waren Schweißperlen. Der Mann stand auf die Kleine! Nur so war es erklärbar, dass er nicht sofort nachhakte, sondern eine Kunstpause machte. Er stand auf diesen Zellweger-Verschnitt? Nun ja, warum nicht? Auch Renée Zellweger hatte Millionen von Fans. Maria lugte tiefer und meinte, in Wittmanns Hose eine Beule zu sehen. Wenn sie jetzt nicht halluzinierte, hatte es ihn ziemlich schlimm erwischt. Welch ein Glück, dass Kovar auf ihre, Marias, Gegenwart bestanden hatte.

Wittmann räusperte sich. „Was meinen Sie, mit ‚Welt gerettet'?"

Das durfte doch nicht wahr sein. Jetzt ließ er sich auf eine Diskussion ein. Nein, das musste Taktik sein.

Kovar verdrehte die Augen. „Die Welt gerettet halt. Ist doch ganz einfach. Wenn es keinen Besitz mehr gibt, dann kann man auch nicht mehr darum streiten."

Wittmann strich sich über das Revers seines Sakkos. „Es wird immer Besitz geben, weil es immer Geld geben wird. Und die einen können eben besser damit umgehen, und die anderen schlechter. Außerdem ging es bei Ihren Raubzügen ja auch um Geld, also, wie war ...?"

„Nicht für uns. Und nur deswegen, weil es das System noch gibt. So lange es das System gibt, muss man es von innen heraus bekämpfen. Damit nämlich den Säcken klar wird, wie megabeknackt es ist."

Na, endlich hatte sich einmal ein für eine Zweiundzwanzigjährige gebräuchliches Wort in Kovars Kampfaussagen gemischt, bislang hatte der Sermon nur nach Gehirnwäsche geklungen.

Wittmann schüttelte den Kopf. Gut, er kam zur Sache. „Das ist doch naiv. Unsere ganze Welt, die Wirtschaft, alles ist auf Geld aufgebaut. Sie glauben doch nicht wirklich daran, dass man es abschaffen kann?"

Oh nein, er war gänzlich in diesem Thema verfangen. Oder besser im Anblick von Kovar. Wittmann gab sein Geld anscheinend doch nicht für psychologische Seminare aus. Wie ein Fünfjähriger dackelte er den bunten Kügelchen nach und merkte nicht, dass sie ihn von den echten Zuckerln wegbringen sollten.

Die Nachwuchsmarxistin lächelte breit – klar, wenn einem ein Spiel so gut aufging. Maria beschloss, sie noch etwas in Sicherheit zu wiegen. Sie stieß Phillip, der zu reden ansetzte, mit dem Fuß an. Er sackte in sich zusammen und kritzelte auf den Block auf seinem Schoß. *Wieso?*

Kovar schien nichts zu bemerken, denn sie runzelte die Stirn Richtung Wittmann. „Ecco, Herr Kommissar, was ist Geld?"

Maria kritzelte ihrerseits *Kovar einlullen, Blamage W*. Phillip zeichnete ein Smiley auf den Block

Wittmann beendete sein Nachdenken, indem er einen Kreis in die Luft zeichnete. „Na, ein Zahlungsmittel."

Kovar seufzte. Diese kleine Kröte glaubte wohl, mit ihren zweiundzwanzig Jahren die Weisheit mit dem Löffel gefressen zu haben. „Geld ist kein Zahlungsmittel. Geld ist ein Tauschmittel."

„Und wo ist da der Unterschied?"

Kollmann räusperte sich. „Entschuldigen Sie, aber glauben Sie wirklich, dass diese Diskussion jetzt notwendig ...?"

Wittmanns Blick streifte über Kovars Minibusen zu Kollmann. „Wenn wir das Verbrechen verstehen wollen, ja."

Das war der größte Blödsinn, den Maria seit langem gehört hatte. Wittmanns Balzerei nahm die Ausmaße einer Schmierenkomödie, nein, eines Fallschirmsprungs ohne Schirm an. Wahnsinn, wenn er sich nicht bald beherrschte, war er der Leiter der Sonderkommission gewesen. – Kein schlechter Gedanke. Maria beschloss, sich noch nicht einzumischen.

Kovar hatte anscheinend Wittmanns Blick auf ihren Busen bemerkt, denn sie beugte sich mit verschränkten Armen vor. „Es hat nur so viel Wert, wie wir ihm geben."

Wittmann fixierte die junge Frau, die von Dingen sprach, von denen er mit seinen fünfundvierzig Jahren wahrscheinlich gar nicht gewusst hatte, dass man sie diskutieren konnte. Sein Fixieren ging in Starren über, und zwar auf Kovars blondes

Haar. Auch Kollmann zeigte mehr als anwaltliche Aufmerksamkeit. Sein Blick pendelte zwischen Wittmann und seiner Mandantin. Es wurde gefährlich. Anscheinend dämmerte es ihm, was da gerade ablief.

Das Neonlicht surrte in der Stille. Wieder einmal. Die Röhre sollte schon seit zwei Wochen ausgetauscht werden.

Maria seufzte. „Ja, das wissen wir. Das ist ja nichts Neues. Für manche hat Geld mehr Wert, für andere weniger."

Phillip ließ sich in den Sessel rutschen. Er betrachtete Manuela Kovar mit zur Seite gelegtem Kopf und rollte seinen Stift auf dem Tisch hin und her. „Ich glaube, Frau Kovar meint was anderes."

Na, super. Jetzt stieg auch noch Phillip in die Diskussion ein. Kein Wunder. Geld passte zu seinem Lieblingshassthema Aktien. Gut, ein bisschen würde sie ihn spielen lassen, gestern bei Nidetzky hatte sie ihn ohnehin sehr schnell gestoppt.

Kovar bedachte Phillip mit jenem Blick, den nur schwärmerischen Jungfrauen, die sich für Femmes fatales hielten, zustande brachten. „Wir haben vergessen, dass wir das Geld erfunden haben. Haben Sie gewusst, dass sich die Zinsen anhäufen, die entstehen, wenn die Notenbank Geld, das eigentlich ein Darlehen ist, an die Banken gibt? Und diese Zinsen häufen sich seit ewigen Zeiten an. Auch wenn das Bargeld, das irgendwann beim Endverbraucher, also bei uns, angekommen ist, schon bei irgendwelchen Kriegen oder so verbrannt ist? Oder sonst wie verschwunden? Auf vergessenen Geheimkonten oder unterm Kopfpolster. Und wir haben diese Zinsen jetzt noch immer auf unserem Geld drauf. Das ist doch urätzend, oder?"

Urätzend, ja, das war das wirre Zeugs, das Kovar gerade von sich gegeben hatte.

Kollmann drehte sich erstmals seiner Mandantin voll zu. „Sie lesen ökonomische Schriften?"

Phillip richtete die Stiftspitze auf den Anwalt. „Creutz. Sie hat Creutz gelesen, da ist das alles zusammengefasst. – Hab ich recht?“

Kovar strahlte. „Sie auch? Is ja total irre.“

Das war die Kleine für Maria auch. Jetzt baggerte sie offensichtlich auch noch Phillip an. Nein, den schwärmte sie an, ihr strahlendes Gesicht hatte nichts Gekünsteltes, was Maria gar nicht gefiel.

Wittmann wohl auch nicht, denn er räusperte sich. „Äh, und was haben jetzt die Zinsen damit zu tun, dass Geld kein Zahlungsmittel ist?“

Er warf sich tapfer wie ein Ritter in die Schlacht. Wohl war ihm in seiner Rolle als Unwissender nicht, doch er versteckte sein Defizit nicht. Das rang Maria Respekt ab.

Blondchen schenkte ihm ein kleines Lächeln. „Herr Oberkommissar, wir haben seinen ursprünglichen Sinn vergessen. Es hat ein Eigenleben entwickelt mit seinem Zinssystem.“

Kollmann lachte durch die Nase. „Ja, aber die Banken müssen doch für ihre Arbeit entlohnt werden. Deshalb gibt es Zinsen und Gebühren.“

Maria richtete sich auf, um die Diskussion zu beenden, doch Kovar kam ihr zuvor. Sie drehte sich zu Kollmann und den Ermittlern beinahe den Rücken zu. „Sie leihen mir ein Fahrrad? Und nach einer Zeit gebe ich Ihnen ein Fahrrad und – na ja, sagen wir, eine Lenkstange zurück? Im Sinne von Lenkstange ist Teil von Fahrrad, Zins ist Teil von Geld. Das würde niemand tun.“

Kollmann nahm die Brille ab und putzte sie mit anwaltlicher Akkuratesse, währenddessen sprach er zu seiner Mandantin wie zu einem kleinen Mädchen. „Ja, weil es sich hierbei um eine nette private Geste handelt. Wenn ich allerdings vom Verleihen von Fahrrädern lebe, dann geben Sie mir Geld dafür. Und die Bank verleiht Geld und bekommt Geld dafür. So einfach ist das.“

Er setzte seine Brille wieder auf. Kollmann zu verhören, musste ein Genuss sein, jede seiner Gesten erzählte Bände. Doch um ihn ging es leider nicht, sondern um das Früchtchen neben ihm.

Maria klatschte mit beiden Händen auf den Tisch. „Ja, so einfach ist das, und jetzt ..."

„Und genau so einfach wäre es, als ersten Schritt zur geldlosen Gesellschaft, zur besitzlosen Gesellschaft, das Bankwesen zu verstaatlichen, denn dann gehört es uns. Wir bezahlen den Bankleuten von unseren Steuern das Gehalt, und die Zinsen und Gebühren werden abgeschafft."

Maria beugte sich vor. „Genug, Frau Kovar. Jetzt wollen wir doch wieder zu unserem eigentlichen Thema zurückkehren. Also ..."

Wittmann stützte sich ebenfalls auf den Tisch auf. „Genau, liebe Kollegin. – Wobei mich schon noch interessiert ...", er schluckte und fixierte Kovars Mund, „... was uns das genau nützt. Ob wir sie jetzt mit Steuern zahlen oder mit Zinsen, ist doch powidel."

Es war unglaublich, so einen unprofessionellen Menschen hatte Maria noch überhaupt nicht erlebt. Ihr Hormonrausch mit Phillip war ein Maienlüftchen im Vergleich zum Gefühlssturm, den Wittmann gerade erlebte. Es musste etwas mit seiner Vergangenheit zu tun haben, vielleicht hatte ja Wittmanns erste große Liebe so wie Kovar ausgesehen.

Jetzt hatte Blondchen wieder ihre undurchdringliche Prinzessinnenmiene vom Beginn aufgesetzt. „'n Megaunterschied ist das. Sie können uns den Wert unseres Geldes nicht mehr diktieren, denn sie sind dann unsere Angestellten und wir bestimmen ihren Lohn. Und wir bestimmen, was sie mit unserem Geld machen, klar?"

Phillip bot Kovar eine Zigarette an und gab ihr Feuer. „Und keine Spekulationsgeschäfte mehr, für die wir Steuerzahler geradestehen müssen. Klingt gut."

Kovar genoss es sichtlich, Phillip beim Anzünden der Zigarette etwas näher zu kommen, denn sie strahlte ihn mit großen Augen an.

Jetzt beugte er sich auch noch nah zu ihrem Gesicht. „Gute Überlegungen, nur wenig Lebenserfahrung würde ich sagen. Die Menschen finden immer einen Weg, Reibach zu machen..“

„Sie haben echt ne Nullmeinung von den Menschen.“

Phillip blieb vornübergebeugt. „Null ist die falsche Vokabel, wenn Sie Null im Sinne von Nichts meinen. Wenn Sie Null allerdings im Sinne von Null als neutraler Zahl zwischen dem positiven und negativen Bereich meinen, dann trifft es meine Meinung über die Menschen. Wenn ich nämlich sage, dass Menschen immer Reibach machen wollen, dann ist das keine Beurteilung im Sinne von schlecht, sondern einfach eine Analyse. Und man kann diesem Wunsch, immer Reibach machen zu wollen, seinen Wert also zu steigern, ja auch etwas Positives abgewinnen, denn wie viele Erfindungen sind aus Ehrgeiz entstanden?“

Kovar zog sich von Phillip zurück. „He – ich hab echt nicht gedacht, dass Sie so ein neoliberaler Scheißer sind.“

Das böse Wort *Scheißer* schwang im Raum, Kollmann räusperte sich.

Phillip lächelte. „Sie sollten einmal Keynes nachlesen.“

Kovar zog an der Zigarette, allerdings machte sie keinen Lungenzug. Das Rauchen war also eine Attitüde, die wohl Sartreschen Intellektualismus vortäuschen sollte. Beinahe kam in Maria mütterliche Nachsicht mit Blondchens Selbstdarstellungstrieb hoch. Doch nur beinahe. Denn schenkte sie Wittmann einen großen Augenaufschlag. Er sollte sie wohl ritterlich unterstützen. Das war eines fertig ausgebildeten Luders würdig. Beim neuerlichen Blick zu Phillip hatte sie sich wieder in der Gewalt.

„Kiens oder wer auch immer ist mir scheißegal. Und wenn sich die Menschen nur spielerisch messen wollen, dann sollen sie Sport machen, oder Kunst. Oder meinetwegen Spiele spielen. Aber nicht auf unsere Kosten mit Geld jonglieren, das nicht einmal existiert."

Maria klatschte in die Hände. „Ein gutes Schlusswort für unser Philosophikum."

Wittmann sank kaum merklich in sich zusammen. Hoffentlich erinnerte er sich jetzt wieder daran, wer er war.

„Frau Kovar – Sie sind also politisch sehr interessiert und eher links orientiert. Das wundert mich nicht. Ich nehme an, dass Ihr Vater eine sehr starke Persönlichkeit war, und da können Kinder entweder nur genauso werden oder in Opposition treten. Sie waren also mit den Machenschaften Ihres Vaters nie einverstanden und wollen deswegen Leute wie ihn bekämpfen."

Kovar bekam einen Hustenanfall, sie hatte wohl Rauch in die Lunge bekommen. Grob wischte sie sich die Tränen der Anstrengung ab. „Was wollen Sie immer mit meinem Vater?"

„Ihr Vater hat Selbstmord begangen. Und Sie halten seine ehemaligen Kollegen und Geschäftspartner für schuldig. Also wollen Sie es ihnen heimzahlen."

Kovar dämpfte die Zigarette aus. „Das System ist schuld, das System, in dem nur Geld und wirtschaftliche Anerkennung zählten. Ich stelle das System in Frage."

„Also Sie gestehen nochmals, dass Sie diese Menschen ...", Maria schob Kovar einen Zettel zu, auf dem die Namen der Opfer, die eine Skulptur vorgefunden hatten, standen, „... beraubt haben."

„Meine Mandantin gesteht gar nichts. Ich bitte Sie ..." Kollmann strich mit schnellen Bewegungen seine Krawatte glatt.

Kovar warf die Hände in die Luft. „Berauben, bestehlen, das ist völliger Schwachsinn. Wir haben umverteilt, nichts anderes, umverteilt."

„Frau Kovar, ich als Ihr Anwalt muss Sie ..."

„Verdammt, ich weiß, Max. Aber es muss denen klar werden, dass wir das nicht gemacht haben, um uns ein paar Euro unter den Nagel zu reißen. Wir verteilen um, verdammte Kacke, nichts anderes, wir verteilen um."

Kollmann sank in sich zusammen.

Maria stützte sich auf und fixierte Kovar. „Oh, nein, Frau Kovar, Sie verteilen nicht um, es ist schlicht Raub, und nicht bloß von ein paar Euro. Aber lassen wir einmal diese läppische Diskussion. Viel interessanter ist ..."

Maria setzte ihre Kunstpause bewusst. Zum einen musste sie Kovar verwirren, denn kaum kam die Sprache auf die Diebstähle, klang alles sehr abgesprochen. Martin Behrent und sie verheimlichten etwas. Und zum andern kam das Wort *Mord*, von dessen Anklage sich die beiden ja mit ihrem Auftauchen reinwaschen wollten, Maria nur schwer über die Lippen. Es war so lächerlich, jemanden mit etwas anzuklagen, von dem man nicht glaubte, dass er es getan hatte. Aber es war ein gutes Druckmittel.

„... warum Sie manchmal jemanden, bei dem Sie eingebrochen sind, auch umgebracht haben, und warum Sie manchmal gemordet haben, ohne zu stehlen."

Jetzt hatte Kovar einen viereckigen Mund und große Augen.

Maria kam sich verdammt dämlich vor. „Ich sage Ihnen warum. Um uns in die Irre zu führen."

„Wir haben Herrn Pöttelsdorfer und Frau Krause nicht umgebracht. Und auch nicht die anderen zwei. Deswegen sind wir ja da. Ich könnte nie jemanden erschießen."

Kovar sackte zusammen und kratzte an einem Loch auf der Resopalplatte des Tisches herum.

Es reichte mit der Verunsicherungstaktik, Kovar war sicherlich schon reif, endlich ein bisschen weniger zu mauern. „Was wissen Sie vom Tod Ihres Vaters?"

„Ich weiß nichts. Er hat sich erschossen. Und er hat einen Abschiedsbrief geschrieben."

„War der mit der Hand oder mit dem Computer geschrieben?"

„Was soll das?" Manuela Kovars kleine Augen zogen sich noch mehr zusammen.

„Hand oder Computer?"

„Ich weiß, auf was Sie hinauswollen. Es war seine Unterschrift. Das Zimmer war von innen versperrt. Die Fenster waren geschlossen." Endlich sprach sie.

„Und was stand in dem Abschiedsbrief?"

„Das weiß ich nicht mehr."

„Das glaube ich Ihnen nicht. Sie sagen, das System sei schuld. Also muss er Ihnen vermittelt haben, dass er am System zerbrochen ist. Denn bei Ihrer Intelligenz müssten Sie auch andere als Gründe für den Selbstmord ins Auge fassen."

Beim Wort *Selbstmord* war Kovar zusammengezuckt und jetzt machten ihre Augen ganz kleine Bewegungen. Jede Faser des Holztisches schien sie zu studieren. Auf ihren Wangen erschienen rote Flecken und sie knabberte an ihren Lippen. Tja, da war noch gar nichts verarbeitet, das war alles noch sehr persönlich. Von wegen Gesellschaft und System.

„Ich hab den Abschiedsbrief nie gesehen."

„Und Ihre Schwester?"

Kovar fuhr in die Höhe. „Was hat jetzt meine Schwester damit zu tun?"

„Vielleicht hat sie Ihnen ja erzählt, was drinnen gestanden ist."

Wieder malträtierte die junge Frau die Scharte im Tisch, aber schließlich strich sie darüber und legte auch noch die Hand darauf. „Mama hat uns den Brief nie gezeigt."

So, wie sie die Hand auf die Scharte gepresst hatte, riss sich die junge Frau sehr zusammen. Ihre Antwort war eine glatte

Lüge. Verdammt, da war etwas in der Vergangenheit. Vielleicht war es ja so, dass Kovar mit den anderen Morden nichts zu tun hatte, aber bei der Krause zur Trittbrettfahrerin geworden war. Nein, sie konnte ja die Details der anderen Morde nicht wissen. Aber vielleicht hatte sie sie irgendwie herausgefunden, nichts war sicher.

Maria stützte ihren Kopf auf die Handflächen. „Kannten Sie Leopoldine Krause persönlich? Ich meine, bevor Sie sich mit ihr als potenziellem Raubopfer auseinandergesetzt haben?"

Kovar blieb einen Moment bewegungslos, was im Grunde schon alles sagte. Und natürlich setzte sie ein Kopfschütteln nach. Gerade als Maria ihre Aufforderung zu lautem Antworten wiederholen wollte, beugte sich Kollmann zu seiner Klientin und flüsterte ihr etwas ins Ohr. Nach ein paar Sekunden nickte Kovar Maria zu. „Ja, sie war mit meinem Vater bekannt und öfters bei uns zu Hause. Aber das ist lange her."

Maria nickte. Kollmann war gut, so wurde Blondchen vertrauenswürdig. „Und Christian Pöttelsdorfer?"

Kollmann zuckte leicht zusammen. Kovar ließ sich ein paar Augenblicke Zeit, dann nickte sie erneut.

Kollmann räusperte sich. „Äh, Herr Pöttelsdorfer ist – war stiller Teilhaber von ‚Thalmann & Söhne'."

Als Maria nickte, räusperte sich Wittmann. „Ich hab vergessen zu erwähnen, dass Herr Doktor Kollmann für diese Kanzlei arbeitet."

Maria spürte, wie sich ihre Nackenhaare aufstellten. Sie presste ihren Mund zu einem Lächeln. Erst dann wandte sie sich Wittmann zu. „Ja, die Gelddiskussion hat uns alle ein bisschen abgelenkt."

Wittmann zog die Wangen ein, die Botschaft war angekommen. Gut. Abgehakt. Genauso kontrolliert, wie sie sich Wittmann zugewandt hatte, drehte sie sich wieder weg. Pöttelsdorfer war also ein Freund der Familie. Sozusagen. Na, fein, das Netz wurde immer enger. Maria konnte nicht vermeiden, dass ihr Blick Phillips Gesicht suchte.

Der zog die Augenbraue hoch und wandte sich an Kovar. „Und wie steht es mit Richard Tauber?“

„Er gehörte zum Bekanntenkreis meines Vaters.“

Jetzt war die Sprache der jungen Frau wieder ausgesprochen akkurat, sie hatte sich also wie zu Beginn des Verhörs unter Kontrolle.

Maria lächelte ihr zu, der Kampf war eröffnet. „Und Sigur Neumann?“

„Sigur Neumann?“

„Sigur Neumann.“

Manuela Kovar schien erleichtert. Sie schüttelte spontan den Kopf. „Der Name sagt mir gar nichts.“

Schon wieder. Schon wieder war der Lebkuchenherzenmann der Einzige, der nicht in den Zirkel passte.

Maria lehnte sich mit verschränkten Armen zurück. „Sie geben also zu, drei der vier Opfer gekannt zu haben und wollen uns erklären, dass Sie nichts mit den Morden zu tun haben? Vielleicht verleugnen Sie Neumann ja nur, um weniger verdächtig zu sein.“

„Fragen Sie mich nach meinen Alibis! Ich ... wir ... also, Martin und ich haben nur bei Christian, also bei Herrn Pötelsdorfer und bei Frau Krause ...“

„Sie sind mit den Leuten per Du und rauben sie aus?“

„Ich – wir – ich kenn sie halt ewig! Und warum soll ich sie umbringen, nur weil ich sie kenn? Das ist doch megakrank!“

„Eben. Weil Sie sie kennen und mehr wissen. Was stand in dem Abschiedsbrief?“

„Fragen Sie mich endlich nach meinen Alibis, ich werde welche haben, dann können wir uns den ganzen Scheiß da ersparen.“

„Ich bin mir sicher, dass Sie welche haben, Sie sind ja nicht blöd. Aber wir werden Ihnen und Herrn Behrent die Alibis zerfleddern, weil sie nämlich nichts taugen!“

Maria spürte, dass Phillip sie anschaute. Und sie konnte nicht einmal reagieren, denn sie wusste selbst nicht, worauf sie hinauswollte. Da war nur das instinktive Gefühl, dass Kovar in die Enge getrieben werden musste. Mit jedem noch so dämlichen Mittel.

Kovar sprang auf, es war vorbei mit der Coolness. „Sie brauchen ja nur – Sündenböcke, weil man Ihnen sonst den Arsch aufreißt!“

„Setzen Sie sich.“

Kovar würgte Marias Befehl hinunter und setzte sich. Sie war keine Unbedarfte. Maria rieb sich die Stirn. Warum fiel Wittmann nichts ein? Er leitete doch die Untersuchungen. Sinnlose Frage. Er bedauerte allzu sehr seinen Schwanz, der Kovar in naher Zukunft nicht würde stechen können. Aber warum er und nicht ein fähiger Beamter, von denen es auch ein paar gab, wie sich Maria in dieser Sekunde schmerzensreich eingestand? Egal.

Maria zündete sich eine Zigarette an. „Okay, Sie kannten also Krause und Pöttelsdorfer gut. Die anderen Diebstahlopfer auch?“

„Wieso?“

„Nicht wieso. Kannten Sie sie oder kannten Sie sie nicht?“

„Nein. Nicht so gut.“

Maria rollte die Asche ab. „Und woher wussten Sie dann, dass bei diesen Leuten etwas zu holen ist?“

Kovar zuckte mit den Schultern. „Das weiß man halt.“

Sie blockte schon wieder. Maria gab Phillip mit dem kleinen Finger ein Zeichen.

Er beugte sich vor und versetzte seinem Kugelschreiber einen Stoß. Kovar seufzte und schluckte. Phillip stoppte den Schreiber mit einer schnellen Bewegung. „Anders gefragt. Wie haben

Sie es angelegt? Woher wussten Sie so viel über die Opfer. Alarmanlagen. Schlafgewohnheiten, et cetera."

Kovar dämpfte ihre Zigarette aus. „Observiert." Sie grinste. „Ist ja nicht schwer."

„Und da sind Sie auch hinter die Schwarzgeldkonten gekommen, oder wie sollen wir das verstehen?"

Puh, Phillip hatte seinen ganz strengen Ton hervorgeholt. Doch Manuela Kovar zog nur die Augenbrauen hoch und studierte dann die Neonröhre. Phillip ließ sich wieder in seinen Sessel zurückfallen.

Okay, Staffelübergabe. Maria nahm einen Zug an ihrer Zigarette, der Rauch stieg ihr in die Augen. Sie musste die Tränen wegzwinkern und sah Kovar doppelt. „Wer sind Ihre Komplizen?"

Kovar runzelte die Stirn. Ihre Irritation wirkte ehrlich. Das konnte doch wohl nicht sein.

Maria beugte sich vor. „Ihre Komplizen. Sie beide, Martin und Sie, werden wohl kaum an dreiundzwanzig Stellen in Wien gleichzeitig gewesen sein."

Kovar schloss kurz die Augen. „Da gibt es keine Komplizen."

„Das glaube ich Ihnen nicht. Das kann nämlich nicht sein."

Blondchen schüttelte ihre Mähne und reckte das Kinn. Da klopfte es an der Tür. Sicher schon wieder eine Leiche. Denn nur im äußersten Notfall durften sie gestört werden. Maria knurrte „Herein." Ein Streifenbeamter schob sich in den Raum und drückte Maria einen Zettel in die Hand. Die Botschaft ließ ihr Herz rasen.

Sie beugte sich zum Mikro. „Vernehmung unterbrochen wegen Einsatzes."

Maria fixierte die senkrechten Pupillen in den gelben Augen des Krokodils. Sie hatte das Gefühl, als würde das Reptil jeden Moment aus dem Wasser auftauchen, sie anspringen, das Panzerglas durchbrechen und sie verschlingen. Das verschob die Sinneswahrnehmung, denn auch wenn sie sich einige Meter entfernt von Phillip und dem Angestellten des *Haus des Meeres* befand, so verstand sie doch jedes Wort messerscharf.

„He, Mann, ich hab sie bei einem Clubbing kennengelernt. Eh. Da ist doch nichts dabei." Der Mann schluckte hörbar. „Und dann, glaub mir, Mann, echt, glaub mir, wir sind dann halt so rumgezogen."

„Ich resümiere: Sie haben Heidelinde Kovar, die Schwester von Manuela Kovar, bei einem Clubbing kennengelernt. Und dann sind Sie so rumgezogen."

Maria zwang ihren Blick weg von diesen Pupillen. Die Männer zeichneten sich als Schatten gegen das Licht in den Terrarien ab. Der Angestellte war so jung, dass er als Übriggebliebener eines Schulbesuches durchgehen würde. Seine blonden Haare standen kreuz und quer, unter der Unterlippe hatte er ein Piercing. Und er hatte eine Hakennase. Außerdem kaute er permanent an seinem Daumennagel, wodurch seine Antworten leicht genuschelt wirkten.

Phillip betrachtete wie nebenbei die Schildkröten, die sich im Terrarium des Krokodils befanden. Panzer gegen Panzer.

Maria hörte mit einem Mal das Wummern des pumpenden Wassers. Und sie fühlte sich beobachtet. Blitzschnell drehte sie sich zum Krokodil um. Das Tier hatte die Schnauze mit den Augen aus dem Wasser gehoben. Ihre Gesichter waren nun zwanzig Zentimeter voneinander entfernt, nur getrennt durch eine Panzerglasscheibe.

Aus dem Augenwinkel sah sie, wie der Angestellte von einem Fuß auf den anderen trat. „Okay, okay, ja, ich geb's ja zu, wir haben auch manchmal gekokst. Mann, viel zu wenig! Weil jedes Mal, wenn sie eine Line gezogen hat, hat sie dann mit mir gefickt. Der volle Wahnsinn. Urgeil, sag ich dir. Und jetzt steht sie da oben. Mann, das pack ich echt nicht."

Phillip lehnte sich offensichtlich an die Panzerglasscheibe an, denn er überschlug die Füße. „Sie haben Sie doch raufgelassen."

Das Krokodil bewegte sich keinen Millimeter. Der Angestellte tänzelte. „He, Mann – Herr Revierinspektor – Gruppenleiter ..."

„Kommissar reicht völlig."

„Äh – das kennen Sie doch, Mann, du stehst auf eine Braut, und dann willst du ihr – he – sie wollte die Aussicht – da oben, da knallt es dir das Hirn weg ..."

„Aha."

Das Krokodil tauchte um ein paar Millimeter mehr auf. Maria blieb starr.

Der Angestellte machte ein paar tänzelnde Schritte. „He, Kommissar, das da, wo das Haus des Meeres ist, das ist ein Flakturm. Da stehen die Fuffis drauf. So Geschichte und so. Und da oben, da schaust quer über Wien, dann siehst den Scheiß Kahlenberg, und du siehst das verdammte Bratislava. Hab ich wissen können, dass sie irgendeine Scheiße geschluckt hat?

„Scheiße?"

„He, Mann, Shit, Koks, das kommt von der Natur."

Maria verspürte aufgrund dieser seltsamen Differenzierung den Drang, den Angestellten anzusehen, doch das Krokodil ließ sie nicht los.

Sie hörte den Angestellten lachen. „Ich mein ja nur. He, die hat irgend so eine Designerscheiße geschluckt. Find ich total beschissen. Ich nehm so was nicht. – Und ich kenn sie so nicht. Fliegen und so nen Scheiß. – Aber was isn schon dabei, wenn ich sie rauflass und sie macht auf *Titanic*? Aber wie sie mir dann das Eisen zwischen die Augen gehalten hat – nein, Mann, da war Schluss mit lustig. Ich bin doch kein suicide."

Phillips Füße umrundeten den Angestellten und stellten sich neben Marias Füße. „Aber du hast sie raufgelassen, und wir können sie da jetzt wieder runterholen. Warum hast du mit dem Sightseeing nicht ein paar Monate gewartet? Dann eröffnet ja das Café da oben, alles kein Problem mehr."

„He, Mann, da wär sie dann sicher nicht am Nachmittag raus, dann hätt sie irgendwas von Sternen und so gefaselt. So, wie sie drauf ist."

„Eben. Genau das hättest du bemerken müssen. Wie sie drauf ist."

Jetzt umrundeten die Füße des Angestellten Phillips und ihre. Der Vollidiot klopfte auch noch auf die Scheibe des Terrariums. „He, Elvis."

Doch Elvis machte zu Marias Glück keinen Ausbruchsversuch, um sich die vermeintlichen Streicheleinheiten abzuholen.

Der Angestellte lehnte sich gegen die Scheibe. „Okay, Mann, ich rühr die ganze Kacke nie wieder an. Verstehst du? Tschuldige, Kommissar. Ich mag den Job da. Könnt ihr nicht ein Auge – he, Mann, echt, ich hab's mir halt einmal geben wollen mit einer richtigen Tussn. So einer aus der High Society. Verstehst mi? Aber das ist vorbei, echt. Da drüben ...", er ging ein paar Schritte Richtung des gegenüberliegenden Terrariums, als wüsste er in der dunklen Orientierungslosigkeit des Bunkers, wo der Ort läge, den er meinte, „... da in dem Lokal am Eck, da is die Susi, a Kellnerin, he, die ist so was von – ja."

Es war echt an der Zeit, dass Phillip dem Schwadronierer keine neuerliche Chance zum Ausholen gab. Maria wollte sich umwenden, um ihm ein Zeichen zu geben, doch die schwarzen Striche in den gelben Flecken ließen sie nicht gehen. Jetzt öffnete das Tier sein Maul.

Phillip aktivierte sein Handy. „Kollege Wittmann? Ja, es handelt sich tatsächlich um die Schwester, und sie scheint unter Drogeneinfluss zu stehen. – Nein, wir denken, es ist besser, gleich zu handeln."

Der Angestellte rückte näher zu Maria. „He, Lady, ich mein

das nicht so, das mit den Drogen. Aber es weiß doch a jeder ...", jetzt zappelte er, „... dass Marihuana keine wirklich Droge ist. Und auch des Koks, das sind ja eigentlich Pflanzen. Und Pflanzen sind nichts Schlechtes. Da könnts ihr doch a Auge zudrücken – oder so. Und ich denk mir, ma sollt das Marihuana irgendwie gesellschaftsfähig – he, ich mein nur, das ist ja auch, der Hanf, also, das ist ja auch was für ein Hemd und so ..."

„Halt die Klappe!" Marias Stimme hallte durch den Raum. Das Krokodil schloss das Maul und tauchte unter. Maria drehte sich zum Angestellten um, der nun seinerseits den Mund weit aufgesperrt hatte. „Entschuldigen Sie bitte, ich meinte natürlich, dass wir genug gehört haben. Und wenn Sie mir jetzt sagen, was das Schönste und das Schlimmste für Frau Kovar ist oder war, dann vergesse ich vielleicht Ihre Anbaupläne von Hemden."

Der junge Mann ließ seine Schultern hängen und starrte sie an. „Ka Ahnung."

Maria stellte sich direkt vor ihn. „Tauchen Sie auf aus Ihrem Drogenrausch ...", sie rückte ihr Gesicht nahe an seines, „... und mach mich net grantig, Burscherl. Alle reden, wenn sie drauf sind. Und sag net noch einmal, dass di net erinnern kannst. Du bist verknallt in die Kleine, da merkt man si alles, egal wie zu man ist."

Der Bursche starrte sie an, wie sie gerade eben das Krokodil angestarrt hatte. „Di Leich von ihrem Vatern, und wie er sie amal auf seinen Schoß gsetzt hat, um ihr des blutige Knie zum verbinden."

„Das hast aus einem Heimatroman."

Die Hakennase trat einen Schritt zurück und hob die Hand zum Schwur. Maria nickte ihm zu, deutete zum Lift und Phillip, ihnen zu folgen.

Als sich die Lifttüren öffneten, kam ein Streifenbeamter die Stiegen herauf. „Der Psychologe, der ist gleich da!"

Phillip schob Maria und auch die Hakennase in den Lift. „Wir haben alles im Griff. Sie wird nicht springen."

Dessen war sich Maria nicht so sicher.

Die Maisonne hatte auf dem Dach des Flakturmes eindeutig mehr Kraft als fünfzig Meter darunter im Park. Und sie schien hier auch greller. Maria musste sich die Augen abdecken. Trotzdem konnte sie Heidelinde Kovar nirgends entdecken. Denn der Turm ging in der Mitte des Daches noch einmal zwei Stockwerke in die Höhe. Sie befanden sich auf einer Art Terrasse mit Ausbuchtungen an den Ecken, die rund um den Innenteil führte. Maria wandte sich zu Hakennase. Der junge Mann deutete mit erhobener Hand um die Ecke des Innenturmes. Seine zackige Bewegung war ängstlich, und dennoch tauchte Maria für den Bruchteil einer Sekunde in die Nazivergangenheit des Gebäudes ein. Sie schüttelte sich. Da war keine Fliegerabwehr mehr, jetzt waren hier nur noch staunende Aquariumsbesucher und Kletterer, die die Außenmauer des Turmes hochkrabbelten.

Und es gab Selbstmörderinnen, wenn man ihnen die Tür zum Dach aufsperrte, wie es dieser hakennasige Vollidiot gemacht hatte. Nun ja, er hatte nicht wissen können, welche Absichten Heidelinde Kovar hatte. Wobei – er hatte doch sicherlich aus der Zeitung von der Fahndung nach Manuela Kovar erfahren. Was aber auch keinen Unterschied machte. Denn er hatte wahrscheinlich nicht einmal kapiert, dass es sich dabei um die Schwester handelte, so intelligent war er nicht. Und Heidelinde hatte ihm sicher nicht die Zusammenhänge erklärt.

Maria deutete Phillip zurückzubleiben und ging um die Ecke. Gesang driftete zu ihr. „Aber Heidschibumbeidschi bum bum ..." Da war eine kurze Pause, bevor die finale Zeile mit gebrochenem Metall intoniert wurde, „... aber Heidschibumbeidschi bum bum."

Maria drückte sich an die Wand, die etwa drei Meter von der Brüstung entfernt war. Sie kam sich vor wie in einer Schampoowerbung. Auf der einen Meter hohen Brüstung einer Ausbuchtung stand mit dem Rücken zu ihr eine vollkommen nackte Frau, die die Arme wegstreckte, als ob sie im nächsten Moment springen wollte, im sicheren Bewusstsein, dass sie aufgefangen würde. Ihr langes blondes Haar wurde von einem Lüftchen zu einer Corona gebauscht. Neben ihren Beinen glitzerte es, das Licht gab der Gestalt etwas Mystisches.

Vor ihr stand Heidelinde Kovar. Und sie sang ein Gutenachtlied.

Maria hob die Stimme. „Aber Heidschibumbeidschi bum bum." Wieder die vorletzte Zeile des Kinderliedes mit der fragenden Aufwärtsmelodie.

Die Antwort kam in glockenhellem Sopran. „Aber Heidschibumbeidschi bum bum."

Die Frau zögerte, doch das vermeintliche Echo schien sie in ihrem Ansinnen zu bestärken. Maria rekapitulierte den Beginn des Liedes, schnell dichtete sie den Text um. „Aber Heidschibumbeidschi, schlaf lange, es is ja dei Vota ausgangen, er is ja ausgangen und kimmt nimmer hoam und lasst das kloa Mädele ganz aloan."

Jetzt zögerte die Frau, sie senkte ihre Arme um ein kaum merkliches Stück. Schließlich hob sich ihr Brustkasten. „Aber Heidschibumbeidschi, schlaf Siaße, die Englein lassn di griaßen, sie lassen die griaßen und lassen di fragn, ob du im Himmel spazieren willst fahren."

Sie sprang nicht. Das war eine Atempause. Maria intonierte den Refrain, während sie ihr Gedächtnis nach der nächsten Strophe durchsuchte. Doch die Zeilen waren gar nicht geeignet, um eine Selbstmörderin von ihrem Vorhaben abzubringen. Es war eine Scheißidee gewesen, ohne Psychologen hier herauf zu kommen.

Maria hoffte bereits im Singen, dass ihr etwas Genialeres als dieses verklausulierte Hin und Her einfallen würde. „Aber Heidschi-bumbeidschi, im Himmel, da gibt es an schneeweißen Schimmel, drauf sitzt ja dein Vater und ruft dir laut zu, die Erd' is vü schöner, jetzt gib scho a Rua."

Den Refrain sangen sie nun gemeinsam. Maria versuchte sich an die vierte Strophe zu erinnern.

Die junge Frau wusste sie schneller. „Der Heidschibumbeidschi is kumma und hat jetzt das Mädal mitgnumma, er hat es mitgnumma und hat's neamer bracht, drum wünscht jetzt dem Mäderl a recht guate Nacht!"

Heidelinde stockte. Vielleicht wartete sie auf den Refraineinsatz von Maria. Den Gefallen würde sie ihr nicht machen.

Maria sagte: „Der Heidschibumbeidschi ist kommen, und machte das Mädchen benommen, es war sehr benommen, doch wusste es klar, dass Selbstmord nicht Lösung noch wunderbar war."

Die junge Frau drehte sich zu ihr herum. In dem Moment, als sie mit ihrer Rechten ihre Scham bedeckte und mit ihrer Linken ihre Brust, ähnelte Heidelinde Kovar der Venus von Botticelli. Nur ihr Gesichtsausdruck war nicht so sanftmütig, er war viel mehr neugierig. Sie senkte die Hände. Das war schlecht, denn einer Selbstmörderin war alles egal. Auch ihr Schamgefühl. In der nächsten Sekunde bückte sie sich zu dem Glanz neben ihren Füßen und hob ihn auf. Es war ein Revolver.

Heidelinde Kovar richtete die Waffe auf Maria. „Gehen Sie."

Ihre großen Pupillen glänzten. Na, wunderbar, jetzt war Maria in der Situation, die ein Polizist fürchtete wie der Teufel das Weihwasser. Oder der Spieler das Rien-ne-va-plus, ohne etwas gesetzt zu haben. Was hatte sie noch mal bei diversen Kursen gelernt? Die meisten Selbstmörder wollten nicht tatsächlich springen. Sie sehnten sich nach Aufmerksamkeit. Verdammt noch einmal, die hatte sie Heidelinde Kovar ja schon mehr als genug gegeben! Weiter: Die meisten waren verstört, wenn sie bemerkten, dass ihr Selbstmord niemanden kümmerte. Die Frage war, ob das auch bei einer fremden Person wirkte. Dass Maria Heidelinde Kovars Selbstmord nicht weiter kümmerte, konnte sie sich ja ausmalen. Es konnte natürlich sein, dass sie, die Polizistin, jetzt sozusagen als Ersatz für alle Arschlöcher, denen Heidelinde Kovar jemals in ihrem Leben begegnet war, herhalten musste. Außerdem kümmerte der etwaige Selbstmord Maria sehr wohl. Sie würde es als persönliches Versagen empfinden, und dann brauchte sie von dieser Frau verdammt noch mal Infos, denn ihre Schwester schwieg wie eine Auster.

Heidelinde Kovar hatte selbst in diesem wütenden Amazonenmoment noch eine starke Ähnlichkeit mit der Venus in der Muschel. Allerdings war Venus etwas ramponiert. Der Drogenmissbrauch ließ ihre Knochen hervorstehen. Die helle Haut war grau, und die Lippen des sehr großen Mundes waren aufgerissen. Trotzdem war sie zu schön, um zu sterben – Maria empfand Begehren.

Sie fixierte die Augen von Heidelinde Kovar und ging Richtung Brüstung. „Sie wissen doch, dass ich nicht gehen kann. Ich muss ...“, sie setzte sich am Rande der Ausbuchtung auf die Brüstung, ohne den Blick von der Frau zu lösen, „... da jetzt sitzen bleiben und zuschauen, wie Sie springen. Und ich muss Sie davon abhalten, das ist meine Pflicht.“

Heidelinde Kovar bewegte leicht den Revolver – der keine Pistole war, wie Hakennase gesagt hatte. Nun ja, es sprach eigentlich für ihn, dass er keine Ahnung von Waffen hatte.

Maria deutete auf das Ding. „Hat sich damit Ihr Vater umgebracht?“

„Das geht Sie ’ne verdammte Kacke an!“

Breites Wienerisch und dennoch *’ne* und *Kacke*. Anscheinend glichen sich die Sprachen der Jugend aufgrund von MTV und anderen Jugendkanälen tatsächlich aneinander an. Bayern hatte angeblich sogar schon das Lernprogramm *Meine Heimatsprache* ins Leben gerufen. Maria musste den Bajuwaren wider Willen Weitsicht zugestehen. Dialekt war ihr immer ein heimattümeliges Gräuel gewesen, jetzt erschien er ihr als notwendige Selbstbehauptung. Sie schüttelte sich. Diese absurde Überlegung in dieser absurden Situation konnte ihren Grund nur darin haben, dass man anscheinend in absurden Situationen absurd dachte.

Maria überkreuzte scheinbar gemütlich die Beine und studierte den Betonboden, aus dessen Sprüngen Moos hervorquoll. Da gab es noch viel zu tun, bis der Platz hier für ein Kaffeehaus geeignet war. Ihr Blick landete kurz auf der Brüstung – Maria fixierte gleich wieder die Moosritze. Hinter der Brüstung war der Abgrund. Natürlich war er da. Nicht umsonst stand Venus ja da auf der Betonmauer. Scheiße. Mit dem ganzen Trubel hatte sie ihre Höhenangst vergessen. Das konnte doch einfach nicht wahr sein. Sie und ihr Bedürfnis, immer alles selbst in die Hand zu nehmen. Da saß sie nun und hoffte, dass die Feuerwehr inzwischen den kompletten Platz rund um den Turm mit Matratzen ausgelegt hatte. Nein, trotzdem würde sie sterben. Vor Angst. *He, Kouba, Mädel! Konzentrier dich auf die Wahnsinnige vor dir!*

Sie hob den Blick und hoffte, dass er so streng und überlegen wirkte wie jener des Krokodils vorhin. „Natürlich geht es mich etwas an, wem die Waffe gehört. Sie haben sicherlich keinen Waffenpass dafür."

Heidelinde Kovar forschte in ihrem Gesicht. Maria legte noch mehr Lässigkeit in ihr Äußeres.

Venus lachte. „Wollen Sie meine Leiche einsperren?"

„Jetzt leben Sie ja noch."

Heidelinde Kovar bewegte die Hüfte, als wollte sie ein Bein entlasten, ließ das Gewicht dann aber doch auf beiden Beinen.

„Wieso wissen Sie das mit meinem Vater? So schnell können Sie das gar nicht herausgefunden haben."

Gut, jetzt war wieder Interesse zu spüren. Wer noch neugierig war, hüpfte nicht von Flaktürmen.

„Ich habe gerade Ihre Schwester verhört, als ich von Ihrer Aktion hier erfahren habe."

Heidelinde ließ die Hand mit dem Revolver sinken, drehte sich zum Abgrund. Maria erhob sich rasch, was Heidelinde Kovar wieder in Angriffsstellung brachte.

Maria hob die Hände. „Ich will nur wissen, was wirklich war. Sie werden mich nicht anlügen so wie Ihre Schwester."

„Warum?"

„Weil Sie nichts zu verlieren haben. Ihr Selbstmord ist ja schon ein Statement für die Wahrheit."

Ohne sie anzusehen, streckte Heidelinde Kovar Maria die Waffe entgegen. Nicht, um sie abzugeben, sondern, damit Maria sie besser sehen konnte. „Es ist eine Achtunddreißiger. Mit Spezialmunition. Sie hat meinem Vater gehört." Sie hielt sich die Waffe vor ihr Gesicht. „Macht große Löcher. Und er hat sich in den Mund geschossen. Er wollte auf jeden Fall sichergehen."

Maria nickte.

Heidelinde Kovar blieb regungslos. „Sein Gehirn ist auf *Schuld und Sühne* gespritzt. Ist ja auch ein dickes Buch. Alte Liebhaberausgabe. Hat geklebt wie der Teufel. Auf den Büchern rundherum waren Schädelsplitter. Die ganze Bücherwand hinter ihm war blutrot. Wie im Film. Es war noch nicht trocken, das Blut, sonst wäre es ja braun gewesen."

Vielleicht war es diese Vatergeschichte, die ein Band zwischen ihnen knüpfen konnte. Natürlich hatte sich ihr, Marias, Vater nicht umgebracht, er war nach einem doppelten Herzinfarkt gestorben. Doch Maria vermeinte in Heidelinde Kovars Stimme jenes kleine Mädchen zu hören, als das auch sie sich damals gefühlt hatte. Allein in einem Niemandsland und auf der Suche nach der Hand, die bis eben noch da gewesen war. Und sie beide hatten ihre Väter jung verloren. Heidelinde könnte beinahe ihre Tochter sein.

Maria lehnte sich nun ein Stückchen näher zu Venus, an die Mauer. Erst jetzt fiel ihr auf, dass sie warm von der Sonne war. „Sie haben ihn gefunden?“

Heidelinde Kovar hob neuerlich die Waffe in Marias Richtung. „Megaschlechte Frage.“

„Wieso? Sie können ja auch als Zweite in den Raum gekommen sein.“

„Was macht das für einen Unterschied?“

„Als Erste haben Sie noch nicht gewusst, welcher Anblick Sie erwartet. Das fährt ein. Und außerdem haben Sie sicherlich den Abschiedsbrief gelesen.“

Heidelinde Kovar ließ die Waffe fallen, die unweit vor Maria zu liegen kam. „Vergessen Sie's. Wenn Sie nur einen Schritt machen, dann springe ich eben eine Sekunde früher. Aber springen tu ich.“

Maria atmete durch. Ihre Oberschenkel zitterten, sie wollte sich setzen, wagte jedoch nicht, sich zu bewegen. „Ich kann Sie nicht davon abhalten. Und vielleicht will ich es nicht mal. Warum sollte ich Sie denn retten? Ich kenn Sie ja gar nicht. Vielleicht haben Sie ja allen Grund der Welt, sich umzubringen. Aber Ihr Vater hatte massive Depressionen, weil seine Karriere im Arsch war. Das kann man verstehen und verzeihen. Für manche Menschen ist der Beruf das Wichtigste im Leben. Aber welchen Grund haben Sie?“

Heidelinde Kovar rieb sich das Gesicht. „Was wissen Sie schon? Mein Vater war kein karrieregeiler Scheißtyp.“

„Was war er dann?“

Heidelinde Kovar schaute über ihre Schulter in die Tiefe, im nächsten Moment ließ sie sich in die Hocke fallen. Ihre Arme umschlangen die Knie. Das konnte als Geste durchgehen, die

Überlebenswillen zeigte. Ihr Blick war starr auf den Boden gerichtet.

Maria machte einen Schritt nach vorn. Dann noch einen. Das Mädchen reagierte nicht. Das gab ihr Mut. Mit zwei weiteren Schritten war sie nur mehr einen halben Meter von ihr entfernt. Sie ging ebenfalls in die Hocke, wollte Heidelinde ins Gesicht schauen, doch es gelang ihr nicht. „Was war er dann? Was stand in dem Brief?"

Das Mädchen wiegte sich langsam hin und her. Maria wurde bei diesem Anblick ganz schwummrig.

„Forget it. Der Schrieb ist völlig uninteressant. Frag doch meine Schwester, Frau Kommissarin, wenn es dich so sehr interessiert." Übergangslos begann Heidelinde zu weinen, streckte die Arme in die Luft, als ob sie Regen auffangen wollte.

Maria hielt ihr die Hand entgegen. „Ich bin die Maria." Heidelinde sah sie nicht einmal an. Maria zog die Hand zurück, es war ohnehin bloß eine Geste gewesen. „Und deine Schwester lügt mich an."

Das Schluchzen stoppte ebenso übergangslos, wie es begonnen hatte. Heidelindes Augen glänzten, als sie Maria fixierte. „Mich auch. Sie ist ein egoistisches Drecksstück."

Das Wiegen begann erneut. Auf den Unterarmen des Mädchens waren die Einstiche deutlich zu sehen.

„Springst du, weil dich deine Schwester anlügt?"

„Alle lügen mich an. Alle. Nur Papa nicht."

„Und deine Mutter? Sie wird das nicht packen, wenn du springst."

Heidelinde lachte trocken auf. „Diese Fut wird nicht einmal mitkriegen, dass es mich nicht mehr gibt." Ihr Blick flog über die Dachlandschaft rundum und blieb am Spitzturm des Apollo-Kinos hängen. „Weißt du, was dieses Drecksstück nach dem Tod von Papa gemacht hat?" Sie stand auf und drehte sich zum Abgrund. „Meine Mutter, meine Frau Mutter ... mein Ein und Alles ...“, sie lachte auf, „... diese Fut ist ficken gegangen. Mit den Leuten, die schuld an Papas Tod sind.“

„Du meinst, sie hat sich gleich einen Lover gesucht?“

Heidelinde drehte sich um. Der Rest ihrer Schönheit hatte sich verflüchtigt. Vor Maria stand nun eine müde, ausgemergelte Drogenabhängige. „Alte, nicht einen Lover. Ich hab gesagt, dass sie ficken gegangen ist. Kein Wort hat sie mit mir geredet, zum Psychiater hat sie mich geschickt. Sie hat uns einfach alleine gelassen, diese egoistische Sau.“

Maria stand langsam auf. Heidelinde war zum Greifen nahe. Sie musste sie jetzt packen. Doch das Mädchen konnte sich trotzdem fallen lassen. Und halten würde sie sie nicht können. Sie hatte keine Chance. Vielleicht sollte sie einfach gehen und den Psychologen holen. Oder Phillip. Er hatte mehr Kraft. Nein, denn dann wäre Heidelinde alleine. „Und deine Schwester? Manuela ist ja vier Jahre älter als du.“

Heidelinde grinste Maria an. „Du denkst jetzt dran, wie du mich da runterbekommst. No way.“

Maria zwang sich, locker die Hüfte einzuknicken. „Wieso eigentlich nicht? Du bist erst achtzehn. Da verkraftet der Körper das Heroin noch, auch wenn du's dir schon seit Jahren gibst. Musst nur gleich was tun. Du schaust noch nicht komplett kaputt aus. Und du bist wütend. Willst du es den Kerlen nicht heimzahlen? Ich meine jetzt natürlich nicht Mord ...“, Maria zwang sich zu einem kurzen Lachen, „... sonst sehen wir uns bald wieder, aber es gibt ja auch andere Wege. Wenn du weißt, welche Leute am Tod deines Vaters schuld sind, dann lasst sich sicher was finden, was sie hinter Gitter bringt.“

Heidelinde schaute zur benachbarten Ausbuchtung, auf deren Brüstung sich vier Tauben niedergelassen hatten. Ihre Gesichtszüge wurden weich. Das konnte jetzt bedeuten, dass das Leben sie berührte, oder auch, dass sie sich mit den Tauben wegfliegen sah.

Maria zuckte mit den Schultern. „Du musst einfach nur mit mir reden."

Heidelinde kratzte an ihren Einstichen. Das war jetzt de facto ein gutes Zeichen, das Mädchen spürte sich wieder. „Mani wollte Papa rächen."

„Wie? Mit diesen Raubzügen? Da hat sie schon einiges weitergebracht, auch wenn die Methode natürlich zu diskutieren ist."

Heidelinde schaute Maria an. Dann wanderte ihr Blick mit einem Seufzer zum Himmel. Sekunden vergingen. Maria folgte ihrem Blick und sah nichts als bauschige Wolken. Sie studierte ihr Gesicht, dessen Züge noch immer weich waren. Ihren Mund umspielte jetzt ein Lächeln, wie es manche Nonnen haben, die mit der Welt und sich im Reinen sind. Das war ein ganz schlechtes Zeichen.

Heidelinde legte den Kopf schief, beäugte Maria so wie die Tauben, die gerade anmarschiert kamen, sie beide beäugten. „Du bist echt voll zugenebelt im Hirn." Sie seufzte. „Klar, du bist ja auch so eine."

„Was für eine?"

„Eine von denen."

„Bin ich nicht."

„He, du bist bei der Polizei."

„Ja, weil ich was ändern will."

Heidelinde schüttelte den Kopf und drehte sich zum Abgrund. Dabei kippte sie leicht vornüber.

Maria schrie auf. „Nein! Also, ich mein – hilf mir, verdammt noch mal! Hilf mir!"

Ein Brummen wurde hörbar. Das konnte nicht sein. Die Feuerwehr durfte jetzt den Rettungskorb nicht ausfahren.

Heidelinde drehte sich zurück und sprang Maria direkt vor die Füße. „Kannst du mich einmal kurz halten?"

Das war der Durchbruch! Sie hatte irgendetwas Richtiges gesagt. Maria nahm sie in den Arm. Dabei tat ihr alles weh, was wohl daran lag, dass ihr Körper zittern wollte und Maria es ihm nicht erlaubte.

Das Mädchen drückte sie fest, als wollte sie nie mehr loslassen, und flüsterte in Marias Ohr: „Ich kann nicht mehr. Da ist ultrabrutal ... nichts. Ich kann nichts dagegen unternehmen, wie mein Vater nichts dagegen unternehmen hat können. Und sie stecken an. Mutter ist sofort eine Sau geworden, Mani mit jedem Bissen, den sie zum Tarnen und Täuschen von der Macht gegessen hat. Ich will kein Schwein werden. Fuck you, fuck me, fuck the world." Sie lachte kurz auf. „Ich geh. Und ich wünsch mir, dass du ein Mensch wärst, der nie zur Sau wird. Wenn du meine Bilder liest, weißt du, was ich meine. Übrigens – wir sind jetzt nicht mehr allein."

Sie ließ los und lächelte Maria an. Nickte seitlich von ihr jemandem zu, der gar nicht da war.

Maria griff nach Heidelindes Hand, fasste ins Leere, weil das Mädchen sich ihr mit einer Drehung entzogen hatte, kam dadurch aus dem Gleichgewicht und musste sich auf der Brüstung abstützen. Dabei sah sie, wie ein kleiner Mann, wohl der Psychologe, auf sie beide zuging. Phillip war direkt hinter ihm.

Heidelinde bückte sich nach dem Revolver und rannte zur benachbarten Ecke. „He, ihr Wichser, daran seid ihr schuld und nicht die da." Dabei deutete sie Richtung Maria.

Bei der Ausbuchtung beugte sie sich über die Brüstung, lachte dann. Ja, da unten waren keine Sprungmatten. Maria sah sich selbst zur Brüstung gehen, sich darüber beugen, zu den Rettungsmannschaften schreien, was los war, sie wollte es, ja – *Geh, verdammt noch mal, geh!* –, aber ihr Körper gehorchte ihr nicht. Starr sah sie zu, wie die beiden Männer Heidelinde Kovar erreichten. Das Mädchen drehte sich blitzschnell um und feuerte. Phillip und der Psychologe warfen sich auf den Boden.

Maria hörte sich „Nein" brüllen. Vielleicht hatte sie es auch nur gedacht.

Das Mädchen drehte sich zu ihr um. „Danke für das Gutenachtlied."

Heidelinde Kovar stieg auf die Brüstung und breitete die Arme aus. Die blonde Mähne tanzte im Wind wie Engelshaar.

Es gab Momente im Leben, wo nicht zu unterscheiden war, ob sie real waren, ein Traum oder reale Einbildung, wie Schizophrene sie haben. Die Gestalten rund um Maria taten, was sie zu tun hatten. Schaulustige drängelten sich, Streifenpolizisten schoben Schaulustige zurück, Feuerwehrleute räumten die Gerätschaft ein, Journalisten kämpften sich durch Schaulustige und Streifenpolizisten.

Maria hielt eine Zigarette in ihrer Hand, wie sie es immer tat. Phillip kam vom türkischen Kiosk schräg gegenüber mit einer Cognacflasche zurück, wie es zur Situation passte. Sie nahm einen Schluck, einen zweiten. Und sie konnte immer noch nicht unterscheiden, in welcher Ebene der Realität sie sich befand. Die Zigarette hatte einen leicht bitteren Geschmack, wie es sich gehörte. Es stellte sich nur die Frage, ob ihr bloß ihr Hirn sagte, dass die Zigarette leicht bitter schmecken sollte.

Maria betrachtete Hakennase weit hinter Phillip. Eigenartig, alles war scharf, und gleichzeitig nicht in den üblichen Dimensionen, ohne jedoch verzerrt zu wirken. Sie sah alles im selben Moment. Ein Universum, das sie von innen heraus von außen betrachtete.

Hakennase ruderte mit den Armen, während er ununterbrochen redete. Der Mann ihm gegenüber schüttelte den Kopf. Wahrscheinlich hatte der junge Mann jetzt nicht nur seinen Job verloren, sondern auch noch eine Anzeige am Hals. Es war klar, dass er Heidelinde Kovar nie auf das Dach hätte lassen dürfen.

Eine Frau in rotem Hosenanzug stand, von Polizisten in Uniform und Zivil umgeben, mitten auf dem Platz. Sie war in der zweiten Hälfte der Vierziger, hatte die gleichen kleinen Augen wie Manuela Kovar und starrte zu Maria herüber. Sie rieb den Zeigefinger und den Mittelfinger ihrer rechten Hand gegeneinander – eine Geste, die Maria seltsam vertraut erschien.

Auf der Straße neben dem Park, der den Flakturm umgab, gab der Leichenwagen Gas. Ein paar Journalisten rannten hinter ihm her, darunter Marias Spezialfreund Herzog. Er würde wohl gleich zu ihr herüberlaufen. Die Journalisten gaben keuchend auf. Grüppchenweise rotteten sie sich bei den Einsatzleuten zusammen.

Von der Gruppe rund um die Frau in Rot löste sich ein Mann mit Halbglatze und einem kunstvoll gezwirbelten Schnurrbart und steuerte auf Maria zu. Auf dem Flachdach war Maria gar nicht aufgefallen, dass der kleine Mann sehr sympathisch wirkte. Wahrscheinlich waren es die Lachfalten um seine Augen, die ihm etwas Witziges und Weltoffenes verliehen. Der Psychologe blieb vor ihr stehen und reichte ihr die Hand. Maria ergriff sie. Sein Mund bewegte sich. Sie verstand kein Wort. Es war wohl rundherum noch immer zu laut und hektisch. Verdammt, konnte er nicht deutlicher sprechen, zur Lippenleserin war sie nicht ausgebildet. Der Psychologe hockte sich vor sie hin und bewegte wieder den Mund. Dann schickte er einen Blick zu Phillip. Maria konnte ihn nicht deuten. Er konnte verzweifelt sein oder auch wissend. Sie spürte eine Berührung auf ihrem Unterarm. Maria betrachtete die Stelle und ließ den Blick den fremden Arm im anthrazitfarbenen Stoff entlang wandern. Er gehörte Phillip. Seine Augen waren leicht zusammengekniffen und sein Mund halb zu einem Lächeln gepresst. Sein Gesichtsausdruck erinnerte Maria an jenen eines Pflegers im Irrenhaus. Das konnte doch nicht ihr gelten, er benahm sich eigenartig und auch er sprach, wie der Psychologe, viel zu leise.

Maria beschloss, die Komiker zu ignorieren. Ihr war nicht nach Aufheiterung zumute. Sie wollte nur hier sitzen. Ihr Boss leitete alles und führte liebend gern schlechte Verhöre, Phillip konnte sich intensiv die Videos von den Sexsessions ansehen, das machte ihm sicher Spaß. Clemens würde mit Gabi die Ost-Connection noch intensiver durchwühlen, Bertram Vergleiche mit allen Serienkillern und Wahnsinnigen anstellen, Stix die Vergangenheit der Opfer beleuchten. Maria war nicht vonnöten. Sie konnte also in Ruhe hier sitzen, rauchen und Cognac trinken. Und immer wieder zusehen, wie Heidelinde Kovar die Arme ausbreitete und im Nichts verschwand.

Zuerst hörte sie einen Knall, im nächsten Moment riss es ihr den Kopf herum. Es schleuderte sie beinahe von der Parkbank, zugleich brannte ihre Wange. Das war jetzt doch tatsächlich eine Ohrfeige gewesen.

Maria richtete sich langsam auf und nahm wieder die Zigarette in die Hand, die auf die Bank gefallen war. Das Geschrei der Leute im Park war unerträglich laut.

Phillip ging vor ihr in die Hocke und nahm ihre freie Hand. „Entschuldige, May, bitte, aber ich hab mir gedacht, wenn – also, wenn dich schon wer schlagen muss, dann sollte das wenigstens ich, weil wir uns kennen – Shit. Alles okay?“

„Alles okay. Jetzt hab ich eine gut.“ Maria hörte ihre eigene Antwort mit leichter Zeitverzögerung. Es war, als ob Bild- und Tonspur noch nicht ganz deckungsgleich wären. „Aber warum hast du überhaupt ...?“

Der Psychologe stellte sich neben Phillip. „Ich bin froh, dass Sie wieder da sind. Hugo Blattling, mein Name. Doktordoktor Hugo Blattling.“ Er reichte Maria die Hand, sie schüttelte sie und fragte sich, wovon er sprach. Sie war doch nie weg gewesen.

Blattling setzte sich neben sie. „Ihre Reaktion ist ganz normal bei dem Schock. Zur Sicherheit werde ich Ihnen ein Beruhigungsmittel geben.“ Das kam nicht in Frage, sie würde sich nur von Josef stechen lassen. Wenn überhaupt. „Und dann reden wir über alles. Sie trifft keine Schuld.“

Mein Gott, das wusste sie schon selbst, das hatte Heidelinde den beiden Männern ja auch noch vor die Nase geknallt, ehe sie gesprungen war.

Blattling legte die Hand auf ihren Unterarm. „Sie müssen sich eine Auszeit nehmen, die Kollegen werden Ihre Arbeit übernehmen."

Maria entzog Phillip die Hand und damit Blattling den Arm.

„Es ist wichtig, dass Sie sich alles von der Seele reden.

Maria trat die Zigarette aus und stand auf. „Es gibt nichts zu bereden."

Und die Kollegen konnte ihr ihre Arbeit nicht abnehmen, das war sie Heidelinde Kovar schuldig.

Die Blätter in der Krone der mächtigen Kastanie raschelten leise. Das Laub war so dicht, dass es nur wenige Sonnenstrahlen durchließ. Die hellen Flecken irrlichterten auf dem sattgrünen Rasen und den beigefarbenen Steinplatten.

Und ein paar Flecken tanzten auf Angelika Kovar. Jetzt, gerade einmal einen Dreiviertelmeter voneinander entfernt, kam sie Maria sehr vertraut vor. Die Äuglein hatte sie an Manuela weitervererbt, den großen Mund an Heidelinde. Allerdings war sie nicht blond wie ihre Töchter, sondern dunkelhaarig, da dürfte sich der Vater durchgesetzt haben. In ihrem vom Pagenkopf halb verdeckten Gesicht waren keine Spuren von Tränen, es war auch nicht angespannt oder verbissen, es drückte wie eine Maske einfach gar nichts aus.

Maria reichte Angelika Kovar die Hand, sie verweigerte sie. „Sie sind schuld."

Maria schüttelte den Kopf, setzte an, um einige anteilnehmende Worte zu sagen.

Angelika Kovar wich zurück und steckte die Hände in die Hosentaschen. Sie blinzelte, wahrscheinlich wegen der Sonne.

„Doch, Sie sind schuld, mit Ihrem Selbstdarstellungstrieb. Warum haben Sie nicht auf den Psychologen gewartet? Warum haben Sie nicht auf mich gewartet?"

Maria spürte einen ganz, ganz starken Drang, diese Frau einfach zu schlagen. Sie drehte sich weg und bohrte die Fingernägel in ihre Handballen. *Du bist nicht selbstdarstellerisch.* Sie atmete tief in den Bauch, wie sie es von Pressesprecherin Sonja gelernt hatte. Außerdem standen zu viele Zeugen herum, eine prügelnde Polizistin wäre fantastisches Futter für die Journaille. Und sie würde den Fall abgeben müssen. Eben, man konnte Ohrfeigen nicht wie eine Stafette weiterreichen.

Maria stellte sich gerade vor Angelika Kovar hin, lässig die Hüfte eingeknickt und die Hände in ihren Jeanstaschen am Gesäß. „Ob Sie die richtige Person gewesen wären, das bezweifle ich."

Angelika Kovar verschränkte die Arme. „Die Mutter ist immer die richtige Person."

Herzog und ein paar andere Journalisten schauten zu ihnen her. Angelika Kovar hatte ein wenig zu laut geantwortet. Jetzt würden die Presseleute gleich zu ihnen kommen, ihre scheinbar heftige Diskussion war das noch einzig Interessante am Platz. Denn die Einsatzkräfte packten zusammen, die Schaulustigen gingen nach Hause. Und abgeschirmt waren sie und Kovar auch nicht mehr, der Großteil der Streifenpolizisten war ins nahe gelegene Revier zurückgekehrt.

Maria änderte ihre Haltung nicht, um so die Lautstärke von Angelika Kovars Reaktion zu neutralisieren. Vielleicht ließen sich die Reporter ja täuschen. Eine Biene summte an ihr vorbei. „Frau Kovar, Sie wollen doch sicher nicht, dass die Zeitungsfritzen hören, was Ihre Tochter über Sie gesagt hat. Wir sollten unsere Unterhaltung so unauffällig wie möglich vonstatten gehen lassen."

„Sie sind widerlich. Jetzt setzen Sie mich auch noch unter Druck. Ich habe mit Ihnen nichts zu bereden."

„Okay. Und was hat es mit Ihrem Verhalten gleich nach dem Tod Ihres Mannes auf sich? Mit Ihrem sexuellen Verhalten?"

Angelika Kovar verzog keine Miene, nur ihr Oberkörper hob und senkte sich ein wenig. „Da erfinden Sie etwas, um sich aus der Affäre zu ziehen."

„Wenn Sie meinen. Dann gehe ich jetzt zu diesem jungen Mann da und erzähle ihm haargenau, was mir Heidelinde erzählt hat, bevor sie gesprungen ist. Soweit es die Ermittlungen erlauben. Er wird mir dankbar sein für diese Information. Oder Sie steigen in den Wagen dort drüben und erzählen mir an einem lauschfreien Fleckerl die düstere Geschichte Ihrer Familie."

Keine von ihnen zuckte auch nur mit der Wimper. Angelika Kovar reagierte nicht einmal auf den Sonnenstrahl, der ihr über beide Augen wischte. Für einen Moment überlegte Maria, wer wohl als Erste die Knarre ziehen würde. Doch dann war ihr High Noon zu kindisch. Also wandte sie sich ab und steuerte auf Herzog zu. Mit dem hatte sie ohnehin ein Hühnchen zu rupfen. Er konnte ihr nicht weismachen, dass er nicht gewusst hatte, wer Heide Lindner in Wirklichkeit war.

Doch Angelika Kovar war sofort wieder an ihrer Seite. „Sie war auf Drogen, nicht wahr?"

„Steigen Sie ins Auto." Maria deutete Phillip, Angelika Kovar in Empfang zu nehmen und auf sie zu warten. Dann wandte sie sich Herzog zu, der seinen Block zückte.

Sofort folgten ihm seine Berufsgenossen. Sascha Herzog beobachtete sie aus dem Augenwinkel und biss sich auf die Lippen. Dann zuckte er mit den Augenbrauen, was wohl vertraulich wirken sollte, und murmelte: „Bitte."

Sie schüttelte den Kopf. „Diesmal gibt's nichts Exklusives, Schätzchen. Du hättest mir sagen sollen, dass deine Heide eigentlich Manuela Kovar ist."

„Sie ist wer? Die von der Wir-AG? Kein Scheiß?“ Sein Mund blieb offen, mit kurzer Zeitverzögerung strahlten seine Augen auf.

Oh, Herzog hatte sie doch nicht blöd sterben lassen. Nun gut, dann hatte sie ihm jetzt eben Material gegeben. Damit hatte er genau das, was er wollte: seinen Kollegen die Nasenlänge voraus. ‚Im Bett mit Robin Hood. Meine Zeit mit der Heldin der Nation.‘ Oder: ‚Exklusiv: Die Recherchemethoden der Manuela K.‘ Das würde Herzog kurzfristig Kultstatus verleihen – und ihn in ihre Schuld bringen. Das war nie schlecht.

Sie wandte sich an die ganze Runde und musste wegen der Sonne blinzeln. Also drehte Maria sich seitlich, beim Presseseminar hatte sie gut aufgepasst. Die Journalisten rückten nach und sofort klickten die Fotoapparate. Auch eine Filmkamera schob sich dazwischen.

„Um wen handelt es sich bei dem Opfer?“, wollte die Rothaarige wissen.

„Konnten Sie mit ihr reden?“, fragte der mit der Nickelbrille.

„Was hat sie Ihnen gesagt? Sie hat Ihnen doch was gesagt?“, insistierte der mit dem Vollbart.

„Wieso haben Sie nicht auf den Psychologen gewartet?“ Diese Frage kam von der Frau mit den kurzen blonden Haaren. Maria zwang sich, über sie genauso wie über alle anderen hinwegzuschauen.

„War es Selbstmord aus Liebeskummer?“, tönte es von der zweiten Reihe.

Es war nichts durchgedrungen. Anscheinend waren alle Einsatzkräfte bislang Schweigemönche gewesen. Also musste sie jetzt keine Gerüchte zerstreuen, sondern konnte die Meute in Ruhe abwimmeln. „Meine Herrschaften, Sie wissen doch, dass ich für keinerlei Auskünfte zuständig bin.“

Herzog hatte sich abseits drängen lassen. Er lehnte an der

Buche und zwinkerte ihr zu. Ja, er konnte zufrieden sein, er hatte seine Story, die anderen würden leer ausgehen.

Vor ihn schob sich die Frau mit den blonden kurzen Haaren nun nahe an Maria heran. „Hat dieser Selbstmord etwas mit Ihrem aktuellen Fall zu tun?"

„Wie kommen Sie denn darauf?" Maria betonte das *da*, um auch wirklich erstaunt zu klingen.

Die anderen Journalisten musterten ihre Kollegin und dann Maria. Die Frau legte den Zeigefinger auf ihr Kinn. „Als erfolgreiche Ermittlerin in der Mordkommission sind Sie doch für Tote zuständig, und nicht für solche, die sterben wollen."

Diese Frau war pietätlos und leider nicht blöd. Maria senkte den Kopf und presste die Hände ineinander, als würde sie das alles emotional sehr bewegen. „Wir sind dort, wo wir gebraucht werden. Wir waren gerade in der Nähe."

„Aber werden Sie nicht gerade bei den Vernehmungen der Wir-AG gebraucht?"

Diese Frau ging Maria entschieden auf die Nerven. Und wer auch immer aus der Abteilung verraten hatte, dass sie die beiden Verdächtigen verhörte, musste nun seine Eier unter einem Suspensorium verstecken. – Nein, musste er nicht, er würde nicht zu finden sein, wie immer.

„Kein Kommentar."

„Haben die beiden Fälle irgendetwas miteinander zu tun?"

Maria schenkte der Blondine ihr konziliantestes Lächeln. „Wenn Sie Fragen zur Wir-AG haben, dann wenden Sie sich bitte an den Leiter der Sonderkommission, Oberst Wittmann."

Maria ging einen Schritt zur Seite, der Vollbart folgte ihr. „Ja, aber Sie waren auf dem Dach! Was haben Sie mit der Frau gesprochen?"

„Hat sie etwas mit der Wir-AG zu tun?" Jetzt wurde der mit der Nickelbrille auch noch nervig.

Gut, jetzt ging die Fragerei vielleicht erst recht los. Und die Gerüchteküche, die Unruhe in die Ermittlungen bringen würde. Sie hätte nicht mit Herzog reden, sondern sich gleich verdrücken sollen. Nein, ganz falsch. Mit Herzog hätte sie mehr reden sollen, mit ihm hatte sie ein Bündnis. Seine Rechercheergebnisse für die Exklusivität der ganzen Story.

Maria steckte sich eine Haarsträhne im Knoten fest. „Tut mir leid, ich kann Ihnen zu keinem der Fälle eine Auskunft geben."

Im Wegdrehen sah sie, dass Herzog sich vom Baum abstieß und sich schon wieder auf die Lippen biss. Er hatte ihr vereinbartes Zeichen verstanden. Für ihn waren nun beide Fälle ein Fall. Hoffentlich war er schneller als seine Kollegen, denn vielleicht brachte seine Schnüffelnase ja etwas hervor, was ihr weiterhalf. Ihn brauchte sie in der Sonderkommission, die sie nun heimlich zusammenstellen würde, nicht Bertram oder Wittmann.

Phillip bremste gehorsam kurz vor der Hohen Brücke. Maria deutete Angelika Kovar auszusteigen und drehte sich zu ihrem Partner. „Keine Sorge, ich weiß, was ich tu. Wenn es etwas Relevantes gibt, wird sie es uns danach zu Protokoll geben, ich verspreche es dir. – Was ist? Glaubst du jetzt, dass ich durchgeknallt bin?"

Phillip wollte seine Hand auf ihren Oberarm legen, Maria zuckte zurück. Er hob die Handflächen. „May, bitte. Du warst jetzt in einer Extremsituation. Du solltest – wir sollten auf ein paar Bier gehen. Und quatschen."

Quatschen, das klang gut. Später vielleicht. Später konnte sie versuchen, diesen Sprung und dieses Lied mit ein paar Bier und ein paar Tränen an Phillips Brust wegzuspülen. Aber jetzt hatte sie einfach keine Zeit zum Quatschen.

„Alles okay. Da gibt es nichts zum quatschen."

Phillip hob die Augenbrauen. „Okay." Er nickte. „Alles klar." Er richtete sich in Fahrtrichtung aus und legte die Hände auf das Lenkrad. Verdammt, es wäre jetzt auch schön, sich mit Phillip an den Donaukanal zu setzen. Maria schnallte sich ab.

„Aber arbeiten solltest du jetzt auch nicht."

Maria grinste ihn an. „Ich hab es dir doch schon erklärt. Ich arbeite nicht. Ich unterhalt mich privat mit einer Leidtragenden, versuche, ihr zu helfen."

„Verscheißer mich nicht, komm, es geht nicht darum, was wir Wittmann morgen sagen werden, es ..."

„Es geht mir gut." Phillip fuhr mit den Händen das Lenkrad auf und ab. Maria beugte sich vor sein Gesicht. „Echt."

Er lächelte und hob die Hand. „Alles klar. Lady Cool."

Maria schaute zu Angelika Kovar. „Genau. Und ganz nach Plan werde ich mich jetzt cool dieser Dame widmen. Auf mich hat sie einen Hass. Bei mir wird sie explodieren."

Maria stieg aus. Phillip beugte sich zu ihr. „Ich warte dort um die Ecke."

„Ich hab dir doch schon gesagt, dass ich das alleine schaffe."

„Wer hat gesagt, dass ich dir das Handerl halten will? Ich will nur dabei sein, wenn wir sie ins Präsidium bringen."

Er winkte ihr zu und klemmte sich wieder hinter das Lenkrad. Maria schmiss die Tür zu. Phillip fuhr los, Maria sah ihm nach, bis er um die Ecke gebogen war.

Sie ging zu Angelika Kovar, die ihr entgegensah, mit den Händen in den Hosentaschen. „Probleme mit Ihrem Partner? Ist es nicht üblich, dass Verhöre immer nur zu zweit gemacht werden, weil Sie mir sonst von dem, was ich sage, nichts beweisen können?"

„Sie sind gut informiert."

Angelika Kovar verzog keine Miene. Es war, als wäre Marias Antwort gar nicht zu ihr durchgedrungen. Ihre großen Augen schauten zur Ecke, hinter der Phillip verschwunden war. Da waren ein Schuhgeschäft und eine Bank. Sonst nichts. Kein Passant, nicht einmal eine Taube. Na, wunderbar, wahrscheinlich kippte sie jetzt in einen Schockzustand, in dem nichts mehr mit ihr anzufangen war. Vielleicht war es doch besser, auf ein Bier zu gehen und den morgigen Tag abzuwarten. Das Handy in ihrer Handtasche surrte, das war wie auf Stichwort. Sicher wollte sich Elsa mit ihr verabreden. Maria betrachtete das Display des vibrierenden Handys, die nicht eingespeicherte Nummer hatte wieder drei Einser. Sascha. Sie ließ das Handy vibrieren und steckte es in die Tasche zurück. Sie musste ihre Schulkollegin endlich zurückrufen, sonst gab sie nie eine Ruhe.

Maria lehnte sich auf das Geländer der Hohen Brücke. Die Abendsonne schien in den Tiefen Graben, über den die Hohe Brücke führte. Das orangegoldene Licht versprach einen hellen Sommer, der jedoch in ihrer Vorstellung Stück um Stück an Farbe verlor. Bis er einem wirklichen Sommer entsprach, dieser milchigweißen Glocke, die nach dem Dung der Fiaker und Touristenschweiß roch. Denn die Welt war hässlich, und deswegen war die junge Frau auch gegangen. Denn sie hätte doch alle Brücken abbrechen und in einem kleinen, südfranzösischen Dorf neu beginnen können. Vielleicht als Malerin. Oder als Kellnerin. Alles besser, als die tote Tochter eine Selbstmörders und einer gefühlskalten Frau, die Schwester einer Räuberin zu sein. – Nein, das hätte nicht funktioniert. Die Vergangenheit wäre auch im Lavendelfeld bei ihr gewesen. Das Gefühl, von Vater, Mutter und nun auch noch der Schwester verlassen worden zu sein, hatte sie einsam gemacht. Sie hatte gehen müssen.

Maria drehte sich um und lehnte sich mit dem Rücken gegen das Geländer. Angelika Kovar reagierte einen Moment zu spät. Einen Wimpernschlag lang hatte Maria angespannte Augen erkennen können, als würde sie Tränen unterdrücken. Sie verstand einfach nicht, warum die Frau nicht losließ. Sie hatte im Prinzip drei Menschen verloren. Gut, es war wohl Warten angesagt. Vielleicht löste ja irgendwann die absolut beabsichtigte Wahl des Ortes etwas aus in ihr. In unmittelbarer Nähe zur Hohen Brücke lagen sowohl Leopoldine Krauses Büro als auch die Börse, hinter dem angrenzenden Häuserblock Am Hof die Österreichische Kontrollbank.

Maria betrachtete das schmiedeeiserne Geländer auf der anderen Brückenseite. Dort hatte sie schon öfters gelehnt. Das Anschlusshaus links hatte einst ein Off-Theater namens *Graumann* beherbergt, in dem sie sich nach Dienstschluss einige Male das Freitagnachtkabarett angeschaut hatte. Und ihr war es immer beinahe philosophisch erschienen, dass man dieses Theater ebenerdig betrat, dann in den Keller ging und damit im dritten Stock war – betrachtet vom unter der Hohen Brücke hindurchführenden Tiefen Graben, wo der Notausgang war. Beinahe alles hatte zwei Seiten. Nur der Tod war kein Beginn, wer das behauptete, war ein glänzender Marketingstratege. Sie musste Phillip sagen, dass sie sehr wohl auf ein Bier gehen wollte.

Maria drehte sich zu Angelika Kovar. „Heidelinde hat gesagt, Sie hätten sich nach dem Selbstmord Ihres Mannes überhaupt nicht um die beiden Mädchen gekümmert. Sie hätten sich sexuell sehr rege betätigt. Ich zitiere Ihre Tochter: ‚Nicht *ein* Lover'", Maria betonte das Zahlwort, „‚meine Mutter ist ficken gegangen.' Zitat Ende."

Angelika Kovar reckte das Gesicht in die Abendsonne und schloss die Augen. Ja, ein Ausblenden der Realität war immer das Bequemste. Wenn Maria dieses Verhalten nicht bis zum Erbrechen kennen würde.

„Frau Kovar, Ihre Tochter steht unter Mordverdacht."

„Sie hat niemandem Gewalt angetan."

„Woher wollen Sie das wissen?"

„Ich weiß es eben."

„Das sagen alle Eltern."

„Ich weiß es. Sie hat nur die Computer angezapft und – ich weiß einfach, dass sie niemandem Gewalt angetan hat. Das ist doch nicht so schlimm ..."

„Wissen Sie genau, wie die Wir-AG an die Konten herangekommen ist? Hat Manuela mit Ihnen darüber gesprochen?"

Angelika Kovar schien Marias Frage überhaupt nicht gehört zu haben, sie schüttelte nur weiter den Kopf. „Das ist nicht so schlimm. Das ist nicht so schlimm." Ein Sonnenstrahl wanderte über ihr Gesicht. Maria fand die Ursache in einem Fensterflügel, der geschlossen wurde. Auch der zweite Fensterflügel spiegelte die Sonne. „Und außerdem sind Martin und sie Helden. Die Menschen lieben sie. Sie ist keine Kriminelle." Ein Lächeln spielte um Angelika Kovars Mund.

Gut, ein bissel eine Schönfärberei war in dieser Situation nichts Ungewöhnliches. Die eine Tochter im Gefängnis, die andere tot auf dem Asphalt, und das am selben Tag, das war für den gleichgültigsten Menschen ein bisschen zu viel. Eigenartig war nur, dass Angelika Kovar erst jetzt in diese Abgehobenheit driftete. Beim Flakturm vorhin hatte sie bei weitem klarer gewirkt.

„Dass Manuela niemandem Gewalt angetan hat, ist noch nicht bewiesen, momentan schaut alles danach aus. Sie kannte die Mordopfer."

Angelika Kovar schien sich wieder in die reale Welt einzuklinken, denn sie öffnete die Augen und betrachtete den Tiefen Graben. „Natürlich kannte Manuela die Leute. Man kennt einander. In unseren Kreisen."

Maria stieß sich vom Geländer ab und trat nah an Angelika Kovar heran. „Hatten die Mordopfer etwas mit dem Tod Ihres Mannes zu tun?"

Angelika Kovar lehnte sich nun ihrerseits auf das Geländer und beobachtete einen Straßenkehrer, der den Gehsteig säuberte.

Maria stützte sich neben ihr auf. „Also gut, nehmen wir einmal an, es wäre so. Der Abschiedsbrief Ihres Mannes deutet irgendwas in diese Richtung an. Manuela recherchiert, will einfach nur wissen, ob die Andeutungen irgendeine Berechtigung haben. Dann entdeckt sie aber ein paar Schweinereien, reimt sich mit den Gerüchten, die so in Ihren ‚Kreisen' laufen, ein paar Dinge zusammen, kann aber nichts beweisen. Dennoch ist für sie alles klar, sie will sich an den Verantwortlichen rächen. Sie beschließt, nicht zur Polizei zu gehen, sondern die Sache selber in die Hand zu nehmen und diese Leute dort zu treffen, wo es ihnen am meisten weh tut, beim Geld. Doch dann kommt sie ihnen nahe und es wird ihr klar, das sind nicht irgendwelche Gauner, das sind die Menschen, die für den Tod ihres Vaters verantwortlich sind. Sie zuckt aus, bringt Richard Tauber um. Im Affekt. Es ist ein großes Gefühl der Befriedigung. Um die Sache zu vertuschen, zieht sie mit Martin die Wir-AG durch, auch deswegen, weil sie so unauffällig noch näher an ihre potenziellen Opfer herankommt. Es dauert ein bissel bis zum nächsten Mord, denn auch wenn es ein geiles Gefühl war, es mordet sich nicht so leicht. Aber kurz darauf ist es so weit und ..."

„Sie hat es nicht getan."

„Als Mutter sind Sie befangen, Sie müssen sie verteidigen. Aber der Staatsanwalt wird ..."

„Sie hat mir gesagt, dass sie es nicht getan hat." Angelika Kovar beschattete ihr Gesicht und tat so, als würde sie etwas beobachten. Die gleichförmig strömenden Passanten am Ende der Straße waren es nicht. Auch die zwei Autos, die in ihre Richtung fuhren, waren es sicherlich nicht. Maria konnte sich nicht vorstellen, dass jemand aus Kovars Bekanntenkreis einen alten Ascona oder einen Mitsubishi fuhr.

„Aha."

Angelika Kovar senkte die Hand, seufzte und brachte ihren

Mund ganz nahe an Marias rechtes Ohr. „Sie hat mit mir geredet, bevor sie sich gestellt hat. Und sie hat es mir geschworen."

Das war kein Argument, und diese Frau müsste das wissen. „Sicher."

Angelika Kovar sah Maria an. „Meine Tochter belügt mich nicht."

Entweder war diese Frau jetzt durch den Wind oder sie hielt Maria für blöd. Beides waren keine berauschenden Optionen. Am besten war es, das Spiel mitzuspielen. „Sie sind also selber auf die Idee gekommen, dass Ihre Tochter etwas mit der Mordserie zu tun haben könnte?"

„Ich hab das klären müssen, nachdem Leo ... also Frau Krause umgekommen ist. Es war Zufall, dass nach ihrem Einbruch jemand Frau Krause getötet hat."

Maria löste sich vom Brückengeländer und trat einen Schritt von Angelika Kovar zurück. „Gut, nehmen wir einmal an, das stimmt. Trotzdem ist Ihre Tochter eine Diebin und Einbrecherin, und zwar in großem Maßstab. Sie und ihr Freund haben Hunderttausende von Euro gestohlen."

Angelika Kovar betrachtete wieder den Straßenkehrer, der gerade an seinem frisch ausgepackten Kaugummi schnüffelte.

„Ihre jüngere Tochter war drogenabhängig. Und jetzt hat sie es vorgezogen, zu erforschen, ob es ein Leben nach dem Tod gibt oder nicht."

Angelika Kovars Kopf schnellte herum, in ihren Augen glänzten Tränen. „Wie können Sie nur so herzlos von – darüber reden? Deswegen ist sie gesprungen, weil Sie so kalt sind."

„Sie ist gesprungen, weil sie es nicht ausgehalten hat, dass ihr Vater an der Welt zerbrochen ist. Weil sie geglaubt hat, dass ihre Schwester sich auch korrumpieren hat lassen. Und, Frau Kovar, sie hat sich umgebracht, weil Sie sie alleine gelassen haben."

„Ich habe sie nicht alleine gelassen ...“, sie flüsterte, „... ich habe nur meine eigenen ...“ Sie brach ab.

„Ja?“

Angelika Kovar richtete sich auf, ihr Schatten hob sich schwarz vom glühenden Abendhimmel ab. Sacht strich sie mit den Händen über das Geländer, packte es, sie schaute zum Häuserblock links, hinter dem sich die Kontrollbank befand, stellte sich auf die Zehenspitzen. Die Sonne brannte. Maria versuchte, ihre betonierten Füße zu bewegen. Angelika Kovar drehte sich um. Hinter ihr auf dem Tiefen Graben kam ein Autobus, der Straßenkehrer winkte dem Fahrer zu.

„Ich habe meinen Mann sehr geliebt. Seinen Tod habe ich fast nicht verkraftet. Und jetzt kommen Sie und sagen mir, dass ich schuld an Heidis Tod bin. Könnten wir dieses Gespräch einfach beenden?“

Angelika Kovar rieb wie vorhin im Park Zeige- und Mittelfinger gegeneinander. Maria hörte nur eine Art Echo ihres Satzes, denn diesmal verdichtete sich die vage Erinnerung zu einem deutlichen Bild: Angelika Kovars roter Hosenanzug verwandelte sich zu der quietschbunten Verkleidung einer Hexe, die mit einer Kreuzgeste ein Bürogebäude verdammt und zugleich diese Finger aneinander gerieben hatte.

Maria stellte sich seitlich, damit sie das gleißende Licht der untergehenden Sonne nicht blendete und sie der Frau genau ins Gesicht schauen konnte. „Sie haben gesagt, Sie haben Ihre eigenen – was? Ziele verfolgt? Sie waren unter diesen Demonstranten vor Taubers Bürohaus. Sie sollten sich nicht nur verkleiden, Sie sollten auch Ihre Gesten ändern, wenn Sie unerkannt bleiben wollen.“

Angelika Kovar musterte die Laterne am gegenüberliegenden Brückengeländer, Maria wollte am liebsten ihren Kopf herumreißen. Kovar beobachtete interessiert einen Vorhang, der sich aus einem Fenster des Nobelstundenhotels Orient blähte.

Sie ließ ihren Blick weiter schweifen, er stockte an einer Stelle, an der Maria nichts Besonderes erkennen konnte. Doch dahinter, ja, hinter diesem Häuserblock war das Büro von Leopoldine Krause. Eine aus Kovars Kreisen, die gern besondere Gesellschaften gab und die auf Video aufzeichnete. „Und Sie haben nicht nur einfach herumgefickt, Sie waren auch bei diesen Sexpartys."

Angelika Kovar strich den Teil des Pagenkopfes, der ihr ins Gesicht hing, entlang. Und nochmals, als wollte sie ihm für ein Foto den richtigen Halt geben. Maria rieb vor ihrem Gesicht Zeige- und Mittelfinger gegeneinander. „Sie haben diese Leute genauso ausspioniert wie Ihre Tochter."

Angelika Kovar schaute durch sie hindurch und glättete ihre Haare.

Maria lehnte sich neben die Frau ans Geländer. Ihr Herz schlug schnell. Konnte das sein? Konnte das wirklich sein? So jedenfalls würde sich Manuela Kovars Schweigen erklären, sie hatte denselben Verdacht bezüglich ihrer Mutter. Sie wusste, dass ihre Mutter diese Leute beobachtet hatte, weil sie sie selbst beobachtet hatte. Umgekehrt konnte auch Angelika Kovar mitbekommen haben, was ihre Tochter da so trieb. Vielleicht hatte sie ihre Tochter beschattet, sie sogar einmal in eine Villa einsteigen sehen. Dass ihre Zielobjekte und die der Wir-AG teilweise ident waren, konnte ihr nur recht sein, es würde alles verwirren. Was es ja auch getan hatte. Und nichts einfacher für Angelika Kovar, als die Morde so zu legen, dass ihre Tochter ein Alibi hatte. Dagegen sprach allerdings der Mord an der Krause, der die beiden Fälle ja zusammengeführt hatte. Das konnte natürlich auch eine Finte sein, um die endgültige Verwirrung zu schaffen, die jetzt in Marias Kopf herrschte. Das würde nämlich bedeuten, dass eine Mutter ihre Tochter brutal der schlimmsten Verdächtigung aussetzte, um von sich selbst abzulenken.

Das war alles nicht wirklich schlüssig – und zu viel nach einem langen Tag. Maria zückte das Handy und gab Phillip Bescheid, dass er herkommen konnte.

Der Sommer hatte begonnen. Das erste Mal strahlten die Häuser die Wärme des Tages wider. Die Luft duftete nach Linden und fühlte sich weich an.

Maria betrat nach Phillip das Café Lange, dessen Tür weit offen stand. Zwar vermischte sich hier der Lindenduft mit Zigarettenrauch und Duftessenzen diverser Körperpflegemittel, doch der Sommer hatte es sich auch hier herinnen gemütlich gemacht. Die Frauen trugen mehrheitlich Leibchen mit Spaghettiträgern, die Männer knallenge T-Shirts. In welches Gesicht Maria auch sah, es war erhitzt. Kein Zweifel, die Jagdsaison erlebte ihren ersten Höhepunkt.

Phillip wollte sich nach einem freien Tisch umsehen, während Maria sich schon mal an den Tresen stellte. Ein Youngster in Satinshirt und mit einer Muschelkette um den Hals scherzte beim Zapfen der Biere mit zwei Frauen, beide in Türkis. Das würde dauern mit dem Bestellen.

Angelika Kovar hatte ihren toten Mann aufgefunden, nicht Heidelinde. Das konnte gelogen sein oder nicht.

Der Youngster stellte den Frauen in Türkis ihre Seideln hin und ging an Maria vorbei zu einem bebrillten Dreißigjährigen mit dickem Hintern, dem er ungefragt Whiskey nachschenkte. Dann ging er zur Bierzapfsäule zurück.

„Tschuldigung!“

Maria streckte ihm Zeige- und Mittelfinger entgegen, doch der Youngster begrüßte einen Gleichaltrigen mit gestreiftem Hemd, indem sie die Fäuste zusammenstießen, und zapfte ihm ein Bier. Marias Mund wurde wässrig. Die zwei Männer zwischen dem Gestreiften und Maria nickten ihr zu. Sie nickte ebenfalls und fixierte den Barcardispender an der Wand der Bar.

Immer, wenn ein Mord passiert war, hatte Angelika Kovar an einer Gruppenorgie teilgenommen, und zwar nicht nur bei Leopoldine Krause, sondern auch bei den anderen. Das sagte alles und nichts. Was es auf jeden Fall sagte, war, dass diese Frau keine andere Beschäftigung als Sex hatte. Das klang gut, doch bei genauerer Betrachtung wusste Maria, dass sie sich langweilen würde.

Die zwei Männer neben ihr lächelten Maria an, als wäre sie Diana und Aphrodite in Personalunion. Wahrscheinlich strahlte sie denselben Sex-Appeal wie die Frauen um sie herum aus, nur dass sich bei ihr aus einem völlig anderen Grund die Wangen gerötet hatten. Denn sie war nicht hinter einem Mann für die Nacht her – den hatte sie glücklicherweise griffbereit, sie musste Phillip nur ein Zeichen geben –, sondern sie jagte einem Serienkiller hinterher. Wie erregend das erst war, konnte sich in diesem Raum niemand vorstellen.

Die Videos von den Orgien mussten nach den reibenden Fingern durchsucht werden. Nidetzky musste die Namen der Rammler herausrücken.

Der Youngster drückte Maria zwei überschäumende Krügel in die Hand. Aha. So ging es natürlich auch, man musste nur wissen, dass man auf die Bestellung keine Bestätigung bekam.

Maria zwängte sich an einem dicken Mann vorbei. Nun, ganz nah bei ihm, war der Rauch nicht mehr stark genug, um seinen Körpergeruch zu übertünchen. Maria hielt die Luft bis zwei Meter nach dem Mann an und lobpreiste den Umstand, dass in Wien noch kein generelles Rauchverbot in Lokalen herrschte. Der Gedanke an die Mixtur der Gerüche, nein, an die olfaktorische Kakophonie, die einem dann den Atem nehmen würde, war ein Albtraum. Bevor das kam, musste man viele Menschen in einen Hygienekurs schicken. Und in einen Kurs, wo man lernte, das richtige Parfum auszusuchen. Maria hielt die Luft an, bis sie bei einer streng in Schwarz gekleideten Frau vorüber war, die in eine Wolke von süßlichem Duftextrakt gehüllt war. Maria sog den Rauch der nächsten Gruppe ein. Es half kaum. Was sie brauchte, war klare, frische Nachtluft. Wald. Menschenleere. Irgendwann. Vielleicht in einem anderen Leben.

Die Rammler würden alles bestätigen. Doch bis sie aussagten, hatte bestimmt die Kunde von Kovars Einvernahme die Runde gemacht. Und dann wäre wieder alles abgesprochen. Sie mussten dem irgendwie entgegenarbeiten.

Wie sein Name schon sagte, war das Lokal ziemlich lang. Es erschien Maria eine Ewigkeit, bis der Tisch sichtbar wurde, an dem Phillip saß. Super, es war der letzte Tisch vor den Toiletten, der Katzentisch. Man konnte nie die Beine ausstrecken, weil immer jemand aufs stille Örtchen musste. Phillip saß auch dementsprechend mit angewinkelten Beinen da, die Hände auf den Oberschenkeln und die Augen geschlossen.

Die Kovar-Frauen gaben Alibis an und schwiegen. Die Kovar-Frauen trotzten und sorgten sich. Da wurde noch etwas verheimlicht.

Zwei Meter vor dem Tisch musste sich Maria an zwei Männern, die gerade aus der Toilette kamen, vorbeizwängen.

„Nix da mit verhandeln, es ist längst Zeit, dass wir wieder einmal auf die Straßen gehen."

Und erst jetzt wurde ihr klar, dass die Menschen reihum von etwas ganz anderem sprachen als von ihrem Johannistrieb anlässlich des Sommerstarts.

Die Brünette mit dem Pferdeschwanz im Eck klopfte mit dem Zeigefinger auf den Tisch. „... krank ist, muss ich sie allein daheim lassen, meine Kleine. Achthundert Leut sind wir, aber glaubst, die machen einen Betriebskindergarten? Nix da, den Aktionären stopfen s' das Geld rein. Die Wir-AG, die ..."

Die Blondgefärbte mit dem Vorderbiss am Nebentisch drehte ihr Weißweinglas. „Ja, natürlich war ich in Thailand letztes Jahr, aber heuer ist Sense. Und nächstes Jahr auch. Die haben uns die Überstunden gestrichen. Da geht nix mehr, obwohl's so billig ist."

Im vordersten Raum wurde eine Frauenstimme hörbar, die sang: „Völker, hört die Signale! Auf, zum letzten Gefecht! Die Inter ..."

Eine Männerstimme brüllte: „Hör auf, Kommunistenbeisl simma noch kans!"

Die Dunkelhaarige mit der schwarzen Brille beim Garderobenständer schlug mit der Faust auf den Tisch. „Wenn ich's euch aber sag! Meine Freundin in Deutschland, die Silke, die hat im Krankenhaus aufhören müssen, weil's ihr für zwanzig Stunden nur mehr dreihundertfünfzig Euro gegeben haben. Dreihundertfünfzig! Für zwanzig Stunden. Sie hat sich das Arbeiten nicht mehr leisten können, weil sie das Geld für die Kinderbetreuung nicht mehr ..."

Maria drehte sich zum Tisch. Phillip bemerkte sie nicht. Jetzt tippte er eifrig eine SMS. Dabei umspielte jenes Lächeln, das die Beine jeder Frau spreizte, seinen Mund. Vielleicht kontaktierte er angesichts ihrer Arbeitswut schon zur Sicherheit eine neue Sexpartnerin – und wenn schon, es war egal, sie hatte nichts zu misstrauen, denn ihre Bumsgeschichte war nicht exklusiv. Punkt.

Der junge Bursch mit dem akkuraten Seitenscheitel am Tisch neben Phillip wurde laut. „... keine Ahnung hab ich, wie ich im nächsten Semester das Geld herkriegen soll. Mehr als hackln kann ich nicht. Da muss sich was ändern. Wir müssen auf die Straßen gehen, verstehst mich."

Sein Freund mit dem Kraushaar lachte: „Oder der Wir-AG helfen."

Jedes Alibi eine Orgie für Angelika Kovar. Alle Morde an eben jenen Tagen. Sie mussten herausfinden, ob alle Opfer am Heimweg von ebenjenen Orgien gewesen waren. Nein, die Überlegung konnte sie sich sparen. Richard Tauber war es nicht gewesen. Und von Sigur Neumann wussten sie nicht einmal, ob er je auf einer Orgie gewesen war.

Maria ertappte sich dabei, dass sie schon wieder auf Phillip starrte. Mit ihm und den beiden Bieren jetzt am Donaukanal oder zwischen den Rosen im Volksgarten, das wäre es. Ach ja, sie schaffte es anscheinend nicht, ihn nur als Vibrator zu betrachten. Lernen war mühselig. Schuld war die blödsinnige Erziehung, die meinte, Frauen könnten Sex um seiner selbst Willen nicht haben. Lächerlich. Maria hatte es schon gekonnt. One-Night-Stands waren etwas ausgesprochen Wohltuendes. Ihr Problem war viel mehr, dass Phillip nicht ein austauschbarer Anonymus, sondern ihr Partner war, den sie noch dazu im Grunde ganz gern mochte. Als Arbeitspartner. Da vermischten sich die Dinge eben. Wenn frau so viel Zeit mit einem Mann verbrachte, der ihr nicht ganz unsympathisch war, dann konnte frau dieses Gefühl schon einmal mit Verliebtsein verwechseln. Denn das Herz war ein Luder, es sehnte sich nach Zweisamkeit, egal, wie unrealistisch dieser Wunsch war, und es nahm sich das erstbeste Gegenüber als Projektionsfläche, egal, was das Hirn dazu sagte. Und der Körper war des Herzens hinterlistigster Verbündeter.

Der Geschniegelte am Tisch gegenüber der Blonden klopfte sich mit dem Zeigefinger an die Stirn. „... meinem Bruder haben s' einen Brief zu Weihnachten geschickt, wo sie sich bedankt haben, dass er nicht krank war. Weißt, was das ist? Erpressung! Ja, Erpressung ist das. Weil das heißt nämlich, dass sie das auch ganz genau registrieren werden, wenn er einmal krank ist. Und dann ..."

Sie habe den Abschiedsbrief von ihrem Mann verbrannt. Angelika Kovar log. Ihr Mann habe es nicht verkraftet, übergangen worden zu sein. Gelogen. Und selbst, wenn es stimmte, warum war er übergangen worden? Die Seilschaft hatte den Karabiner gelöst. Und sie mussten herausfinden, warum.

Es waren einfach zu viele Fragen offen. Maria hatte das Gefühl, als würden ihre Synapsen eine Fehlschaltung nach der anderen produzieren. Aus. Feierabend war angesagt. Und die kontaminierte Arbeitsbeziehung musste sie einfach als solche hinnehmen. Es gab Schlimmeres.

Maria stellte die Biere auf den Tisch – und wünschte sich im selben Moment, eines über Phillips Kopf und eines über den eigenen gegossen zu haben, denn Phillip merkte auf und lächelte sein Nichts-mehr-anderes-als-sein-Gesprächspartner-war-wichtig-Lächeln. Mit knapper Not setzte sich Maria nicht neben den Sessel.

Die Mailbox. Elsa, die sonst ihr Handy sogar mit ins Bett nahm, musste als Neo-Revoluzzer anscheinend auch der modernen Technik abschwören. Dabei wäre es jetzt wirklich fein, wenn sie zu ihnen stoßen würde. Jede Faser in Marias Körper sehnte sich nach Anlehnen und Weinen, einfach nach einem Gegenüber, über das sie den ganzen Schrott kippen konnte. Aber nein, Elsa musste ja unbedingt auf Che Guevara machen.

Einem Menschen dabei zuzuschauen, wie er in den Tod sprang, war anscheinend auch für eine Maria Kouba ein bissel zu viel.

Sie nahm das große Bierglas, fest entschlossen, den halben Liter auf einen Sitz hinunterzuschütten, und bot es automatisch Phillip, der links von ihr saß, zum Anstoßen dar – wobei sie ihm in die Augen sah. Wodurch in ihren eigenen Tränen aufstiegen. Sie schloss sie schnell und trank, stellte das halbvolle Glas ab und versuchte die knallbunten Kreise zu zählen, die an der Innenseite ihrer Lider herumsausten.

Maria hörte, wie Phillip die Bierdeckel aufeinander fallen ließ.

„Willst du nicht doch mit diesem Blattling reden?

Er hatte sie nicht gefragt, ob sie müde war. Phillip kannte sie besser, als Maria lieb war. So eine gut funktionierende Arbeitsbeziehung konnte einen wirklich verwirren. Sie rieb sich das Gesicht. Und sie schob ein Lachen hinterher, was die Beendigung des Themas signalisieren sollte. Es klang nicht überzeugend.

Sie hörte Phillip den Sessel rücken und spürte dann seinen Atem an ihrem Gesicht. „Ich weiß, dass du tough bist. Aber so was haut doch den stärksten Bären um."

„Alles okay." Sie nickte ein paar Mal. „Ein paar Bier und es wird schon wieder." Sie hob das Glas und hielt es Phillip hin. „In diesem Sinne ..."

Er lachte auf und stieß mit ihr an. „Lass uns die Bierindustrie unterstützen. Ist eh wieder einmal Zeit."

Er trank. Maria horchte seinen Worten nach und hatte das Gefühl, die Szene war falsch synchronisiert. Sie nahm einen Schluck. Der Ventilator wurde eingeschaltet, das Dröhnen legte sich über das Gemurmel der Menschen.

Phillip wischte sich den Schaum vom Mund. „Das Mädel hatte aber echt die volle Härte. Springt genau dort runter, wo keine Matten liegen. Na, gut, wo auch sonst. Nur da war es effektiv." Er zog die Augenbrauen zusammen und nahm noch einen langen Schluck.

Die wirbelnde Luft spielte mit den Perlenfäden, die vor dem Eingang zur Toilette hingen. Sie glänzten wie Engelshaar.

In Marias Kopf wummerte mit einem Mal die Pummerin, in all ihrer Mächtigkeit, die jedes Mal beim Läuten beinahe den Stephansdom zum Einsturz brachte. Und die Riesenglocke röhrte das Wort *Nein* so laut, dass Maria die Hände auf die Schläfen presste. Nur langsam wurde das Getöse leiser.

Der Refrain von *Owner of a lonely heart* aus dem Lautsprecher und das Knacken der Bierdeckel, die unter Phillips Händen zu Bröseln wurden, drangen in ihr Ohr.

Maria stützte das Kinn auf ihre Hände. „Und du? Du hast auch zugeschaut. Warum bist du nicht bei Blattling? Bist du tougher als ich?"

Aus dem Augenwinkel sah sie, dass der Geschniegelte am Nebentisch ihr einen Blick zu warf. Der sollte sich lieber, verdammt noch einmal, um seine eigenen Angelegenheiten kümmern. Jemand rief: „Hier wird's kalt!"

Phillip holte Luft und musterte sie, erst nach ein paar Sekunden atmete er wieder aus. „Ich hab nicht mit ihr geredet. Und außerdem – wurscht ist es mir auch nicht." Er stieß mit dem Kopf sanft gegen den ihren. Aha. Er sagte, dass es ihm nicht egal war, und damit ging er zur Tagesordnung über. Berührungen. Flirten. Wieder einmal typisch der große Herr Roth. Über Gefühle wurde nicht geredet.

Der Ventilator summte seine letzte Runde, die Luft stand wieder.

Maria stierte auf ihr Bierglas und umfasste es mit beiden Händen. „Und was gedenkst du zu tun, um damit klarzukommen?"

Phillip rieb seine Wange an der ihren. „Du bist so komisch. Ich glaub, du solltest wirklich einmal ..."

„Ich habe dir eine einfache Frage gestellt, was ist daran komisch?"

„Was daran komisch ist?" Er wich von ihr zurück. „Das kann ich dir sagen, was daran komisch ist. Du versprühst so eine Aggression, dass bald alle Tische um uns herum leer sind, und gleichzeitig hängst du deine Titten über den Tisch und siehst aus, als würdest du gleich an meine Hose wollen."

„Das hättest du wohl gerne?" Maria sah nicht auf ihre Titten. Sie lehnte sich zurück und verschränkte die Arme. Weder der akkurate Seitenscheitel von gegenüber und nicht einmal der Geschniegelte neben ihnen beachteten sie. Alles Quatsch, was Phillip da sagte.

Er zerbrach einen weiteren Bierdeckel. „Ja, das hätte ich gerne. Du weißt, dass ich gern mit dir fick. Wie oft soll ich dir das noch sagen?“ Er blitzte sie kurz an und konzentrierte sich wieder auf den Pappkarton. „Und nach dem Wahnsinn heute fände ich es nicht so abwegig, wenn wir uns ein bissel eine Entspannung gönnen würden.“

„Entspannung.“ Sie echote das Wort.

„Ja, Entspannung. Zwei Menschen miteinander, die sich was Gutes tun. Wie würdest du das sonst nennen?“

„Entspannung.“

„Ja, verdammt noch einmal. Ich weiß echt nicht, was mit dir los ist. Du führst dich auf wie eine verschrobene Zicke. Reden willst du nicht ...“

„Reden?“

„Ja, reden.“

„Wann hast du versucht, mit mir zu reden? Wenn ich dich erinnern darf, hast *du* mir empfohlen, mit Blattling zu reden.“

Phillip lehnte sich zurück und verschränkte die Arme. „Ah, daher weht der Wind. Madame Kouba hat das Gefühl, dass ich zu wenig auf sie eingehe und bestraft mich jetzt mit Liebesentzug.“ Er stützte sich wieder auf den Tisch. „Aber soll ich dir was sagen? Das ist gar nicht so leicht, auf dich einzugehen. Denn Madame ...“, er klopfte mit dem Zeigefinger auf ihre Schläfe, „... Madame verkriecht sich da oben im Hirnstüberl. Nur keine Emotionen zeigen, nur nicht sagen, was man denkt. Tschuldigung, fühlt. Die Denke darf schon raus, auf die bist du ja stolz. Aber alles andere wird da oben drin ausbaldowert. Du bist eine Hirnwichserin, die unfähig ist, andere an sich ranzulassen.“

Maria schaute zum Geschniegelten, zum brünetten Pferdeschwanz, zur Blonden mit dem Vorderbiss, irgendjemand musste diese Absurdität doch gehört haben. Sie nahm einen Schluck Bier und setzte ihre Marlene-Dietrich-Maske auf, die ihr heute erstaunlich schnell zur Verfügung stand. „Ich zeige keine Emotionen? Ich finde, ich zeige reichlich Emotionen. Aber der Herr Roth, der ist da mehr ein Kandidat dafür. Alles ist lustig, alles ein Spiel. Haben wir a bissel einen Selbstmord erlebt, na sei's drum, gemma a bissel ficken und alles ist wieder eingerenkt."

„Bis jetzt hab ich nicht das Gefühl gehabt, dass dir das so widerwärtig ist."

„Bis jetzt hab ich auch nur einen Vibrator gebraucht."

Sie starrten einander an. Maria hatte das Gefühl, gerade etwas gesagt zu haben, was gar nicht gut war

Phillip zündete sich langsam eine Zigarette an. Maria tat es ihm gleich. Dann nahm sie die kleine in Plastik eingeschweißte Speisekarte und stellte fest, dass ein Toast um zweieurozwanzig wirklich günstig war. Essen. Schlafen. Die Tür schließen und in ein farbloses Nichts treten.

Phillip räusperte sich. „Okay, okay. Also, wie geht's dir? Ich meine, was fühlst – also, ich meine, du brauchst dir keine Vorwürfe zu machen. Du solltest einfach akzeptieren, dass sie schon tot war, wie du zu ihr rauf bist."

Maria schenkte dem Mann, mit dem sie seit letztem August die meiste Zeit ihres Lebens verbrachte, mit dem sie schon alle Körperflüssigkeiten ausgetauscht hatte, einen langen Blick. „Erstens – ich brauche keine Ratschläge von dir ..."

„Wieso Ratschläge? Ich hab dich nur gefragt, wie es dir geht und ..."

„Und zweitens ist der Versuch mehr als durchsichtig."

„Welcher Versuch?"

„Das zu tun, was ich will, damit du zu dem kommst, was du willst." Der Satz klang irgendwie ganz falsch. Der Satz stimmte irgendwie überhaupt nicht.

Phillip rieb sich die Nasenwurzel. „Ich hab echt nicht geschnallt, wie krank du bist. Du bist völlig wuschi im Schädel. Und soll ich dir noch was sagen?"

„Na?"

„Du gehst mir unheimlich auf die Nerven."

„Dann such dir doch eine Gespielin, die dich weniger anstrengt."

„Was heißt das jetzt?"

„Dass du mir auch auf die Nerven gehst. Ich brauch keinen Neanderthaler als …"

„Als was? Als was? Sag schon, als was? Da sind wir endlich am Punkt. Madame hat nämlich keine Ahnung, was ich für sie bin. Dabei wäre alles so einfach, wie Madame es vorgeschlagen hat. Freundschaftliche Kollegen, die ab und zu miteinander ein bissel Spaß haben."

„Was willst du von mir? Der Deal ist doch wie maßgeschneidert für dich."

„Woher willst du wissen, was maßgeschneidert für mich ist?"

„Darf ich dich daran erinnern, dass ich deine Bettgeschichten zu Genüge mitbekommen hab?"

„Und ich deine."

Der Geschniegelte von nebenan rumpelte an ihrem Tisch. „Tschuldigung, ich muss da mal kurz da …"

Maria und Phillip zogen den Tisch näher an sich heran, der Geschniegelte verschwand in der Toilette. Sie saugten an ihren Zigaretten, so fest und ausdauernd, dass die Glut immer länger wurde.

Phillip dämpfte seine schließlich aus und schob die Bierdeckelbrösel auf einen Haufen. „Ich glaub, ich geh jetzt."

„Ja, ist wohl besser. Jetzt kannst du dir noch wen aufreißen." Mit einem Mal konnte Maria diese eigenartigen Mittdreißigerin, die große Ähnlichkeit mit ihr hatte, aber dann auch wieder gar nicht wie sie war, wie von außen beobachten. Was die Frau da sagte, war ihr vollkommen unverständlich. Und sie konnte weder die Zeit anhalten noch die Sätze bremsen, die aus dem Mund der eigenartigen Frau blubberten. „Vielleicht hat ja deine neue SMS-Partnerin, mit der du da vorher so heftig kommuniziert hast, noch Zeit?“

Die seltsame Frau warf dem Mann ihr gegenüber ein Lächeln zu. Es sollte wohl freundschaftliches Wohlwollen suggerieren und wurde zynisch in seinem Gesicht gespiegelt. „Das ist ein guter Tipp.“

Die seltsame Frau stürzte das restliche Bier in einem Zug hinunter. „Viel Spaß.“

„Den werde ich haben, wenn das Foto, das sie mir geschickt hat, hält, was es verspricht.“ Damit stand der Mann auf und schnappte seine Jacke. Sein Blick fiel auf das leere Glas vor der seltsamen Frau. „Ich bestell dir noch ein Bier, das scheinst du ja dringender zu brauchen als ... egal.“

Die seltsame Frau an diesem Holztisch in diesem langen Lokal ritzte mit dem Fingernagel eine tiefe Kerbe in das Holz. Dabei erkannte Maria genau, dass dieser Satz des Mannes eine ausgestreckte Hand gewesen war. Doch sie konnte es der seltsamen Frau, die wie sie aussah, nicht vermitteln.

„Es nervt auf jeden Fall nicht so wie ein dauergeiler Frauenversteher“, sagte die seltsame Frau.

Der Mann nickte, betrachtete auf der zur Gänze beklebten Wand ein Plakat für ein Clubbing, das durch seinen Titel Ekstase versprach. Daneben hing die Ankündigung für eine Retrospektive von Michael-Curtiz-Filmen. Humphrey Bogart und Ingrid Bergmann waren die Eye-Catcher. „Meine neue SMS-Partnerin ist übrigens deine Freundin Sascha, die dich seit vorgestern vergeblich versucht zu erreichen. Ich habe ihr Tipps gegeben wegen ihrem Haus. Sie ist witzig. Ich hab sie hierher bestellt. Sie will endlich wieder einmal nach all den Jahren mit dir quatschen. Aber jetzt, glaube ich, werde ich drauf schauen, dass ihr Abend nicht genauso versaut wird wie meiner.“

Damit ging der Mann. Die seltsame Frau an dem Holztisch im langen Lokal blieb regungslos sitzen.

Spektralfarben kitzelten Marias Netzhaut. Das passte nicht zu einem Traum, denn in einem Traum spürte man nichts als Emotionen, körperliche Empfindungen hatte zumindest sie noch nicht verspürt. Noch dazu konnten einen Farben doch nicht kitzeln. Sie konnten einem ins Auge stechen und dadurch ins Hirn – okay, sie konnten einen kitzeln.

Die Farbflecke hüpften durcheinander. Plötzlich vereinigten sie sich zu einem weißen Licht. Das erregte Marias Neugier. Sie konzentrierte sich, und das Licht wurde zu einem Strahl, der aus einem Schnapsglas hervorschoss. Maria bewegte sich, da schoss der Strahl aus dem daneben stehenden Schnapsglas. Sie sah auf und erkannte nichts, außer, dass sie sechs halbe Bier und zwei Schnäpse getrunken hatte. Alleine hätte das Maria wohl kaum geschafft. Sie kicherte. Mit einem anderen Ich gemeinsam konnte man definitiv mehr trinken. Und man war definitiv nicht ganz alleine. Wenigstens etwas.

Phillip vergnügte sich gerade irgendwo in der Stadt in irgendeiner Bar oder bereits in einem dunklen Eck mit Sascha. Er hatte ihr erklärt, dass mit Maria nach der Selbstmordgeschichte nichts anzufangen war und man sie besser alleine ließ. Dass er eigentlich ihr, Marias, Lover war, hatte er sicher nicht gesagt. Er war ja nicht blöd. Und sie pflegte ihren beginnenden Alkoholismus. Die Welt war wieder in Ordnung, die Fronten geklärt. Man fickte nun einmal nicht auf dem Tisch, auf dem man arbeitete. Sie hatte diese Weisheit buchstäblich ausprobieren müssen, um sie vollkommen zu verstehen.

Maria sah auf die Uhr ihres Handys. Einuhrzweiunddreißig. Es waren in etwa zwei Stunden vergangen. Das waren also die Aussetzer, die Alkoholiker hatten. Aber sie hatte, verdammt noch mal, alles Recht der Welt, sich einmal eine Auszeit zu nehmen, nach dem, was passiert war. Und es hatte ihr gut getan. Sie spürte nichts außer Klarheit, mehr Klarheit, als sie beim Gespräch mit Phillip verspürt hatte. Ihre Wahrnehmung war ungetrübt, dennoch bot sich ihr im Lokal ein erstaunliches Bild. Es war gerade erst halb zwei, das Lokal hatte üblicherweise bis zwei Uhr und bei Bedarf, der meistens herrschte, bis drei Uhr geöffnet. Trotzdem war es leer. Die Musik dudelte vor sich hin, die Liebe, hauptsächlich in ihrer sehnsüchtigen, bekümmerten Art, wurde in allen Varianten besungen. Was für ein Hohn, als gäbe es für die Menschen nichts anderes als Liebeskummer. Liebeskummer war kindisch, wie Elsa immer zu sagen pflegte. Denn entweder handelte es sich um Eifersucht, was eine der unnötigsten Gefühlsregungen war, denn sie zeigte nur, dass man kein Selbstbewusstsein hatte. Oder es ging um schlichte Trauer, weil einem ein Mensch abhanden gekommen war, mit dem man gern Zeit verbrachte. Also, was war Liebeskummer? Ein von Hollywood erfundenes Gefühl, damit die Tycoons etwas hatten, über das sie Filme machen konnten und wodurch die Menschen nicht mehr gezwungen waren, nachzufragen, was sie wirklich fühlten. Selbstbetrug der Masse. Das sagte Elsa.

Maria stand auf, leichter Schwindel erfasste sie. Als ihr Körper jedoch endlich akzeptierte, dass die Pause beendet war, funktionierte er wieder prächtig. Damit funktionierte auch wieder Marias Hirn. Und die Erinnerung. Alkohol war ein jämmerlicher Versager, er konnte miese Gefühle weder in Luft auflösen noch verdrängen.

Alle waren weg. Der Geschniegelte, die Blonde mit dem Vorderbiss, der Pferdeschwanz und auch der akkurat Gescheitelte. Statt ihnen war niemand Neuer gekommen. Das war absolut eigenartig. Auch, dass die leeren Gläser und die vollen Aschenbecher noch am Tisch standen, als würden keine neuen Gäste mehr erwartet.

Maria stakste die Tische entlang in den vorderen Raum. Hinter der Schank stand ein Mann – nicht mehr der ignorante Youngster, sondern ein Grauhaariger in Lederhosen und weißem Hemd, den Maria als den Wirt erkannte. Vor ihm auf dem

Tresen lag ein zerlegter Ghettoblaster, und er stocherte mit einem Schraubenzieher darin herum.

Er lachte Maria entgegen. „Na, hast gnua für heute?"

Maria stellte sich zu ihm. Sie nickte dem Gerät zu. „Was hat er?"

„An Wackler. Ich hab ihn scho zwei Mal in Griff kriegt, aber jedes Mal, wenn ich den Deckel drauf schraub, is er wieder da."

Maria musste sich am Tresen anlehnen. „Und warum kaufst keinen neuen?"

Der Mann – hieß er nicht Rudi? – sah sie erstaunt an. „Na, weil er no net hin ist."

„Aha."

Bob Dylan röhrte in ihr Ohr. Sie deutete auf das Gerät. „Hast den für daheim?"

Rudi lachte auf und presste sofort die Lippen zusammen. Wahrscheinlich wollte er seine schiefen Zähne nicht herzeigen. „Na, na, bei mir steht a gscheite Anlag. Aber den hab ich halt auch noch ghabt, und jetzt hat ihn meine Kleine entdeckt. Sie ist grad elf wordn." Sein Mund zog sich in die Breite, aber seine Zähne zeigte er nicht her. „Und weißt eh, Retro kommt immer gut bei die Kids. MP3 und Tschüss! Nix mehr mit Ohrstöpsel. Jetzt brennen sie sich CDs und machen mit den Dingern da an ordentlichen Wirbel. Volle Lautstärke und los geht's."

Er lachte, Maria lachte pflichtschuldig mit. Sie steckte ihre Hände in die Hosentaschen. „Sag, wieso ist denn da – wo sind denn die ganzen Leut'?"

Rudi musterte sie genau, als würde er Irisdiagnostik betreiben. Er legte den Schraubenzieher zur Seite. „Dir geht's net guat, oder?"

Maria zuckte nur mit den Schultern.

Rudi widmete sich wieder seinem Ghettoblaster. „Na, geht mi eh nichts an. Is nur irgendwie witzig, weil du wirkst jetzt nüchterner als wiarst nüchtern warst."

Maria brummte ein „Hm“. Beide sahen sie Rudis Hand zu, wie er ein Kabel festschraubte.

Nach einer Weile legte er befriedigt den Schraubenzieher zur Seite, dann schien er sich an Marias Frage zu erinnern. „Die sind alle demonstrieren. Treffen am Heldenplatz, dann Sterndemo zur Börse, zum Wirtschaftsministerium und zu Siemens. Da fahren sie allerdings mitn Radl raus, is a bissel weit in den Einundzwanzigsten, zu Fuaß.“

Die Erklärung ließ die Tür zur restlichen Welt zufallen. Maria fühlte sich plötzlich sehr wohl, so alleine mit Rudi und seinem Ghettoblaster. Diese Ruhe war von Dauer, das entspannte.

Maria setzte sich auf einen Barhocker und sah Rudi zu, wie er nun wieder die Verschalung auf das Gerät schraubte. Dann stellte er den Ghettoblaster so auf den Tresen, dass er in den Raum schallte, und steckte das Kabel in einen Verteiler. Mit großer Geste drückte er auf den Power-Kopf, Lämpchen leuchteten auf. Maria und Rudi lächelten einander an. Rudi drehte wieder ab. Das Gerät sah fast beleidigt aus, weil es nicht zeigen konnte, was es drauf hatte, jetzt im reparierten Zustand.

„Was hört denn deine Tochter so? Ist eine CD drin?“, fragte Maria.

Rudi zuckte mit den Schultern und schaltete das Ding wieder ein. Er kontrollierte den Inhalt des Laufwerks und drückte den Startknopf. Eine tausendfach gehörte Klavierintro wurde hörbar. Rudi verzog den Mund, es war wohl nicht wirklich seine Musik. „Der Arschwackler.“

Er wollte ausschalten, doch Maria legte ihre Hand auf die seine. Robbie Williams hatte gerade die erste Zeile gesungen.

„Come and hold my hand, I wanna contact the living.“

Noch nie hatte sie genau auf den Text gehört, er schien direkt in ihren Kopf einzudringen, sie verstand jedes Wort.

„Not sure I understand, this role I’ve been given.“

Heidelinde hatte die Einstiche gekratzt, als würden sie nicht zu ihr gehören.

„I sit and talk to God."

Sie hätte sich die Pulsadern aufschneiden können, sich vergiften können, ja, sie hätte sich erschießen können wie ihr Vater, aber nein, sie war auf diesen beschissenen Turm geklettert und war gesprungen. So etwas – rücksichtslos – Öffentliches. Marias Hände ballten sich zu Fäusten. Weit entfernt bekam sie mit, dass Rudi unendlich vorsichtig seine Hand aus ihrer Faust löste und sie ansah. Es war ihr egal, sie genierte sich nicht vor ihm.

„'Cause I got too much life running through my veins going to waste."

Das Schlagzeug trat in den Vordergrund, die Musik wurde lauter. Hatte Rudi den Regler gedreht oder war es nur in Marias Kopf?

„I don't want to die, but I ain't keen on living either, before I fall in love I'm preparing to leave her."

Heidelinde hatte sie umarmt, Scheiße, sie hatte sie umarmt, und sie, Maria, hatte die Umarmung nur zögernd erwidert. Eine Träne kullerte ihr über die Wange, eine zweite über die andere. Rudi reichte ihr einen Schnaps, sie stürzte ihn hinunter.

„I scare myself to death, that's why I keep on running."

Sie war stehen geblieben, sie, Maria, war einfach stehen geblieben, sie hatte den Sicherheitskräften nichts zugerufen. Und Heidelinde hatte sich den sichersten Notausgang gesucht, jenen, wo die Matten nicht lagen.

„Before I've arrived, I can see myself coming."

Heidschibumbeidschi bum bum. Maria spürte die Tränen, die ihr in den Mund rannen. Das Gesicht spannte, es war das Einzige, was sie fühlte.

„There's a hole in my soul, you can see it in my face, it's a real big place."

Maria hustete. Es war wie bei Phillip, als er Taubers Leiche gesehen hatte. Nur ihr Innerstes wollte sich nicht nach außen kehren. Stattdessen kamen Tränen. Sie wischte und wischte. „Taschentuch. Sorry. Aber ich – Taschentuch."

Rudi reichte ihr zwei Blatt der Küchenrolle. „Scheiß da nix. Hauptsache, der Dreck kummt auße."

Maria zwang sich zu einem Lachen. „Häst mir nicht den letzten Schnaps geben dürfen, dann wär mir nicht schlecht."

„Den Dreck mein ich nicht."

Maria öffnete die Augen und sah in ein liebevolles Gesicht. Da begann sie zu reden.

4.

Das Notfallprogramm war jetzt angesagt. Bei der abgelutschtesten Nummer von Robin Williams einen Nervenzusammenbruch zu bekommen – schlimmer ging es kaum. Doch wie hatte Rudi irgendwann in dieser Nacht gesagt? Jetzt wurden die Karten neu gemischt. Das erste Mal seit Langem hatte sie sich eben wieder einmal die Gedankenkombination Liebe und Phillip erlaubt. Denn wie hatte Rudi gesagt? Gedanken sind frei. Und nur, wenn alles einmal durchdacht ist, kann man einen Schritt weitergehen.

„Es ist acht Uhr. Guten Morgen. Die Demonstrationen heute Nacht verliefen im Großen und Ganzen friedlich."

Maria streckte sich auf der Couch aus und legte sich zwei neue Eiswürfel auf die geschwollenen Lider.

„In Wien marschierten rund zehntausend Menschen ...", also waren es rund zwölftausend gewesen, der ORF relativierte immer nach unten, „... vom Heldenplatz zur Firma Siemens. Nur bei der Börse gab es Zusammenstöße zwischen Radikalen und der Polizei. Vereinzelte Täter warfen Molotow-Cocktails gegen das Gebäude. Die Demonstrationen in Linz, Graz und Villach verliefen ebenfalls ruhig. Ingesamt waren etwa ..."

Maria massierte ihre Augen mit den Eiswürfeln.

„Die Demonstrationen haben auch auf Deutschland übergegriffen. Märsche gab es unter anderem in Berlin, Bochum, Dresden, Frankfurt und Leipzig."

Maria drückte sich aus der Formschale einen Eiswürfel in den Mund. Der Sprecher faselte etwas von internationaler Internet-Community, die für die Organisation der vielen Aktionen verantwortlich war. Und im Gegensatz zu Österreich waren die Demonstrationen in Deutschland nicht friedlich verlaufen. Dutzende Gruppen von Menschen hatten sich genau jene Produkte von Konzernen ausgesucht, die in den letzten Jahren tausende Menschen entlassen hatten. So hatte man VWs verschiedenen Typs kurzgeschlossen und Handys von Siemens-BenQ gestohlen. Was dachten die Menschen, was sie mit den gestohlenen Sachen machen konnten? In die Ukraine verkaufen? Wollten sie einen riesigen Schwarzmarkt aufziehen und so den Kapitalismus untergraben? Am Kreativsten empfand Maria, dass man sich von der Deutschen Bahn anonymisierte Fahrkarten erpresst hatte.

Dem Nachrichtensprecher hörte man die Freude darüber, dass endlich wieder einmal etwas wirklich Berichtenswertes passierte, deutlich an. Krisensitzungen wurden einberufen und Telefonate auf höchster Ebene geführt. Jetzt kam noch eine Meldung herein, dass auch in Frankreich Demonstrationen begonnen hatten. Es war nur noch nicht klar, ob es sich um die üblichen Jugendlichen aus den Banlieues handelte oder um Zusammenrottungen von Studenten, Schülern, Künstlern, die gewohnt waren, sich über Internet zu organisieren. Das war doch eine präpotente Einschätzung. Wie in Österreich und Deutschland würden auch die Ich-AGs und die Alleinerzieher, die Angestellten und die Entlassenen von großen Firmen, die nur auf ihre Gewinne schielten, eben all jene marschieren, die Verlierer von diesem ganzen System waren.

Maria wischte das Eiswasser von ihrem Gesicht. *Zu spät, liebe Regierungen, ihr hättet ein bissel zeitiger auf den Unmut der Menschen reagieren müssen.* Allerdings konnte eine allgemeine Revolte doch auch keine Lösung sein. Anarchie? Brennende Autos auf Straßen? Zerstörte Geschäfte? Banküberfälle? Ausgangssperren? Maria beutelte es. Anarchie war – so ungemütlich. Und alles nur wegen zweier Jugendlicher, die ein bissel Rächer der Enterbten spielen hatten wollen. Das ganze

Szenario passte zu einem Weltbedrohungsmachwerk aus der Traumfabrik, aber doch nicht ins beschauliche Leben von Mitteleuropa.

So trällerte nach den überlangen Nachrichten auch sofort Bobby McFerrin „Don't worry, be happy" aus dem Äther. Das Drehbuch zu diesem ganzen Wahnsinn musste aus der Feder von Monty Python stammen. Und wie würde sich in so einem Drehbuch die coole Heldin verhalten? Wenn der Python-Film in Hollywood gedreht würde, würde sie mit undurchsichtiger Miene die Lederjacke überwerfen und auf finale Mörderjagd gehen, denn was ginge sie der Weltuntergang an, wenn es da draußen noch Verbrecher gab.

Maria packte Jack, der sich nicht sicher war, ob er zu ihr auf die Couch springen wollte, hob ihn hoch über sich und raunte ihm mit Bassstimme „Kein Verbrechen bleibt ungesühnt" zu. Absoluter Wahnwitz. Vielleicht schlief sie ja wirklich noch. Auf der Fensterbank im Morgen nach der wunderbaren Nacht mit Phillip. Ihre verlöschte Zigarette fiel gerade in den Morgentrubel, und jeden Moment würde sie aufwachen. Doch bis dahin musste sie auch im Traum tun, was sie tun musste.

Maria wankte in die Küche. Zuerst Schmerztabletten. Statt der gewünschten zwei war nur mehr eine letzte in der Packung. Maria schluckte sie und hoffte das Beste. Dann ein Glas Samarin. Die Bitterkeit der konzentrierten Mineralien zog angenehm ihren Mund zusammen. Ein zweites Glas.

Maria trat vor den Spiegel. Mit ihren Schweinsäuglein überholte sie Renée Zellweger von rechts. Doch sie konnte die Augen immerhin wieder so weit öffnen, dass sie sich selbst erkannte. Und das tat weh. Mehr als alle Kopfschmerzen der Welt. Sie war doch nichts anderes als eine restbesoffene Versagerin, die so tief gesunken war, dass sie sich beim Wirt eines Lokals auf dem Tresen ausgeheult hatte. Es war erniedrigend. Sie hatte ihre Mordfälle nicht gelöst, sie hatte es nicht vermocht, ein junges Mädchen vom Selbstmord abzuhalten, sie hatte den besten Lover, den sie je gehabt hatte, von sich gestoßen, sie hatte sich einen Wichser von Polizeibeamten vor die Nase setzen lassen müssen. Es war absolut erniedrigend. Da fühlte sich Maria beobachtet. Sie blickte auf und sah direkt Jack in die Augen.

Der Kater saß mit Respektabstand vor ihr, aufrecht mit zusammengestellten Pfoten und um die Beine gekringeltem Schwanz wie eine Porzellankatze. Maria kniete sich hin und lockte ihn mit Küsschen. Jack starrte sie an. Maria starrte zurück. Das Schwarz seiner großen Pupillen wirkte wie kuschelige Ecken. Maria spürte, wie sie mit jedem Ticker der Küchenuhr ruhiger wurde, denn da sah sie kein Tier an, sondern ihr bester Freund. Irgendwann spürte Maria ihre Knie brennen, sie bewegte sich, da wurde Jack auch wieder ein Kater. Er stand auf und ging zu Maria, schnupperte an ihrem Gesicht. Dann stieß er mit seinem Kopf gegen ihre Stirn. Heftige Liebe durchfuhr Maria. Sie stieß mit ihrer Stirn gegen Jacks Kopf. Der Kater rieb sich an ihrer Schulter und sprang auf die Kredenz. Dort nahm er wieder seine Porzellankatzenhaltung ein. Doch nun schien es Maria, als würde er sie aufmunternd angrinsen.

Sie stand auf und drehte die Dusche auf. Jack hatte recht, sie musste ihre Ehre wiederherstellen.

Die Lifttür schloss sich langsam. Maria war zum Glück alleine im Fahrstuhl. Hektisch kramte sie den Cremetiegel aus ihrer Tasche, den sie vorhin in der Apotheke gekauft hatte. Im letzten Moment schob sich ein kleiner roter Cowboystiefel in den Spalt, worauf die Tür wieder aufzischte. Maria wollte den Tiegel wieder in die Tasche zurückstopfen, doch das Ding hüpfte ihr aus der Hand, worauf auch noch die Tasche auf den Boden fiel und sich ihr Inhalt komplett auf dem Boden verteilte. Maria hockte sich hin, um alles schnell aufzusammeln.

Warum nur hatte sie sich so beeilt, es hätte doch gar niemanden interessiert, was sie da in der Hand hielt? Jetzt war es viel auffälliger.

Eine wohl bekannte Altstimme lachte. „Du hast was von Mr. Bean in deiner Hektik. Komm, ich helf dir." Elsa hockte sich zu Maria, die den Kopf hob. Sie riss die Augen auf. „Also Mausl – was treibt ihr denn für komische Sexspiele? Normalerweise schaut man blühend aus, wenn man ordentlich bumst."

„Hi." Maria suchte wortlos den Boden nach ihren Dingen ab.

Elsa hielt ihr den Cremetiegel hin. „Zum Kühlen der Haut. Verstehe. Es hat sich ausgebumst."

Maria nahm ihr das verräterische Ding aus der Hand, stopfte es in die Tasche und schloss den Reißverschluss. Jetzt war alles egal. Sie musste sich eben irgendeine Ausrede einfallen lassen, von wegen Magenverstimmung und die ganze Nacht gekotzt oder etwas Ähnliches. Der Lift setzte sich in Bewegung.

Elsa stellte sich vor sie. „Was ist? Redst nicht mehr mit mir?"

Maria senkte den Kopf. Wie oft hatte Elsa ihr die Leviten gelesen? Nun, sie hatte recht behalten. Maria strudelte in ihrer Arbeit und in ihrer Beziehung zu Phillip. „Wir sind gleich da."

Elsa drückte ohne Vorwarnung den Halteknopf.

Maria durchfuhr es heiß. „Bist deppart? Jetzt holen die vielleicht noch die Feuerwehr und dann stehen alle da und glotzen!"

„So schnell gneißen die das nicht. Die glauben einfach, dass er kaputt ist."

Maria fühlte Tränen hochsteigen. Doch als sie den Knopf erneut drücken wollte, lehnte Elsa sich ihr in den Weg.

Sie verschränkte die Arme. „Komm, sag mir, was los ist, Mausl. Wenn der Roth ein Schwein war, koch ich ihm die Eier auf Erbengröße. Das weißt du. Also, du musst mir nur sagen, was los ist."

Maria lehnte sich an die Kabinenwand. „Ich glaub – also nicht er – es war mehr – ach, Scheiße, ich hab keine Ahnung, was das war. Wir haben uns gestritten. Ach, ich weiß nicht, ich hab seine Spielchen so satt, aber er hat nicht aufgegeben, auch nicht, wie ich ihm zum dreihunderttausendsten Mal klar gemacht hab, dass ich nur eine Fickerei will. Und dass ich da ganz konform mit ihm bin. Da hat er erst recht begonnen. Hat sich aufgeführt wie so ein Schulmeister, wollt mich zu dem Psychoheini schicken wegen der Kovar, statt dass er mit mir redet, der hat kein Gefühl, der Mann, wahrscheinlich weil es ihm scheißegal war, dass die Kleine ghupft ist, und da hat er mich so angekotzt, dass ich ..."

„Moment einmal, wer ist ghupft?"

Maria schaute Elsa an. Das konnte nicht sein, dass ihre Freundin nichts von dem ganzen Drama am Vortag wusste.

Ihre Überraschung musste in ihrem Gesicht abzulesen sein, denn Elsa öffnete hob die Hände. „Ich hab mir gestern zu Mittag frei genommen. Ich war – also der Typ, von dem ich da erzählt hab, der hat nicht nur was im Hirn, sondern auch in der Hose. Ich hab glatt ein bissel einen Muskelkater." Sie lächelte und zuckte mit den Schultern. Doch Marias Blick ließ sie schlagartig ernst werden. „Tschuldige. Ich hab so das dumpfe Gefühl, du hast mich braucht, oder? Scheiße. Ich hab noch nicht einmal das Handy abgehört, weil ich das Ladegerät da im Präsidium – wer ist ghupft? Komm, bitte red mit mir."

Maria setzte an, zu Elsa zu gehen, um sie zu umarmen, rutschte dann aber die Liftwand entlang in die Hocke. Die Leichtigkeit, mit der Elsa das Leben nahm, war unendlich liebenswert. Auch ihre Besorgnis. Zugleich war diese Leichtigkeit beinahe oberflächlich. Trotzdem beneidete Maria Elsa darum.

Und dann erzählte sie Elsa alles von der Kovar-Familie und von Wittmann und der Sonderkommission.

„Ja, und jetzt – jetzt muss ich meine Ehre wiederherstellen."

Elsa zog Maria hoch und umarmte sie. „Genau. Und über das andere, da beim Turm, da reden wir später einmal."

Sie schob Maria auf Armlänge von sich weg. „Aber jetzt musst du einmal halbwegs aus die Augen rausschauen können. Die Creme ist schon nicht so schlecht. Wennst noch einmal drüberschmierst, sind die Tränensäcke fast weg. Aber die Augäpfel sind rot." Damit drückte Elsa auf die Taste zum Weiterfahren.

„Ich hab da Augentropfen, wie sie Filmschauspieler verwenden, wenn sie durchgesoffen haben." Sie grinste. „Was glaubst, wie ich mir Respekt verschafft hab bei meinen Pappenheimern? Die haben nach einem Remidemi immer ausgschaut wie ausgespieben, ich wie der frische Morgen. Wie fühlst dich sonst? Hast Samarin getrunken?"

Maria nickte, Elsa ebenfalls, kurz und knapp, was sie wie eine befriedigte Managerin wirken ließ. „Gut, dann stellst dir noch einen doppelten Espresso rein, und die Augentropfen dazu, dann brauchst dich nicht mehr genieren. Dann bist wieder voll am Damm. Und dann kannst du sie so richtig in den Arsch treten, okay?"

Maria wurde warm ums Herz. Sie war einfach zu viel mit Männern zusammen, eine Frau konnte ihre Malaise eben nachfühlen. Ja, und vielleicht Rudi. Doch bei ihm war das Zuhörenkönnen ja auch Teil des Geschäfts.

Maria umarmte Elsa.

Die klopfte ihr beruhigend auf den Rücken und schob sie dann von sich weg. „Jetzt sagst mir noch, was ich dir helfen kann. Ich hab momentan nichts am Tisch, was nicht warten könnt."

Sie grinsten einander an, der Lift ruckte sich zum Stehen.

Maria dankte ihrem Schicksal, Elsa im Lift getroffen zu haben, als sie sich kurz darauf im Beobachtungsraum zum

Vernehmungszimmer wiederfand. Denn beide Kovars, Mutter Angelika und Tochter Manuela, hatten die Morde für sich beansprucht, sprich gestanden.

Es war für jeden Trottel offensichtlich, dass sie beide voneinander dachten, die jeweils andere hätte die Verbrechen begangen, und dass sie einander schützen wollten. Doch Wittmann gackerte wie ein kastrierter Hahn, der plötzlich glaubte, Eier legen zu können. Jetzt hatte er gerade Angelika Kovar in der Mangel, als Erste. Wahrscheinlich traute er in seiner durchschnittlich männlichen Einschätzung einem *Sexmonster* eher einen Mord zu als dem sanften Zellweger-Verschnitt. Der Schwanz eines Mannes konnte sich doch nicht irren.

Doch Angelika Kovar ließ ihn monologisieren. Weder mit ihrem Anwalt, der wahrscheinlich auch aus der Thalberg-Kanzlei kam, noch mit Wittmann redete sie auch nur ein Wort. Wenn sich Maria nicht gänzlich irrte, dann konnte Angelika Kovar auch nichts sagen. Im besten Fall wusste sie aus den Gazetten, dass die Opfer erschossen worden waren. Sie wusste nicht, wie, und sie wusste nichts von den Tintenflecken. Und wenn sie diese Details nicht wusste, löste sich ihr Geständnis bei der ersten Frage in Luft auf. Und bei Manuela Kovar würde es nicht anders sein.

Maria fragte sich, was sie hier noch im Beobachtungsraum hielt. Das Gedränge mit ihren Kollegen vor der Scheibe zum Vernehmungszimmer hatte nur ein Gutes gehabt – sie hatte ihr Aussehen testen können. Ein Hoch auf die Kosmetikindustrie. Creme und Tropfen hatten gute Arbeit geleistet, keinem war eine Veränderung an ihr aufgefallen. Allerdings war der Test nicht hundert Prozent aussagekräftig. Zum einen stritten sich die Kollegen, ob die Demonstrationen berechtigt waren oder nicht. Zum anderen kannten die meisten sie nicht wirklich gut. Der Einzige, der ihr Aussehen wirklich beurteilen konnte, war Phillip, und der war nicht da. Ihre einst so spröde Schulkollegin

Sascha musste inzwischen ungeahnte Qualitäten haben, wenn er so heftig verschlief. Maria stellte sich Phillip im Infight mit der dunkelhaarigen Gazelle vor – zumindest damals war Sascha sehr schlank gewesen. Es tat nicht weh. Nun ja, ein wenig vielleicht.

Maria lehnte sich in die Ecke des Beobachtungsraumes und trank ihren zweiten doppelten Espresso. Also gut, der Fall. Sie hatte sich von diesem ganzen Familienwahnsinn ablenken lassen. Sie musste wieder zu dem Zeitpunkt zurück, als sich die Kovar-Verwicklungen noch nicht herauskristallisiert hatten. Zu den auffälligen Dingen, bevor sie das Gespräch mit den Tschipschal-Brüdern geführt hatten. Da gab es einmal die zwielichtigen Geschäfte von Tauber und Co. Die musste man unbedingt noch einmal anschauen. Gut, die Art der Ermordung, der angesetzte Schuss, deutete auf einen Amateur hin, aber wenn sich eine gelinkte Firma aus einem dieser Länder rächen wollte, musste sie ja nicht unbedingt einen Profi darauf ansetzen. Es konnte auch jemand sein, dem durch diese Geschäfte der Credit Agencys alles genommen worden war. Dann gab es da noch die Sexsessions und diese Frau, mit der Pöttelsdorfer beim Würstelstand gewesen war und die die Beine nicht ganz freiwillig gespreizt hatte. Die Frau mit den verschiedenfarbigen Augen. Das waren schon einmal zwei gute Ansätze. Auch wenn der Lebkuchenmann, dieser Sigur Neumann, in keins der Szenarien passte. Sie mussten sich noch mehr in die Biographien der Opfer wühlen, vielleicht gab es da ein Geheimnis. Geheimnis. Dieser blöde Abschiedsbrief von Markus Kovar kam Maria wieder in den Sinn. Sie verstand beim besten Willen nicht, warum die Kovar-Frauen so mauerten.

Maria stellte die Tasse ab und verließ den Beobachtungsraum. Mit forschem Schritt durchquerte sie das Präsidium, das voll von hektischen Polizisten war, und ließ sich im Archiv die Akte Markus Kovar ausheben. Der Beamte wunderte sich zwar etwas, weil der Akt mit eindeutigem Selbstmord abgeschlossen worden war, doch Maria erklärte dem Mann, dass in der Akte vielleicht zusätzliche Informationen wären, die beim aktuellen Verhör helfen würden.

Das Hirn des Toten hatte wirklich auf Dostojewski geklebt. Markus Kovar hatte ganz sichergehen wollen, dass er nicht als debiler Trottel aufwachte. Laut Aussage hatte Angelika Kovar die Leiche gefunden. Wahrscheinlich hatte sie sich damit schützend vor ihre Töchter gestellt, ihnen stundenlange Befragungen ersparen wollen. Denn wenn sie wirklich selbst die Leiche gefunden hätte, dann hätte sie sicher nicht zugelassen, dass die Töchter den Toten sahen. So hätte es zumindest Maria gemacht. Doch die Schilderung des Tatorts von Heidelinde Kovar so kurz vor ihrem Sprung hatte ausgesprochen authentisch geklungen. *Auf den Büchern rundherum waren Schädelsplitter*. Das klang nach Erlebtem und nicht nach Erzähltem. So weit nichts Neues.

Maria blätterte den Akt durch, doch nirgends fand sich eine Spur des Abschiedsbriefes. Keine Aussage dazu und auch kein Faksimile. Mist. Maria studierte die Akte noch einmal von vorn.

Und da stolperte sie über eine Aussage, die sie noch nicht kannte. Es war noch jemand am Tatort gewesen. Die Haushälterin Emma Fuchs.

Nach einem endlosen Telefonat mit Wittmann, in dem sie ihm überzeugt hatte, dass sie nur nach weiterem Hintergrundmaterial für die Verhöre suchte, nach vier ergebnislosen SMS an Phillip und nach zwei ebenso ergebnislosen Telefonaten mit zwei älteren Damen namens Emma Fuchs in Simmering und Ottakring stand Maria nun vor der Ruprechtskirche.

Die älteste Kirche von Wien, einst am Donauufer gelegen und nun mit Blick auf den Schwedenplatz, strahlte im dunkelgrünen Efeu. Vor wenigen Wochen hatte Maria im Lokal gegenüber der Kirche gesessen und die Welt umarmt. Es war das erste Mal gewesen, dass Phillip und sie es gewagt hatten, als Paar gemeinsam auszugehen. Sie hatten sich zwar fast sicher sein können, dass keiner ihrer Kollegen in dem Beisl, in dem nur Alternative verkehrten, auftauchen würde, doch das Restrisiko hatte sie dermaßen aufgegeilt, dass sie in der dunklen Ecke hinter der Kirche miteinander gebumst hatten, stehend, zwischen Scherben, Grasbüscheln und Schnee, der noch vom letzten Winterangriff übrig gewesen war. Seitdem hatte Marias Daunenjacke zwei Risse. Sie würde sich für den nächsten Winter eine neue kaufen müssen.

Maria setzte sich auf das einen halben Meter hohe schmiedeeiserne Gitter, das den winzigen Vorgarten der Kirche umzäunte. Ein Hund bellte aufgeregt, und ein alte Dame schrie „Samson", ohne Durchsetzungskraft und ohne Unterlass, und „Bleib bei mir" hinterher. Doch Samson, ein grauer Königspudel, schnüffelte sich an einer Spur entlang und sprang die Stiege zum Schwedenplatz hinunter. Wahrscheinlich hatte er eine Hundedame ausgemacht. Was hatte er doch für ein einfaches Leben. Fürs Gefühl war das Frauli da, für die Hormone eine x-beliebige Hündin. Maria stopfte eine gelockerte Haarsträhne in den Knoten zurück und öffnete die Kirchentüre.

In dem romanischen Bau war es saukalt. Die Frühlingshitze hatte ihn, obwohl er sehr klein war, noch nicht aufwärmen können. Vielleicht wurde es auch nie warm in dem dunklen Raum. Die kleinen Fenster ließen kaum Licht durch. Bei dem Zwielicht musste Putzen Schwerarbeit sein. Sie trat an der hintersten Bank vorbei in den Mittelgang, da sah sie, eine Frau, die vorne vor dem Altar kniete.

„Frau Fuchs? Emma Fuchs?" Die Frage hallte durch das kleine Gotteshaus, obwohl Maria unwillkürlich geflüstert hatte.

Die Frau bekreuzigte sich, stand auf und drehte sich zu Maria. Ihre dunklen Haare, die von Grau durchsetzt waren, lagen in perfekten Wellen am Kopf, die türkise Bluse sah mehr nach

Bridgepartie denn nach Staubsauger aus, genauso wenig passte der dunkelblaue lange Glockenrock zu jemandem, der anderen Leuten den Dreck wegputzte. Die blauen Schuhe mit dem mittelhohen Absatz glänzten. Die Frau trug ein goldenes Kreuz um den Hals. Am rechten Ringfinger schimmerte ein Brillant. Der Stein musste echt sein, denn er schaffte es sogar bei diesem schwachen Licht zu schimmern. Unechte Klunker brauchten dafür eine nahe Lichtquelle.

Emma Fuchs kam mit ausholenden Schritten auf Maria zu. Ihr Händedruck war fest. „Grüß Gott, Frau Kouba. Entschuldigen Sie bitte, wenn ich Sie nicht mit Ihrem Titel anspreche, aber Titel sind für mich Schall und Rauch. Vor Gott sind wir alle gleich."

Großartig. Eine Betschwester. Dieser Fall war echt gespickt mit seltsamen Menschen. Für einen kurzen Moment wünschte sich Maria, sie hätte sich in der letzten Nacht so besoffen, dass Josef sie für die nächsten drei Tage hätte krankschreiben müssen. Doch das war Weinen um verschüttete Milch.

„Kein Problem. Ich weiß auch ohne Titel, wer ich bin."

„Dann sind Sie ein glücklicher Mensch."

So einfach war das. Und vielleicht stimmte es sogar. Sie war eine gute Polizistin. Egal, wie weit oben sie auf der Karriereleiter war oder ob sie einen Fall leitete oder nicht.

Maria setzte sich auf eine der vier Kirchenbänke. „Na ja, im Moment nicht wirklich. Ich habe da einen Fall, also, um genau zu sein, ein paar Fälle, bei denen ich überhaupt nicht durchblicke."

Emma Fuchs lächelte leise, als würde sie so etwas Profanes wie Mord nur peripher tangieren. Sie setzte sich in die Bank vor Maria. „Was wollen Sie denn von mir über die Familie Kovar wissen?"

„Sie waren Haushälterin bei den Kovars, als sich Herr Kovar umgebracht hat?"

„Haushälterin und Kindermädchen. Eigentlich alles in einem. Frau Kovar ... Nun, verstehen Sie mich bitte nicht falsch, ich möchte nichts Schlechtes über die Familie sagen. Doch wenn Sie diese Familie verstehen wollen, müssen Sie eines wissen: Frau Kovar war ihrem Mann hörig." Sie legte das Gebetbuch auf ihrer Bank gerade. „Herr Kovar kam ja aus einer kleinen Stadt in Niederösterreich. Wissen Sie darüber Bescheid? Seinen privaten Hintergrund?"

Maria schüttelte den Kopf.

Emma Fuchs stand auf und richtete auf der gegenüberliegenden Bank das Gebetbuch gerade aus. „Er stammte aus einer bescheidenen Familie, der Vater war Stahlarbeiter, die Mutter Sekretärin am Gemeindeamt. Nur mit einem Gehalt hätten sie nicht vier Kinder großziehen können. Und schon als kleiner Bub hat Herr Kovar immer gesagt, dass er einmal Geld drucken würde."

„Geld drucken?"

„Ja, Geld drucken." Sie setzte sich wieder vor Maria. „Das war für ihn das Sinnbild von Reichtum. Dass man sich selbst Geld erschaffen kann."

Maria beugte sich vor. „Woher wissen Sie das?"

Emma Fuchs rührte sich nicht, sie saß mit gekreuzten Beinen und übereinander gelegten Händen auf der Bank. „Diese Familie war ein sehr fragiles Gebilde. Gott hat mich wahrscheinlich zu ihnen gesandt, um ihr Puffer zu sein. Ich war ein schlechter Puffer." Emma Fuchs, die so gar nicht zu den psychisch angeknacksten Kovars passte, drehte ihren Brillantring.

„Gut, Kovar wollte also reich werden."

Emma Fuchs schüttelte den Kopf. „Ich glaube nicht, dass es nur Reichtum war, was er wollte. Herr Kovar wollte Macht. Nein, um genau zu sein, wollte er nie mehr von jemandem abhängig sein. Jedenfalls schaffte er es als Einziger von den vier Kindern aufs Gymnasium. Matura mit Auszeichnung. Das

Studium absolvierte er summa cum laude. Das Doppelstudium, entschuldigen Sie, Jura und Wirtschaft. Er war der jüngste Parteisekretär der Geschichte."

„Und was hat das alles mit der Hörigkeit von Angelika Kovar zu tun?"

„Nun, sie kommt aus derselben Kleinstadt wie er, aus demselben Milieu, aus denselben bescheidenen Verhältnissen. Nur – sie hat es nie über die Friseurlehre hinaus geschafft. Die beiden waren erstmals als Jugendliche ein Paar. Er ging weg und versprach ihr, sie nachzuholen. Dann hat er sich jahrelang nicht gemeldet. Doch schließlich ist er zurückgekehrt und hat sie aus dem Sumpf geholt. Wie der Prinz auf dem Schimmel. Von dieser Hochzeit redet man in Thallau noch heute."

„Und das hat ihn für sie zum Gott gemacht."

Emma Fuchs strich über ihr Goldkreuz. „Für Angelika gab es nur Herrn Kovar. Seinetwegen hat sie die Kinder bekommen. Nicht, dass sie keine gewollt hätte, aber es war ihr im Grunde egal. Sie wollte nur ihn glücklich machen. Und weil sie immer damit beschäftigt war, ihm alle seine Wünsche von den Lippen abzulesen, war ihr alles andere lästig. Einfach zu viel. Herrn Kovars Mutter hatte mich dann engagiert, wegen der Kinder. Sie ist eine herzensgute Frau. Und eine Zeit lang konnte ich meine Aufgabe auch gut erfüllen. Doch meine Kraft hat nicht gereicht."

Von draußen klang dumpf Sirenengeheul in die Kirche. Es waren mehrere Polizeieinsatzwagen. Das verhieß nichts Gutes. Entweder ein Banküberfall oder irgendwelche Demonstrationen waren aus dem Ruder gelaufen.

Maria stand auf und ging zum Altar, viel zu nahe und viel zu ehrfurchtslos, wie ihr der strenge Blick von Emma Fuchs deutete. Sie wich zwei Schritte zurück.

„Kovars Mutter hat Ihnen die Stelle verschafft? Sind Sie auch aus Thallau oder woher hat sie Sie gekannt?"

Im Grunde war das eine unwichtige Frage, doch die Person von Emma Fuchs weckte in Maria mindestens ebenso starke Neugier wie die Familie Kovar.

Emma Fuchs ging zu einer der beiden Blumenvasen am Beginn des Altarraumes und richtete die Lilien, die sich zum Rand der Vase gebeugt hatten, wieder auf. „In dieser Kleinstadt habe ich meinen Mann und mein Kind verloren. Der Bruder von Herrn Kovar ist betrunken in unser Auto gefahren, als wir einen Ausflug nach Krems unternommen haben."

„Und da haben Sie für seinen Bruder gearbeitet? Das ist doch Wahnsinn."

„Ich stand vor dem Nichts, und die Familie Kovar hat mich gebraucht. Es war Schicksal."

Maria deutete auf die andere Blumenvase. „Die sind auch ..." Emma Fuchs ging zur zweiten Vase und richtete auch hier die Blumen neu aus.

„Entschuldigen Sie, Frau Fuchs, wenn ich so direkt – aber haben Sie die Familie nicht gehasst?"

Emma Fuchs trat zurück und betrachtete ihr Werk. Die Flamme auf der Osterkerze war ausgegangen. Sie holte aus ihrer Rocktasche Zündhölzer und zündete sie an.

Maria stellte sich auf die andere Seite der Kerze. „Warum sind Sie Kindermädchen geworden? Ich meine, ich habe irgendwie das Gefühl, dass Sie eigentlich einen anderen Beruf haben. Irre ich mich da?"

Emma Fuchs betrachtete die Flamme. Da läutete die Glocke. Zwei Mal für die halbe Stunde und elf Mal für die ganze Stunde.

„Ich war Rechtsanwältin. Und ich hatte davor – also bevor meine Familie – ja – also ich habe in meiner Laufbahn mehrmals dafür gesorgt, dass Betrunkene am Steuer nicht die Höchststrafe bekommen haben. Ja. Habe ich. – Doch was hat meine Geschichte mit der Familie Kovar zu tun?"

Maria setzte sich wieder auf die Kirchenbank. „Sie waren Rechtsanwältin. Da kann ich also quasi von Berufskollegin zu Berufskollegin in ehrlich sein ..."

Emma Fuchs drehte sich um und verschränkte die Arme. „Nun, als Kolleginnen würde ich uns nicht gerade bezeichnen. Sie sind bei der Exekutive, ich bei der Judikative."

„Gut, aber Sie wissen als Rechtsanwältin, dass ich mir als Polizistin ein Bild von Ihnen machen muss, um ihre Aussage einschätzen zu können. Deshalb meine persönlichen Fragen."

„Natürlich, das verstehe ich." Sie nahm aus ihrer Handtasche, die in der ersten Bank stand, ihre Geldbörse und aus ihr eine Münze. Die warf sie in den Opferstock unter dem Bildnis der Jungfrau Maria und zündete eine Kerze an.

Maria lümmelte sich mit den Oberarmen auf die Gebetsbuchablage vor ihr. „Frau Fuchs, wie lange haben Sie dann eigentlich noch für die Kovars gearbeitet?"

Emma Fuchs blies das Zündholz aus. „Bis kurz nach dem Tod von Herrn Kovar."

„Aha. Aber Sie wussten, dass Angelika Kovar ihrem Mann hörig war, dass Sie also zusammenbrechen würde. Wieso sind Sie nicht geblieben und haben den Töchtern geholfen?"

Sie kam zu Maria, die Handtasche hängte sie über den Arm. „Ich habe gesehen, dass ich nicht mehr helfen konnte." Sie machte einen Schritt Richtung Ausgang.

Maria richtete sich auf. „Das glaube ich Ihnen nicht."

Emma Fuchs blieb stehen und drehte wieder den Brillantring an ihrem Finger. „Ich habe den Schmutz nicht mehr ausgehalten."

„Welchen Schmutz?"

„Den Schmutz, den man in diesen Kreisen überall findet. Ich weiß, wie es dort aussieht, es waren ja auch einmal meine Kreise." Die Kerze vor dem Madonnenbild knisterte. „Deshalb gehe ich jetzt nur noch putzen, diese Kirche hier."

Sie lehnte sich an die Kirchenbank von Maria und betrachtete die Strahlen des Heiligen Geistes auf dem Hochaltar. „Gott sei Dank ist meine Familie vermögend und ich muss mich mit alledem nicht mehr auseinandersetzen." Sie seufzte. „Was mit den Mädchen geschehen ist, kann ich nicht ändern, das ist schmerzlich genug. Ich will aber nicht mehr in Berührung kommen mit diesem ganzen – Schmutz."

Maria zog die Jeansjacke fester um ihren Körper. In dieser Kirche konnte man erfrieren. „Kommen Sie, Frau Fuchs, lassen Sie uns da nicht weiter herumeiern. Was war es? Hat es mit dem Abschiedsbrief zu tun? Sie haben ihn gelesen, nicht wahr?"

Nach ein paar Sekunden nickte Emma Fuchs.

„Was stand drin?"

Emma Fuchs strich über die Holzschnecke, die die Bank als Verzierung abschloss.

„Was war so schlimm, dass Sie es nicht zu Protokoll gegeben haben?"

„Herr Kovar schrieb ...", ihre Stimme klang monoton und leise, als würde sie von einem Zettel ablesen, „... er schrieb ‚Für Angelika. Bin ich anders als sie?' Ich hab mich gewundert, was er meint. Sie? Wer waren sie? ‚Sie empfinden sich nicht als schuldig. Sie sehen nicht, dass sie Mörder sind, als wäre ein Teil ihres Gehirnes herausgeschnitten.' Ja, das hat er geschrieben. Es geht um Leute, mit denen er noch in der Zeit seines Selbstmordes zusammengearbeitet hat. Und er hat geschrieben: ‚Aber mir ist klar geworden, zu was ich damals unwissentlich beigetragen habe. Nur – Unwissenheit schützt vor Strafe nicht.' Herr Kovar hat irgendwann diese Mordgeschichte vertuscht oder nur nicht aufgedeckt, und wurde dafür der jüngste Parteisekretär. Und anscheinend hat er die Schuld nicht mehr ausgehalten. Er wollte aussteigen, sie haben ihm nicht geglaubt, dass er den Mund halten würde."

Die Seilschaft hatte den Karabiner gelöst.

„Er hat geschrieben: ‚Sie können es so drehen, dass ich als allein Schuldiger dastehe, nur weil ich dieses Papier unterschrieben habe. Ihr wärt mit mir am Pranger gestanden.' Ja, deswegen ist er gegangen. Um seine Familie zu schützen. Vor Mördern."

„Sie können Teile von dem Brief auswendig?"

„Jedes Mal, wenn ich ihn in die Hand nahm, habe ich Herrn Kovar mit zerschossenem Kopf vor mir gesehen. Das ist ein Bild, das man nicht vergessen kann. Ich habe den Brief so oft gelesen, bis mir nicht mehr die Tränen kamen."

Maria war sich sicher, dass sie nie mehr in ihrem Leben ‚Heidschibumbeidschi' würde hören können, ohne Heidelindes blondes Haar im Wind flattern zu sehen.

Vor der Kirche schrie die Frau wieder „Samson, komm zu mir". Anscheinend war der Spaziergang zu Ende.

Maria stand auf und lockerte ihre Beine. Sie hatte es gewusst. Sie hatte gewusst, dass der Abschiedsbrief brisant war. „Und wissen Sie, um welche Geschichte es da geht?"

Emma Fuchs schüttelte den Kopf. „Ich habe Angelika gefragt. Ich bin sicher, sie hat gewusst, um was es ging. Aber sie hätte es mir nie verraten. Sein Ruf, sein Seelenheil, seine Reputation, was immer Sie wollen – das ist ihr über alles gegangen. Sie hat ihn abgöttisch geliebt. Wahrscheinlich tut sie das noch immer."

„Und warum fickt sie sich dann durch die Gegend?"

Durch den Hall in der Kirche schien die Frage jeden Winkel des Raumes zu erreichen. Emma Fuchs blitzte sie an. Gut, es war für den kirchlichen Rahmen wirklich eine etwas derbe Formulierung gewesen.

Maria senkte ihre Stimme. „Entschuldigung. Na ja, ich meine, direkt nach dem Tod ihres Mannes hat sie an diversen Sexparties teilgenommen."

Emma Fuchs deutete zur Ausgangstür und ging voran. „Ich nehme an, dass Angelika ihre Gründe hatte." Sie blieb stehen, drehte sich um und bekreuzigte sich Richtung Altar. Dann sah sie Maria gerade an. „Vielleicht hat sie die Schuldigen gesucht."

Das hatte sich Maria auch schon überlegt. „Und haben Sie eine Ahnung, wen er mit diesen Mördern gemeint hat?"

„Nein, dazu war ich zu kurz in der Familie."

Emma Fuchs kontrollierte, ob der oberste Knopf ihrer türkisfarbenen Bluse geschlossen war, und öffnete die Tür. Maria sah das Kreuz auf der Brust von Emma Fuchs aufblitzen. *Schuld und Sühne*. Das war es.

Sie ging in die helle Sonne.

Phillip grinste sie an, als wäre gestern Abend nichts geschehen, als wären die letzten Wochen nur Fiktion gewesen. Als wären sie noch immer die sorgenfreien, flaxenden Kumpel von ehedem.

„Ich habe eine Neuigkeit." Er klopfte mit den Händen auf seinen Schreibtisch.

Maria war noch gar nicht aufgefallen, dass sie schon von der Maisonne gebräunt waren. Und aus. „Fein, ich auch." Sie konzentrierte sich darauf, die Handtasche so auf den Tisch zu stellen, dass sie nicht umfiel.

„Meine ist besser."

„Glaube ich nicht." Sie holte ihre Zigaretten heraus. Ihr Ton eben war unnötig scharf gewesen. So konnte sie nicht die Kurve kratzen, um sich für den gestrigen Abend zu entschuldigen.

Phillip winkte vor ihrem Gesicht. „Hallo! Was bist du so grantig? Hast dich nicht ausgeschlafen? Hängt dir die Geschichte von gestern noch nach?"

„Ich bin eben nicht so ein Eiskasten wie du." Nein, schon wieder dieser trotzige Ton. Es konnte doch nicht so schwer sein, einfach *Es tut mir leid* zu sagen.

Phillip beugte sich ganz langsam über seinen Schreibtisch. Seine Augen hatten eine Angst einflößende Schwärze. „Eiskasten? Ich?" Maria hielt seinem Blick kaum stand, sie musste zwinkern. „Das ist ja wohl Madame.“ Da war auch Schalk in der Schwärze. „Wenn ich mich im Laufe der Zeit an Ihren Umgangston anpasse, Madame, dann möchte ich nicht dafür gerügt werden, sondern belobigt.“

„Aha. Du bist also ein Speichellecker. Ein Anpassling.“

Phillip zeigte mit dem Finger auf sie. „Wenn ich gewusst hätte, wie hochgradig verkorkst du bist, wär ich nie mit dir ins Bett gegangen.“

Und es war auch definitiv Schalk in seiner Stimme. *Sag es, Maria, sag Sorry.* „Und wenn ich gewusst hätt, was du für ein gefühlsarmes Schwein du bist, hätt ich es nicht getan.“

Phillip verbeugte sich. „Danke für den Vergleich mit dem Schwein, das ist nämlich gefühlvoll.“

„Ich wollte dich einfach nicht kränken, mein Vibrator.“

Phillip stand auf und stützte sich, so wie sie, auf den Schreibtisch. Sein Parfum kroch in ihre Nase. Sie sträubte sich eine Sekunde lang, doch der Drang war stärker. Ihr Gesicht bewegte sich zu Phillips. Seines kam ihr entgegen. Dann küssten sie einander, wobei nicht einmal die erste Berührung diese Bezeichnung verdiente. In der nächsten Millisekunde zerbissen sie sich gegenseitig die Lippen. Als Maria Blut schmeckte – war es ihres oder Phillips? – zuckten sie beide zurück. Und stürzten sich in einen neuen Kuss. Sie ließen ihre Zungen tanzen. Verharrten. Keuchend wichen sie voneinander.

Sie setzten sich.

Maria richtete sich ihren Haarknoten, betrachtete den Aktenschrank, das Fenster, das wieder einmal geputzt gehörte. „Okay, was ist deine Neuigkeit?“

Phillip blätterte, als wäre nichts gewesen, in seinem Notizblock. „Ich weiß, wer die Frau mit den verschiedenfarbigen Augen ist.“

Das war tatsächlich eine Neuigkeit. Sie waren beide nicht untätig gewesen. Und sie ermittelten beide um Wittmann herum.

Maria hob den Zeigefinger und zog den Nacken ein wie ein Gnom. „Und?“ Sie dehnte das Wort extrem lange, sprach durch die Nase. „Weiß der gute Wittmann schon davon?“

„Der hört doch jetzt nicht zu, wo er gleich zwei ...“, er überbetonte das Wort, „... Verdächtige hat.“ Dann zwinkerte er ihr zu. Er stieg auf ihr Angebot ein, ihn als Kollegen, als Verbündeten zu sehen. Und er hatte ihre Entschuldigung gefühlt und angenommen. In absehbarer Zeit würde Maria schizophren werden.

„Woher weißt du das?“

Phillip rieb sich sein Grübchen, die Antwort war ihm also nicht egal. „Eine Dame aus diesen Kreisen hat mir ein paar Hintergrundinformationen geliefert.“ Er streckte den Rücken gerade und blätterte weiter in seinem Notizblock. „Dafür habe ich ihr gesagt, wie sie ihr Haus schützen kann.“

Diese Sau, er war also wirklich mit Sascha ins Bett gegangen. Nein, das konnte nicht sein, so, wie er sie gerade geküsst hatte. Allerdings war Sascha sicher ein Appetithappen. Nein, so nicht, nichts Tranedrüsiges jetzt. Sie war stark. Sie wollte ihre Berufsehre wieder. Das mit Phillip war ein Ausrutscher, der sich etwas in die Länge zog. So hatte es Elsa bezeichnet, als sie Maria das Wundermittel der Schauspieler in die roten Augen getröpfelt hatte. Und jetzt kein Thema. Sie, Maria und Phillip, hatten bloß dem Erwartungsdruck der Kollegen nachgegeben. Gegengeschlechtliche Partner mussten einfach einmal miteinander ins Bett, damit die Sache gegessen war. Und aus.

Maria lehnte sich zurück, automatisch verschränkte sie die Arme. „Und? Welche Infos hat sie dir gegeben?“

Anscheinend strahlte sie genau das richtige Desinteresse aus, denn Phillip ließ die Schultern fallen. Gut so. Dass sie ihn fragte, wie es mit Sascha gewesen war, darauf konnte er lange warten.

Aber im nächsten Moment war sein Körper wieder angespannt. Er bewegte abwechselnd die Schultern nach vorne, als würde er tanzen. Zugleich schüttelte er seine Hände, als würde er Rasseln bewegen. „Die Frau mit den verschiedenfarbigen Augen, unser Schneewittchen auf dem Video von Ostern, das ist die Schwägerin von Angelika Kovar."

Schon wieder diese Familie! Das nahm kein Ende. „Wieso? Ich meine – ja, wie seid ihr darauf gekommen?"

„Sascha ...", Phillip ließ den Klang des Namens genüsslich in den Raum fließen, „... ist immer wieder bei diesen Sex-Sessions dabei. Man kennt einander. Sie hat die verschiedenfarbigen Augen sofort erkannt."

„Also sie weiß es nicht sicher. Sie vermutet bloß, dass sich Kovars Schwägerin hinter der Maske versteckt."

Phillip verdrehte die Augen und seufzte. Mein Gott, dieses Theater. Das war kein Triezen, es war ihre Aufgabe als Chefin, alles zu hinterfragen. Sie hätte nie auf dem Tisch ficken sollen, auf dem sie arbeitete. Die Weisheit des Jahrhunderts, wahrlich. Und wenn, dann sollte man diesen Menschen sofort heiraten und ihn dann in eine andere Abteilung versetzen lassen. So, wie sie es von Anfang an mit Phillip vorgehabt hatte. Also, das mit dem Versetzen, nicht ihn zu heiraten. Die ersten Ideen waren immer die besten.

Phillip lehnte sich zu ihr, legte sich beinahe auf den Tisch. Seine Hände waren zum Greifen nah. Er ließ die Finger auf der Tischplatte tanzen. „Das habe ich sie natürlich auch gefragt. Aber Sascha ...", jetzt sprach er den Namen zackig wie ein Peitschenhieb aus, „... kennt auch die Stimme von Karin Häusermann. Unserem Schneewittchen."

„Und?"

„Was und?"

„Na, ich nehm an, du hast sie schon gecheckt. Weil warum sonst bist du so viel zu spät heute? Du hättest wenigstens anrufen können."

Phillip klopfte abwechselnd mit den Daumen auf den Tisch. „Ich habe das Handy bei Sascha vergessen."

Und Elsa hatte ihr Handy wegen des neuen Lovers ausgeschaltet. Tralali, Tralala. Nein, es war alles ganz in Ordnung. Wenn da nur nicht Phillips Hände wären. Die so wunderbar ihren Arsch packen konnten. Sie musste jetzt Akten ordnen. Oder den Plafond studieren. Nein, Darts war die unauffälligste Flucht.

Maria sprang auf, packte ihre Pfeile und stellte sich auf Position. Sie fixierte die Scheibe. „Dann schreib dir meine Handynummer auf, falls wir uns heute einmal trennen müssen."

„Deine Handynummer weiß ich auswendig."

Und Phillip hatte sie geküsst. Im Gang neben der Empfangshalle von Leopoldine Krause. *Ich hab dich lieb.*

Sie schoss und traf den äußeren Rand. Darts war vielleicht doch keine so gute Idee gewesen. Die Trefferquote zeigte unbarmherzig, wenn die Spielerin nicht in ihrem inneren Gleichgewicht war. Maria entspannte sich und schoss den zweiten Pfeil. Immerhin im inneren Bereich, auch wenn es nur der Achter war. Und noch mehr in den Bauch gehen, das Gewicht nach unten verlagern. Der dritte Pfeil landete endlich auf Dreifachneunzehn.

„Maria, sollten wir nicht arbeiten?"

Sie drehte sich zu ihm um. „Seit wann stört uns denn Darts beim Arbeiten?"

Mit einem Ruck stand Phillip auf und stellte sich neben sie. Er traf drei Mal den Zwanziger. Er war in seinem Gleichgewicht.

Er trat zurück und ließ sie wieder an den Start. „Ja, ich habe Karin Häusermann gecheckt. Ich hab mit ihr persönlich gesprochen. Unser Schneewittchen ist damals zu Pöttelsdorfer gegangen. Er sollte als alter Freund der Familie dafür sorgen, dass ihr Mann von Tauber nicht entlassen wird. Im Zuge von diesem Downsizing bei der Solarfirma, von dem uns die Vorzimmerhündin von Tauber erzählt hat. Und er hat ..."

Maria drehte sich zu Phillip. „Jetzt sag nicht, dass der wie in einem billigen C-Movie verlangt hat, dass sie dafür die Beine breit macht."

Phillip nickte.

Maria schüttelte den Kopf und lachte leise. „Und Schneewittchen hat sich da drauf eingelassen? Echt? Das kann ich mir nicht vorstellen. Ich mein, das, was wir da auf dem Video gesehen haben, das war echt der Deal?"

Wiederum nickte Phillip. Er schlug mit den Pfeilen auf seine Hand.

„He, Phillip, du hast die Frau gesehen. Wie naiv ist die denn? So schlimm, wie ich's mir vorstelle?"

„Wart, halt dich an, es kommt noch besser. Aus dem C-Movie wird gleich ein D-Movie. Ihr Kind hat ..."

„Sag es nicht."

„Krebs. Der Rest der Familie Kovar hatte kaum einen Cent, die konnten Schneewittchen nicht helfen. Angelika Kovar hat sich nach dem Selbstmord ihres Mannes nur noch den Sexorgien hingegeben. Die eine Nichte war drogenabhängig und die andere ist als Journalistin in anderen Sphären geschwebt. Wie zumindest alle geglaubt haben. Egal. Jedenfalls ist Schneewittchen zu Pöttelsdorfer."

Maria warf die Pfeile auf den Tisch. „Na, jetzt reicht's. Die Geschichte von dieser Familie ist ja ärger als jeder Schundroman."

Phillip zuckte mit den Schultern. „Wann stochern wir in etwas hinein, was nicht ärger als jeder Schundroman ist? Weißt noch, der Pädophile, der sich in seine kleine Stieftochter verliebt hat, ihr das Brautkleid ihrer Mutter angezogen hat, bevor er sie vergewaltigt hat, und der dann die Mutter des Kindes umbringen musste, weil sie seiner Braut weh getan hat, indem sie ..."

„Hör auf, das war Dreck, abgrundtiefer Dreck."

„Okay. Und die Betrügerin, die sich über Chats genau die Leute herausgesucht hat, die gerade ein Kind verloren hatten, und die ihnen daraufhin vorgegaukelt hat, sie könne mit den Kindern in Kontakt treten, Geld abgezockt hat, und die beim Untertauchen nicht einmal ihren Namen geändert hat, worauf dann dieser Mann und diese Frau ..."

„Das war Blödheit. Aber ich weiß schon, was du meinst. Okay. Also – hat sie sich dann gerächt, wie's sich für einen Schundroman gehört, weil er sein Versprechen nicht gehalten hat?"

Phillip schoss und traf das Bull. „Er hat das Versprechen gehalten." Er traf zum zweiten Mal das Bull. „Schneewittchens Mann arbeitet noch immer für die Firma von Tauber. Und sie hat für die Morde an Tauber, Pöttelsdorfer und Krause Alibis." Auch beim dritten Mal traf er ins Schwarze. Er war einfach genial. „Nur nicht für Neumann und Deutsch."

„Neumann. Immer wieder dieser Neumann. Und Silvester Deutsch passt ja auch nicht wirklich zu den anderen."

Phillip zog die Pfeile heraus und legte sie auf den Tisch. „Wir können Schneewittchens Angaben leicht überprüfen. Sie ist Krankenschwester und hat oft Nachttermine, weil dann ihr Mann beim Kind ist."

„Wahre Liebe. – Starke Gschicht."

Sie schwiegen. Phillip zündete sich eine Zigarette an und reichte sie Maria. Automatisch nahm sie sie und merkte erst dann, wie sich schon wieder eine gefährliche, intime Normalität zwischen ihnen einstellte.

Phillip schob ihr das Protokoll der Geschichte über den Tisch. „Soll ich überprüfen, ob sie wirklich an den Mordabenden im Krankenhaus gearbeitet hat?"

Maria schüttelte den Kopf. Das war ein beinah unglaubliches Familiendrama, in das sie da hineingeschlittert waren. Fast so gut wie ihr eigenes. Nein, das stimmte nicht, Marias bigamistischer Vater war eine Kleinigkeit im Vergleich zu Kovarschen Untiefen. Vielleicht war das Leben aller Menschen ein einziger Schundroman.

Phillip lehnte sich an den Schreibtisch. „Und was ist deine Neuigkeit?“

Maria steckte ihre und Phillips Pfeile in den Behälter am Schreibtisch zurück. „Markus Kovar hat ein dunkles Geheimnis. Das stand in seinem Abschiedsbrief. Es gibt nämlich jemanden, der ihn gelesen hat und nicht abblockt. Die ehemalige Haushälterin der Kovars.“

Phillip pfiff. Maria reichte ihm ihre handschriftliche Niederschrift der Bruchstücke aus dem Abschiedsbrief, die ihr Emma Fuchs diktiert hatte, während sie sich in der Sonne vor der Kirche wieder aufgewärmt hatten. „Die meisten Stellen sind so ziemlich wortwörtlich, denn sie hat den Brief immer wieder gelesen. Sie hat ihn damals eingesteckt, deswegen war er auch nicht bei den Akten über den Selbstmord von Markus Kovar. Mittlerweile hat sie ihn verbrannt. Ich glaube ihr. Sie wirkt, als wolle sie alles einfach nur vergessen. Aber das wird ihr nicht gelingen.“

Phillip nahm den Zettel. „Und was wirst du nie vergessen?“

Maria rollte die Asche von der Zigarette ab, bis sich die Glut zu lösen begann. *Heidschibumbeidschi bum bum.* Hektisch drückte sie die Glut wieder auf den Glimmstängel. „Wir müssen uns also tief in die Vergangenheit unserer Kunden hineinwühlen. Ganz tief in die Vergangenheit. Elsa hilft uns bestimmt. Du brauchst sie nur anklingeln, sie kommt dann rauf zu uns.“ Sie drückte die Zigarette aus, nahm ihre Tasche und ging Richtung Tür.

„Okay, Chef. Ich vergrab mich mit Elsa im Netz. Und was machst du?“

Maria stoppte bei der Tür, drehte sich aber nicht um. „Ich brauch Zigaretten. Und ich brauch frische Luft. Ich bin bald wieder da.“

Maria starrte ins Wasser des Donaukanals. Das Wasser war von einem Touristenschiff aufgewühlt, glitzernde Pünktchen hüpften über die Oberfläche. Sie saß auf dem kühlen Beton und ließ die Füße gegen die Kanalmauer schlagen. Falls sie jemand im Präsidium vermisste, merkten die wenigstens einmal, dass man sie als Chefin nicht so einfach ersetzen konnte.

Der Anblick des glitzernden Wassers tat ihr gut. So eine Auszeit nahm sie sich viel zu selten. Immer nur arbeiten, arbeiten. Und dazwischen vielleicht ein bisschen Sex oder ein Bier mit Elsa. Ohne Natur konnte der Mensch aber nicht überleben. Das Wasser floss zwar nur vorbei, doch fühlte es sich an, als würde es ihren Körper und ihren Geist streifen und dabei alles Unnötige wegschwemmen, mit ins Donaudelta, ins Schwarze Meer, in die Verdunstung, in den Regen – ganz schlecht. Dann kam vielleicht alles wieder zu ihr zurück.

Das letzte Mal, als sie stundenlang in den Donaukanal gestarrt hatte, hatte sie – ja, hatte sie es auch wegen Phillip getan. Er hatte sich damals in seine Ex-Freundin verliebt. Jetzt traf er sich mit ihrer Schulkollegin. Ging vielleicht mit ihr ins Bett. Der Unterschied war unwesentlich. Es tat nur jetzt ein bisschen mehr weh. Auch wenn sie nur eine Bumsaffaire hatten, so fühlte es sich doch schrecklich an, so einfach austauschbar zu sein. Sie hätte sich nicht auf ihn fixieren dürfen, sie hätte sich noch ein, zwei Liebhaber daneben halten sollen. Nur das sagte sich leichter, als es war. Erstens gefielen ihr so wenig Männer, und zweitens – wo sollte sie sie kennenlernen?

Maria lehnte sich an das Gitter der Schiffsanlegestelle, weil sie die Sonne auf ihrem Gesicht spüren wollte. Ein Schwimmschiff lag neu im Kanal vor Anker. Ein Schiff mit einem akzeptabel großen Pool mitten in der Stadt, bei den unzähligen Schwimmbädern, die es in Wien gab, das war absolut lässiger Luxus. Doch das war nicht die einzige Veränderung. Alle hundert Meter standen Kioske und kleine Tavernen, die sich mit ihren Cocktail-Angeboten nur so übertrumpften. Sand war aufgeschüttet, Pärchen kuschelten in Strandkörben. Das verlotterte Ambiente, in dem sich der Donaukanal in den letzten Jahrzehnten präsentiert hatte, mit den Grasbüscheln im aufgebrochenen Asphalt und den Graffiti an den Wänden, war beinahe verschwunden. Und Maria hatte diese Entwicklung null mitbekommen. Das war irgendwie erschütternd. Peripher hatte sie registriert, dass sich da eine Szene entwickelte, immerhin gehörte der Kanal zu ihrem näheren Umfeld. Und doch schien Maria, als wäre das alles von einem Moment auf den anderen entstanden, als wäre sie plötzlich in einem Viertel der Stadt weit außerhalb, wo es sie nur alle zehn Jahre hin verschlug. Es war absurd, sie bewachte das Leben in der Stadt, doch sie gehörte nicht dazu.

Die Hälfte der Menschen, die sich mitten am Tag die Zeit nahmen, dem dolce fa niente zu frönen, schienen Touristen zu sein. Ein paar Anzugträger waren offensichtlich Geschäftsleute, wahrscheinlich von der Zentrale der Uniqua-Versicherung und dem Hauptgebäude der Raiffeisenbank auf der anderen Flussseite, die ihren Lunch genossen. Und mitten unter ihnen waren Demonstranten, erkennbar an den eingerollten Transparenten, die sich an den Kiosken stärkten. Neben den Menschen, gegen die sie marschierten. Das Bild der friedlichen Koexistenz war irritierend abstrus.

Jedenfalls lebten all die Menschen im Hier und Jetzt, nicht nur im Kopf. Es war Zeit für sie, da wieder einzusteigen. Ja, sie musste wieder ausgehen. Elsa predigte ihr das seit Monaten. Und nur ein anderer Mann konnte das Tohuwabohu mit Phillip lösen.

Wie nett, da kam auch schon einer auf sie zu. Bloß der Entschluss, sich zu ändern, hatte anscheinend ihre Ausstrahlung geändert. Der Mann war ein bissel jung, maximal Anfang dreißig, und mit den geröteten Wangen und dem blonden Kraushaar war er nicht ganz Marias Typ. Aber egal, sie musste ihn ja nicht gleich heiraten.

Der Mann blieb stehen und nahm einen Schluck von seinem Energydrink, als ob er Zeit gewinnen wollte, dann stellte er sich direkt vor Maria. Schließlich grinste er sie an. Wenn jetzt noch die Wir-kennen-uns-von-wo-Nummer kam, dann würde sie auf italienische Touristin machen.

Der Mann zeigte mit dem Finger auf sie. „Sie sind diese Polizistin."

Fast überkam Maria so etwas wie Enttäuschung, es ging wohl um die Demonstrationen. „Ich bin Polizistin, ja."

Der Mann hockte sich vor sie. „Nein, ich mein, Sie sind diese bekannte Polizistin, die mit der irren Aufklärungsquote."

Die Aussage schmeichelte Maria, das musste sie sich eingestehen. Aber irgendwie war der Typ penetrant. „Und wer sind Sie?"

Er streckte ihr die Hand entgegen. „Dominik Haslauer. Ich bin Redakteur im ORF."

„Aha." Maria hörte selbst die vorsichtige Distanz in ihrer Stimme, die sich bei fremden Journalisten immer einstellte. Das war unfair, sie konnte ihm zumindest die Hand geben – was sie nun auch tat.

Haslauer klopfte mit dem Zeigefinger auf seine Energydrinkdose. „Also, mir ist da grad so eine Idee gekommen, wie ich Sie gesehen hab."

Er machte eine Pause, als erwartete er eine Reaktion. Maria tat ihm den Gefallen nicht. Denn jetzt kam sicher gleich die Anfrage um ein Exklusivinterview, das sie ihm auf keinen Fall geben würde.

Haslauer studierte Marias Gesicht und nahm einen Schluck von seinem Drink. „Also, wir machen heut am Abend eine Riesengeschichte, eine Riesentalkshow zum Thema ‚Wann erlaubt Gewalt Gegengewalt?' Wir haben schon eine coole Partie beisammen, wir haben jemanden von *ATTACK* ...", Haslauer zählte mit den Fingern mit, „... der Bundeskanzler kommt, wir haben den Chef von den Banken, dann kommt wer von *Siemens*, ob von hier oder von der Zentrale in Deutschland, wissen wir noch net, wir haben den von Brüssel, der für den Wettbewerb zuständig ist, wir haben den Felber, der da das Buch geschrieben hat …"

„Welches Buch?"

„Na, mit so fünfzig Vorschlägen gegen Kapitalismus und Konzernmacht, und dann, ja, dann kommt der Sammy Newman, das ist überhaupt der Clou. Weil der ist grad da, weil eigentlich ist er ja von Wien, und da ist irgendeine private Geschichte, irgendwer von früher ist gestorben, dass ich den kriegt hab', das bringt mich …"

„Was macht der leicht so Tolles?"

„Der ist – na ja, Finanzberater schimpft sich das, ich würd mal sagen, er redt bei allen großen Konzernen in diversen Aufsichtsräten mit, schreibt Bücher und so – ja – auf jeden Fall, die Runde ist fast komplett, aber halt nur fast, und ich hab mir dacht, jetzt, wo ich Sie da zufällig seh, ein Polizist wär nicht schlecht."

Haslauer sah Maria erwartungsvoll an.

„Aha, ein Polizist, um genau zu sein, eine Polizistin, weil das gut über den Schirm kommt, wenn ich dann den Streit mit ein paar Handschellen schlicht, oder was?"

Haslauer spitzte den Mund, als fände er die Vorstellung, von Maria Handschellen umgelegt zu bekommen, ganz anregend. Dann lachte er. „Na ja, wenn sie sich wirklich prügeln, kann's nur gut sein, wenn gleich jemand Zuständiger da ist. Aber das mein ich nicht. Ich mein, Sie sind eine Fachfrau, was Gewalt betrifft." Haslauer machte eine unbestimmte Geste. Wahrscheinlich wurde ihm gerade selber klar, welchen Schwachsinn er da verbreitete.

„Wissen Sie, ich hab mit dem Ganzen nur am Rande zu tun, eigentlich nur mit den Auswirkungen, nicht mit den Ursachen."

„Aber Sie könnten als Betroffene sprechen."

„In der Öffentlichkeit bin ich nicht betroffen, da bin ich nur Polizistin. Und als Polizistin spreche ich nicht. Dafür gibt's den Polizeipräsidenten oder die Pressestelle."

„Sie werden doch eine eigene Meinung haben."

Maria stand auf und setzte ihre Dietrich-Maske auf. „Sagen Sie, hören Sie nicht zu? Ich bin weder Politikerin, also nicht verantwortlich für den rückgratlosen Scheiß, der da die längste Zeit abläuft, und ich bin auch kein Managergroßkotz. Ich bin nicht einmal Juristin, mit der man über die Definition von Gewalt diskutieren könnte. Ich bin schlicht und einfach die, die aufräumt. Klar? Und wenn Sie noch eine Quotenfrau brauchen, dann holen Sie sich einfach jemanden von der Straße, da gibt es genug, die zu jedem Thema was sagen können."

Haslauer sah sie mit großen Augen an, dann betrachtete er seine Energydrinkdose.

Maria seufzte. „Nichts für ungut ...", ihr Handy läutete, das war die Rettung, „... ich bin geschmeichelt, aber das war's auch schon. Und jetzt entschuldigen Sie mich bitte."

Maria sah auf das Display – es war Helge, ihr IPA-Freund. Endlich hatte er neue Details zu der Sache mit Silvester Deutsch in Wiesbaden.

Haslauer reichte ihr seine Visitenkarte. „Ich glaub, Sie hätten viel zu sagen. Wenn Sie sich's noch überlegen, dann setzen wir Sie einfach ins Publikum."

Maria nahm die Karte, sonst wurde sie den Typen überhaupt nicht mehr los. „Ich glaub, Sie arbeiten zu viel. Das trübt das Einschätzungsvermögen."

Haslauer hob die Hände und ging. Endlich.

Der Pizzageruch übertünchte sogar den Zigarettenrauch, der das Büro vernebelte. Einträchtig gaben sich Elsa, Phillip und Maria dem Genus von Thunfisch, Salami und Anchovis mit Kapern hin. Maria entschlüpfte ein wohliger Seufzer, als sie das vierte Achtel zusammenrollte und mit zwei Bissen verschlang. „So, jetzt bin ich wieder einsatzfähig."

Phillip ließ von einem Stück den Käse in seinen Mund rinnen. „Wird auch Zeit. Ich will endlich wissen, was dein deutscher Freund so Interessantes zu berichten gehabt hat."

Elsa streute noch zusätzlich Salz auf die Salami. Sie musste eine auslaugende Nacht hinter sich haben. „Der Wittmann wird sich wundern, was da alles so hinter seinem Rücken abrennt. Die beiden Kovar-Frauen haben übrigens ihre Geständnisse widerrufen, hat mir der Navratil vorhin am Gang erzählt. Der Wittmann wird euch bald wieder nerven."

Maria klappte den Deckel der Schachtel über den Rest der Pizza. „Super. Dann müssen wir uns beeilen, denn unsere offizielle Anfrage wird in Deutschland jetzt wahrscheinlich gerade offiziell bearbeitet und dann bald offiziell beantwortet. Und dann kann sich unser Herr Wichtig ganz offiziell wichtig machen."

„Na, dann lasst uns inoffiziell ordentlich angasen. Weil ich hätt' ganz gern wieder einmal eine ein bissel ausgeglichenere Chefin." Phillip grinste Maria über die Pizza hinweg an.

Sie ignorierte ihn. „Also, was mir der Helge berichtet hat: Die deutschen Kollegen haben endlich die Wohnung von unserem fünften Opfer Silvester Deutsch gefunden. War mühselig, weil er ja nirgends gemeldet war. Der Deutsch hat in einem Penthouse gewohnt, das bezahlt worden ist von – und jetzt ratet mal."

Phillip ließ das Pizzastück in der Luft schweben. „Von einem von unseren anderen Kunden?"

Maria lagerte die Füße auf der Ecke des Schreibtisches hoch. „Nicht direkt, aber quasi. Von der Kanzlei Thalberg & Söhne. Wahrscheinlich führen sie das Ding in ihren Büchern als bescheidene Bleibe für Mitarbeiter im Außendienst. Jedenfalls haben die Kollegen – auf Silvester Deutsch waren ja bei keiner

Bank Konten eingerichtet – haben sie in der Wohnung Belege für Postüberweisungen in bar gefunden. Fein säuberlich abgeheftet, in Jahrgängen sortiert. Aufgegeben in Wien. Die Beträge sind immer schön der Inflation angepasst worden. Am Schluss waren es fünftausend Euro. Pro Monat."

„Schwarz." Elsa warf eine Olive in die Luft und fing sie mit dem Mund.

Phillip legte den angebissenen Pizzateil in die Schachtel zurück und schob alles von sich. „Der gute Deutsch muss seine Tauberln ganz schön heiß geliebt haben, wenn er bei seinen Freunden vom Brieftaubenverein die Tarnung als Langzeitarbeitsloser so lang und so gut durchgehalten hat. Wir müssen also nur noch herausfinden, wer ihm das Geld zugesteckt hat."

Maria nahm einen großen Schluck vom Cola. „Und wofür."

Elsa drapierte die Salamischeiben so auf ihrem Stück Pizza, dass jede Ecke belegt war. „Wenn ich euch richtig verstehe, dann ist ein Typ vor ewigen Zeiten abgetaucht, hat sich ein sensationelles Leben finanzieren lassen und ist überhaupt nur identifizierbar, weil er bei seinem Hobby sentimental war. Können wir uns überhaupt sicher sein, dass Silvester Deutsch der richtige Name ist, bevor wir zu wühlen anfangen. Wobei – der Name klingt so dämlich, dass er echt sein muss."

Maria zerdrückte die leere Coladose. „Die vom Brieftaubenverein kennen den Deutsch schon seit zwei Jahrzehnten. Und damals war er noch ganz offiziell, hat brav gearbeitet als" – sie sah in die Runde – „Matrose."

Elsa hörte zu essen auf und Phillip zog die Stirn in Falten.

Maria warf aus dem Sitzen die Dose in den Mistkübel. Und traf. „Ich resümiere. Ein Matrose hat vor sechzehn Jahren – so weit reichen zumindest die Überweisungsbelege zurück – seinen Job an den Nagel gehängt und wird seitdem liebenswerterweise von jemandem in Wien finanziell unterstützt. Ob es die

Kanzlei ist, die ihm netterweise das Penthouse zur Verfügung stellt, müssen wir noch herausfinden."

Phillip tippte in den Laptop. „Wenn wir das überhaupt können. Wer sagt uns denn, dass das Geld nicht auch hier bar aufgegeben worden ist? Aber schauma amal. Right. Da haben wir's ja schon. Die Kanzlei gibt ihre Bankverbindung mit – der Alpbach an."

Elsa klappte die leere Pizzaschachtel zu. „Die Bank von der Leopoldine Krause."

Maria deutete an, den Hut zu ziehen. „Alle Achtung, du hast dich aber schnell in den Fall eingearbeitet."

„Mausl, du weißt doch, dass ich ein sensationelles Kurzzeitgedächtnis hab. Ich übernehm das mit der Alpbach. Und wenn da nix zu finden ist, dann schau ich mich einmal bei der Post um. Weißt du zufällig, wann die Überweisungen immer waren?"

Maria schüttelte den Kopf. „Aber Elsa, die bei der Post werden dich nicht ..." – Ihre Freundin grinste: „Was? Wer von denen hat sich im Puff erwischen lassen?"

Elsa legte den Zeigefinger auf den Mund und verschwand.

Phillip deutete ihr nach. „Wir sollten öfters mit ihr zusammenarbeiten. Sie muss eine Gefälligkeitsliste haben, die Goldes wert ist."

Maria verzog den Mund. „Also manchmal frag ich mich, wo da die Grenze zur Erpressung ist."

„He, keep cool, sollen die alles dürfen und wir gar nix?"

„Wennst erpresst, wirst irgendwann selber erpresst." Maria zündete sich eine Zigarette an. „Also, was habt ihr beiden denn herausgefunden?"

Phillip aß das letzte Pizzastück. „Nichts."

„Nichts?"

„Nichts. Wenn unsere Mordopfer miteinander was ganz Böses angestellt haben, dann in jener grauen Vorzeit, als noch nicht alles ins World Wide Net gemeißelt wurde."

Maria seufzte. Und seufzte nochmals. „Na, gut, dann werden wir auch die guten alten Ermittlungsmethoden einsetzen müssen. Bei wem fangen wir an? Wen schätzt du am sentimentalsten ein? Tauber, Pöttelsdorfer, Neumann oder Krause?“

„Sentimental? Am ehesten Tauber. Wer in seinem Alter noch Rucksacktourist ist, der hat dunkle Seiten. Wieso?“

„Sentimentale Menschen werfen nichts weg.“

Puh, der Bär aus dem Jahr 1961 sowie *Ku-Ma, der weiße Panther* und *Räuberhauptmann Schneck* von 1965 waren schön gestaltete und gut erhaltene Hardcoverausgaben. Die anderen Kinderbücher waren zerfleddert. Richard Tauber war wirklich ein sentimentaler Mann gewesen. Es gab sicher nur wenige Menschen, die in einem Stauraum im Vordach der Terrasse Gegenstände aus der Kindheit horteten, die so kaputt waren, dass man sie keinem Enkel mehr schenken konnte.

Maria kletterte vom Stuhl. Der Pool auf der Terrasse lockte zum Reinspringen. Sie ging in den Wohnsalon zurück. Sie wusste nicht, wo sie noch suchen sollte. Alle Kästen und Regale hatten sie durch. Das einzige Verbindungsstück von Tauber zu den anderen Mordopfern, das sie bislang gefunden hatten, lag offen da. Es war ein Foto von ihm und Pöttelsdorfer, das neben dem Telefon auf der Kommode lehnte. Die beiden Männer standen neben einem toten Hirsch. Sie hörte Phillip „Net schlecht“ ausrufen und ging zu ihm ins Schlafzimmer. Er saß auf dem großen dunkelblauen Bett. Um ihn herum verstreut lag Babykleidung, die Phillip offensichtlich aus einer Lade unter dem Bett herausgeholt hatte. Das passte ganz zum geschiedenen, sentimentalen Papa. In der Wand der Fenstergaupe stand das Gittertürchen offen, das Maria für einen einfachen Lüftungsschacht gehalten hatte. Phillip hatte eine Blechdose auf seinen Knien und Zettel in der Hand. Einen reichte er Maria.

Es waren abgetippte, erotische SMS, die Tauber mit seinen Geliebten ausgetauscht hatte.

In der dunklen Altbauwohnung von Sigur Neumann standen sie ratlos herum. Die Spurensicherung hatte sie schon gefilzt und alles, wirklich alles aufgelistet. Maria musste auf die Toilette. Als sie den Hals streckte und dehnte, sah sie in der Holzdecke Ritzen. Sie holte Phillip, der brach die fast unsichtbare Schiebetür mit dem Brieföffner aus dem Vorzimmer auf. In diesem doppelten Plafond fanden sie einen Ordner mit allen Auszeichnungen, die der Lebkuchenmann je erhalten hatte, sogar die Belobigung, die er einst für die schönste Zeichnung bei einem Volksschulwettbewerb erhalten hatte. Der Rest war Ramsch wie Neujahrsglücksbringer und eine kleine Gondel aus Venedig, die allerdings nicht mehr leuchtete.

Bei Christian Pöttelsdorfer, dessen Haus die Spurensicherung ebenfalls schon komplett umgedreht hatte, fanden sie überhaupt nichts Neues.

Also standen sie nun vor Leopoldine Krauses Villa. Phillip löste gerade die polizeiliche Versiegelung, als Marias Handy läutete. Es war Elsa.

„Hi, hast du was gefunden? – Aha. – Wo ist das Postamt noch einmal? – Himmelstraße 11 im – alles klar. Dir auch einen schönen Abend."

Phillip hielt Maria die Tür auf. „Und was hat unsere Adlatin herausgefunden?"

„Die Himmelstraße ist doch die Verlängerung von der Cobenzlgasse, und das ist hier gleich ums Eck, oder?"

Phillip nickte.

Maria stellte ihre Tasche am Vorzimmertisch ab. „Dort ist ein kleines Postamt. Von dem aus wurde das Geld zu Deutsch in Wiesbaden geschickt. Seit Mai 1994 an jedem Ersten. Nur nicht mehr im dem Monat, wo Silvester Deutsch gestorben ist."

Phillip setzte sich auf einen der Barockstühle in der Vorzimmerhalle. „Also, lass uns einmal ein bissel phantasieren. Natürlich kann es auch Zufall sein."

„Möglich. Aber lass uns einmal davon ausgehen, dass es nicht Zufall ist. Dann hat unsere liebe Krause dem lieben Deutsch das Geld zukommen lassen, ganz, wie es sich für eine Bankerin, die fürs Finanzielle zuständig ist, gehört."

„Aber wieso nicht mehr im Monat, wo er gestorben ist? Hat sie gewusst, dass er sterben wird?"

Maria ging zur Tür zum Wohnzimmer. Sie starrte auf die Couch. Schwarze Klebebänder auf dem roten Leder markierten, wo die Leiche der Krause gesessen hatte. „Nein, sie sind vom selben Täter umgebracht worden. Ich verstehe es nicht, ich verstehe es einfach nicht. Komm, lass uns ein bisschen wühlen."

Phillip deutete auf die Standuhr in der Eingangshalle, die erstaunlicherweise noch immer tickte. Es war dreiviertelsechs. „Sollten wir uns angesichts der fortgeschrittenen Tageszeit nicht ein System überlegen? Ich hab null Bock, jetzt die nächsten zwei Tage da herumzuhängen."

„Gute Idee. Also, wo würdest du etwas verstecken – wobei, da sind wir eigentlich schon am Punkt. Was hat sie versteckt und warum? Was suchen wir eigentlich?"

Phillip schlug die Fingerspitzen aufeinander. „Es muss etwas sein, was beweist, dass die Mordopfer einander schon ewig kennen. Im Idealfall wissen wir dadurch auch, woher sie einander kennen und was es ist. Zumindest können wir dann aber nachforschen, ob es in diesem Zusammenhang etwas gibt, was sie belastet. Kovar deutet in seinem Abschiedsbrief Mord an. Wenn wir den Zeitpunkt wissen, wo das alles passiert ist, dann können wir Archive durchwühlen."

„Würdest du belastende Papiere aufheben?"

Phillip nickte. „Das ist zu gefährlich, falls wer zufällig drüber stolpert. Es muss was sein, was erst Bedeutung hat, wenn man weiß, dass es Bedeutung hat. – Pah, wir suchen die Nadel im Heuhaufen!"

Er sprang auf und streckte sich. „War eine blöde Idee, lass uns einfach suchen."

„Nein, es war eine gute Idee. Also, ich habe zum Beispiel – ein Abkommen."

„Es wäre leichter, wenn wir wüssten, was sie angestellt haben."

„Das ist richtig. Also, wir haben da einen Bauunternehmer, eine Bankerin, einen Anwalt, einen Lebkuchenherzenhersteller und einen Matrosen. – Einen Matrosen!"

Sie sahen einander an. Phillip wirkte genauso angespannt, wie Maria sich fühlte. „Mir kommt da gerade so eine blöde Idee."

„Mir auch."

„Ich sage nur Udo Proksch und der Untergang der Lucona."

„Genau."

„Genau."

Phillip sah sich um, dann Richtung oberes Stockwerk und strebte zum Ausgang. „Der Krause ihren Computer haben wir im Präsidium. Ich komm gleich wieder."

Wenn es das war, was sie vermuteten, dann hatten ihre Kunden allen Grund, wie Pech und Schwefel zusammenzuhalten. Millionenbetrug durch einen Schiffsuntergang. Nicht jedes Unglück war wie das von der Lucona aufgeklärt worden. Dann passte auch irgendwie Sigur Neumann mit seinen Lebkuchenherzen ins Bild. Er könnte sich mit dem Geld aus der Versicherung das Startkapital für seine Firma besorgt haben.

Maria stellte sich mitten ins Wohnzimmer und sah sich um. Rechts von der Tür war eine Bücherwand. Dort würde jeder zuerst suchen. Kein guter Platz für ein Versteck. Ein CD-Regal, eine Anlage, ein Home-Cinema. Blumenstöcke, eine Bar, Bilder an den Wänden, wahrscheinlich ebenso wie in der Eingangshalle

Originale. Eine Biedermeierkredenz stand neben der Durchreiche zur Küche.

Phillip kam zurück und machte es sich mit seinem Laptop am Esstisch bequem, der für zehn Menschen Platz bot. Keine Schubladen im Tisch. Die Couchlandschaft. Solche Dinger hatten oft unauffällig eingebaute Laden und Fächer für Fernsehzeitschriften und dergleichen. Maria nahm den Traum in rotem Leder in Augenschein. Das mit den Fächern war natürlich ein blöder Gedanke gewesen. Designercouchen hatten so etwas nicht. Sie griff die Kredenz ab, nur Geschirr und keine doppelte Wand. Sicherheitshalber schaute sie noch hinter die technischen Anlagen.

Die Küche war hell und mit Möbeln im Landhausstil eingerichtet. Eine Tür führte in den Garten. Sofort sah Maria eine Rosamunde-Pilcher-Heroine vor sich, mit einem Körbchen am Arm, das von frischen Rosen überquoll. In Krauses Garten wuchsen auch die entsprechenden Rosenbüsche. Auf der Arbeitsfläche neben dem Herd standen zwei Behälter mit Kochlöffeln und Messern in allen Varianten. Die Kochlöffel waren dunkel vom Gebrauch. Nidetzky hatte regelmäßig gekocht. Und er musste ein leidenschaftlicher Koch sein, denn auf einem langen Regal standen zig abgegriffene Kochbücher. An einer Stelle fehlten einige. Er hatte wohl bei seiner Übersiedlung zu seinem Bruder ein paar mitgenommen.

Aus dem Wohnzimmer drang ein begeistertes „Ja!“ Doch es schien nur eine erste Spur zu sein, denn Phillip hämmerte weiter.

Maria ging ins Obergeschoß. In Nidetzkys Zimmer waren am Fensterbrett Wasserränder. Er hatte auch die Blumenstöcke mitgenommen. Nur der Teppich lag noch da, ein seidig schimmerndes Ding mit unglaublich filigranem Muster. Maria hockte sich hin und streichelte über die samtenen Fasern. Auf so etwas müsste es wunderbar sein, mit Phillip zu ... Angeblich erkannte man an der Anzahl der Knoten, wie teuer so etwas war. Maria schlug die Ecke zurück – und sah auf dem Boden ein Stück Papier blitzen. Es war ein Foto, mit einem Mann, einer Frau und zwei Buben, durch die zusammengewachsenen Augenbrauen unschwer als Nidetzky-Familie erkennbar. Sie mussten irgendwo im Norden Urlaub gemacht haben. Der Verlust dieses Photos schmerzte Nidetzky sicherlich. Maria steckte es ein, sie würde es ihm bei Gelegenheit geben.

Das erste Gästezimmer war klinisch sauber, das zweite ebenfalls. Nirgends gab es eine Möglichkeit, etwas zu verstecken, keine Einbaumöbel, alles war durchsuchbar. In Krauses Schlafzimmer befanden sich überhaupt nur ein großes Bett, eine Art Beistelltisch mit Lampe und Wecker, eine kleine Bücherwand und ein Tischchen mit Sesseln, die vor der Balkontüre standen. Die begehbare Garderobe war voll mit grauen Kleidungsstücken. Maria durchwühlte sie. Den Safe hinter dem Schuhregal hatten sie sofort nach dem Mord geöffnet. Sonst nichts.

Zwei Badezimmer, eine Abstellkammer, in der alle Gegenstände offensichtlich von Georgs Mannen durchgeackert worden waren. Maria öffnete eine Schachtel und fand darin Postkarten und Briefe. Die Krause war doch sentimental gewesen. Das war gut. Die Absender sagten ihr beim ersten Drüberlesen nichts, sie nahm die Schachtel mit.

Nun noch das Arbeitszimmer der Krause, das ebenfalls auf den Balkon führte. Zwölf Akten standen auf dem Regal. Sie enthielten Informationen über Kunden. Privatinformationen. So machte man Geschäfte, indem man über jeden alles wusste. Ganz oben auf dem Regal standen vier Ordner ohne Beschriftung. Maria stellte sich auf den gebrechlichen Biedermeierstuhl, der Leopoldine Krause als Schreibtischsessel gedient hatte, und holte einen Ordner nach dem anderen herunter. Es waren Photoalben. Die Photos waren auf gewöhnliches Papier geklebt, das in Klarsichthüllen steckte. Manchmal waren auch

Rechnungen oder andere Erinnerungsstücke eingeklebt. Maria blätterte die Alben durch. Von unten drang ein „Yeah“ zu ihr herauf.

Sie wiederholte es unwillkürlich angesichts dessen, was sie im chronologisch geordneten zweiten Ordner inmitten von Familienerinnerungen fand. Ein Foto von zwei bekannten Männern, einer bekannten Frau und einem unbekannten Mann.

Der Optiker starrte sie über seine Lesebrille hinweg grimmig an. Dann kratzte er sich seinen blonden Vollbart und schloss einen Kasten hinter dem Verkaufspult auf. Er hatte sich unter dem olivgrünen Leinensakko eingesprüht, als sie ihn mit ihren Polizeimarken sanft gezwungen hatten, das bereits geschlossene Geschäft nochmals zu öffnen. Wahrscheinlich hatten sie ihm gerade ein Date versaut. Aber der kleine Laden lag nun einmal genau auf ihrem Weg ins Präsidium. Es war anzunehmen gewesen, dass es hier eine Lupe gab, im Präsidium hätten sie erst Stunden danach suchen müssen.

Der Optiker reichte ihnen ein Vergrößerungsglas. „Und es dauert sicher nicht lange? Ich meine, man will ja dem Auge des Gesetzes immer gern hilfreich zur Seite stehen, wenn Sie wissen, was ich meine, aber ich habe jetzt ...“

„Wir wissen, was Sie meinen.“ Maria bedachte ihn mit ihrem mütterlichen Blick. Sie legte das Photo aus Krauses Album auf das Verkaufspult und studierte den Zettel, den die drei Männer und die Frau auf dem Bild hielten. Ihr Lachen war gezwungen, das sah man jetzt durch die Vergrößerung ganz deutlich. Hier war ein Deal festgehalten worden, keine glückliche Erinnerung. Auf dem Zettel stand *Einer für alle, alle für einen.* Und zwei Daten. Das eine Datum war der 14. April 1994 und gehörte zum Text der Urkunde, denn um eine Urkunde handelte es sich offensichtlich. Das andere Datum war der Zeitpunkt der Unterschrift, der 16. April 1994. Zwei Tage später. Vier Unterschriften, zwei Daten und ein Musketier-Spruch.

Maria schob das Photo zu Phillip, der es nun seinerseits genau studierte. Das Handy des Optikers läutete. Er verzog sich in den Hinterraum, aber erst, nachdem er Maria und Phillip eingehend gemustert hatte. Er war sich wohl nicht sicher, ob sie ihm nicht doch sein Geschäft ausräumten. Und dann hörte ihn Maria leise lachen. Er musste frisch verliebt sein.

Phillip sah von dem Photo hoch. „Das passt genau zu einem Datum, das ich auch gefunden habe. Es hat zwar 1994 eine Menge Schiffsunglücke gegeben, wahrscheinlich noch mehr, als ich in der Geschwinde heraussuchen konnte. Weißt du übrigens, dass das das Jahr ist, in dem die estnische Fähre Estonia in der Ostsee verunglückt ist? Das ist noch immer nicht aufgeklärt und ..."

Maria klopfte auf das Verkaufspult. „Hallo! Ich glaube nicht, dass unsere Kunden was damit zu tun haben."

Phillip hob die Hände. „Ich mein nur, es ist halt einfach ein interessanter Zufall. Wurscht, da gibt es eine Meldung in der *Berliner Zeitung* vom 15. April 1994, dass es im Südchinesischen Meer einen mysteriösen Unfall eines kleinen Öltankers gegeben hat. Ich bin nicht ins Archiv gekommen, aber auf der Titelzeile im Google stand was von zehn Toten."

Maria schob einen Ständer mit Brillenketten zur Seite und lehnte sich mit dem Rücken zum Hinterzimmer an das Verkaufspult. „Das ist genau der Tag zwischen den Daten am Zettel."

„Genau der Tag."

Der Optiker kam zurück. Im Spiegel der Auslagenscheibe sah Maria, dass er die Tür des Kastens aufmachte, aus der er die Lupe geholt hatte, und die Hand ausstreckte. „Ich muss jetzt wirklich langsam, wenn Sie wissen, was ich meine ..."

„Wir wissen, was Sie meinen." Das Spiegelbild des Mannes ließ den Kopf auf die Brust sinken und schloss langsam die Kastentür.

Maria deutete auf das Foto. „Wir müssen herausfinden, was da genau passiert ist."

„Ich hab schon eine Anfrage hingeschickt, ich kann ja auch noch anrufen."

Sie nickte. „Tu das. Wir brauchen zumindest den Namen von dem Schiff. Vielleicht ist in dem Artikel auch der Name der Gesellschaft vermerkt. Dann können wir bei irgendeiner Versicherung oder so nach den Details fragen."

Phillip zückte sein Handy und ging auf die Straße. Der Optiker beugte sich über das Pult zu Maria und holte Luft. Sie legte den Zeigefinger auf ihre Lippen, ohne den Mann anzuschauen. Er schwieg. Maria betrachtete nochmals das Photo. Die weiße Wand im Hintergrund verriet nichts von der Umgebung. Doch das war im Grunde auch nicht so wichtig. Die große Frage war, wer war der dritte Mann? Krause, Pöttelsdorfer und Tauber waren eindeutig erkennbar, auch wenn sie vor zwölf Jahren erheblich jünger ausgeschaut hatten. Geld verdienen ging augenscheinlich an die Substanz. Nur wer war der fremde Mann? Sigur Neumann war es nicht.

Phillip kam zurück. „Sie sind im Stress, sagen sie, wenn es eine offizielle Anfrage der Polizei wäre, ginge es schneller, sagen sie ..."

„Immun gegen deinen Wiener Schmäh?"

Phillip grinste. „Nicht ganz. Sie rufen zurück. Den ganzen Artikel gibt's nur in Printform. Das dauert ein bissel."

Der Optiker räusperte sich, doch bevor er etwas sagen konnte, klingelte sein Handy erneut. Beim Anblick des Displays stöhnte er auf. Er verschwand zum zweiten Mal im Hinterraum.

Maria setzte sich auf das Verkaufspult. „Ich versteh's nicht. Bis jetzt passt alles zusammen, ich bin mir auch sicher, dass sich Silvester Deutsch auf der Crewliste finden wird. Nur wer will sich nach all der Zeit rächen? Und wieso ist Kovar nicht mit auf dem Bild? War er nur ein Handlanger? Außerdem –

wer ist der Unbekannte auf dem Bild? Es müsste doch unser Lebkuchenmann drauf sein."

Phillip zündete eine Zigarette an und reichte sie Maria, zündete sich selbst eine an und setzte sich zu ihr aufs Pult.

Vom Nebenraum drang ein gezischtes „Nicht doch, Schatz" zu ihnen. Das Date war jetzt wohl sauer. Die Gesprächspartnerin des Optikers sollte den Fernseher leiser drehen, weil er sonst nichts verstand. Und es wäre ihm egal, ob da seine Tochter bei der Talkshow im Publikum säße. „Schatz" solle es aufzeichnen, er hätte heute seinen freien Abend. Wenigstens irgendwer hatte heute Abend frei. Maria entrang sich ein Seufzer. Vielleicht sollten sie über alles schlafen. Vielleicht sollte sie nach Hause gehen und sich die Koryphäen anschauen, mit denen sie hätte diskutieren sollen.

Sie stieß Phillip in die Seite. „Bei der Talkshow, von der der Mann da redet, über die Demonstrationen und so, da hätte ich übrigens dabei sein sollen. Der verantwortliche Redakteur hat mich am Donaukanal angequatscht."

„Echt? Warum das?"

Maria schob sich mit gespreiztem kleinen Finger den Haarknoten zurecht. „Na, weil ich so berühmt bin. – Quatsch, eine Quotenfrau hat er gebraucht."

Sie schnippten die Asche auf den Boden. Der Optiker würde sie mit dem Fernrohr, das in der Auslage stand, erschlagen.

„Aha. Und wen von der Runde kannst du nicht leiden, dass du nicht zugesagt hast?"

Maria ließ die Werbeprospekte, die neben ihr lagen, durch die Finger gleiten. „Du, weißt doch, dass ich auf so was nicht steh. Nein, die Runde war eh ganz interessant."

„Wer ist denn dabei?"

„Wer von *ATTACK*, der Bundeskanzler und – ich weiß es nicht mehr." Sie sprang vom Pult und ging zu einem kleinen Tisch mit Sesseln, wo Kunden warten konnten. „Schau, das ist die Abendausgabe von der *Krone*, vielleicht steht's da ja drinnen."

Sie reichte Phillip die Zeitung und setzte sich wieder neben ihn.

Er schlug die vorletzte Seite auf, da waren die Details zum Fernsehprogramm. „Schau di an, der Newman ist dabei, dieser Abgott aller Neoliberalen. Na, das kann lustig werden, mit ihm und dem *ATTACK*-Menschen. Aber dass der extra dafür von New York nach Wien geflogen ist ..."

„Nein, er ist zufällig da, hat der Redakteur gesagt. Weil jemand gestorben ist, den er kennt."

„Richtig, der ist ja Wiener, eigentlich heiß er ja Neumann." Phillip schlug die Zeitung zu.

Sie sprangen vom Pult und starrten sich an. Phillip schlug die Zeitung wieder auf. „Da ist kein Bild von ihm." Er warf die Zeitung auf das Pult und ging zwei Schritte zur Tür, drehte sich abrupt um und stürmte ins Hinterzimmer. Maria hörte „Sorry, ich darf eh, oder?"

Sie ging ihm nach und kam in einen zwei Mal zwei Meter großen Raum, der mit Kisten bis oben hin vollgestopft war. Dazwischen befanden sich eine Tür, die wahrscheinlich zur Toilette führte, ein Waschbecken mit einem Allibert darüber, ein Kühlschrank, ein Regal mit Sektflaschen, eine Ablage mit Ordnern und ein Schreibtisch mit Computer. An dem saß Phillip. Die Startmelodie von Microsoft erklang.

Der Optiker stand hinter ihm und presste sich gegen den Kühlschrank. Er fixierte Phillip mit aufgerissenen Augen. Das Handy hielt er immer noch ans Ohr. „Ja, Schatz. Was? – Auch gut." Damit legte er auf. „Was – was machen Sie denn da?" Er sah von Phillip zu Maria.

Sie setzte wieder ihr mütterliches Lächeln auf. „Sie helfen uns bei der Aufklärung eines Verbrechens. Wir wissen das zu schätzen."

Cool, dass sie einmal diesen Satz anbringen konnte. Echte Polizisten sollten sich eindeutig mehr an die lässigen Sätze von Drehbuchautoren halten.

Der Optiker schaute auf die Asche von Marias Zigarette, die schon bedenklich lange war. Wie in Trance holte er aus dem Allibert einen blitzsauberen Aschenbecher. Er hielt ihn unter Marias Zigarette und dann unter jene von Phillip. Der nahm ihm den Aschenbecher mit einem „Danke“ aus der Hand, stellte ihn neben sich und legte die Tschick ab. Eine leise Stimme in Maria fiepste, dass sie sich ungehörig benahmen.

Phillip beugte sich vom Monitor weg und gab ein Bild von Sammy Newman alias Samuel Neumann frei. Es war der vierte Mann auf dem Foto.

Maria saß auf dem Rand eines riesigen Blumentopfes, Phillip auf einem abgewetzten Besucherstuhl. Er hatte ihr zwar den Stuhl angeboten, doch sie war zu nervös für Bequemlichkeit. Der kleine Seitenflur vom Gangsystem des ORF-Zentrums, in dem sie auf Newman warteten, war inzwischen von ihren Zigaretten völlig verqualmt, trotz der offenen Notausgangstüre. Der Raum war einfach zu klein, doch woanders durften sie nicht rauchen. Und Haslauer wusste Bescheid, dass er Newman nach der Sendung unter allen Umständen zu ihnen bringen musste. Es konnte sich nur mehr um Minuten handeln.

Maria sprang zum wiederholten Male auf und stellte sich zum Notausgang. Die Sterne waren nicht sichtbar, es würde bald wieder regnen. „Weißt du, was ich am Schrecklichsten finde?“

„Hm?“

„Dass der Lebkuchenmann ein unschuldiges Opfer war. Okay, Neumann stimmt, aber Sigur und Samuel haben nur den Anfangsbuchstaben gemeinsam. Der Täter hat echt schlecht recherchiert.“

„Find ich nicht. Also, ich mein, das mit dem Lebkuchenmann finde ich auch traurig, aber die Recherche war super. Man muss einmal an all die Unterlagen herankommen. Du weißt doch, dass Versicherungen zwar jede Information sammeln, aber nichts herausrücken."

„Hm."

Etwas schrammte am Boden. Maria drehte sich um. Phillip zog mit dem Fuß die Schachtel der Krause mit den Postkarten und Briefen zu sich, die Maria mitgenommen hatte. Er bemerkte ihren Blick und zuckte mit den Schultern. „Zeitvertreib."

Maria wandte sich wieder der Nacht zu. Irgendwo da draußen war ein Mörder, der vielleicht schon bemerkt hatte, dass er den falschen Neumann umgebracht hatte. Es war nur eine Frage der Zeit, bis er den richtigen fand. Denn es gab sicherlich noch einen Abzug des Fotos, sie hatten es nur nicht gefunden. Der Mörder musste dieses Foto in der Hand gehabt haben, es war der Schlüssel für alles. Der Mörder. Er konnte der Angehörige eines Crewmitgliedes sein. Oder auch ein Crewmitglied, das seit dem Unfall verstümmelt war. Hoffentlich meldete sich die *Berliner Zeitung* bald mit den Details. Sie mussten endlich wissen, wer damals außer Silvester Deutsch überlebt hatte. Die Frage war auch, was Deutsch bei Tauber gewollt hatte, für Geldprobleme waren ja Leopoldine Krause und ihre Alpbach zuständig gewesen. Wenn es überhaupt tatsächlich Deutsch gewesen war. Möglich war auch, dass sich der Mörder als Deutsch ausgegeben hatte, um an Tauber heranzukommen. Und das alles erklärte noch immer nicht die Tintenflecke an den Fingern. Oder doch. Vielleicht hatten die Opfer Geständnisse unterschreiben müssen. Sicher schien nur zu sein, dass Silvester Deutsch der Ausführende gewesen war. Er hatte das Schiff zum Sinken gebracht. Nur so ergab das alles einigermaßen Sinn.

„Du, Maria, ich glaub, ich weiß jetzt, wie der Kovar in das Ganze hineinpasst."

Maria drehte sich um. Phillip schwenkte ein Bündel Briefe. „Ihr Frauen seid einfach wunderbar sentimental und romantisch, egal, wie tough ihr euch gebt. Die gute Krause hat Liebesbriefe aufgehoben. Von Kovar."

Maria nahm ihm den Packen aus der Hand und überflog die Seiten. Oh ja, da war jemand gewaltig verknallt gewesen. *Ich möchte zwischen deinen Brüsten ertrinken.* Markus Kovar schwor Leopoldine Krause ewige Liebe bis zum Tod. Es war eigenartig, in Zeiten von Internet und SMS wieder einmal Liebesbriefe, so richtig handgeschriebene Liebesbriefe in Händen zu halten. Marias letzter Liebesbrief war sechsundzwanzig Jahre alt, da hatte sich ein Mitschüler in sie verliebt gehabt. Süß waren diese Briefe gewesen, und total unschuldig, sie waren ja noch vor der Pubertät gewesen. Hingegen waren diese Briefe von Kovar absolut nicht unschuldig. Die Krause dürfte schon damals eine tolle Nummer im Bett gewesen sein – damals. Maria studierte die Orts- und Datumsangaben in der oberen rechten Ecke. Alle Briefe waren in Hamburg geschrieben worden, und zwar im Zeitraum von 1992 bis 1994.

Maria packte das Bündel Briefe fest. „Ja, das ist die Verbindung. Kovar hat einmal bei einer deutschen Versicherung gearbeitet. Ich bin mir sicher, dass sich da Verbindungen zum Schiffsunglück finden werden. Wahrscheinlich hat er vom Ausmaß des Verbrechens nichts gewusst. Vielleicht hat er der Krause bloß einen Gefallen gemacht und die Untersuchungen am Unglück mit seiner Unterschrift schnell abgeschlossen. Wahrscheinlich sogar, sonst wäre er mit auf dem Foto. Aber er war nicht blöd ..."

„Und die Krause hat gewusst, dass er nicht blöd war. Also hat sie die Briefe nicht aus romantischen Gründen aufgehoben, sondern als Versicherung."

Maria gab Phillip die Briefe zurück. Unwillkürlich wischte sie sich die Hand an der Jeansjacke ab. „Sie hat sicher gewusst, wie abgöttisch Helene Kovar ihren Mann geliebt hat. Und zu diesem Zeitpunkt hat er auch schon seine Töchter gehabt. Nein, Leopoldine Krause war nicht sentimental, die war eiskalt. Die Briefe da sind Erpressungsmaterial."

„Du hast recht." Ihre Blicke trafen sich. Sie wandten sich beide schnell wieder ab. Maria tat so, als würde ihre Nase jucken. Da war jetzt ein paar Mal zu oft das Wort Liebe gefallen.

Phillip packte die Briefe zurück in die Schachtel. „Wo sich die wohl kennengelernt haben? Das hat sicher schon vor Hamburg angefangen. Bei derselben Partei sicher nicht. Und ..."

„Vielleicht kann uns das ja Samuel Neumann erklären. Ich hör da wen kommen."

Die Tür schwang auf und Sammy Newman, ein mittelgroßer Mann in anthrazitfarbenem Dreiteiler und mit eckiger schwarzer Brille, betrat den Raum, dicht gefolgt von einem Mann, der ihn um einen Kopf überragte und in schwarzen Zwirn gekleidet war.

Newman drückte den Handrücken vor seine Nase. „Sie werden an diesem Rauch sterben. Und ich mit Ihnen, wenn wir den Raum nicht sofort verlassen."

Maria dämpfte die Zigarette im Blumenstock aus. Ein bisschen Tabak war gut gegen Läuse. „Sie haben sich aber prächtig an den amerikanischen Lebensstil angepasst. Wie lange sind Sie eigentlich schon in den Staaten, Herr Neumann?"

Newman zog die Augenbrauen zusammen. Demonstrativ ging er zum Notausgang und holte tief Luft. „Excuse me, mit wem habe ich das Vergnügen?"

Maria und Phillip zückten ihre Marken. „Kouba. Und das ist mein Kollege Roth. Wir sind von der KD1. Mordermittlung. Und wer ist Ihr Begleiter, Herr Neumann?"

„Newman. Ich habe meinen Namen mit der amerikanischen Staatsbürgerschaft ändern lassen. Und das ist mein Mitarbeiter Gordon Dexter." Dexter verneigte sich. Newman setzte dieses herablassende Siegerlächeln auf, das auch Leopoldine Krause so gut beherrscht hatte. „Keine Sorge, Gordon kann Deutsch. Wir müssen also nicht Englisch sprechen."

Jetzt verneigte sich Phillip. „That won't be a problem for us."

Newman schaute von einem zum andern und wedelte sich dann wieder frische Luft zu. „Wir wollen das Gespräch nicht unnötig in die Länge ziehen. Ich nehme an, Sie wollen mich fragen, ob ich etwas weiß über diese – furchtbare Geschichte – die meiner alten, lieben Freundin Leo passiert ist. Ich muss Sie enttäuschen, wir hatten kaum noch Kontakt. Aber ich hoffe, dass Sie ..." Damit wandte er sich ab und verbarg das Gesicht in seiner rechten Hand.

Maria lehnte sich an den Türrahmen. „Wie lange haben Sie sie gekannt? Wie haben Sie sie kennengelernt?"

„Was hat das mit dem Mord an Leo zu tun? Das war doch diese Bande, wegen der jetzt diese lächerlichen Aufmärsche stattfinden, oder nicht? Es ist widerlich, was hier in Europa abgeht. Es scheint, dass sich noch nicht herumgesprochen hat, dass diese Sozialromantik der Vergangenheit angehört."

Maria warf einen Blick zu Phillip. Hoffentlich brauste er nicht wieder auf. Nein, er zog nur die Augenbraue hoch, während er weiter Gordon Dexter fixierte.

Maria schaute, wie Newman, in die Nacht. Die frische Luft, die von draußen in den verqualmten Raum drang, roch nach Regen. „Wir denken nicht, dass der Mord etwas mit der Wir-AG zu tun hat. Wir glauben, das Motiv liegt in der Vergangenheit. Schon alleine, weil alle Opfer Verbindung zueinander hatten."

Newman sah Maria schnell an. „Alle Opfer?"

„Sie wissen nicht Bescheid?"

„Was sollte ich wissen?" Newman rückte seine Brille zurecht.

„Es hat Sie doch Thomas Nidetzky vom Tod von Frau Krause benachrichtigt."

„Ja, ein gewisser Nidetzky. Wir sind verabredet, jetzt gleich im Corso. Man soll dort ganz akzeptabel essen können, hat dieser Nidetzky gemeint. Wir wollen die Bestattungsfeier besprechen."

Ganz akzeptabel war eine rührende Untertreibung, bei diesem Haubenlokal. Eigenartig, dass Nidetzky nichts von den anderen Morden erzählt hatte. Vielleicht war es ihm am Telefon zu umständlich gewesen. Aber das war gar nicht so schlecht. Dadurch war Newman nicht vorbereitet.

Maria seufzte. „Ja, es gibt – noch zwei Personen, die auf dieselbe Art umgebracht worden sind. Christian Pöttelsdorfer und Richard Tauber. Sagen Ihnen die Namen was?"

Newman wechselte einen Blick mit Gordon, Maria mit Phillip. Das Spiel hatte begonnen.

„Ja, die Namen sagen mir was. Man kennt einander, in diesen Kreisen. Als ich noch in Wien tätig war, sind wir einander ein paar Mal begegnet, bei Wirtschaftsempfängen und Ähnlichem. Und auch danach. Die beiden Herren gehören zum Bekanntenkreis von Leo. Ich kann gar nicht glauben, dass sie auch – tot sind. Ich verstehe das nicht. Wer hatte etwas gegen die drei?" Newman schaute wieder in die Nacht und seufzte schwer.

Phillip spielte mit Gordon das Spiel, wer wem den Stuhl überlässt, und setzte sich dann. „Also, Herr Neumann, sorry, Newman, wie haben Sie die Krause kennengelernt?"

Newman blitzte Phillip an, er hatte die Spitze mit Neumann sehr wohl bemerkt. „Leo und ich waren auf der Uni Kommilitonen."

Maria nickte Phillip zu, er holte das Foto aus der Tasche und reichte es Gordon wie einem Diener. Der studierte es mit eiserner Miene und brachte es Newman. Der erstarrte. „Ich – ich wusste gar nicht, dass dieses Bild existiert." Er schluckte und straffte sich kaum merklich. „Ich hatte es vergessen, aber jetzt erinnere ich mich." Er nickte ein paar Mal hintereinander. „Wir haben ein Spiel gespielt." Inzwischen bewunderte Maria seine Beherrschung. „Ein Börsenspiel auf der Uni."

„Tauber war nie auf einer Universität. Er war ein Self-made-Mann."

Newman schluckte nochmals, das einzig Verräterische an seinem Gehabe. Er war gut, so richtig gut. Nun ja, ohne Schauspieltalent und Selbstbeherrschung brachte man es in der Geschäftswelt auch nicht weit. „Wir haben ihn unter falschem Namen angemeldet." Newman war grandios.

Maria deutete auf das Papier, das die vier Personen auf dem Foto in den Händen hielten. „Warum der Spruch?"

Es legte sich ein leichter Schweißfilm auf Newmans Stirn. Gordon bewegte sich, Newman stoppte ihn kaum merklich. „Wir wollten den Gewinn teilen." Das war das Einzige, was der Wahrheit nahe kam.

Maria zündete sich eine Zigarette an. „Und die beiden Daten? Was bedeuten 14. April 1994 und 16. April 1994?"

Die Antwort ließ eine Spur zu lange auf sich warten. Draußen auf dem Gang waren plötzlich viele laute Stimmen und Schritte hörbar. Das Live-Publikum wurde an ihnen vorbei zum Ausgang getrieben.

Newman schien den Wirbel gar nicht zu bemerken. „Ich habe keine Ahnung mehr, das ist sehr lange her. Wahrscheinlich war das der Beginn des Spiels. Aber warum das andere Datum da ..." Er zuckte mit den Schultern und gab Maria das Foto zurück. „Gut, wir haben eine Zeit intensiver miteinander zu tun gehabt. Aber was hat das mit den Morden zu tun?"

Maria zog an der Zigarette und schwieg.

Phillip übernahm. „Ja, Mister – Newman, am ersten Datum ist ein Schiff gesunken, im Südchinesischen Meer. Und das zweite Datum ist wohl jenes, an dem Sie den Pakt besiegelt haben."

„Welchen Pakt? I've no idea what – worauf wollen Sie hinaus?"

„Es sind übrigens noch zwei Männer auf dieselbe Art umgebracht worden. Der eine war einst ein Matrose, mit dem Namen Silvester Deutsch."

Jetzt wurde Newman schlagartig blass. Er schloss einen Knopf seines Sakkos und öffnete ihn wieder.

Maria nickte, Phillip verstand und fuhr erbarmungslos fort. „Und der zweite ist ein Lebkuchenherzenhersteller. Das hat uns die ganze Zeit irritiert, wissen Sie. Was hat so ein braver Mittelständischer mit Leuten zu tun, die international große und auch dreckige Geschäfte machen? Ja, das haben wir uns die ganze Zeit gefragt. Jetzt haben wir da so einen Verdacht. Der zweite Mann hieß nämlich Neumann. Allerdings Sigur Neumann. Schon komisch, dieser Zufall, Herr Neumann. Finden Sie nicht?"

Mittlerweile waren die Lippen von Newman unsichtbar. Sein Blut war entweder im Hirn oder im Herz, das ihm wahrscheinlich gerade in die Hose gesaust war. Der Mann musste ungeheure Kraft besitzen, wenn er sich so beherrschen konnte. Da eröffneten ihm gerade zwei Krimineser aus Wien, dass sie auf der Spur seines Jugendverbrechens waren und dass er dem Tod nur wegen einer Namensverwechslung entgangen war, und er brach nicht zusammen.

Gordon Dexter wurde lebendig. „Yes, a big piece of ill luck. Very interesting. Tell us the news, wenn wir wieder sehen. Mister Newman is extremly exhausted, the journey and the death of his friend, you know. Please excuse us."

Aha, anscheinend war dieser Typ praktischerweise nicht nur Newmans Bodyguard, sondern auch sein Rechtsanwalt.

Newman merkte auf. Er reichte Maria die Hand zur Verabschiedung – er musste wirklich sehr verwirrt sein – und wollte gehen. Doch sie ließ seine Hand nicht los. „Herr Newman, wir glauben, dass Sie und Ihre Freunde 1994 einen Öltanker versenken ließen, um die Versicherungssumme zu kassieren. Mit diesem Geld haben Sie alle Ihre Vermögen aufgebaut. Und jetzt rächt sich jemand an Ihnen."

Gordon Dexter stellte sich an die Seite von Newman. „You know who?"

Phillip und Maria schwiegen.

Dexter zog Newman zur Tür, sodass Maria seine Hand loslassen musste. „Und ik muss Sie aufmerksam maken, Mister Newman ist citizen of the United States of America. Have a nice evening."

Maria ging ihnen schnell nach. „Herr Newman, wir wissen nicht, ob der Mörder nicht inzwischen seinen Irrtum entdeckt hat und die Gelegenheit jetzt beim Schopf packt. Was ich sagen will: Sie brauchen Personenschutz!"

Dexter verneigte sich mit einem Lächeln. „Thank you, that's not necessary. Mister Newman is innocent. There won't be a murderer waiting for him."

Newman ließ sich wegführen. Maria schaute ihm den langen Gang hinterher. Seine Schritte schleppten sich über den Filzteppich.

Zumindest ein Rätsel hatten sie gelöst. Jetzt mussten sie nur noch herausfinden, wer der Mörder war.

Phillip hatte die Beine auf den Schreibtisch gelegt und war im Sessel so weit nach unten gerutscht, dass sein Kopf bei der hohen Rückenlehne Halt fand. Auf dem Boden des Büros lagen verstreut die Seiten von den Flipcharts, Notizzettel von Phillip, Akten und Fotos. Ein paar Papiere waren mit ihren Pistolen und Munition beschwert, denn die Fenster waren geöffnet, und immer wieder wehte ein Lufthauch herein. Maria stieg zwischen den Zetteln hin und her und saugte an einer nicht angezündeten Zigarette.

Phillip öffnete ein Auge halb. „Willst du dir das Ding nicht anzünden?"

Maria sah ihn an, ihre Augen brannten. „Wir können ihn nicht einfach umbringen lassen." Sie setzte sich im Schneidersitz neben Phillips Beine auf dessen Schreibtisch. „Also, denk mit."

Phillip grinste sie an. „Gelenkig, gelenkig. Kannst du auch einen Spagat? Weil da würd mir ...", er wurde ernst, „... ma, bist du heute humorlos." Er drückte den Kopf wieder an die Lehne.

Maria liebte ihren Dietrich-Blick, vermischt mit einem Hauch von eiskalter Sharon Stone. Er wirkte immer. Wenn Männer müde waren, marschierte ihr Denken überhaupt nur mehr in eine Richtung. „Weißt du, was mir keine Ruhe lässt?"

„Hm?"

„Dass der Nidetzky dem Newman nichts von den anderen Morden erzählt hat."

„Vielleicht hat er nicht gewusst, dass der Newman die anderen auch gekannt hat."

Maria sah Phillip an.

Er seufzte. „Okay, aber er hat ein Alibi. Zumindest bei der Krause. Und außerdem – Motiv?"

„Das Motiv, das wir noch nicht kennen. Haben wir sein Alibi wirklich gecheckt oder hat er das mit den Asexuellen nur gesagt und wir haben's ihm geglaubt, weil es so schräg war?"

Phillip nahm die Beine vom Tisch und stand auf. „In deiner weniger arbeitsintensiven Phase warst du mir lieber. Da habe ich von deinen Anstrengungen wenigstens auch was gehabt."

Maria ließ den Kopf nach vorne fallen. Dieser Mensch war einfach unglaublich. Sie rieb sich die Augen. „Du hast auch jetzt was von meinen Anstrengungen. ‚Eine für alle.' Also?"

„Siehst ja, dass ich schon such." Er stieg zwischen den Unterlagen umher. „Die Gabi hat doch – ah ja, da sind ja die Alibi-Überprüfungen."

Phillip schlug einen sehr dicken Ordner auf. Maria nahm sich vor, Gabi einmal mit einer kleinen Aufmerksamkeit zu überraschen. Sie war so eine zuverlässige Seele.

Phillip legte den Ordner aufgeschlagen vor Marias Beine auf den Tisch. „Die Alibis von Nidetzky sind gecheckt. Sie stimmen."

„Scheiße. – Aber es ist so auffällig, dass ausgerechnet Newman nichts von den anderen Morden erfahren hat. Jeder in der Stadt weiß, dass die Morde eine Serie sind, seit Wittmann die Nachwuchs-Robin-Hoods öffentlich gejagt hat. Als sollte Newman sich in Sicherheit wiegen. Vielleicht will Thomas ja seinen Bruder schützen? Ich weiß, ich weiß, Motiv. Aber nur so einmal dahingedacht. Vielleicht hat ja Jens den Newman angerufen?" Sie blätterte zum Protokoll des Bruders. „Für die Krause hat er kein Alibi. Aber das haben wir ja gewusst. Dafür hat er bei Tauber eines. Aber da hat dann sein Bruder keins gehabt. Interessant."

Phillip hob die Arme und streckte sich. „Was glaubst jetzt? Dass die das gemeinsam durchgezogen haben? Einmal der, einmal der?" Er lachte – und dann wurde er schlagartig ernst.

Sie starrten einander an.

„Die Tante von der *Berliner Zeitung* hat mir ihre Handynummer …" Phillip warf sich auf seinen Sessel. Er wählte eine Nummer. „Frau Kranz? Phillip Roth von der Polizei aus Wien hier. Es tut mir wahnsinnig leid, dass ich jetzt noch um diese Uhrzeit störe, aber es ist wahnsinnig wichtig, und ich mache es auch wieder gut. Ich werde Fleurop – oh, wirklich? Sie hätten sich ruhig trauen können – ja, ja, so fleißig sind wir …"

Maria verdrehte die Augen und deutete Phillip, nicht Zeit zu verplempern.

Er machte das Zeichen *Cool down*. „Wirklich? Habe ich Ihr Interesse geweckt? Da habe ich aber Glück gehabt, dass ich gleich an die richtige Adresse geraten bin, es gibt ja auch so viele Journalisten mittlerweile, die überhaupt keinen Biss mehr haben ..."

Maria wippte hin und her.

Phillip beschwor sie mit den Augen, ruhig zu bleiben, und schaute das Telefon so intensiv an, als wäre es diese Frau Kranz. „Ah ja, haben Sie – was haben Sie? – Sie sind ein Wahnsinn, wenn ich das so sagen darf! Und was sagen die von der Schifffahrtsbehörde?"

Maria formte lautlos mit dem Mund *Was hast du der versprochen?*

Phillip zuckte mit der Augenbraue. „Frau Kranz, das wäre schlichtweg genial. Die Faxnummer habe ich Ihnen ja schon gegeben – natürlich bleibt es bei der Exklusiven." Das war also der Köder gewesen. „Sie kriegen sofort, wenn die Handschellen klicken, alle Details von mir. – Frau Kranz, darf ich Ihnen sozusagen einen fernmündlichen Handkuss schicken? – Das Vergnügen war ganz auf meiner Seite. Ich hoffe, wir können es wiederholen! – Ja, Ihnen auch, und ich wünsche Ihnen die besten Träume. – Nicht doch, Frau Kranz, jetzt beschämen Sie mich aber. – Ja, Tschüüss!" Phillip legte auf und grinste.

Maria nickte zum Telefon. „War das jetzt nicht ein bissel dick aufgetragen? Kein Wunder, dass wir Wiener den Ruf von Schmalzheinis haben."

„Was willst? Der Schmäh kommt immer noch an. Und ein bissel Flirten schadet nie. – Und außerdem hast du mit deinem IPA-Freund Helge auch ganz schön herumgezirpt."

„Den kenn ich ja auch."

„Und ich lerne die Frau Kranz ja vielleicht auch bald kennen. Sie hat gesagt, ich soll vorbeischauen, wenn ich einmal in Berlin bin."

Und schon surrte das Faxgerät. Die prompte Erledigung aller Aufgaben ließ auf ein feuchtes Höschen bei Frau Kranz schließen. Maria war es recht. Im Krieg waren alle Mittel erlaubt.

Zeitgleich lösten sie sich vom Tisch, doch Phillip war schneller beim Fax. Sie stand kaum neben ihm, als ihr Phillip schon das Papier unter die Nase hielt. Es war eine Liste der Besatzung der *Aurora*. Silvester Deutsch war ein einfacher Matrose gewesen. Sonst hatte es noch elf Crewmitglieder gegeben. Der zweite Überlebende war der Matrose Kai Westerwald. Unter den zehn Toten war auch der Kapitän gewesen. Und er hatte Wolfgang Nidetzky geheißen.

Dic Wohnung von Jens Nidetzky lag in unmittelbarer Nähe vom ehemaligen Büro von Leopoldine Krause. Es war Schwachsinn gewesen, das kurze Stück vom Präsidium mit dem Auto zu fahren. Nachts gab es normalerweise keine Parkplätze, weil alle Anrainer zu Hause waren. Und dann hatten die Kollegen die Innenstadt teilweise abgesperrt, um weitere Einbrüche zu verhindern. Sechs Mal hatten sich Maria und Phillip ausweisen müssen, bis sie überhaupt in die Nachbargasse von Jens Nidetzkys Wohnhaus gekommen waren, wo Phillip die Karre nun auf einem Taxistandplatz abstellte.

Maria klappte die Alibi-Akte zu. „Ich habe es jetzt vier Mal kontrolliert, die Alibis von Jens und Thomas wechseln sich ab. Einer hatte immer die Gelegenheit, einen der Morde zu begehen. Und uns haben die vereinzelten Alibis verwirrt. Nicht blöd."

„Und das ist auch nicht genug. Wenn wir sie nicht überrumpeln, haben wir nichts Konkretes in der Hand. Okay, ihr Vater ist beim Untergang der *Aurora* umgekommen. Und? Nidetzky wird uns erzählen, dass sich Krause und die anderen schon immer um die Opfer gekümmert haben. Weil sie so großherzig sind. Oder irgend so einen Schmarrn."

„Dann gesteht er zumindest ein, dass er uns angelogen hat, wie er Leopoldine Krause kennengelernt hat."

Phillip nickte und schlug abwechselnd mit den Händen aufs Lenkrad. „Dann wird ihm etwas Gescheiteres einfallen als die

Unterstützungsgeschichte. Die beiden haben das geplant. Die haben sicher alles durchdacht."

Maria legte die Akte auf den Boden und betrachtete nochmals das Photo der Nidetzky-Familie. „Aber ich versteh's nicht. Simple Rache?"

„Es gab schon schlechtere Motive."

Maria legte Phillip kurz die Hand auf den Schenkel. „Na, dann lass sie uns einmal überrumpeln."

Phillip schaute sehr liebevoll auf die Stelle, wo sie ihn berührt hatte. Maria stieg schnell aus. Ebenso schnell huschte sie in die Nachbargasse. Nur keine Ablenkung jetzt.

In dem Zinshaus, in dem Jens Nidetzky wohnte, brannte beinahe überall Licht. Maria deutete Phillip die Fenster von der anderen Straßenseite aus zu beobachten. Sie läutete bei der Türnummer, die Jens angegeben hatte. Die Gegensprechanlage blieb stumm.

Dafür tauchte Phillip nach einer Weile aus dem Dunkeln auf.

„Dritter Stock links. Sie haben bei der Oberlichte vom Fenster einen Spiegel hinausgehalten und geschaut, wer läutet. Jetzt ist es dunkel. Na, dann gehen wir einmal."

Phillip zückte seinen Universalschlüssel von der Post, den er sich einmal organisiert hatte, und öffnete die Eingangstür. Sie schlichen die zwei Stockwerke hinauf, ohne Licht zu machen. Phillip rückte die Pistole zurecht, öffnete das Holster. Maria folgte seinem Beispiel. Man wusste ja nie.

Sie stellten sich links und rechts der geschlossenen Wohnungstür. Phillip legte das Ohr an die Tür. Es machte leise Klick und sie ging auf. Die Tür war nur halb eingeschnappt gewesen, das hieß, jemand in Eile hatte sie zufallen lassen. Oder es war eine Falle. Es gab sonst keinen Grund, dass Türen nicht geschlossen, sondern nur halb eingeschnappt waren. Schlagartig raste Marias Herz. Auch Phillip atmete schnell und lautlos. Sie zogen ihre Pistolen.

Die Tür knarzte auf. Sie schauten blitzschnell um die Ecke in das dunkle Vorzimmer, riefen „Polizei“ und pressten sich wieder an die Wand neben der Tür. Maria gab Phillip Rückendeckung, er drückte sich in die Ecke des Vorzimmers. Maria folgte ihm. Sie öffneten die erste Tür. Die Toilette. Sie pressten sich wieder an die Wand. Die zweite Tür. Es war das Badezimmer. Sie sicherten den dritten Raum, eine Mischung zwischen Gästezimmer und Rumpelkammer. Neben der geöffneten Tür zum Wohnzimmer pressten sie sich wieder gegen die Wand. „Polizei. Zeigen Sie sich mit erhobenen Händen.“ Phillip ging langsam hinein, Maria folgte knapp hinter ihm. Es war niemand in der Wohnung. Phillip drehte das Licht auf.

Im Wohnzimmer brannte auf einem kleinen Tisch im Eck neben dem Foto von Wolfgang Nidetzky eine Kerze. Er war in seiner Kapitänsuniform abgebildet. Auf dem Kokosteppich lag ein zerbrochener Spiegel. Auf dem Esstisch befanden sich zwei halb gegessene Steaks. Sie waren noch warm.

Marias Blick fiel auf die Stereoanlage. Dort lagen *Culinaria, Ausgewählte Menüs für den Feinschmecker*, *Das große Sacher-Kochbuch* und *Zu Gast in den Fischerhäfen des Mittelmeeres*. Die Kochbücher von Krauses Küche. Sie ließ die Seiten von *Culinaria* durch ihre Finger gleiten. Und da war der Beweis, den sie gesucht hatten.

Phillip warf einen Blick auf die Zettel. „Geständnisse von den Mordopfern.“

„Und jetzt wissen wir auch, warum Pöttelsdorfer keinen Tintenfleck gehabt hat. Sein Geständnis ist mit einem Kugelschreiber geschrieben. Wahrscheinlich war die Tinte aus.“

Phillip legte den Finger auf den Mund. Von weiter oben im Stiegenhaus wurden Schritte von mindestens zwei Menschen hörbar. Maria und Phillip schlichen zur Eingangstür und lauschten. Bei der Tür stockten die Schritte, dann gingen sie in Laufen über. Phillip stürmte hinaus und bekam mit voller

Wucht eine Jacke übergestülpt, was ihn fast auf den Arsch setzte und womit er auch Maria ins Torkeln brachte. Sekunden später liefen sie den beiden nach.

Die beiden Nidetzkys rannten in die Renngasse, hinunter zur Börsegasse, Phillip war knapp hinter ihnen. Maria blieb stehen und bat per Handy um Verstärkung. Um massive Verstärkung. Die Kollegen mussten gleich da sein, das Revier war nicht weit entfernt.

Die Flüchtigen verschwanden um die nächste Ecke, nämlich in die Börsegasse hinein Richtung Concordiaplatz. Maria rannte hinterher. Hier gab es einige Lokale. Unten am Ring eine Tankstelle. Die Brüder konnten hier jede Menge Geiseln nehmen. Doch als Maria am Concordiaplatz einbog, sah sie, dass die beiden die Lokale links liegen ließen und weiter Richtung Rudolfsplatz rannten. Phillip war noch immer knapp hinter ihnen. Was für ein Glück, dass es mitten in der Nacht war und der Kindergarten, der sich mitten auf dem Platz befand, geschlossen war. Auf der Ecke zum Platz kam ein Pärchen aus einem Lokal, die Brüder rannten es beinahe um. Die Rempelei brachte ihnen einen Vorsprung, denn das Mädchen und der Bursch taumelten gegen Phillip.

In Marias Brust stach es, sie musste sich kurz auf den Knien abstützen. Als sie wieder aufsah, waren die Brüder im Park verschwunden. Phillip schlich mit gezückter Pistole die geparkten Autos am Rand des Parks entlang. Maria entsicherte ihre Waffe. Das Stechen in der Brust nahm ihr den Atem, sie hustete. Phillip wandte sich ihr zu. Ein Fehler, denn Jens Nidetzky sprang ihn zwischen den Autos an und rangelte mit Phillip um die Waffe. Maria rannte los, doch da hatte sich schon Thomas eingemischt. Zu zweit zerrten sie Phillip auf den Gehsteig und überwältigten ihn mit Leichtigkeit. Sie waren trainiert. Thomas Nidetzky nahm Phillip die Pistole weg. Jens zog eine Achtunddreißiger unter seinem Hemd hervor. Wahrscheinlich war das die Mordwaffe.

Maria richtete die Glock auf sie. „Waffen runter! Polizei! Waffen runter!"

Die Brüder warfen ihr einen kurzen Blick zu, Thomas Nidetzky zog Phillip eins mit seiner eigenen Glock über. Sie setzten sich wieder in Bewegung.

Maria schoss in die Luft. „Waffen runter. Ergeben Sie sich! Polizei! Bleiben Sie stehen!"

Maria zielte, sie musste jetzt schießen, sie musste einfach. *Scheiße.* Es war Gefahr in Verzug, sie musste die Zielobjekte schussunfähig machen. Das konnte auch tödlich enden. *Verdammte Scheiße.* Maria visierte die Beine an. *Mach sie wenigstens bewegungsunfähig!* Die beiden waren zu schnell. Sie rannte los und zielte irgendwohin.

Da flutete Licht über den Platz. Zugleich hallten die Häuser von den Sirenen wider. Die Brüder duckten sich und machten ein paar Schritte in die eine Richtung, dann in die andere. Thomas packte Jens und zog ihn weg von den Bäumen auf den Weg neben dem Kindergarten vorbei. Jens riss sich los und rannte zurück zum Basketballkäfig. Alles passierte gleichzeitig und dennoch folgerichtig. Innerhalb von Sekunden war der Platz von Einsatzwagen umstellt. Weitere kamen hinzu, Maria erkannte die Cobra, die sich auch sofort auf Feuerposition begab. Unglaublich, dass das Revier gleich das Sondereinsatzkommando alarmiert hatte. Irgendwo hinter dem Basketballkäfig waren die Nidetzkys. Gemeinsam mit Maria und Phillip eingekesselt.

Sie musste ihren Partner aus der Gefahrenzone bringen. Maria rannte zu Phillip und kauerte sich zu ihm. Er stöhnte. Das war ein gutes Zeichen. Eine Beule hatte noch niemanden umgebracht. „Alles okay?"

Phillip sagte etwas. Maria konnte ihn nicht verstehen, in ihren Ohren klingelte es noch vom Schuss, den sie in die Luft gefeuert hatte. Maria versuchte, mit Druckausgleich ihr Gehör wiederherzustellen. Es wurde besser. Phillip richtete sich auf.

Da trat Thomas Nidetzky hinter dem Basketballkäfig hervor. Er hielt sich Phillips Glock an die Schläfe. „In der Wohnung finden Sie Kochbücher, und darin …"

Maria stand auf. „Ich weiß. Was sollen die Geständnisse bringen?"

Nidetzky lachte trocken auf.

„Vielleicht erreichen die Geständnisse ja, dass die anderen Hinterbliebenen irgendeine Reparationszahlung bekommen. Uns haben sie damals ausgelacht. Unfall. Shit happens."

Er sah zu seinem Bruder, der noch immer hinter dem Käfig verborgen war. Nein! Das durfte nicht sein. Nicht schon wieder. Marias Pistole zitterte. „Herr Nidetzky, darf ich Sie was fragen, bevor Sie sich umbringen?"

Nidetzky wischte sich mit dem Ärmel seines Sweaters den Schweiß von der Stirn. „Eigentlich sollte mir das scheißegal sein. Aber Sie sind nett. Und ich mag Verliebte nicht frustrieren." Er streckte Phillip, der knapp hinter Maria wie eine Statue stand, das Victoryzeichen entgegen. Und dann den aufgestellten Daumen.

Maria wollte schon zurückbrüllen, dass da niemand verliebt sei, aber sie schluckte die Worte. Der Zweck heiligte die Mittel. „Herr Nidetzky, Sie waren damals so klein, als das mit dem Schiff passiert ist. Hatte Ihre Mutter einen Verdacht?"

Nidetzky senkte den Ellbogen ein wenig und legte den Kopf schief. „Sie wissen noch sehr wenig, habe ich recht? Wir hätten nicht türmen sollen. Na ja, manche Sachen kapiert man zu spät. – Wie hat Papa immer zu uns gesagt, Jens? *Die Hoffnung stirbt zuletzt.* Wir hätten ihm glauben sollen. – Okay, Frau Kouba, also das war so, dass da ein Typ zu mir kam, ein Matrose von der *Aurora*. Er hat das damals überlebt …", das musste dieser Kai Westerwald sein, „… weil er Deutsch zufällig beim Legen der Bombe beobachtet gehabt hat, ja, und dafür hat er sich von Deutsch gutes Geld zahlen lassen, für sein Schweigen. Aber wie er sterbenskrank war, hat er Schiss vor dem Allmächtigen bekommen. Ja, und dann hat er uns besucht. Seine Aussage ist im *Sacher-Kochbuch*."

Er nickte ihr zu, nahm die Glock von der Schläfe und hielt sie in den Mund. Dabei nickte er nochmals – wohl seinem Bruder zu. Was? Was sollte sie tun?

„Herr Nidetzky! Warum sind Sie jetzt vor uns davongerannt? Warum wussten Sie, dass wir einen Verdacht hatten?"

Nidetzky nahm die Glock aus dem Mund. „Wie ich Sie im ORF mit dem Neumann-Arschloch gesehen habe – ich war im Live-Publikum – habe ich geschnallt, dass Sie den gleichen Irrtum wie ich entdeckt haben. Den Rest hab ich mir ausrechnen können."

Thomas Nidetzky schob die Pistole wieder in seinen Mund. Maria überlegte, was sie noch sagen könnte.

Da roch sie Phillips Schweiß neben sich. Und er ging noch zwei Schritte auf Nidetzky zu. Der wich zurück, Phillip hob die Handflächen. „Sie sind jung. Bei unserem Justizsystem sind Sie nach dreißig, fünfunddreißig Jahren vielleicht bei guter Führung wieder heraußen."

Maria stellte sich neben Phillip und deutete mit dem Kopf Richtung Basketballkäfig. „Und glauben Sie, dass Ihr Bruder die Kraft hat, den Abgang so durchzuziehen wie Sie?"

Nidetzky sah sie abwechselnd an und schloss die Augen. Er legte den Finger auf den Abzugshahn. Das blaue Licht der Einsatzwagen flackerte in seinem Gesicht. Es raschelte im Gras. Wahrscheinlich eine Maus. Am Baum zwei Meter entfernt zwitscherte ein Spatz. Er verwechselte wohl das Blaulicht mit dem Morgengrauen. Über Marias Schläfe rann ein Schweißtropfen.

Nidetzky nahm die Glock aus seinem Mund und sah sie an. „Ich möchte nur, dass mein Bruder und ich im selben Gefängnis eingesperrt werden. Ich muss auf ihn aufpassen. Geht das in Ordnung?"

Sie trank ihr viertes Bier. Rudi deutete auf die Schnapsflasche. Maria zögerte. Wenn sie ihrem Drang nachgab, dann konnte sie morgen – heute keine Vernehmung führen. Und so viele Details mussten noch geklärt werden. Sie musste in der Früh klar im Kopf sein. Sie fühlte aber überhaupt keine Müdigkeit. Rudi wiederholte die Geste.

„Zwei, bitte!", seufzte eine wohl bekannte Stimme neben ihr.

Maria wirbelte herum. Und tatsächlich stand Phillip vor ihr. Unter seinen Augen waren dunkle Ringe und seine Wangen waren eingefallen.

„Wie hast du mich denn gefunden?"

„Ich war auch vorher im *See Me* und im Lokal daneben, und im Lokal gegenüber deiner Wohnung. Ich konnte nicht schlafen." Phillip blieb stehen.

Maria deutete ihm, dass er sich setzen sollte.

Rudi stellte ein Bier vor Phillip und die Schnäpse vor sie beide hin. „Also, wenn ich dich so anschau, Maria, dann spiel ich dir heut auf gar kann Fall den Arschwackler. Sonst ..."

Marias Blick brannte sich in Rudis Augen. Er verschwand hinter dem Tresen.

Phillip nahm das Schnapsglas. „Sonst was?"

Maria nahm das ihre. „Sonst setz ich wieder das Lokal unter Wasser."

„Oh. Klingt gefährlich. Da frag ich lieber nicht nach."

Sie stießen an und kippten den Slibowitz auf einen Schluck.

Phillip deutete Rudi, eine zweite Partie zu bringen, und umfasste sein Bierglas. „Warum hast du den Wittmann die Sache erledigen lassen? Jetzt kann der Wichser überall herumposaunen, dass er den Typen die Handschellen angelegt hat."

Maria stierte in ihr Glas. „Ich konnte nicht mehr. Ist egal. Wir haben sie gekriegt."

„Ist nicht egal."

Maria sah müde zu ihrem Partner. Sie stellte das Schnapsglas ab. Synchron nahmen sie einen Schluck Bier. Maria wischte sich den Schaum von den Lippen. „Weißt, was mich wundert? Wieso war die Cobra so schnell da? Ich hab nur Verstärkung gerufen."

Phillip drehte das Bierglas zwischen seinen Händen. „Ich hab, wie du noch geschwind am Klo warst, bevor wir zu den Nidetzkys sind, ganz kurz dem Wittmann das Wichtigste gesagt. Ich hab so ein mieses Bauchgefühl gehabt."

Maria wusste nicht, ob sie Phillip schlagen oder küssen sollte. „Verräter. Und außerdem – Bauchgefühl? Intuition? Bei dir? Du arbeitest schon zu lange mit mir zusammen."

Stevie Wonder trällerte *You're the Sunshine of My Life*. Phillip deutete mit dem Kopf zum Lautsprecher und grinste. „Und es kann mir auch gar nicht eng genug sein." Er zuckte auffordernd mit der Augenbraue.

Es ging schon wieder los. Und es würde schlimmer werden. Bis sie eines Tages bei ihrer Arbeit einen unverzeihlichen Fehler machten. Wenn sie jetzt nicht ...

Maria hielt sich an ihrem Glas fest. „Du flirtest mit mir. Das solltest du lassen."

Phillip summte die Melodie mit. „Aber warum denn? Macht doch Spaß."

Maria blieb stoisch. „Es wird Zeit, dass ich das tu, was ich von Anfang an vorhatte. Ich lass dich versetzen."

Phillips Lächeln erstarb. Er musterte abwechselnd jedes ihrer Augen. „Bitte, May. Was soll das?"

Jetzt war die Stunde der Wahrheit gekommen. Jetzt musste dieser ganze Mist zwischen ihnen endlich geklärt werden. Besser ein Ende mit Schrecken als ...

Maria sah Phillip fest an. „Schau, wir haben irgendwie – da war was, was uns angezogen hat, gegenseitig – und wenn ein Mann und eine Frau, die sich so nahe kommen wie wir es halt tun bei der Arbeit, die müssen halt einfach einmal ficken miteinander. Und das ist jetzt passiert. Und es war – ja, es war super. Aber Sex auf dem Tisch, auf dem man arbeitet, ist einfach nie wirklich gut, weil er alles durcheinanderbringt. Und du hast deine Freundinnen – die Sascha oder sonst wen – und ich, ich will auch wieder einmal mit einem anderen – und wenn wir es nicht schaffen, dass wir das alles wieder irgendwie normalisieren, dann müssen wir uns was wegen der Arbeit einfallen lassen. Ja."

Phillip starrte sie an, betrachtete die Tische ringsum, den Tresen, starrte sie nochmals an, stand auf und ging. Ohne jedes weitere Wort.

Rudi sah ihm nach, als er die zweite Runde Schnaps brachte. „Was ist mit ihm? Ich hab ma dacht – irgendwie hat's so ausgschaut – dass ihr steht's aufeinander."

Maria nahm das erste Glas Schnaps und stürzte es hinunter, sie nahm das zweite Glas und stürzte es hinunter, sie nahm das Bier und leerte es auf einen Zug. Rudi sah sie sehr besorgt an. Maria legte ihm einen Zwanzigeuroschein auf den Tisch und ging.

Und rannte. Sie wusste nicht wohin. Und ging. Irgendwo. Immer wieder begegneten ihr Grüppchen, die offensichtlich von einer Demonstration kamen oder zur Vorbereitung einer solchen gingen. Alle Welt wollte offensichtlich die Welt retten. Nur sie, sie wollte sich selbst retten. Sich selbst zerstören.

Sie rannte. Sie keuchte. Sie war der dämlichste Mensch auf Erden. Wochenlang hatte sie sich eingeredet, dass das mit Phillip nichts als eine Affäre für sie war. Sie ging. Sie keuchte. Sie liebte Phillip. Ja, sie liebte ihn.

Maria flüsterte es in die Nacht, der Mauer des Rathauses, den Büschen, der leeren Dose am Gehsteigrand zu.

Sie liebte Phillip. Sie hatte nur so eine Angst, dass es ihm nicht ernst war. Und jetzt würde sie nie mehr herausfinden, wie es um ihn stand, weil sie ihn verjagt hatte. Sie hatte ihre große Liebe verjagt.

Maria rannte. Sie sah alles doppelt. Ja, das war gut, die Welt sollte sich auflösen. Sie rannte über die Ringstraße, zwischen fünf Taxis hindurch und knapp vor einer Straßenbahn vorbei. Sie erreichte den Volksgarten. Rosenduft strömte durch die meterhohen Eisenstäbe. Da wollte sie hinein. Zwischen den Rosen liegen, von Phillip träumen und sterben. Doch das Gitter war unüberwindbar. Sie torkelte den Ring entlang, zuerst zum Burgtheater, keine Chance. Dann Richtung Bellaria, denn von dort drang Gewummere. Natürlich, das Clubbing-Lokal namens *Volksgarten*, das inmitten desselben lag, hatte noch Betrieb. Zwischen all den Youngsters war sie mit ihren siebenunddreißig Jahren eine Oma. Also zückte sie ihren Ausweis und verlangte barsch Einlass. Die Fragen des Personals ignorierte sie. Schnell verschwand sie im Schatten der Kastanienbäume in den dschungelartigen Hintergarten. Dort war nur ein Maschendrahtzaun. Sie kletterte darüber und war im Park. Sie steuerte die Stammrosen auf der Parlamentseite an. Dort legte sie sich ins Gras. Alles wankte, doch das war nebensächlich. Sie roch die Rosen. Sie sah Phillips Gesicht, das sich über ihres beugte. Dann schlief sie ein.

„Was machen Sie denn da?“, fragte jemand, der ein tiefes, einfaches Wienerisch sprach. Ihre Kleidung klebte nass und kalt auf ihrer Haut. Die Sonne brachte sie zum Niesen. Und ihr Handy läutete.

Maria hob den Kopf, während sie nach dem Handy tastete. Den Stadtgärtner konnte sie kaum erkennen, aber sie erkannte am Display, dass Phillip der Anrufer war.

„Hi.“ Endlich ließ ihre Stimme die Liebe heraus, die sie empfand. Schon nur mit diesem einen Wort. „Ich war – egal. Ich erzähl's dir später. – Was? – Ja, ich habe auch nachgedacht.“ Auch Phillips Stimme klang sehr, sehr zärtlich. „Nein, es ist okay, wenn du – es tut mir so leid, so leid – ja, ich muss auch mit dir reden, ja – ich bin gleich da, es sind nur ein paar Minuten zu meiner Wohnung. Warte einfach! – Ja!“

Maria sprang auf, umarmte den Gärtner, der augenscheinlich den Park aufgesperrt hatte und nun seinen Kollegen die Geschichte des Tages erzählen konnte.

Sie rannte los. Phillip machte sich Sorgen um sie! Vielleicht hieß das, dass er sie – sie musste ihm sagen, dass sie ihn – Maria rannte die Umzäunung entlang, durch das Parktor hinaus, zur Ringstraße. Es war ihr schwindelig, der Kopf war dumpf, nicht nur vom Alkohol. Die Sonne reflektierte vom weißen Parlamentsgebäude wider und stach ihr in die Augen. Ein paar Minuten noch. Die Ampel musste jeden Moment Grün zeigen. Er wartete auf sie! Sie nahm die Josefstädterstraße ins Visier, sah nichts mehr als Phillip, wie er vor ihrer Wohnung stand, und rannte los auf die Straße ... In diesem Augenblick kam die neue, superleise Straßenbahn auf den Flüsterschwellen.

Mit freundlicher Unterstützung von

Verein Stadtimpuls

WIEN KULTUR

FERNWÄRME WIEN

WIENER STÄDTISCHE
VIENNA INSURANCE GROUP